Harte Kerle häkeln nicht

von

Karin Koenicke

Erstausgabe im Juni 2019

Primelstr. 9 85386 Eching
Cover: Rebecca Wild
www.karinkoenicke.com
Mail:karinkoenicke@gmx.de

Inhalt

1. Ein schwarzer Tag

Valerie

Als Valerie mit der warmen Fangopackung in das Behandlungszimmer kam, lag Frau Stresemann nicht wie erhofft halb entkleidet auf der Liege. Stattdessen saß die alte Dame im kompletten altrosa Kostüm darauf und baumelte mit den Beinen. Immerhin der Schuhe hatte sie sich bereits entledigt.

„Ihr Pullover ist absolut zauberhaft", rief sie Valerie zu, kaum dass die zur Tür hereineilte. „Das ist ein Ajour-Lochmuster, nicht wahr? So etwas habe ich früher auch gestrickt, meine Schwestern und ich nannten es Prinzessinnenkrone."

Sie streckte die Hand aus, um das Wunderwerk aus elfenbeinfarbenem Garn vorsichtig zu berühren.

Valerie lächelte. „Sie haben hervorragende Augen", lobte sie die Patientin und behielt für sich, dass sie den Pulli nicht gestrickt, sondern gehäkelt hatte, und zwar mit aneinandergereihten Muscheln. War doch egal, Hauptsache, Frau Stresemann freute sich über ihr Expertinnenwissen.

„Jetzt müssen Sie sich aber trotzdem von meinem neusten Werk losreißen und sich hinlegen, Sie wissen doch, der nächste Patient wartet schon", ermunterte sie die alte Dame, die sich nur widerwillig aus der Kostümjacke schälte.

Ein Blick auf die Uhr an der Wand verriet Valerie, dass sie sich wirklich sputen mussten. Rüdiger Krause, der Chef der Physiopraxis, hatte in jedes einzelne Zimmer eine Wanduhr hängen lassen – von einer Größe, wie sie an Hauptbahnhöfen üblich war. Dass die knapp getakteten Termine in der Praxis eingehalten wurden, war ihm fast noch wichtiger als sein Angeberporsche, und das sollte etwas heißen.

„Ja, ja, ich weiß schon“, lenkte Frau Stresemann ein, „sonst gibt es wieder Ärger, wenn ich nicht rechtzeitig fertig bin. Aber ich unterhalte mich nun mal so gerne mit Ihnen, Valerie. Es ist selten, dass sich jemand die Zeit nimmt, dem langweiligen Gerede einer alten Frau zuzuhören.“

„Ach was, Sie sind kein bisschen langweilig, Sie haben eine Menge durchgemacht in Ihrem Leben! Ich rede sogar viel lieber mit Ihnen als mit irgendwelchen Schickimicki-Typen, die sich beim Snowboarden eine Sehne gerissen haben und sich als toller Hecht fühlen. Aber verraten Sie es niemandem.“

Frau Stresemann kicherte. „Und ich dachte, Sie machen sich an einen dieser schicken jungen Sportler heran? Wäre doch gut für Sie, einen Galan zu haben.“

„Ganz sicher nicht!“ Valerie legte die Schlammpackung auf die Liege, die Patientin darauf und wickelte alles zusammen in ein leichtes Tuch ein. „Jetzt können Sie genießen, Frau Stresemann“, sagte sie und freute sich, dass die Patientin entspannt die Augen schloss.

Sie hatte schon immer einen guten Draht zu den älteren Patientinnen gehabt, die in die Praxis kamen. Nicht nur, weil die oft ihre Begeisterung für Handarbeit teilten, sondern auch, weil viele von ihnen im Laufe ihres Lebens spannende Dinge erlebt hatten. Dass die grauhaarigen Damen sie oft verkuppeln wollten, war allerdings ein wenig nervig. Sie brauchte nämlich keinen Mann. Basta. Ganz im Gegenteil, sie war heilfroh, Mike losgeworden zu sein. Was für ein Mistkerl! Dem weinte sie, weiß Gott, keine Träne nach, außer sie holte sich ihre Kontoauszüge, denn dieser Bastard hatte sie eine Menge Geld gekostet.

„Ist sie fertig?“, riss die Stimme des Chefs sie aus ihren trüben Gedanken.

Verflixt. Der war aber früh dran, um mit seiner Massage zu beginnen.

„Ich habe die Packung erst vor ein paar Minuten draufgelegt“, gab Valerie zu, weil er das sowieso merken würde. Wie sie es hasste, dass er die Patientinnen nie mit ihren Namen ansprach! Er war ein Gott, was die Physiotherapie anbelangte, aber menschlich sollte er eigentlich mit einem Ziegenfuß und Schwefelgeruch statt Aftershave herumlaufen.

„Und warum?“, bellte Rüdiger Krause sie an. „Es steht doch klar auf dem Plan, dass sie um zehn Uhr fünfundzwanzig parat sein soll für die Massage. Was ist so schwer daran, einen Patienten rechtzeitig mit Fango vorzubereiten?“

Seine kalten Augen funkelten sie an.

„Valerie kann nichts dafür“, meldete sich Frau Stresemann aus ihrer gewickelten Mumienposition. „Wir haben noch geredet und ich war noch nicht ganz ausgezo-…“

„Fürs Reden wird sie aber nicht bezahlt“, unterbrach Krause sie, zog das Tuch von der Patientin und die Packung unterm Rücken heraus. Beides warf er auf den Stuhl, anstatt es Valerie in die Hand zu geben. „Na los, nebenan wartet eine Lymphdrainage auf Sie!“, fuhr er sie an und gab ihr mit einer Kopfbewegung zu verstehen, dass sie verschwinden sollte.

Sie nahm die Fangopackung mit und verließ den Behandlungsraum, während sie innerlich fluchte. Diese Taktung im 20-Minuten-Rhythmus war wirklich unmöglich! Andere Praxen nahmen sich eine halbe Stunde pro Patient Zeit, aber Krause konnte den Rachen natürlich nicht voll genug kriegen. Dabei verdiente er sich sowieso dumm und dämlich, er hatte nämlich einen so hervorragenden Ruf, dass sich die Privatpatienten darum prügelten, von ihm osteopathisch oder manuell in die Mangel genommen zu werden.

Zum Glück lenkte die Arbeit sie von den Attacken ihres Chefs ab. Sie mochte ihren Job, wenngleich ihr die Bedingungen hier in der Praxis nicht gefielen. Menschen zu helfen, wieder gesund zu werden, war eine feine Sache. Dabei in ein strenges Zeitkorsett gepresst zu werden, war kontraproduktiv. Es gehörte doch dazu, dass man sich mit den Patienten unterhielt, das trug ebenso zur Heilung bei, da war sich Valerie sicher. Manchmal hatte sie wirklich Lust, hier bei Krause alles hinzuwerfen, aber sie brauchte das Geld. Sogar sehr dringend.

Da gab es zwar diesen klammheimlichen Traum von einem eigenen Café, in dem die Gäste zum Cappuccino die Häkelnadel schwingen konnten, aber der würde sich garantiert nie erfüllen. So realistisch musste man sein.

In der Mittagspause hängte sie sich ihre Tasche – ein knallbuntes Häkelunikum, natürlich selbstgemacht – über die Schulter und marschierte in die Altstadt hinein. Vor dem sehr schlicht dekorierten Schaufenster der Konditorei Prinzenhof blieb sie stehen. Die Leckereien, die dort ausgestellt waren, würde sie sich sowieso nicht leisten können, aber sie betrachtete sie gerne. Nicht nur, weil die Prinzregenten-, Sacher- und Malakofftorten wunderbar aussahen, sondern auch, weil ihre Freundin Jasmin bestimmt einige davon gezaubert hatte. Wie so oft musste Valerie erst zehn Minuten warten, bevor Jasmin aus dem Laden gehetzt kam.

„Oh Mann, wenn diese blöde Schnepfe mich nur ein einziges Mal pünktlich gehen lassen würde!“, schimpfte sie und schüttelte den Kopf, sodass ihre dunkelblonden Locken empört herumhüpften. Sie trug ein Strickkleid in Lila und geschnürte Stiefel. Beides war fast schon zu warm für diesen Frühlingstag, aber Jasmin liebte nun mal Kleider. Im Gegensatz zu Valerie, die lieber in Jeans schlüpfte und eine sportliche Figur hatte, konnte Jasmin die Kleider super tragen. Sie besaß ein üppiges Dekolleté, üppige Hüften und ein noch üppigeres Lächeln, das sie gern an ihre Mitmenschen verschenkte. Außer an ihre Schreckschrauben-Chefin natürlich, über die sie sich gerade aufregte.

„Ich sag‘s dir, irgendwann halte ich ihr die Kündigung unter die Nase“, schnaubte sie. „Ständig lässt sie uns Überstunden machen und ist dann auch noch so knauserig bei der Bezahlung.“

„Das kenne ich gut.“ Valerie seufzte und hatte zu tun, mit Jasmins zügigen Schritten mitzuhalten. Auch wenn ihre Freundin sonst mit Sport nicht viel am Hut hatte, in der Mittagspause legte sie gern einen Zahn zu, denn da hatte sie ein Ziel vor Augen: die Imbissbude *Hot as Chili* unten am Fluss.

„Bei Krause warte ich auch schon ewig auf eine Gehaltserhöhung.

Aber ich schätze, die kann ich mir abschminken, wir hatten heute wieder mal Ärger.“ Valerie erzählte von dem Aufeinandertreffen, während sich Jasmin eine extrascharfe Currywurst bestellte.

„Hey, wir sollten echt mal darüber nachdenken, uns selbstständig zu machen, und nicht mehr die Sklavinnen unserer Chefs spielen“, sagte Jasmin und wandte sich dann dem Verkäufer zu. „Ja, ja, mach ruhig die richtig krasse Soße drauf, ich brauch das als Ausgleich.“

Seinen erstaunten Blick ignorierte sie. Er grübelte wahrscheinlich, welch seltsamen Job sie hatte, um durch scharfes Essen in Balance gehalten zu werden. Dabei liebte Jasmin genau wie Valerie alle Arten von Kuchen und Gebäck. Weil sie allerdings den ganzen Tag umgeben war von Orangenmarzipan, zartschmelzendem Nougat und Zuckerguss, biss sie mittags gern in etwas Herzhaftes. Mit extra Chili.

Valerie hingegen zog ihr mitgebrachtes Käsebrot aus der Handtasche. Seit der Sache mit Mike war das Geld so knapp, dass sie jeden Cent umdrehen musste. Deshalb richtete sie sich ihr Mittagessen lieber am Morgen schon her, anstatt sich etwas zu kaufen.

„Das mit der Selbstständigkeit wird leider ein Traum bleiben“, sagte sie und nahm einen Schluck aus ihrer Wasserflasche. „Wir können uns doch niemals die Miete für irgendeinen Laden leisten.“

Jasmin hatte erste Schweißperlen auf dem Gesicht, tunkte ihre Wurst aber trotzdem todesmutig in die Soße. Sah irgendwie lustig aus zu ihren süßen Locken und dem selbstgestrickten Kleid.

„Dabei ist das eine so geniale Idee!“, erwiderte sie nach dem nächsten Bissen. „Allein der Name, den du dir ausgedacht hast! *Café Woll-Lust*, das erste Häkelcafé in der Stadt. Weißt du, ich sehe den Werbeprospekt schon vor mir: *Der angesagteste Treff für alle Handarbeitsfans: Gemeinsam häkeln, stricken, Cappuccino trinken und traumhafte Cupcake-Kreationen naschen. Kommen Sie zu uns und wir nadeln um die Wette!* Klingt doch super, findest du nicht?“

Da war es wieder, Jasmins berühmtes Lächeln. So wie sie strahlte, hätte Valerie um ein Haar daran geglaubt, dass dieser Traum sich erfüllen könnte. Aber sie war von Natur aus Realistin und vielleicht in Mathe etwas begabter als Jasmin.

„Klar wäre das toll. Aber überleg doch mal – wie sollte das hinhauen? Wir müssten ja unsere Jobs aufgeben und das Café einrichten, von den laufenden Kosten ganz zu schweigen."

„Wir könnten Kurse geben. Du machst so geniale Sachen, da zahlen die Leute bestimmt was, wenn du ihnen das beibringst. Allein deine Taschen! Oder die Tierkollektion. Und wir verkaufen Wolle, ja genau!"

Valerie seufzte. So sehr sie die Begeisterungsfähigkeit ihrer Freundin liebte – das waren alles Luftschlösser.

„Für eine Miete von fünfzehnhundert Euro müssten wir aber palettenweise Wolle, Stricknadeln und Kaffee verkaufen. Selbst für deine allerbesten Raspberry-Cheesecake-Törtchen mit Karamellkern kannst du nicht mehr als drei Euro verlangen, wir wären innerhalb von zwei Monaten pleite. Wobei ich das ja eh schon bin."

Bei dem Gedanken an diesen Mistkerl Mike kochte schon wieder der Zorn in ihr hoch. Nicht mal das Käsebrot schmeckte ihr noch, sie schob es in die Tüte und zurück in ihre Tasche. Tagträume waren natürlich etwas Schönes, aber man musste den Tatsachen ins Auge sehen – sie und Jasmin würden immer Angestellte bleiben, sich mit Chefs und Kollegen herumärgern und sich am Ende des Monats fragen, wohin das Geld verschwunden war.

„Du bist schrecklich unromantisch." Jasmin steckte sich das letzte Wurststückchen in den Mund. „Obwohl – so ganz stimmt das nicht, wenn du deinen Leandro hörst, kriegst du immer diesen Tortenspiegelblick."

„Den was?" Valerie verschluckte sich an ihrem Wasser. Sie hustete und starrte ihre Freundin fragend an.

„Na, das kennst du doch! Der Guss auf meiner Pfirsich-Vanillemousse-Torte glänzt so toll, dass man sich drin spiegeln kann. Ist gar nicht so leicht, der Zucker muss genau bei 105 Grad kochen und erst abgekühlt kommt die Kondensmilch rein. Na, jedenfalls schaust du ungefähr so aus, wenn du ein Song von Leandro hörst."

„Ach was, du übertreibst maßlos." Da war sich Valerie sicher. Okay, sie mochte den Musiker wirklich gerne, hatte all seine CDs und ging auch gern zu seinen Livekonzerten. War ja auch toll, dass er hier aus der Stadt kam und immer noch vor Ort spielte, obwohl seine Songs bereits im Radio liefen. „Weißt du, ich halte nicht viel von Träumen. Man kann sich viele Dinge zusammenphantasieren, aber wahr wird das doch sowieso nie. Viel besser kommt man doch durchs Leben, wenn man realistisch bleibt."

„Quatsch." Jasmin warf die Serviette in den Mülleimer. „Es kann immer alles passieren im Leben, du musst viel offener sein! Das stand sogar heute in deinem Horoskop, ich habe für dich nachgelesen. Außerdem schadet es nicht, wenn du probehalber ein paar Wünsche ans Universum schickst."

„Gleich ein paar?" Kopfschüttelnd warf sich Valerie die Handtasche über die Schulter und sie gingen los, denn die Mittagspause war schon fast vorbei. „So viele würden mir doch gar nicht einfallen."

„Klar! Du wünschst dir, dass du bald viel mehr Geld zur Verfügung hast. Außerdem, dass wir beide es schaffen, das Café Woll-Lust zu eröffnen. Und natürlich, dass dir endlich die wahre Liebe in den Schoß fällt."

„Pah. Daran glaube ich am Allerwenigsten. Ich hab doch gerade erst erlebt, was das für ein Quatsch ist mit der sogenannten Liebe." Sie sprach Letzteres so abfällig aus, als wäre es ein hundsgemeines Schimpfwort.

Jasmin fuhr unbeeindruckt fort.

„Es gibt nicht nur Männer wie Mike. Denk doch mal an Leandro! Du hast doch Karten für sein Konzert im nächsten Monat. Da wird er sich nach dem Autogrammeschreiben neben dich setzen, dir tief in die Augen schauen und dir zuflüstern: `Den Song *The blond angel in the first row* habe ich nur für dich geschrieben, mein Engel`"

Obwohl ihr momentan nicht oft danach zumute war, musste Valerie lachen. „Na klar, und ich wünsche mir auch noch einen Privatjet,

Diamantschmuck und den Weltfrieden. Außerdem habe ich gar keine blonden Haare, sondern braune."

„Meine Güte, sei doch nicht so kleinlich, das war eben seine künstlerische Freiheit." Jasmin grinste. An Phantasie mangelte es ihr wahrlich nicht, das bewiesen nicht nur ihre exotischen Cupcakes, die sie zu Hause gern backte. In der Konditorei gab es so etwas nicht, man hielt sich dort an traditionelle Torten.

Sie waren bereits am Café Prinzenhof angekommen. Wie immer umarmte Jasmin sie zum Abschied. „Bis bald und frohes Kneten! Lass dich nicht ärgern von deinem blöden Boss."

„Ach was, an die Launen vom alten Krause habe ich mich schon gewöhnt." Valerie sah ihr nach, als sie gut gelaunt durch die Ladentür ging, dann machte sie sich selbst auf den Weg zurück zur Physiopraxis.

Am Nachmittag war der Terminkalender wieder mal knallvoll. Als die letzten Patienten die Praxis verließen, taten Valerie die Füße weh. Sie ließ sich auf den freien Stuhl an der Rezeption fallen und trug ein paar Daten in die Karteikarten ein. Ihr Blick fiel auf eine hellgraue Keramikskulptur, die auf dem Schreibtisch stand. Sie war etwas kleiner als Valeries Hand und zeigte eine elefantenköpfige Gottheit aus Indien. Philomena hatte sie ihr geschenkt, bei einem ihrer letzten Treffen, wie immer mit einem verschmitzten Augenzwinkern. Zärtlich strich Valerie über den Elefantenkopf und hielt einen Moment inne. Sie hörte die alte Dame noch reden, als wäre es erst heute gewesen. Dabei war die Beerdigung schon zwei Wochen her.

„Das ist Ganesha, der Gott der Weisheit und Stärke, sagen die Inder. Aber wissen Sie, Kindchen, ich denke, in Wirklichkeit ist er ein Glücksgott. Sie können ihn wahrlich brauchen, passen Sie gut auf ihn auf", hatte sie gesagt und dabei ihr Lachen erklingen lassen, dass durch den ganzen Raum geperlt war wie der süße Sekt, den sie so gerne trank.

Das Sterbebildchen hatte Valerie gleich daneben aufgestellt. Sie musste gegen die Tränen kämpfen, als sie es in die Hand nahm. Wie adrett Philomena aussah mit ihrer weißen Bluse und den silbergrauen

Wellen, die sie sich jede Woche beim Friseur legen ließ. Ganz so, als wäre sie eine brave, alte Dame. Dabei hatte sie es faustdick hinter den Ohren gehabt.

„Wir hatten wirklich viel Spaß", flüsterte Valerie ihr zu und musste schlucken. Es kam ihr vor, als wurde Philomenas Lächeln noch ein wenig fröhlicher, aber das war natürlich nur Einbildung. Zweimal pro Woche hatte sie die alte Dame bei ihr zu Hause besucht, um deren Nacken zu behandeln, der durch einen Sturz in Mitleidenschaft gezogen worden war. Philomena war exzentrisch und reich genug gewesen, um nicht in die Praxis kommen zu müssen. Sie hatte einfach Krause angekündigt, den doppelten Stundensatz für Hausbesuche zu bezahlen. Dem Nacken ging es längst wieder gut, aber Philomena, die allein lebte und sich mit ihrer Verwandtschaft größtenteils zerstritten hatte, liebte Valeries Besuche. Also versorgte die sie weiterhin mit Massagen, Lymphdrainagen und vor allem Gesellschaft. Bis vor ein paar Wochen dieser schreckliche Schlaganfall geschehen war.

„Was sitzen Sie hier rum?", bellte Krause sie unvermittelt an, sodass sie zusammenfuhr und das Bildchen auf den Tisch fallen ließ. „Haben Sie nichts zu tun?"

Valerie warf einen Blick auf die Uhr. „Es ist doch schon nach sieben", erwiderte sie, denn sie hatte längst Feierabend. „Ich habe nur ein paar Karteikarten auf Vordermann gebracht."

„Sie sollten lieber diesen Plunder wegräumen." Sein Blick heftete sich an die Statue. „Wir sind eine Physiopraxis und kein Esoterikladen, ich will das Zeug nicht hier haben."

„Aber das ist von Frau Freiberger!", protestierte sie. „Sie wissen doch, meine Patientin für Hausbesuche, die vor Kurzem gestorben ist."

Er machte zwei Schritte auf sie zu. „Habe ich mich nicht klar ausgedrückt? Mit der verdienen wir kein Geld mehr, also weg mit dem Kram. Außerdem war sie sowieso schon über achtzig."

Wie bitte? Der Mann war wirklich zum Kotzen. Valerie starrte ihn an, weil sie immer noch meinte, sie hätte sich verhört. Bevor sie reagieren konnte, ergriff er die Statue und das Bild, drehte sich um und schmetterte die Sachen in den Abfalleimer aus Metall. Es schepperte laut. Mit einem Aufschrei sprang Valerie auf und rannte zum Eimer. Die Ganesha-Statue war in mehrere Teile zerbrochen und hatte das Sterbebild unter sich begraben.

„Was sind Sie nur für ein Mensch?“, schrie sie Krause an. „Das waren Geschenke! Von einer lieben Patientin. Und stellen Sie sich vor, die hatte sogar einen Namen. So wie alle Menschen, die hier in die Praxis kommen. Aber Ihnen ist das ja egal, Sie sehen nur das Geld. Ich hasse Sie!“ Es brach einfach aus ihr heraus, sie konnte nichts dagegen tun. All der Ärger der letzten Jahre hier in seiner Praxis und das Entsetzen über seine Art, Menschen zu behandeln, hatten sich aufgestaut und bahnten sich einen Weg. So, als wäre mit der indischen Gottheit auch Valeries Selbstbeherrschung zersplittert.

Der Chef baute sich vor ihr auf und schnappte nach Luft. „Ja geht‘s noch? So reden Sie nicht mit mir! Was glauben Sie eigentlich? Packen Sie Ihre Sachen, Sie sind gefeuert.“

Valerie erstarrte. „Aber … aber Sie können mich doch nicht …“, stotterte sie.

„Oh ja, das kann ich. Ich habe Sie schon lange auf der Abschussliste, weil Sie nicht effizient genug sind. Ich brauche fähige Mitarbeiter. Verschwinden Sie hier, Ihr Zeugnis schicke ich Ihnen zu. Aber mit dem werden Sie sich nirgends bewerben können.“

Er lachte fies und verschwand in seinem Büro.

Völlig versteinert sah Valerie ihm nach. Was sollte sie jetzt nur tun? Ihr Brustkorb war so eng, als hätte Krause zwölf Therabänder herumgebunden. Wie in Trance beugte sie sich schließlich hinunter, klaubte die Scherben der Statue und das Sterbebild von Philomena aus dem Mülleimer. Anschließend hängte sie sich ihre Tasche um, schlüpfte in ihre Straßenschuhe und verließ die Praxis.

Kein Job mehr, keine Chance auf einen neuen und keine Ahnung, wie sie die nächste Miete bezahlen sollte. Das mit dem von Philomena angekündigten Glück haute irgendwie nicht so richtig hin.

2. Der Brief

Valerie

Valerie schleppte sich die Stufen zu ihrer kleinen Wohnung hoch, schloss auf und ging hinein. Als sie die Tür hinter sich zuzog, lehnte sie sich erst mal gegen das kühle Holz des Türblatts und schloss erschöpft die Augen.

Was sollte sie nur tun?

Krause würde ihr garantiert ein so mieses Zeugnis schreiben, dass sie sich in keiner anderen Praxis bewerben konnte. Er hatte dummerweise einen hervorragenden Ruf, jeder Krankengymnast der Stadt kannte ihn. Sie würde sich wahrscheinlich einen ganz anderen Job suchen müssen. Nur taugte sie leider nicht zur Sekretärin, und bedient hatte sie auch noch nie. Also würde es irgendein schlecht bezahlter Hilfsjob werden, mit dem sie niemals die Miete bezahlen konnte. Und ihr Konto war überzogen seit dem Chaos, das Mike hier angerichtet hatte.

Seufzend bewegte sie sich von der Tür weg, kickte ihre Schuhe in die Ecke und ging in die Küche. Der Kühlschrank war fast leer, sie fand immerhin einen Joghurt. Mit großer Mühe gelang es ihr, die Besteckschublade aufzuziehen und einen Löffel herauszuholen. Mike hatte sämtliche Schubläden herausgerissen und den Inhalt auf den Küchenboden geleert. Dazu den Fernseher zerschmettert, ihre Stereoanlage in Einzelteile zerlegt und die Mikrowelle durchs Zimmer geworfen.

Valerie drückte sich eine Hand an die Stirn, um die Bilder der zerstörten Wohnung loszuwerden, es half nur leider nichts. Dabei war er doch schuld! Als sie vor zwei Jahren zusammengekommen waren, hatte er auch schon gerne ins Glas geschaut, aber es war für

Valerie okay gewesen. Sie hatten einen großen Freundeskreis, da wurde eben gern gefeiert. Gerade mit seinen Kumpeln aus dem Boxverein trank er gerne mal, war doch auch ganz normal. Doch dann hatte er angefangen, auch daheim abends Wodka in sich hineinzuschütten. Leider gehörte er nicht zu den Menschen, die dadurch ruhig wurden. Der Alkohol machte ihn aggressiv. Dazu diese schrecklich aufputschende Technomucke, die er inzwischen nicht nur zum Krafttraining hörte. Seine Muskeln hatten ebenso zugenommen wie sein Wodkakonsum, und dann war es eben zu diesem Streit gekommen. Valerie war der Kragen geplatzt, sie hatte ihm Vorwürfe gemacht und er war völlig ausgerastet.

Sie strich sich über die Schulter, die sie sich geprellt hatte, als sie gegen die Wand geflogen war. Natürlich war die Verletzung längst verheilt, aber die Erinnerung war noch klar wie sein Wodka. Aufgesprungen war er, mit einer Schnelligkeit, die sie einem massigen Kerl wie ihm gar nicht zugetraut hatte. Und dann hatte er die Hand gehoben und ihr die erste Ohrfeige ihres Lebens verpasst. Mit so einer Wucht, dass sie gegen die Zimmerwand geknallt war. Sie wusste nicht mehr, ob sie geschrien hatte oder nicht. Es war immer noch wie ein schlechter Film, wenn sie daran dachte. Mike war nach draußen verschwunden. Sie war an der Wand nach unten gerutscht, wo sie sich am Fußboden zusammengekauert hatte.

Irgendwann jedoch war Leben in sie gekommen. Und Wut. Jede Menge Wut. Sie war aufgesprungen, hatte trotz ihrer Schulterschmerzen seine Sachen aus dem Schrank gerissen, in eine herumliegende Sporttasche und einen Koffer gepackt und alles auf die Straße geworfen. Gleiches hatte sie mit seinen Schuhen getan, den Jacken und den zehn Dosen Eiweißpulver, die die Küchenzeile vollmüllten. Sogar seinen Laptop hatte sie daneben gelegt. Der Bastard würde ihre Wohnung nie mehr betreten!

Weil sie ihm nicht in die Arme laufen wollte, war sie zu Jasmin geflüchtet. Hatte von dort aus am nächsten Morgen einen Schlüsseldienst bestellt, um das Schloss auswechseln zu lassen. War ja immerhin ihre eigene Wohnung, nur sie stand im Mietvertrag.

Doch als sie zurückgekommen war, hatte sich ihr ein Bild der Verwüstung geboten. Mike war offenbar in der Wohnung gewesen, um alles kurz und klein zu schlagen. Was er natürlich leugnete. Zeugen gab es nicht, so waren sie und ihr Girokonto auf dem Schaden sitzen geblieben.

Sie löffelte den Joghurt halbleer, dann ging sie zum CD-Regal. Ein Handwerker hatte ihr das notdürftig wieder zusammengeschraubt und auch ein paar andere Sachen repariert. Vieles hatte sie neu kaufen müssen, deshalb die Kontoüberziehung.

Aber die CDs waren ganz geblieben. Wenigstens das. Sie nahm das „Blue Moon over the City"-Album, das Leandro ihr sogar signiert hatte und legte es in den neu erworbenen CD-Spieler.

Als die ersten Töne seiner Gitarre erklangen, ließ sie sich auf das alte, graue Sofa fallen und entspannte sich ein wenig. Nach ein paar Takten setzte seine Stimme ein und wie immer stahl sich ein leises Lächeln auf ihr Gesicht. Wie weich er sang! Ihm zuzuhören war wie eine flauschige Decke, in die man sich einhüllte. Eine Wellness-Massage für die Seele. Ohne seine Songs wäre sie wahrscheinlich schon längst verrückt geworden. Oder hätte Mikes Angeberkarre mit dem alten Wohnungsschlüssel zerkratzt, wäre bei ihrem Glück wahrscheinlich von einem seiner stiernackigen Boxerkollegen ertappt und letztendlich dafür eingesperrt worden. Das hätte allerdings das akute Wohnungsproblem gelöst.

„*… the nightingale sings for you and me, as I kiss you under the apple-tree*", schwebte seine warme Stimme durch den Raum. Er hatte so viel Gefühl in sich! Ach, wären doch nur alle Männer so. Aber Leandro war da wirklich eine Ausnahme. Und attraktiv obendrein!

Sie nahm die CD-Hülle in die Hand und betrachtete ihn wieder einmal. Auf dem Foto lehnte er an einem Baum, die halblangen, braunen Haare fielen ihm in weichen Wellen auf die Schultern und seine dunklen Augen waren voller Melancholie. Er würde garantiert keine Frau ohrfeigen und gegen die Wand knallen! Nein, er würde seiner Freundin Liebeslieder schreiben oder Gedichte, was seine Songs ja irgendwie auch waren. Im nächsten besang er die Farben des

Sonnenuntergangs und seine Sehnsucht nach der Frau seines Herzens.

Valerie legte ihren Kopf an die Sofalehne. Klar, es war eigentlich naiven Teenagern vorbehalten, von einem Sänger zu schwärmen. Aber er brachte einfach ein bisschen Sonne in ihr Leben, da war doch nichts dabei. Träume waren wichtig, das hatte sogar Philomena immer gepredigt. Und ihr Mut gemacht, ihn mal nach einem Konzert anzusprechen. Vielleicht ergab es sich ja tatsächlich bei seinem nächsten Auftritt? Die alte Dame hatte sich ein paar Lieder von Leandro vorspielen und sich außerdem geduldig von Valeries Wolkenschloss namens Café Woll-Lust erzählen lassen. Da sie selbst gern Kissen bestickte, hatte ihr die Idee eines Handarbeitscafés gefallen.

Der schrille Ton der Klingel riss sie aus ihren wohlig-wolligen Träumen. Das war bestimmt die Nachbarin mit einem Paket, Valerie hatte nämlich im Super-Sale eines Versandhauses drei wunderschöne Garne bestellt. Doch als sie durch den Türspion schaute, hielt sie entsetzt die Luft an. Das waren die bulligen Umrisse von Mike! Instinktiv wich sie einen Schritt von der Tür zurück. Es klingelte erneut. Gleichzeitig hämmerte er gegen die Tür.

„Mach auf, Val!“, rief er mit seiner durchdringenden Stimme, die sie noch nie richtig hatte leiden können. „Ich höre doch die Musik.“

Verdammt, er wusste, dass sie daheim war. Sie lief ins Wohnzimmer, schnappte sich ihr Handy und machte es telefonbereit. Die Polizeistation war gleich in der nächsten Straße, die konnten schnell da sein, falls es ernst würde.

„Was willst du?“, sagte sie laut, und war ziemlich stolz, dass ihre Stimme nur ein klein wenig zitterte.

„Na, was glaubst du wohl? Die Entschädigung für meinen Laptop! Du Miststück hast den einfach auf der Straße liegen lassen. Der war weg! Außerdem ist noch mein Adidas-Trainingsanzug bei dir.“

Sie musste sich verhört haben! Nach allem, was passiert war, kam er mit so einer Forderung daher?

„Du hast wohl den Arsch offen!“, rief sie durch die geschlossene Tür und dieses Mal war ihre Stimme so klar und hart wie seine Wodkaflaschen. „Du ruinierst mir die ganze Wohnung, streitest alles ab und willst jetzt von *mir* eine Entschädigung? Hau sofort ab, sonst ist in einer Minute die Polizei da!“

„Pah, du kannst nicht beweisen, dass ich irgendwas mit deiner Wohnung zu tun hab“, erwiderte er, klang aber bei der Erwähnung der Bullen gar nicht mehr so selbstbewusst. „War wahrscheinlich irgendein Liebhaber. Genau. Deswegen hast du mich rausgeworfen. Damit der Weg frei ist für den.“

Sie musste sich am Türstock festhalten, so sehr brodelte der Zorn in ihr hoch. Mike hielt sie wohl für komplett bescheuert! Leider hatte er recht, es gab keine Zeugen für seine Verwüstungsaktion. Aber Geld würde er ganz sicher nicht von ihr sehen, der hatte ja einen Totalknall!

„Keinen Cent bekommst du von mir!“, setzte sie nach. „War ja dann sicher auch mein neuer Liebhaber, der deinen Laptop auf die Straße gestellt hat, nicht ich. Keine Ahnung, wovon du überhaupt redest. Und ich habe neulich ein paar Sachen in die Altkleidersammlung gegeben, schon möglich, dass da ein Trainingsanzug dabei war.“

„Der war neu!“, schrie er, sodass es im ganzen Treppenhaus hallte. „Das weißt du genau, ich hatte ihn dir zum Waschen gegeben, bevor ich ihn das erste Mal anziehe.“

Es reichte! Valerie hämmerte jetzt von innen gegen die Wand. „Halt die Klappe und hör mir zu. Ich gebe dir genau drei Sekunden. Wenn du dann nicht verschwunden bist, hol ich die Bullen. Ich hab das Handy in der Hand und schon gewählt.“

„Verfluchte Schlampe!“, hörte sie ihn rufen.

„Ruhe da unten!“, kam die Stimme einer Nachbarin von oben. „Schreit hier nicht so herum!“

Sie spähte durch den Spion und sah, wie er sich schimpfend umdrehte und dann die Treppe hinunterstolzierte.

Schwer atmend ging sie zurück ins Wohnzimmer und ließ sich aufs

Sofa fallen. Hörte das denn nie auf?

Leandros Gitarre ließ ein zartes Zwischenspiel erklingen, hell und rein wie ein silberner Bergbach. Dann sang er in einer wehmütigen Ballade von Vertrauen und tiefer Verbundenheit. Valerie konnte nichts dagegen tun, ihr liefen stille Tränen über die Wange. Dabei wollte sie sich doch von Mike nicht unterkriegen lassen und überhaupt dem Leben die Stirn bieten. Aber manchmal war das so verdammt schwer. Manchmal war man einfach nur allem ausgeliefert, konnte strampeln und kämpfen und mühsam die Nase über Wasser halten, aber trotzdem kam man nicht dagegen an. Weil alles zu viel war, weil ihr nie irgendwas einfach mal in den Schoß fiel, so wie anderen Leuten.

Sie starrte auf den Riss im Sideboard, auf den halbleeren Joghurtbecher und auf den Stapel ungeöffneter Briefe, die auf dem Tisch lagen. Sicher Rechnungen. Die sie jetzt nicht mehr bezahlen konnte ohne Job. Am besten würde sie auch das Garn, das sie so günstig gekauft hatte, gleich wieder zurücksenden. Das Leben war einfach Scheiße.

Bevor sie noch weiter ins tiefe Loch fiel, rief sie Jasmin an. Die unerschütterliche gute Laune und auch die Empathie der Freundin halfen immer, besonders in solchen Situationen.

„Stell dir vor, Mike stand gerade vor meiner Tür!“, begann sie und erzählte, was vorgefallen war.

Jasmin hörte geduldig zu. „Weißt du was?“, sagte sie am Ende, „Du setzt jetzt Teewasser auf und machst dir einen schönen Chai. Mit ganz viel Zucker.“

„Okay.“ Gehorsam folgte Valerie den Anweisungen der Freundin, nahm dann die Tasse und stellte sie neben den Briefen ab, als sie sich an den Tisch setzte. Fühlte sich gut an, die Hände um die warme Keramiktasse zu legen, außerdem rochen die Gewürze himmlisch. An den harten Tatsachen konnte jedoch auch der tollste Teeduft nichts ändern.

„Hier liegen schon wieder Rechnungen ohne Ende“, seufzte sie. „Keine Ahnung, wie ich das hinbekommen soll. Ich muss die

Wohnung kündigen. Vielleicht suche ich mir ein WG-Zimmer."

„Blödsinn, du ziehst natürlich zu mir!" Jasmin klang, als meinte sie es wirklich so. „Ist zwar ein bisschen eng, aber wir werden uns schon verstehen. Mach dir da mal keine Sorgen."

„Wirklich?" Valerie war so überrascht, dass sie glatt ein paar Kuverts vom Tisch fegte. „Wow, das ist echt lieb von dir! Wäre ja nur für ein paar Wochen, bis ich irgendeinen Job habe."

„Ja, ja, das sehen wir dann. Regle das mit deinem Vermieter und dann räumst du deinen Krempel zu mir, wir sind doch schließlich Freundinnen, oder nicht?"

„Du bist die Allerbeste!", sagte Valerie und musste sich zum zweiten Mal innerhalb einer halben Stunde eine Träne wegwischen, dieses Mal allerdings vor Erleichterung.

Sie hob die Briefe auf und stutzte, als sie bei einem den Absender las.

„Jasmin?", sagte sie ins Telefon. „Das ist komisch. Ich habe ein Schreiben von einem Notar bekommen."

„Hm", machte die Freundin. „Was hast du denn mit so jemandem zu tun?"

Das wüsste Valerie auch gerne. „Ich habe nicht den leisesten Schimmer. Aber gleich wissen wir mehr."

Sie fuhr mit dem Zeigefinger unter die Lasche und riss das Kuvert auf. Ein sehr ernst wirkendes Schreiben kam zum Vorschein. Sie zog es heraus, klappte es auf und las. Oh wow, das war ja mal eine Überraschung!

„Stell dir vor", erklärte sie der Freundin, „ich soll zu ihm ins Büro kommen. Wegen der Testamentseröffnung von Frau Philomena Freiberger. Jasmin, was bedeutet das?" Sie war so aufgeregt, dass sie kaum klar reden konnte.

„War die reich? Schon, oder?" Auch Jasmin hörte sich an, als hätte sie Brausepulver verschluckt.

„Na ja, sie hatte durchaus Geld. Aber es gibt einige entfernte Verwandte, soweit ich weiß. Ich schätze mal, sie hat mir ihre

Handarbeitskiste vererbt. Und vielleicht noch ein paar dieser kleinen Figuren, die bei ihr überall herumstanden."

„Oder ihren Schmuck!"

„Eher ihre Sammlung geschnitzter Alpentiere. Wobei mir das Murmeltier immer sehr gut gefallen hat."

Valerie ließ den Brief sinken, weil ihr etwas einfiel. Irgendwann hatte Philomena mal was erwähnt von einem Haus, das sie besaß. Wo war das gleich wieder gewesen? Sie kramte in einigen Ecken ihres Gehirns herum, dann fiel es ihr wieder ein. In der Brentano-Straße. Natürlich hatte ihr die alte Dame keine Immobilie vermacht, das war schon klar, sie war ja nur die Physiotherapeutin gewesen. Aber aufregend war es trotzdem.

„Hast du morgen Lust, einen Ausflug mit mir zu machen? Ich will mir die Brentano-Straße genauer anschauen", fragte sie Jasmin spontan.

Irgendwie war da mit einem Mal dieser Funke in ihrer Brust, der die dunklen Wolken verjagte und ihr wie in der Müsliriegel-Werbung neue Kraft verlieh. Alles war mit einem Mal wieder heller, fühlte sich viel leichter an als noch vor einer Stunde. Egal, ob Philomena ihr einen Rubinanhänger vererbt hatte oder nur die bestickten Sofakissen – die alte Dame hatte an sie gedacht! Und vielleicht ließ sich der Inhalt des Schmuckkästchens, oder was immer sie bekam, zu Geld machen und half ihr für ein paar Wochen über die Runden. Ja, es gab möglicherweise doch noch Hoffnung, wenngleich nur einen kleinen Schimmer. Der Gedanke fühlte sich so schön an, dass Valerie sogar ein kleines Lächeln aufblitzen spürte. Und das, obwohl die CD von Leandro schon längst verstummt war.

3. Ein schnelles Warm-up

Gregor

Verflucht, seine Arbeitshose hatte schon wieder einen Riss! Gregor sah das Loch in Schienbeinhöhe erst, als er die Treppe zu seiner Wohnung hochstieg. Er sollte wirklich mal besser aufpassen, als Nächstes rammte er sich wahrscheinlich die Säge in die Knochen. Wäre allerdings nicht das erste Mal. Kopfschüttelnd über seine eigene Unachtsamkeit holte er den Schlüsselbund heraus. Seine dreckigen Schuhe zog er wie üblich vor der Tür aus, dann schloss er auf, ging hinein und schälte sich aus der grauen Hose. Dass er unter dem Knie blutete, war nichts Neues, in seinem Job kam das ständig vor. Irgendwo hatte er noch ein Pflaster herumliegen, das kam dann eben nach der Dusche drauf. Nicht, weil es mords wehtat, er war schließlich ein harter Kerl und kein jammerndes Weichei. Sondern nur, weil er nicht irgendwo auf dem hellen Teppich unterm Küchentisch einen Blutfleck haben wollte.

Seine Klamotten legte er in einem ordentlichen Stapel neben der Dusche zusammen, dann sprang er unter den kalten Wasserstrahl. Mann, das tat gut nach diesem anstrengenden Tag! Der Boss hatte wieder mal ganz schön gehetzt, damit der Dachstuhl heute noch fertig wurde, der kannte da kein Pardon. Gregor seifte sich großzügig ein, ließ dann den Kopf nach vorne hängen und das Wasser auf seinen Nacken prasseln. Ein wenig Durchschnaufen konnte nicht schaden. Außerdem saß ihm das Herumschleppen der Balken in den Knochen. Ein paar Minuten stand er so da, hatte die Augen geschlossen und ließ sich die Schultern und die Oberarme von der Brause massieren. Immerhin einen guten Nebeneffekt hatte die Arbeit als Zimmermann – seine Muckis konnten sich sehen lassen.

War ihm persönlich zwar gar nicht so wichtig, aber Frauen wie seine aktuelle Flamme Britt fanden das sexy, also sollte es ihm recht sein.

Als er sich wieder wie ein Mensch fühlte und nicht mehr wie eine Ansammlung von Sägespänen und Schweiß, stellte er die Dusche ab, schlang sich ein Handtuch um die Hüfte und verließ das Bad. Bis zum Training hatte er noch zwanzig Minuten Zeit, das reichte für ein schnelles Salamibrot. Natürlich durften seine geliebten Peperoni nicht fehlen.

Er biss gerade vom Brot ab, da läutete es an der Tür. Einen Moment lang überlegte er, ob er sich erst noch ordentlich anziehen sollte. Doch als die Klingel schon wieder losschnarrte, dieses Mal mit einem höchst ungeduldigen Unterton, sprang er auf. Auf diese Weise klingelte nur eine einzige Person.

„Hi, Britt", sagte er, als er die Tür öffnete, und grinste. „Hast du Sehnsucht nach mir?"

„Klar doch", erwiderte sie mit der Wärme eines Eiswürfels und stapfte unaufgefordert herein. „Ich kann es keinen halben Tag ohne dich aushalten, weißt du doch."

Greg lachte. Das war eine typische Britt-Antwort. Sie steuerte schnurstracks auf sein Schlafzimmer zu, in dem sie gestern Abend zugange gewesen waren. Natürlich war Britt nicht über Nacht geblieben, das widersprach ihren Prinzipien oder so was in der Art. War ihm recht, er schlief auch lieber alleine.

„Ich habe meine Uhr bei dir liegengelassen", erklärte sie ihren Überfall und kniete sich neben das Bett, um darunter zu schauen. Sah nicht schlecht aus. Ihr knackiges Hinterteil steckte in knallengen, schwarzen Jeans, dazu trug sie die üblichen Boots und ihre Lederjacke. In Kombination mit ihren ratzekurzen schwarzen Haaren wirkte sie, als wollte sie sich für eine Rolle in *Men in Black* bewerben. Womöglich auch für eine Neuverfilmung von *Matrix*. Oder in einem Tarantino-Thriller rund um eine toughe Polizistin, da könnte sie sogar ihre Uniform mit ans Set bringen.

„Hast du eigentlich einen Durchsuchungsbeschluss?", neckte er sie und erntete dafür einen Dolchblick, der durchaus was Faszinierendes hatte. Wenn man lebensmüde war zum Beispiel.

„Laber nicht rum, hilf mir lieber suchen“, ordnete sie an.

„Zu Befehl, Frau Wachtmeisterin.“ Das konnte er nicht lassen, hatte aber das Glück, dass sie ihre breite Männeruhr gerade unter dem Nachtkästchen hervorzog.

Sie schnallte sie ums Handgelenk und machte einen Schritt auf ihn zu. „Scheinst ja gute Laune zu haben, *Sensei.* Dein Training wird trotzdem schweißtreibend, nehme ich an?“ Sie legte eine Hand auf seinen Brustmuskel und strich darüber.

Greg atmete tief ein, ihm wurde heiß. Es machte ihn an, wenn sie ihn mit *Sensei* – dem Titel für einen Karatelehrer – ansprach. Und er wusste, dass es *sie* anmachte, wenn er in der Halle den Ton angab. Karate war kein Sport für Warmduscher, zumindest nicht, wenn man ihn ernsthaft betrieb. Was Britt natürlich tat, sie war auf dem besten Weg zum Schwarzgurt.

„Habe ich jemals ein Training gemacht, bei dem sich jemand gelangweilt hat?“, fragte er und überschlug im Kopf die Zeit. Ein paar Minuten blieben noch, bis er unten im Dojo sein musste. Wenn sie ihm jetzt das Handtuch von der Hüfte riss und sich hier oben schon ihrer Klamotten entledigte, könnte es noch für einen Quickie reichen. Hart genug dafür wäre er gerade.

„Stimmt, hast du nicht. Sonst hätte ich mich ja beschwert. Du lässt uns heute die neue Kata laufen?“ Das klang nicht so, als wäre sie an etwas anderem als Weiterbildung interessiert. Er hingegen …

„Du solltest dich vorher gut aufwärmen“, schlug er vor und schob ihr zielstrebig die Lederjacke von den schmalen Schultern. Darunter trug sie nur ein knappes Top, das ihren sehnigen Körper betonte. Nur ein Ruck, dann rutschte sein Handtuch auf den Boden.

Sie wirkte noch unschlüssig, doch als sie den Blick auf seine Körpermitte senkte, grinste sie zufrieden. „Gehört das zur Schwarzgurt-Prüfung dazu?“, fragte sie und überzeugte sich mit der Hand von seiner Standfestigkeit.

„Klar doch“, keuchte er, drehte sie um und warf sie mit einem Griff, der in keinem Shotokan-Lehrbuch stand, auf das Bett. Im Ausziehen war sie genauso flink wie auf der Karate-Matte. Und ihr lautes Aufstöhnen kurze Zeit später erinnerte ihn ein wenig an den *Kiai*-Schrei, mit dem man beim Training zusätzliche Power freisetzte.

„Du hast es drauf, *Sensei*", ächzte sie anschließend atemlos, wälzte sich danach sofort vom Bett und zog sich ihren weißen Anzug an. Schade eigentlich, dass sie im Anziehen genauso schnell war wie im Ausziehen. Er hätte ihren sehnigen, durchtrainierten Körper gerne noch eine Weile betrachtet. Überhaupt wäre er lieber noch ein bisschen liegen geblieben, denn er war nun doch ein klitzeklein wenig erledigt, aber seine Schüler warteten schon.

Also zog auch er sich um, band sich den zerschlissenen Gürtel um die Hüfte und machte sich auf den Weg nach unten zum Dojo. Es war extrem praktisch, dass sich seine Wohnung direkt über dem Studio befand. Anders würde er es die meiste Zeit gar nicht rechtzeitig zum Trainingsbeginn schaffen, denn er arbeitete lange.

Die Post hatte er nur auf das Sideboard neben der Tür geworfen. Als er jetzt hinter Britt vorbeiging, fiel ein Brief hinunter. Greg hob ihn auf, las den Absender und zog die Augenbrauen hoch. Was zum Henker wollte ein Notar von ihm? Es blieb keine Zeit, das Kuvert zu öffnen, also legte er es zu den anderen und ging die Treppe nach unten.

An der Langbank, die im Karatestudio als Umkleide diente, traf er Thore. Der zog gerade seine Motorradjacke aus und hielt ihm einen Flyer entgegen.

„Schau mal, Greg, die stecken in jedem Briefkasten hier in der Straße und hängen an allen Laternenpfählen", sagte er und strich sich über den finsteren Bart. „Ist von Mario, diesem selbst ernannten Weltmeister mit seiner Martial Arts Bude in der Schillerstraße."

„Schon wieder? Der investiert ja ein halbes Vermögen in Werbung." Gregor überflog den Zettel. Es war das Übliche: Kostenlose Trainingsmonate, Lockangebote für Kinder, sogar Selbstverteidigung für Senioren stand auf dem Programm. Er zerknüllte das Ding und versenkte es mit einem gezielten Wurf im Abfalleimer.

„Soll der seinen ganzen Schnickschnack abziehen", schnaubte er, „wir machen eben das, worum es doch eigentlich geht: Karate als Sport. Jawohl!"

Weil er gerade schon so in Fahrt war, betrat er barfuß die Matte, stellte sich aufrecht hin und ließ seine Schüler Aufstellung nehmen beziehungsweise sich in Reih und Glied in den Fersensitz begeben zum Gruß, der am Anfang jeder Stunde stand.

Danach ging es ans Aufwärmen. Okay, Britt und er hatten das schon hinter sich, fiel ihm ein, und um ein Haar hätte er gegrinst. Selbstverständlich hatte er sich aber im Griff, man erarbeitete sich den dritten Dan schließlich nicht, indem man sich nicht kontrollieren konnte.

„*Itsch, Ni, San*", zählte er bei den Kniebeugen auf Japanisch vor. Sechzehn Schüler plus Britt als einzige Frau folgten gehorsam seinen Anweisungen. Außer dem Ausstoßen von Luft herrschte Stille im Raum, Karate war schließlich kein Sport, bei dem nebenbei Smalltalk gemacht wurde. Es ging um Konzentration, Schnelligkeit und Exaktheit, genau das hatte ihn von Anfang an fasziniert und tat es immer noch.

„Partnerübungen!", kündigte er an und stellte sich gegenüber von Thore auf. Seit der vor zwei Monaten einem anderen Schüler per Fußtritt bei einem nicht abgewehrten *Mawashi Geri* eine Rippe gebrochen hatte, wollte niemand mehr sein Trainingspartner sein. War irgendwie verständlich, der finstere Thore hatte seine Kräfte nicht immer gut unter Kontrolle.

Während er mit seinem Kumpel ein paar Abläufe übte, beobachtete er aus den Augenwinkeln die anderen Schüler. Britt schlug sich wie immer hervorragend. Ihr Blick war hoch konzentriert, die Bewegungen exakt und schnell. Genau so sollte es sein.

Nachdem sie einige Techniken geübt hatten und er zum Korrigieren einzelner Schüler herumgegangen war, rief er Britt auf.

„Ich will sehen, wie du die Kata läufst", sagte er knapp. Für die Prüfung musste sie eine dieser Bewegungsabfolgen vorführen, deshalb waren sie auch Bestandteil des Trainings.

Sie verneigte sich kurz, um anzuzeigen, dass sie verstanden hatte, nannte mit lauter Stimme den Namen der Übung und begann.

Gregor sah ihr zu, registrierte ganz automatisch ihre Unsicherheiten, war aber in Gedanken ganz woanders. Auch wenn er den Flyer dieser Martial Arts-Schule als unwichtig abgetan hatte – der Erfolg des anderen Studios lag ihm im Magen. Die hatten mehrere Trainer angestellt, zogen das im ganz großen Stil auf. Riesenhalle, tagsüber Angebote für diverse Altersstufen, volles Programm. Zwei seiner Schüler waren bereits hinübergewechselt. Wenn andere denen folgten, konnte er sein Studio bald zusperren. Dabei bekamen die Leute hier echten, ernsthaften Sport statt irgendeinen wild zusammengewürfelten Martial Arts-Käse, bei dem sogar noch Musik lief im Hintergrund, so etwas war lächerlich! Nur leider war das der Trend der Zeit. Und er selbst wahrscheinlich viel zu *old school*, wie man jetzt sagte, dabei war er doch gerade mal Mitte dreißig.

Er riss sich los und kam mit seiner Aufmerksamkeit endlich wieder zurück in sein Dojo.

„Freikampf!“, rief er den Schülern zu und stellte sie paarweise auf.

Sein Blick saugte sich erneut an Britt fest, die auch beim *Kumite* eine gute Figur abgab. Ihr Gegner war nicht zu beneiden, der war allerdings auch erst auf dem Weg zum Braungurt. Und hatte bei Weitem nicht Britts Zielstrebigkeit. Sie würde es nicht nur beim Karate weit bringen, sondern sicher auch im Polizeidienst. Und er mochte starke Frauen, bei denen auch er ein richtiger Mann sein durfte. Wäre eigentlich gar nicht schlecht, sich noch öfters mit Britt zu treffen, Gesprächsthemen hatten sie ja durchs Karate und ihren Beruf jede Menge. Er schaute ihr zu beim Kampf, nickte zufrieden bei der guten Abwehr eines Faustschlags und hätte um ein Haar gelächelt, als sie nach einer Drehung mit Fußstoß so ähnlich stöhnte wie vorher beim Sex. Sie war in vieler Hinsicht eine tolle Frau.

Während Gregor die Schüler durch schweißtreibende Bauchmuskelübungen peitschte, fasste er einen Entschluss. Horchte noch einmal genau in sich hinein beim Abschlussgruß. Ja, es stand fest: Er mochte Britt irgendwie. Zumindest konnte er sie halbwegs aushalten, das war doch das Gleiche. Und wenn man eine Frau mochte, wollte man schließlich auch außerhalb des Bettes Zeit mit ihr verbringen, hin und wieder zumindest.

Als die meisten Schüler nach den zwei Stunden Training das Studio verlassen hatten und nur noch die alten Hasen wie Thore an der Theke des angrenzenden Bier-Stübchens herumstanden, um sich zu unterhalten, ging er auf Britt zu, die gerade ihre Sporttasche über die Schulter schwang.

„Hey, wie schaut's aus? Sollen wir noch was essen gehen?", fragte er sie im betont lockeren Ton. „Gleich um die Ecke ist ein richtig guter Italiener, ich lade dich ein."

Sie sah ihn an, als hätte er ihr vorgeschlagen, in ein Nonnenkloster einzutreten. Oder Schlimmeres. Was immer das sein könnte.

„Greg, wir belassen es lieber bei dem, was wir beide echt gut können: Sex haben. Das reicht doch total. Wir sehen uns übermorgen zum Training!" Mit dieser knappen Ansage drehte sie sich um, zackig wie immer, und verließ das Studio, ohne sich noch mal umzuschauen.

Na prima, jetzt hatte er sich zum Idioten gemacht. Wie er so etwas hasste! Überhaupt Frauen. Er hätte es doch wissen müssen.

Gregor stieß die Luft aus und schlüpfte in eines seiner T-Shirts, die an der Garderobe herumhingen. Natürlich war es eine Scheißidee gewesen, so etwas zu fragen. Was hatte ihn da nur geritten?

„Gehen wir noch auf ein Bier ins Crocodile?", fragte Steffen, der neben Thore auf ihn zukam. Die beiden waren ebenfalls Singlemänner und dadurch in der glücklichen Lage, nach dem Training nicht sofort heimrasen zu müssen zu quengelnder Frau und Kindern.

„Bin dabei."

Er drückte die Tür auf, während Steffen Thore neckte, dass der doch sicher durch die nächste Gürtelprüfung fallen würde. Der boxte ihn spielerisch zurück, so blödelten sie oft herum, kam vielleicht durch die Adrenalinausschüttung beim Training.

Aus dem Augenwinkel sah er zwei Frauen auf dem Gehweg, die eine zog sofort die Brauen zusammen, als sie ihn und seine schlagkräftigen Sportfreunde sah. Typisch. Solche Weiber waren randvoll mit Vorurteilen, Vorschriften und Vorspielwünschen. Nein, nein, auf so etwas konnte er in seinem Leben wirklich gut verzichten!

4. Die Brentano-Straße

Valerie

Gleich am nächsten Morgen fuhr Valerie mit ihrer Klapperkiste zum Supermarkt. Als sie wieder herauskam, trug sie jede Menge Kartons vor sich her. Allerdings nicht, weil sie tütenweise Chips, Geschirrspül-Tabs und Sojamilch mit Schokoladengeschmack eingekauft hatte, wie die Aufdrucke vermuten ließen. Sondern weil sie die leeren Schachteln als Umzugskartons verwenden konnte.

Als sie wieder zu Hause war, klingelte sie beim Vermieter, einem bärbeißigen Mann im Erdgeschoss. Er öffnete im karierten Morgenmantel die Tür, obwohl es schon fast zehn Uhr war.

„Herr Ahlmeier, ich muss leider ausziehen. Wie regeln wir das am besten, dass ich nicht mehr so lange Miete zahlen muss?“, begann sie gleich. Er mochte es nämlich nicht, wenn man lange um den heißen Brei herumredete.

„Müssen Sie mir halt einen Nachmieter bringen“, brummte er. „Aber einen vernünftigen! Keinen, wo wieder alles kurz und klein geschlagen wird.“

Sie biss sich auf die Lippe und nickte brav. „Ich kümmere mich darum, vielen Dank!“

Also gleich an den PC und eine Anzeige in der örtlichen Tageszeitung aufgeben. Wäre natürlich super, wenn sich da bald jemand melden würde.

Außerdem klickte sie sich durch die Jobangebote. Oh Mann, sehr vielversprechend war das nicht.

„Bedienung mit Erfahrung gesucht, gastronomie-übliche Bezahlung“, las sie sich selbst vor. Leider war sie dafür ungeeignet, denn wenn sie zwei Tassen auf einem Tablett hatte, fiel ihr ja schon eine runter, mindestens. Erfahrung hatte sie auch nicht vorzuweisen.

LKW-Fahrer wurden noch gesucht. Außerdem Kindergärtnerinnen mit Ausbildung, Pflegekräfte in einem Altersheim und ein Key-Account-Manager. Dummerweise hatte Valerie nicht die leiseste Ahnung, was das sein sollte. Sie vermutete aber, dass es nichts mit dem Sortieren von Schlüsseln zu tun hatte. So etwas hätte sie sich vielleicht gerade noch zugetraut.

„Nachtdienst an der Rezeption unseres Hotels", klang da schon besser. Da konnte sie nämlich anführen, dass sie ja auch in der Physiopraxis oft am Empfang gesessen hatte, um die Patienten zu begrüßen. War doch fast das Gleiche. Okay, besonders gut bezahlt würde das sicher nicht sein, aber sie musste es ja nicht bis zum Sankt-Nimmerleinstag machen.

„Erst mal brauche ich einen Lebenslauf", hörte sie sich selbst sagen und machte sich langsam Gedanken, weil sie zunehmend Selbstgespräche führte.

Sie setzte sich gleich daran, stellte eine Vita zusammen, die allerdings nicht gerade viele Stationen enthielt. Weil sie gerade so gut in Fahrt war, bastelte sie noch ein Bewerbungsschreiben. War eigentlich gar nicht so schwer. Kontakt mit Menschen mochte sie, außerdem arbeitete sie genau und war zuverlässig. Mit so was konnte man sicher punkten.

Valerie schaute auf die Uhr. Es war erst früher Nachmittag, bis Jasmin Feierabend hatte, blieb noch genug Zeit. Sie wickelte sich ihren bunten Schal um den Hals, den sie vierfarbig im Feuerradmuster gehäkelt hatte, es war nämlich windig heute. Dann steckte sie ihre Bewerbungsunterlagen in ein Kuvert und machte sich auf den Weg zum Hotel „Goldene Krone". Warum Porto und Zeit verschwenden, wenn man sich doch auch gleich persönlich vorstellen konnte?

Als sie durch die Glastür ging und die Lobby betrat, sah sie sich erst einmal erstaunt um. Marmorboden, exotische Grünpflanzen, ein Kofferträger in Livree. Das war hier ganz anders als bei der Pension in Kroatien, in der Mike und sie letztes Jahr Urlaub gemacht hatten.

Aber egal, jetzt war sie schon mal hier und zu verlieren hatte sie sowieso nichts.

Todesmutig trat sie an die Rezeption. Die Dame in weißer Bluse und schwarzem Rock schaute auf. „Guten Tag, was kann ich für Sie tun?“, leierte die ihr Sprüchlein herunter.

„Ich bin Valerie Grünberg und komme wegen der Stelle“, quetschte sie hervor.

„Stelle?“, wiederholte die aufgetakelte Angestellte verständnislos.

Na, das fing ja schon gut an. Vielleicht hätte sie besser nach dem Geschäftsführer fragen sollen oder so was. Tat man das denn? Sie kam sich mit einem Mal deplatziert vor in dieser Luxusherberge.

„Ja, es ist doch ein Job ausgeschrieben. Nachtdienst hier am Empfang“, erklärte sie.

Die Weißblusige zog die Augenbrauen zusammen. „Ah, jetzt verstehe ich. Das ist allerdings kein *Job*, wie Sie es nennen. Sondern eine verantwortungsvolle Aufgabe, für die man ein gewisses – nun ja – Auftreten mitbringen muss.“

Sie ließ ihre kajal-umrandeten Augen über Valeries Outfit gleiten, als würde sie ein seltenes Tier im Zoo mustern. Einen Blaufußtölpel zum Beispiel. Oder eine skurril behaarte Affenart.

Ganz automatisch sah Valerie ebenfalls an sich herunter. Okay, sie hätte nicht die ausgewaschenste Jeans anziehen sollen. Aber gegen die grasgrüne Häkelweste über einem ockerfarbenen Shirt konnte man doch nichts sagen, oder? Und dass ihre Haare sich in widerspenstige Wellen verwandelten, die sie nur mittels Pferdeschwanz oder zwei Zöpfen bändigen konnte, war schließlich nicht ihre Schuld, sondern von Mutter Natur so gegeben. Außerdem war der bunte Schal ein wahres Kunstwerk, das musste diese Schnepfe doch erkennen! Die würde wahrscheinlich nicht mal ein simples Wellenmuster in läppischen zwei Farben häkeln können, ohne sich tödlich in den Wollfäden zu verheddern.

„Ich denke, Sie passen nicht zu unserem Haus“, schnarrte die doch glatt, als Valerie ihre Bewerbungsunterlagen herauszog. Wie bitte?

„Und warum nicht?“, konnte sie sich nicht verkneifen.

„Nun – wir erwarten einen gewissen Stil. Und den kann ich bei Ihnen nicht erkennen, tut mir leid. Ich wünsche Ihnen noch einen angenehmen Tag.“ So eiskalt wie die Stimme war auch ihr Blick, der sich aber nun über eine Liste senkte, die sie vor sich liegen hatte.

Valerie öffnete den Mund, um der überheblichen Kuh die Meinung zu geigen, doch Gäste kamen herein und stellten sich neben sie. Die Frau trug einen Pelzmantel, obwohl der Winter schon seit Monaten vorbei war, der Mann ließ einen Porscheschlüssel vom Finger baumeln.

War wohl besser, sie verschwand.

Missgelaunt trabte sie zurück zu ihrer Wohnung. Auf ihrer Schulter saß dabei ein fieses, kleines Teufelchen, das hämisch über sie kicherte. „So kann man schließlich nicht herumlaufen“, quäkte es. „Du könntest ja auch mal einen vernünftigen Rock tragen, eine Bluse oder zumindest irgendwas, das farbtechnisch nicht an einen Amazonas-Papagei erinnert.“

Um ein Haar hätte sie ihm zugehört, aber sie bekam rechtzeitig die Kurve. „Quatsch“, murmelte sie vor sich hin, so entschlossen, wie man eben murmeln kann. „Ich bin, wie ich bin. Und ich habe nicht vor, mich zu verkleiden als langweilige, graue Maus. Ich mag‘s gern farbig und ich liebe meine Häkelsachen. Wem das nicht gefällt, der hat Pech. In diesen Nobelschuppen hätte ich sowieso nicht gepasst, auch nicht im dunkelblauen Blazer mit Faltenrock, jawohl!“

Genau so war es. Und es tat gut, das zu spüren. Einen Job würde sie schon irgendwie finden und wenn sie sich in eine McDonald`s-Uniform oder ein Aral-Hemd quetschen müsste, war es auch recht. Aber sie ließ sich nicht behandeln, als wäre irgendwas nicht richtig an ihr. Nie wieder! Nicht von Mike und ebenso wenig von irgendeinem anderen Menschen auf diesem Planeten. Wenn sie auch kein Geld auf dem Konto und bald keine eigene Bude mehr hatte – zumindest diese Stärke war ihr geblieben. Und die war ganz schön viel wert.

Als sie in die Wohnung kam, stellte sie sich trotzdem vor den Spiegel und musterte sich. Es dauerte eine Weile, aber dann nickte sie sich zufrieden zu. Sie war in Ordnung. Bunt, zerzaust, behäkelt – und das war genau richtig.

Weil sie heute offenbar ihren rebellischen Tag hatte, nahm sie zwei knallrote Ohrringe in Form eines Wollknäuels aus der Schmuckschachtel und legte sie an. Zufrieden nickte sie sich zu. Wenn man schon Mut zur Farbe bewies, dann richtig.

Mit etwas weniger Elan begann sie, Bücher, Kerzen und allerlei Krimskrams, der herumstand, in die Kartons zu packen. Half ja nichts, sie musste hier ausziehen. Als das Handy klingelte, suchte sie es hektisch. War das ein Interessent für die Wohnung?

Nein, Jasmin war in der Leitung. „Arbeitstag beendet“, sagte sie fröhlich. „Treffen wir uns direkt in der Brentano-Straße?“

„Okay, ich komme hin. Gib mir zehn Minuten!“

Valerie hatte sich schon schlaugemacht, wo die Straße lag. Bisher kannte sie die gar nicht, obwohl sie schon öfters im Dichterviertel gewesen war. Da es nicht weit weg war, ging sie zu Fuß. Ihr Handy zeigte ihr den Weg. War eine ganz nette Ecke der Stadt, stellte sie fest. Viele verschiedene Läden, an der nächstgrößeren Straße ein kleines Einkaufszentrum und gegenüber ein netter Park mit Kinderspielplatz und blühenden Beeten. Dazwischen Wohnhäuser mit mehreren Stockwerken, aber auch in die Lücken gequetschte Einfamilienhäuser. Ja, hier in der Gegend könnte man sich wohlfühlen. Vielleicht war das auch der Grund gewesen, warum Philomena oder ihre Vorfahren hier ein Haus gekauft hatten.

Als sie um die letzte Ecke bog, sah sie schon Jasmin auf sich zukommen, ein Lächeln im Gesicht und eine kleine Schachtel in der Hand. „Ich habe heute Macarons gemacht und habe dir von den grünen welche mitgebracht.“

„Die nach Pistazie schmecken? Oh cool, das ist ja eine Überraschung!“ Valerie musste sofort die Schachtel öffnen. Die Oberfläche von zwei der winzigen Taler war gesprungen, deshalb hatte man sie wohl ausgemustert im Café Prinzenhof.

Sie biss vorsichtig ab und schloss die Augen. „Die sind sooo gut!

Philomena mochte die übrigens auch, aber lieber die mit Schoko. Sie hat immer gesagt, `die passen zu meiner schwarzen Seele`. Sprüche hatte sie ja immer gute drauf."

Jasmins Miene wurde ernst. „Du vermisst sie, stimmt`s?"

Trotz des süßen Macarongeschmacks war da etwas Bitteres in Valeries Mund. „Ja, irgendwie schon. Ich hatte mich echt daran gewöhnt, zweimal pro Woche zu der alten Dame zu fahren. Manchmal bin ich ja ewig bei ihr sitzen geblieben. Natürlich nur, wenn sie die letzte Patientin war."

Jasmin nickte voll Mitgefühl. „Und jetzt sind wir hier, weil du irgendwie auf ihren Spuren wandeln willst", stellte sie fest.

Valerie zuckte mit den Schultern. „Kann schon sein. Weißt du, wenn ihr hier ein Haus gehört, ist sie bestimmt auch diese Straße entlanggelaufen, hat in die Schaufenster geschaut, sich tierisch über den Preis für ein Paar Stiefel aufgeregt und im nächsten Laden ohne mit der Wimper zu zucken zweihundert Euro für ein Porzellan-Rotkehlchen hingelegt. So war sie eben."

Sie machten ein paar Schritte den Gehweg entlang.

„Ist wirklich eine kurze Straße", sagte Jasmin. „Da hinten hört die schon wieder auf." Sie deutete auf die nächste Kreuzung.

Das stimmte. Auf jeder Seite gab es vielleicht zehn Häuser. Ein Schuster hatte hier seinen Laden, weiter hinten war ein Blumengeschäft und gleich nebenan ein Shop für Kinderbekleidung und Spielsachen. Sah alles sehr einladend aus, sogar ein bisschen so, als sei in dieser Seitenstraße die Zeit stehen geblieben.

Vor der Auslage eines Hutmachers blieb Valerie stehen und schaute hinein. Das es so etwas heutzutage noch gab! Trachtenhüte, bestickte Kappen, edle Herrenhüte und ein paar Fascinator, mit denen man auch in Ascot Furore machen könnte, waren ausgestellt.

Der Laden daneben schien leerzustehen oder zumindest nicht geöffnet zu haben, man sah die Umrisse einer Theke und einiger Stühle, die schmucklos im Raum standen. Das wirkte alles so wenig einladend, dass Valerie sich lieber wieder auf die farbenprächtigen

Kopfbedeckungen konzentrierte.

Auch Jasmin starrte fasziniert ins Schaufenster. „Die sind wunderschön, besonders der blaue mit der langen Feder gefällt mir." Sie deutete auf ein kunstvolles Gebilde in der Farbe von Kornblumen. Laute Männerstimmen ließen Valerie aufschauen. Aus dem Gebäude nebenan kamen drei Kerle mit Sporttaschen über ihren Schultern.

„Wenn du dem Schlag nicht ausweichst, kann ich doch nichts dafür", bellte einer von ihnen, ein Kleiderschrank mit finsterer Miene und dunklem Bart.

„Von wegen!" Ein Zweiter, der etwas schmäler ausfiel, drehte sich zu ihm um. „Du kannst deine Kräfte überhaupt nicht beherrschen! Und so einer will Schwarzgurt sein. Den sollte man dir entziehen, du Holzklotz!"

Der Dritte im Bunde, ein verstrubbelter, blonder Hüne mit viel zu breiten Schultern und stahlhartem Blick, schüttelte den Kopf. „Mann, ihr hört euch an wie ein Kindergarten. Dabei habt ihr beide keine Reflexe."

Ohne auf Valerie und Jasmin zu achten, schnellte seine rechte Hand nach vorne und versetzte den verdutzten anderen beiden einen Schlag gegen die Brust. Der Finstere fing zwar den Hieb nicht ab, riss aber selbst die Faust hoch und holte aus zu einem Stoß. Blitzschnell tauchte der Blonde weg, machte einen Schritt zur Seite und rempelte dadurch direkt Valerie an, die gegen die Hauswand knallte. Dummerweise setzte der dunkle Mister Unbeherrscht eins nach, weil die Faust ja schon in der Luft war, und traf sie an der Schulter.

„Aua! Seid ihr denn völlig übergeschnappt?", schrie sie und hielt sich den schmerzenden Arm. „Könnt ihr Idioten euch denn nicht irgendwo anders prügeln?"

Sie zitterte am ganzen Körper. Bilder stiegen in ihr hoch, die Faust von Mike, sein blinder Zorn in den Augen. Der Schmerz, als er sie geschlagen hatte. Alles war auf einmal wieder da, sie spürte ihr Gesicht brennen. Und das blanke Entsetzen angesichts dieses Angriffs. Das Zittern wurde stärker und sie keuchte.

Der Blonde wich einen Schritt zurück. „Wir haben doch nur herumgeblödelt nach dem Training“, sagte er und ließ ein Lächeln aufblitzen, das er wohl für verführerisch hielt. Er überragte sie um einen halben Kopf und der Blick aus seinen hellen Augen schien sie zu durchbohren.

Valeries Puls raste. „Herumgeblödelt?“, rief sie und ihre Stimme überschlug sich, weil so viele Erinnerungen auf sie einstürzten. Was glaubte dieser Muckibudenkerl denn, dass er tat?

„Ich hasse Leute wie dich!“, warf sie ihm an den Kopf. „Die sich Muskeln antrainieren, nur um Frauen verprügeln zu können. Ja, da kannst du echt stolz drauf sein. Hier durch die Straßen zu laufen und herumzuschlagen. Zum Kotzen so was.“

Jasmin, die hinter ihr stand, berührte ihren Ellbogen, sagte irgendetwas, aber Valerie hörte gar nicht hin. Diese drei waren vom gleichen Schlag wie die Boxerfreunde von Mike. Lauter Mistkerle, die ihre Aggressionen auch noch bejubelten.

„Moment mal!“ Der Kerl mit den dunkelblonden Strubbelhaaren regte sich sichtlich auf. „Wir prügeln überhaupt nicht herum, was redest du für einen Scheiß? Das war doch nur ein Versehen und Thore entschuldigt sich natürlich bei dir.“

„Ich tue was?“, stieß der Finstere aus. „Die spinnt doch. War doch nur ein kleiner Schubs. Komm schon, Greg, wir gehen weiter.“ Er sprach den Namen englisch aus, was Valerie lächerlich fand, so wie dieses ganze Testosteron-Theater.

„War ja klar!“, spie sie förmlich aus. „Da würde Typen wie euch ja ein Zacken aus der Krone brechen.“

Mein Gott, wie sie solche Kerle verachtete!

Der blonde Greg wandte sich erneut ihr zu. „Okay, Ladies, dann mach ich es eben: Es tut mir leid, es war keine Absicht und wir werden euch nie wieder unter die Augen treten, sofern ihr nicht hier in der Straße herumlungert. Reicht das jetzt oder muss ich noch einen Kniefall machen?“ Sein Eisblick war voller Abscheu. Dabei war es doch seine Schuld gewesen!

„Keine Angst, wir werden diese Straße garantiert nie wieder betreten", zischte Valerie und drehte sich endlich zu Jasmin um, die schon die ganze Zeit an ihrem Ärmel zupfte.

„Komm, wir gehen und kaufen uns irgendwo einen schönen Kakao", sagte die Freundin leise, während dieser Greg halblaut zu seinen Freunden brummte, dass er „solche Oberzicken selten erlebt hat".

Der Dritte rief, man solle „diese überspannten Weiber mal über den Tisch legen und ordentlich …" Mehr verstand Valerie nicht mehr, weil Jasmin sie über die Straße zog und ein knatterndes Motorrad vorbeirauschte. In ihr kochte alles, und speiübel war ihr auch.

Erst als sie ein paar Straßen weiter im schrecklich sterilen Café des Kaufhauses saß und in einer Tasse heißer Schokolade herumrührte, beruhigte sie sich allmählich.

„Ich hasse solche Arschgeigen", erklärte sie zum wiederholten Male. „Überhaupt sind alle Männer zum Kotzen."

Jasmin wickelte eine Haarsträhne um ihren Finger. „Alle vielleicht nicht, aber viele. Und die auf jeden Fall. Wobei dieser Greg ja nicht mal schlecht aussah. Hast du mal seine Augen gesehen? Wow, was für eine Farbe! Hilft natürlich alles nichts, wenn man so drauf ist."

„Mir scheißegal, welche Augen er hat. Ich will diese Typen nie mehr wiedersehen."

Jasmin legte ihre Hand auf die von Valerie. „Das wirst du nicht, Süße, ich versprech's dir. Dieser Greg wird dir niemals wieder über den Weg laufen, so wahr ich die kreativste Konditorin dieser Stadt bin!"

5. Ein Rettungsanker

Valerie

Valeries Häkelnadel tanzte über den Rand des Wollquadrats, das sie eben fertiggestellt hatte. Jetzt war die Randborte aus Krebsmaschen an der Reihe, das ging fast von allein. Das quietschbunte Quadrat würde sie anschließend als eine Art Sattel auf das hellbraune Kamel nähen, das sie gerade fertiggehäkelt hatte. Wenn sie sich ablenken wollte, entstanden oft Tiere, sie hatte schon eine ganze Sammlung zusammen, die sie in einer Vitrine aufbewahrt hatte. Jetzt lagen sie allerdings in einem abgenutzten Karton. Da tummelten sich wollene Delfine und Eichhörnchen, Schmetterlinge, eine Schneckenfamilie, zwei handtellergroße Kühe samt prallem Euter und einiges mehr. Schmuckstück war ein indischer Elefant, dem Valerie ein paillettenverziertes Geschirr verpasst hatte, nachdem sie mal abends einen Bericht über ein indisches Fest gesehen hatte.

Nun also noch das Kamel. Was täte sie auch sonst den ganzen Tag. Bewerbungen hatte sie über zwanzig verschickt und auch schon einige Absagen kassiert. Außerdem war die Wohnung schon zum Großteil leer geräumt. Deshalb saß sie jetzt auf Jasmins Sofa und hatte bis zum Abend wahrscheinlich eine gesamte Oase inklusive Wasserloch, Palmen und winzigen Kokosnüssen gehäkelt.

Als ihr Handy klingelte, sprang sie auf.

„Valerie Grünberg, guten Tag“, meldete sie sich aufgeregt, weil sie bei jedem Anruf hoffte, es gäbe endlich ein vernünftiges Jobangebot.

„Ich rufe wegen der Wohnung an“, kam eine Frauenstimme aus dem Hörer, nicht die erste heute.

Ihre Schultern fielen nach unten. „Ah ja, das ist gut. Es gibt schon ein paar Interessenten. Wir können gerne einen Besichtigungstermin vereinbaren."

Immerhin diese Sache lief ganz ordentlich an. Ein paar Leute waren schon da gewesen, und drei davon hatten sogar einen recht guten Eindruck gemacht. Da würde hoffentlich jemand dabei sein, der dem Vermieter zusagte.

Sie notierte sich den Termin auf einem Zettel und legte ihn auf den kleinen Schreibtisch, den Jasmin extra für sie freigeräumt hatte. Der Rest ihrer Klamotten und sonstigen Sachen stand in Umzugskartons übereinandergestapelt um das ausziehbare Sofa, auf dem Valerie schlief.

Ihr ganzes Leben zusammengepfercht auf vierzehn Quadratmetern. Irgendwie ein ganz schön trauriger Anblick.

Noch trauriger war das Schriftstück, das in einer Klarsichtfolie auf dem Schreibtisch lag. Ihr Arbeitszeugnis. Krause hatte wie erwartet ganze Arbeit geleistet und ihr eine Beurteilung geschrieben, mit der sie sich bei keiner angesehenen Physiopraxis bewerben konnte.

„Du musst zu einem Anwalt!", hatte Jasmin sich aufgeregt. „Das kann er so nicht machen, sind doch lauter Lügen, die er da reingeschrieben hat. Du warst immer engagiert und professionell!"

„Ich kann mir keinen Anwalt leisten, das weißt du doch."

„Du könntest ihm statt seines Honorars den Rücken massieren", hatte Jasmin vorgeschlagen. „Vielleicht lässt sich einer drauf ein. So Schreibtischhengste sind doch eh immer verspannt."

„Weißt du, ich habe überhaupt keine Lust, irgendeinen Mann anzufassen, nicht mal für eine medizinische Massage. Nee, gar nicht."

„Ach Valerie", hatte Jasmin geseufzt und sie in den Arm genommen. Was Valerie gar nicht so gern mochte. Denn manchmal berührte das irgendetwas ganz tief in ihr drin. Irgendetwas, über das sie keine Kontrolle besaß und das sich dann verselbstständigte, um eine tiefe Sehnsucht in ihr zu wecken. Nach Halt, nach Geborgenheit, nach einem Menschen, bei dem sie die Augen zumachen und sich voller Vertrauen fallenlassen konnte. Am Ende hatte sie dann Tränen in den Augen, wusste gar nicht genau, wieso, und fand sich selbst doof. War doch auch wirklich nicht normal, wenn man das Weinen anfing, nur weil die beste Freundin einen in den Arm nahm. Nein, da ging sie solchen Körperlichkeiten lieber aus dem Weg, das war viel sicherer.

Und überhaupt waren das dämliche Gedanken.

„Das Leben geht weiter!“, hätte Philomena gesagt. „Nur dumme Menschen machen nicht das Beste daraus. Oder Feiglinge. Und Sie sind beides nicht, liebe Valerie.“

Ob die alte Dame da recht gehabt hatte? Valerie zweifelte daran.

Nach der Behandlung hatten sie immer zusammen Tee getrunken und Philomena hatte bereitwillig von ihren Reisen erzählt oder Lebensweisheiten zum Besten gegeben. Über Träume, die man sich bewahren sollte, zum Beispiel.

Valerie legte das Häkelzeug in den Korb und stand auf, um sich zu strecken.

Träume. Das war auch so eine Sache. Welche zu haben, war ja nicht schwer. Aber daran zu glauben schon. Das Café Woll-Lust, von dem sie Philomena oft erzählt hatte, war aufgrund ihrer finanziellen Situation in unerreichbare Ferne gerückt. Außer natürlich die alte Dame hätte ihr ein nettes, fettes, fünfstelliges Sümmchen vermacht. Aber Philomena hatte ihr oft erzählt, dass sie kaum Barvermögen besaß.

„Ich habe zweitausend Euro Rente und die gebe ich gern aus, ich will ja leben“, war ihr Motto gewesen. „Auf dem Sparbuch habe ich nichts, für wen auch? Hätte ich Kinder, wäre es sicher anders. Aber nach mir die Sintflut!“ Zu diesen Worten hatte sie dann gern ihren Sektkorken an die Decke zischen lassen und dabei gelacht wie ein junges Mädchen.

Valerie sah auf die Uhr. Langsam wurde es Zeit, sich für den Notartermin fertigzumachen. Die ausgebleichte Jeans kam natürlich nicht infrage, also kramte sie in den Kartons herum. Verflixt, hatte sie denn gar nichts, das halbwegs repräsentativ aussah?

Sie fand schließlich ein hellblaues Sommerkleid mit knallroten Mohnblumen. Das hatte leider Spaghettiträger, sodass sie noch etwas darüberziehen musste. Irgendwo musste ein gehäkeltes Jäckchen sein, das so ungefähr dazu passte, nur wo? Langsam wurde es echt knapp.

Das weiße Lochmusterjäckchen war nirgends auffindbar, also griff Valerie zu einem in Lavendel. Lieber kam sie kunterbunt daher als zu spät. Außerdem harmonierte Lila doch irgendwie mit Blau und Rot, also alles kein Problem. Sie warf sich ihre übliche bunte Tasche über die Schulter, weil da ihre Geldbörse mit dem Ausweis drin war und die restlichen überlebenswichtigen Sachen wie Taschentücher, Pflaster, Notfallschokolade und eine Handarbeitszeitschrift.

Eilig lief sie aus dem Haus und spurtete zu ihrem Auto. Erst da fiel ihr auf, dass sie die knallgelben Ballerinas trug, aber jetzt war es zu spät, andere Schuhe zu suchen. Sie fuhr los, fand bei der Adresse des Notariats einen Parkplatz und ging in die Kanzlei.

Von der Empfangsdame wurde sie freundlich begrüßt. „Sie können noch einen Moment warten, der Herr Notar holt Sie dann gleich."

Kaum hatte es sich Valerie in den Ledersesseln bequem gemacht, kam schon ein grauhaariger Mann mit Brille daher, schüttelte ihr die Hand und bat sie in sein Büro. Dunkles Holz, schwere Vorhänge, ein glänzender, riesiger Tisch in der Mitte des Raums jagten Valerie ein bisschen Ehrfurcht ein. Wo waren die anderen Erben? Sie hatte mit einer ganzen Gruppe von Verwandten gerechnet, die hier zusammenkamen.

Fragend sah sie den Notar an, der jedoch lächelte freundlich. „Setzen Sie sich doch, Frau Grünberg. Wir können vorab schon mal die Formalitäten erledigen, bevor wir zur Testamentseröffnung kommen. Die Tür lassen wir offen, damit Herr Nordstedt zu uns stoßen kann."

Sie zog ihren Ausweis aus der Häkeltasche und hielt überrascht inne. „Da kommen doch sicher noch mehr Leute, oder?", fragte sie.

Er legte eine Mappe vor sich hin. „Nein, im Testament sind nur zwei Erben angegeben. Und vor Ihnen beiden verlese ich dann den letzten Willen der Erblasserin."

„Oh, wow, das hätte ich nicht gedacht“, sagte Valerie. „Ist dieser Herr Nordstedt denn ein Verwandter von Philomena, äh, ich meine von Frau Freiberger?“

Der Notar nickte.

Okay, dann war die Sache klar. Dieser Nordstedt bekam natürlich die Immobilien und sonstige Wertgegenstände. Sie selbst ein paar Erinnerungsstücke. Aber das war völlig okay.

Draußen hörte man Schritte, jemand kam ins Zimmer.

„Sie sind Herr Gregor Nordstedt?“, fragte der Notar.

Valerie drehte sich zu dem Nachzügler um und erstarrte. Das war der prügelnde Mistkerl aus der Brentanostraße! Er hatte sich zwar in ein Sakko gezwängt, wodurch sein muskulöser Oberkörper und die breiten Schultern noch mehr betont wurden, und die kurzen Haare etwas gebändigt, aber es gab keinen Zweifel.

„Du?“, stieß Valerie aus.

Als er sie sah, entglitten ihm die Gesichtszüge und sein Blick versuchte, sie zu erdolchen.

„Na, toll, die Oberzicke“, brummte er und zog die Augenbrauen zusammen, als er sich hinsetzte.

Der Notar sah vom einen zum anderen. „Sie kennen sich also?“

„So würde ich das nicht nennen“, kam dieser Gregor ihr zuvor. „Sagen wir mal, wir sind uns schon mal begegnet.“

„Auf schmerzhafte Weise“, ergänzte Valerie und rieb sich demonstrativ die rechte Schulter.

Greg sah ihr zu. „Das ist die falsche“, sagte er dann. „Du bist mit der linken Seite gegen die Mauer geprallt.“

Oh Gott, wie sie diesen Kerl hasste!

„Was hast du denn mit meiner Großtante zu tun?“, fuhr er fort. „Du gehörst doch überhaupt nicht zur Verwandtschaft.“

„Ich war ihre Krankengymnastin und hatte keine Ahnung, dass sie mich in ihrem Testament bedacht hat. Können wir anfangen mit der Verlesung?“, wandte sie sich dem Notar zu. Der sollte endlich das Testament rausrücken, dem Schläger seine Erbschaft auszahlen und ihr die paar Porzellanfiguren überreichen oder wie immer das ablief. Und dann wollte sie so schnell wie möglich weg von diesem Kerl. Sie rückte demonstrativ mit ihrem Stuhl einen halben Meter zur Seite.

Erst mal ließ sich der Notar auch den Ausweis von Gregor zeigen, dann räusperte er sich, klappte die Mappe auf und nahm ein Schriftstück heraus.

Nach ein paar einführenden Worten ging es endlich los.

„Lieber Gregor, liebe Valerie“, las er Philomenas Worte vor, „ihr wundert Euch sicher, warum ihr beide heute hier sitzt. Dabei ist der Grund ganz einfach: Ihr seid Menschen, die sich um mich gekümmert haben und die ich gern habe. Erst mal zu dir, Gregor. Du warst schon als Kind mein Lieblings-Großneffe, weil du nicht so laut und schrecklich aufdringlich warst wie die anderen Kinder. Du hast lieber still in einer Ecke gesessen und in einem Buch geschmökert. Das hat mir immer gefallen. Und wenn du dann später dein altes Tantchen mal besucht hast, haben wir oft wilde Dinge getan, nicht wahr? Du weißt sicher noch, als du mich mal mit deinem Motorrad mitgenommen hast, ach, das war ein Spaß! Aus diesem Grund geht der erste Stock des Hauses in der Brentanostraße natürlich an dich, du kannst also weiter in deiner Wohnung bleiben, sie gehört dir ab sofort. Außerdem erhältst du mein Sparbuch, das leider ziemlich geplündert ist, meine Möbel und die Bilder.“

Gregor saß mit versteinerter Miene da und reagierte nicht.

Das war wieder eine Sache, die Valerie an Menschen null leiden konnte: Wenn man nicht aus ihrem Gesicht ablesen konnte, was sie fühlten. Solche Eisklötze fand sie schrecklich und konnte sich beim besten Willen nicht erklären, was Philomena in ihrem Großneffen gesehen hatte. Vielleicht war doch schon Alzheimer im Spiel gewesen und sie hatte ihn mit einem Cousin verwechselt oder so? Jemand wie er fuhr doch keine netten, alten Damen auf dem Mofa durch die Gegend und las erst recht kein Buch, nie im Leben! Und der hatte auch bestimmt nicht als Kind in einer Ecke herumgehockt, sondern wahrscheinlich schon im Sandkasten mit der Schaufel um sich geschlagen.

„Was ist mit dem Erdgeschoss?“, sagte Greg schließlich. „Mir war gar nicht klar, dass man ein Haus in Stücken vererben kann.“

Der Notar sah auf. „Frau Freiberger hat das alles im Vorfeld geregelt. Sie hat das Haus schätzen und teilen lassen, das ist im Grundbuch so erfasst. Sie selbst hat ja in einer Mietwohnung gelebt, da wurde die Miete für ein halbes Jahr im Voraus bezahlt, Sie können also in aller Ruhe den Hausstand auflösen. Darf ich jetzt weiterlesen?“

Valerie konnte kaum mehr still sitzen vor Aufregung. In ihrem Kopf wirbelten die wildesten Gedanken durcheinander. Alles war möglich, auch wenn sie nicht daran glauben wollte. Hatte Philomena ihr denn nun ein paar Porzellanfiguren vermacht oder eine Etage des Hauses? Nein, das Letztere war nicht möglich, sie war doch nur eine Krankengymnastin, die hin und wieder zum Teetrinken gekommen war, sonst nichts.

„Nun zu dir, liebe Valerie“, fuhr der Notar fort und sie hielt unwillkürlich die Luft an. „Ich darf doch jetzt du sagen? Gregor war in den letzten Jahren beruflich sehr eingespannt, das kann ich verstehen. Da hatte er natürlich weniger Zeit für mich. Aber du warst mein bunter Sonnenstrahl, wenn ich das so formulieren darf. Du hast von Anfang an so viel Lebendigkeit und Wärme in mein Leben gebracht, dass ich natürlich auch dir etwas vermachen möchte. Sicher wirst du verstehen, dass Gregor als Blutsverwandter an erster Stelle steht. Dir, mein liebes Mädchen, möchte ich gerne all meinen Schmuck hinterlassen. Und die Figuren in der Nussbaumvitrine. Heb ein paar als Andenken auf, den Rest kannst du gerne verkaufen, um dir deinen Traum erfüllen zu können. Das würde mich sehr freuen.“

Der Notar sah Valerie an, ein warmes Lächeln auf den Lippen. Sie war völlig sprachlos. Philomena hatte ihr den Schmuck vererbt? Das war unfassbar großzügig von ihr, da waren Perlenohrringe dabei, auch ein Diamantring und dieser wunderschöne Saphiranhänger in Tropfenform, den sie ihr mal gezeigt hatte.

„Wissen Sie, Valerie“, hatte sie dabei gesagt und alle Leichtigkeit war aus ihrer Miene verschwunden, „ich habe nie darüber geklagt, keine

Kinder bekommen zu haben. Aber wenn ich diesen Anhänger sehe, dann wünschte ich, es gäbe eine Tochter, der ich ihn zum Abschlussball umhängen darf und dann in ihr strahlendes Gesicht schauen kann." Dabei hatte sie zärtlich über den Anhänger gestrichen. Und womöglich gar nicht wahrgenommen, wie viel Schmerz sich gerade in ihren Augen zeigte.

Valerie musste sich zu ihrer Tasche beugen und nach einem Tempo suchen, denn ihr lief eine Träne über die Wange. Sie vermisste die alte Dame. Sehr sogar.

„Wenn mir eine persönliche Bemerkung erlaubt ist", unterbrach der Notar die Testamentsverlesung. Greg saß immer noch mit versteinerter Miene da, nur seine Kiefermuskeln bewegten sich.

„Ich kannte Philomena recht gut", fuhr der Notar fort, „wir waren befreundet, auch wenn wir uns selten sahen. Sie war wirklich etwas Besonderes, ja, ich möchte sogar sagen, sie lebte recht unorthodox. Von Ihnen, Frau Grünberg, hat sie mir mehrmals erzählt. Ihre Besuche bei ihr haben ihr sehr gutgetan."

„Pah, *Besuche*!", mischte Greg sich ein. „Das Wort klingt nach Freundschaftsdienst. Aber sie wurde ja bezahlt dafür und nicht mal knapp, so wie ich Tante Philomena kenne."

Valerie fuhr zu ihm herum. Was wollte er damit sagen? Dass sie nur deshalb nett zu der alten Dame gewesen war, um sich ein Erbe zu erschleichen? Der hatte ja wohl den allerwertesten Karate-Hintern offen!

„Und wo warst du die ganze Zeit?", schoss sie zurück. „Ich kann mich nicht erinnern, dich mal bei deiner Großtante getroffen zu haben, erzählt hat sie auch nie was von einem Besuch."

„Hatte viel zu tun die letzte Zeit", nuschelte er ungewohnt kleinlaut. „Und außerdem geht dich das nichts an." Das kam jetzt wieder in der üblichen angriffslustigen Lautstärke.

Der Notar hob beschwichtigend die Hände. „Ich bitte Sie, mäßigen Sie sich! Es gibt noch einen weiteren Passus im Testament, ich lese ihn Ihnen vor."

Er legte sich das Blatt zurecht, schob seine Brille nach oben und begann.

„Nun fragt ihr euch sicher, was mit dem Erdgeschoss passieren soll“, las er. „Dafür habe ich mir etwas Ungewöhnliches ausgedacht. Ich weiß nämlich, dass ihr beide Träume habt, die sich mit den Räumen verwirklichen lassen. Du, Gregor, möchtest gerne die beste Karateschule der Stadt haben. Und du, Valerie, könntest den Laden wunderbar für dein ersehntes Häkelcafé nutzen. Ihr beide seid mir die liebsten Menschen auf diesem Planeten und wie der Zufall es will, seid ihr beide jung, engagiert und nicht vergeben. Ein weiterer Zufall will es, dass beide Projekte sich nebeneinander realisieren lassen! Ich bin mir sicher, ihr werdet wunderbar zusammenarbeiten. Mein Wille ist somit, dass ihr beide gemeinsam das Erdgeschoss erbt, sofern ihr die separaten Auflagen erfüllt. Aber das sollte kein Problem darstellen, ihr seid verträgliche Menschen und mögt euch sicher schon jetzt. Ich habe schließlich ein perfektes Gefühl dafür, ob Menschen zusammenpassen, und das tut ihr beide auf jeden Fall!“

Er ließ das Blatt sinken. Stille legte sich über sein Büro. Nicht eine von der Art, wie man sie zum Krafttanken an einem glitzernden Waldsee vorfindet. Es war vielmehr dieser wortlose Zustand, der entsteht, wenn Entsetzen und Ungläubigkeit aufeinandertreffen.

Greg fand als Erster die Sprache wieder. „Was, bitteschön, ist ein Häkelcafé?“, fragte er.

Valerie verdrehte die Augen. Meine Güte, war das nicht selbsterklärend? Sie musste sich doch auch nicht erläutern lassen, was eine Kampfsportschule war. Der Kerl war ja total begriffsstutzig.

„Das ist ein Ort, wo man Kaffee trinken, Kuchen essen, Wolle kaufen und nebenbei handarbeiten kann“, sagte sie in einem Tonfall, als würde sie zu einem Fünfjährigen sprechen.

„Niemals kommt so was in meine Räume!“, erwiderte er barsch. „Wir sind ein seriöser Karateclub!“

Der Notar neigte den Kopf leicht zur Seite. „Dann wollen Sie von dem Erbe zurücktreten, Herr Nordstedt? Das ist natürlich möglich, Ihr Anteil geht dann direkt an Frau Grünberg.“

Greg keuchte. Das hörte sich an, als hätte man ihm seinen Schwarzen Gürtel um den Hals gebunden und zugezogen. „Ist es denn Voraussetzung für die Erbschaft, dass wir das so gestalten? Ein Strickliesel-Café statt unseres Vereinsheims?“

„Ihre Großtante wäre sehr entsetzt über so abwertende Ausdrücke“, mahnte ihn der Notar. „Aber es stimmt. Sie haben eine gewisse Zeit und gewisse Auflagen, die ich Ihnen beizeiten mitteilen werde. Erst wenn das alles erfüllt ist, wird das Erbe gültig. Sehen Sie es als eine Art Probezeit, nach deren Ablauf Sie beide zur Hälfte Eigentümer werden. Herzlichen Glückwunsch, Sie sind nun eine vorläufige Erbengemeinschaft.“

Valerie starrte Gregor an, er starrte zurück.

Sie hatte nicht die geringste Ahnung, was man als vorläufige Gemeinschaft mit gewissen Auflagen zu erwarten hatte. Aber sie ahnte bereits jetzt, dass diese Erbsache zusammen mit Gregor Nordstedt ein Höllenritt werden würde.

6. Strickliesel-Alarm

Gregor

„Herzlichen Glückwunsch, Sie sind nun eine vorläufige Erbengemeinschaft“, hörte Gregor den Notar sagen und hoffte immer noch, dass dies alles nur ein schlechter Traum wäre. Für einen Aprilscherz war es jetzt im Mai jedenfalls schon zu spät. Leider wachte er aber nicht mitten in seinem Futon-Bett auf, sondern saß weiterhin in diesem gediegenen Büro und lauschte ungläubig dem Echo der eben gesprochenen Worte.

Philomena konnte doch nicht ernsthaft dieser buntgemusterten Valerie ein halbes Haus vererben! Er hatte immer gedacht, dass der Verstand seiner alten Tante noch recht gut in Schuss sei, aber das war ganz offensichtlich eine Täuschung gewesen. Vielleicht sollte er mal Kontakt mit ihrem Hausarzt aufnehmen und fragen, ob sie unter Medikamenten gestanden hatte? Ja, genau, Psychopharmaka machten doch manchmal solche Sachen, da veränderten sich Menschen. Und die Häkelfrau hatte das schamlos ausgenutzt, indem sie sich bei ihrer alten, reichen Kundin eingeschleimt hatte.

„Das sind Ihre Unterlagen“, fuhr der Notar fort, holte zwei dünne Mappen aus dem Ordner und reichte sie ihnen. Gregor blätterte kurz darin herum. Es waren Kopien des Textes, den er vorgelesen hatte, dazu ein paar rechtliche Erläuterungen und ein Plan des Erdgeschosses in der Brentanostraße.

„Ich weiß gar nicht, was ich sagen soll“, stammelte Valerie und machte einen auf überrascht.

Pah! Er durchschaute sie. So naiv, wie sie tat, war die ganz bestimmt nicht. Selbst dieses kunterbunte Outfit war sicher nur Tarnung. Mal im Ernst, keine halbwegs normale Frau stellte ihre Garderobe so dermaßen farbig zusammen. Lila Oma-Jäckchen, blaurotes Blumenkleid, rapsgelbe Schuhe – so etwas zog doch kein Mensch an! Und dazu diese schreckliche Tasche aus quietschbuntem Garn, in die sie jetzt die Mappe stopfte. Da half auch nicht, dass sie ein recht hübsches Gesicht hatte mit haselnussbraunen Rehaugen und ein paar Sommersprossen über der Nase. Er ließ sich nicht täuschen, erst recht nicht von den harmlos wirkenden dunklen Haaren, die ihr in unordentlichen Wellen über die Schulter fielen. Nein, sie war keinesfalls das unschuldige Ding, als das sie sich inszenierte. Für so etwas hatte er ein Gespür.

Der Notar klappte seinen Ordner zu, schob seinen Stuhl zurück und stand auf. Natürlich ließ Valerie die Hand des armen Mannes kaum los, als sie sich verabschiedete.

„Vielen Dank", schleimte sie den Notar voll. „Ich kann es immer noch nicht fassen. Ein Traum geht gerade in Erfüllung."

Erst mal sehen. Immerhin hatte er da auch noch ein Wörtchen mitzureden. Gregor nickte dem Mann knapp zu und verließ mit großen Schritten das Büro des Notars.

Dummerweise kam die Strickliesel ihm hinterher. „Warte doch mal", rief sie. „Wie geht das jetzt weiter?"

Gute Frage. Sein Plan war, jetzt erst mal heimzugehen, eine Runde zu joggen – am besten mit den schwersten Hanteln, die er finden konnte – und danach seinen Frust in einer Flasche Wodka zu ertränken. Konnte er ihr aber schlecht sagen. Also zuckte er nur mit den Schultern. Vielleicht würde sie dann verschwinden, bei lästigen Fliegen klappte das manchmal. Bei Handarbeitsschwestern offenbar nicht, denn sie stand jetzt direkt neben ihm und schaute ihn mit großen Augen an.

„Ich meine: Wir müssen das jetzt irgendwie aufteilen, oder? Und den Schmuck von Philomena soll ich ja bekommen. Der Notar regelt das wohl nicht, vermute ich."

Noch bevor er antworten konnte, sah sie sich in der Kanzlei um, erblickte eine Angestellte am Schreibtisch und marschierte schnurstracks auf die zu. Sie schilderte ihr kurz das Problem. Die

Kanzleigehilfin rückte sich die Brille zurecht.

„Den Hausrat müssen Sie untereinander aufteilen“, erklärte sie. „Der Gesetzgeber sieht dazu keine genaue Regelung vor. Sie erstellen am besten gemeinsam ein Verzeichnis. Können Sie sich nicht einigen, wird das gesamte Gut veräußert und der Erlös aufgeteilt.“

Gregor ergriff das Wort. „Das ist kein Problem, wir werden uns sicher einig. Meine Tante hat klar geregelt, was wem gehört. Wird wohl am besten sein, wir fahren gleich in ihre Wohnung, um das zu klären.“

Ein Hoffnungsfunken begann in seiner Brust zu glimmen. Wenn er nicht ganz falsch lag mit seiner Vermutung, blinkten bei dieser Valerie Dollarzeichen in ihren Bambi-Augen. Das könnte seine Rettung sein.

Er knipste sein strahlendstes Lächeln an und wandte sich ihr zu. „Ich will keinesfalls, dass du denkst, ich würde irgendwas wegräumen oder dir nicht zukommen lassen. Mein Auto steht gleich unten und ich habe den Schlüssel zur Wohnung von Tante Philomena dabei. Hast du Zeit?“

Wie erwartet nickte sie freudig. Also gut! Er würde sich als ein total spendabler Miterbe erweisen, ihr zusätzlich zu den alten Schmuckstücken und dem Porzellankrimskrams, den er in seiner spartanisch eingerichteten Bude eh nicht brauchen konnte, noch ein paar Möbelstücke schenken und das Bargeld aus der Keksdose. Das sollte doch reichen, um sie auszubezahlen.

Sie gingen nach unten und er ließ sie in den Wagen einsteigen.

„Ganz schön ordentlich“, kommentierte sie den Zustand seines Autos. „Ich habe ja nur eine alte Rostlaube und die ist irgendwie immer vollgemüllt mit Zeitschriften oder Schokoladenpapier.“ Als wäre das ihr Stichwort gewesen, kramte sie aus ihrem Taschenmonster etwas heraus und steckte es sich in den Mund. „Stört dich doch nicht, wenn ich esse, oder?“

„Oh doch“, konnte er sich nicht verkneifen. „In meinem Auto wird nicht gegessen. Du bist doch kein Kleinkind und wir fahren nicht zehn Stunden in den Urlaub, sondern nur zwei Kilometer in die Ulmengasse!“

„Meine Güte, mach doch nicht gleich so einen Aufstand“, erwiderte sie. „Ist ja nur, weil ich heute vor lauter Aufregung noch gar nichts gefuttert habe.“

Immerhin packte sie die Schokoladentafel jetzt weg und schaute beleidigt aus dem Fenster. Gregor seufzte innerlich. Er hätte sie nicht zurechtweisen sollen, sondern freundlich sein, damit kam er sicher eher an sein Ziel. Nur hasste er Brösel in seinem Auto.

„Wir sind eben beide etwas angespannt“, versuchte er so etwas Ähnliches wie eine Entschuldigung.

Sie antwortete nicht. Erst, als er in die kleine Straße einbog, in der seine Tante die letzten Jahre gewohnt hatte, begann sie zu sprechen.

„Wann hast du sie das letzte Mal gesehen?“, wollte sie wissen.

Er fand eine Lücke am Straßenrand und parkte ein. „Vier Wochen vor ihrem Tod“, musste er zugeben. Vielleicht waren es sogar fünf gewesen, so genau wusste er es nicht mehr. Und es war auch nur eine Stippvisite gewesen, was ihm leidtat. Eine Zeit lang hatte er Philomena sehr regelmäßig besucht, aber in den letzten beiden Jahren war seine Zeit so knapp gewesen. Die Arbeit, die Karateschule, die Vorbereitung für die anspruchsvolle Prüfung zum 3. Dan, dazu hin und wieder ein Date mit Britt, um den Kopf freizubekommen. Da war wenig Freiraum geblieben, um eine alte Verwandte zur Käsesahne auszuführen.

Er zog den Schlüssel ab und stieg aus. Andererseits waren das natürlich faule Ausreden. Er hätte immer mal ein Stündchen finden können, wenn er nur gewollt hätte. Wann hatte er sich so von seiner Tante entfernt? Er grübelte, konnte es aber nicht sagen. Früher waren sie tatsächlich ein gutes Team gewesen.

Zielstrebig ging Valerie voraus, durch den Vorgarten hindurch, und blieb an der Haustür des wuchtigen Gebäudes mit Erkern und kleinen Balkonen stehen.

„Ich wusste gar nicht, dass sie hier zur Miete wohnt“, sagte sie, als er aufsperrte. „Irgendwie bin ich immer davon ausgegangen, dass ihr die Wohnung gehört."

Gemeinsam betraten sie im ersten Stock die herrlich restaurierte Altbauwohnung, in der Philomena gelebt hatte. Es roch nach Holz, ein bisschen nach abgestandener Luft und ein klein wenig nach dem schweren, süßen Parfum, dass seine Tante so gern aufgesprüht hatte. Am liebsten nicht nur auf sich selbst, sondern auch in die Räume hinein. Valerie ging zu den bodentiefen Fenstern und öffnete sie mit geübtem Griff.

„Sie mochte es hier", antwortete Greg. „Die hohen Zimmer, die Stuckdecken, das viele Licht. Und natürlich, dass es eine so geräumige Wohnung ist. Deshalb hat sie das Haus in der Brentanostraße an mich vermietet. Irgendwie passte sie auch viel mehr hierher als in eine normale Wohnung."

Er sah sich um, als würde er alles zum ersten Mal sehen. Dabei hatte sich nichts verändert, seit er hier gewesen war. Die hellen Vorhänge mit den Streublümchen rahmten immer noch die riesigen Fenster ein, verspielte Vitrinen aus Nussbaumholz präsentierten allerlei Figürchen und auf dem glänzenden Tisch, der das Esszimmer dominierte, lagen ein paar Zeitschriften.

„Es riecht nach ihr", sagte er halblaut vor sich hin. „Und es sieht alles aus, als würde sie im nächsten Moment von einem Spaziergang zurückkommen."

Unwillkürlich schaute er zur Tür. Wünschte sich in diesem Moment nichts sehnlicher, als dass Philomena hereinspazieren würde. Mit ihren tausend Lachfalten um die Augen, den lebhaften Gesten, mit denen sie von ihren Abenteuern berichtete, und ihrer glockenhellen Stimme.

Wieso war er nicht öfter bei ihr gewesen? Was war er nur für ein schrecklicher Egoist geworden. Kümmerte sich nur um seinen eigenen Kram, wälzte sich lieber mit Britt auf der Matratze herum oder jagte sie über die Matte im Studio, anstatt sich mal Zeit für seine alte Tante zu nehmen. Manchmal war er wirklich zum Kotzen.

„Sie hat ein Kreuzworträtsel angefangen." Valerie schlug die

Zeitschrift auf und deutete auf eine Seite. „Die Hälfte hat sie noch geschafft. Und dann kam anscheinend der Schlaganfall.“

Es war schmerzlos gewesen, hatten ihm die Ärzte gesagt. Wenigstens das. Und völlig aus dem Nichts gekommen. Ob das nun ein Trost sein sollte, wusste er nicht. Und wollte auch nicht darüber nachdenken. Hier zusammen mit Valerie zu sein, gefiel ihm nicht. Sie sollte nicht mitbekommen, was in ihm vorging. Frauen kamen auf dumme Ideen, wenn ein Mann sich eine Schwäche anmerken ließ.

„Du weißt, wo ihre Schmuckschatulle ist?“, sagte er deshalb mit entschlossener Stimme.

Sie sah auf. Sah ihn eine Sekunde an, als wäre er eine seltene Tierart, die sie im Zoo bestaunte. Damit konnte er umgehen, das war eines der ersten Dinge, die man beim Karate lernte: Dem Blick des Gegners standhalten. Kämpfe entschieden sich nicht im Körper, nicht durch Kraft oder Schnelligkeit. Sondern im Kopf. Die Augen des Gegners verrieten, ob er zu besiegen war oder nicht.

Und einen Schwarzgurt, 3. Dan, der sogar einige Seminare beim berühmten Sensei Nishimura intus hatte, konnte so eine Strickliesel sicher nicht im Blickduell kleinkriegen.

Wie erwartet senkte sie die Augen und wandte sich ab. „Im Schlafzimmer, ich hole sie.“

Sie verschwand und kam kurz darauf mit dem Kästchen zurück, das sie vorsichtig auf den Tisch stellte. Gregor hatte keine Ahnung, ob Tante Philomena wertvolle Schmuckstücke oder nur alten Plunder besessen hatte. Für so etwas hatte er kein Auge, ihm war nie aufgefallen, ob sie überhaupt irgendetwas davon trug. Deshalb nahm er ebenfalls Platz und sah gespannt zu, wie Valerie die Schubläden aufzog.

„Das ist der Saphiranhänger, von dem sie mir mal erzählt hat“, sagte sie andächtig und hob eine Kette mit einem tropfenförmigen Stein heraus. Ein passendes Armband gab es auch. Riesenklunker waren das nicht, aber ein paar Euro würde sie bestimmt dafür bekommen.

Als Nächstes kamen einige Ohrringe, eine Brosche aus Bernstein und ein schmaler Ring mit einem roten Stein in der Mitte, den er noch nie gesehen hatte.

„Ich glaube, das ist ein Rubin", stellte Valerie fest und sah ziemlich fasziniert aus.

Gregor lehnte sich zurück. Lief gut für ihn. Die Häkelfrau kannte sich offenbar mit Edelsteinen aus und überschlug garantiert schon mal im Kopf den Wert der gesamten Kronjuwelen. Kam bestimmt ein schönes Sümmchen raus.

„Was machst du noch mal beruflich?", wollte er wissen und stellte überrascht fest, dass sie rot anlief bei der Frage.

„Ich, äh, bin eigentlich Krankengymnastin", antwortete sie, „aber momentan habe ich keinen Job."

Eine arbeitslose Physiotherapeutin? Er schüttelte innerlich den Kopf. So etwas hatte er noch nie gehört, normalerweise waren die doch gefragt ohne Ende. Kein Wunder, dass sie so scharf auf den Schmuck war, sie brauchte Geld!

Und genau das war eine ganz wunderbare Fügung.

„Na, dann kommt dir die Erbschaft ja wie gerufen", sagte er und bemühte sich um einen freundlichen Ton. War gar nicht so leicht. „Die vielen Figuren in der Vitrine stehen dir auch noch zu. Keine Ahnung, ob das Hummel-Figuren sind oder eher wertlos, aber ein guter Antiquitätenhändler gibt dir sicher anständig Geld dafür."

Sie sah ihn mit einem Blick an, den er nicht deuten konnte. War sie erleichtert? Oder irgendwie befriedigt? Britt schaute manchmal so ähnlich drein, wenn er ihr einen intensiven Orgasmus beschert hatte.

Da sie nichts erwiderte, fuhr er fort. „Ich finde, das steht dir auch alles zu. Du hast dich in der letzten Zeit offenbar sehr nett um Tante Philomena gekümmert, deshalb ist das nur gerecht. Weißt du, ich brauche nichts von den Sachen, die hier herumstehen. Weder die Möbel, noch sonst irgendwas. Nimm dir doch einfach alles, was du willst. Und verkauf den Rest."

„Du willst nichts von ihren Sachen haben?", antwortete sie erstaunt.

Er zuckte mit den Schultern. „Was soll ich damit? Andenken

brauche ich nicht, ich habe genug Bilder von unseren Ausflügen im Kopf. Außerdem können wir beide uns auf diese Art vielleicht ganz gut einigen."

Sie straffte die Schultern, setzte sich aufrecht hin. Verengte die Augen, als sie ihn ansah. „Einigen?", wiederholte sie. „Was meinst du damit?"

Okay, er musste es ihr erklären. War ja nicht schwer zu verstehen.

„Ich habe Gregs Karate-Studio vor zwei Jahren gegründet", begann er. „Und erst mal eine Menge Geld in den Umbau gesteckt. Eine Wand musste raus, Fenster rein, der Boden wurde gepolstert und einiges mehr. Lief auch erst recht gut an, aber dann hat ein paar Straßen weiter eine andere Kampfsportschule aufgemacht. So ein modernes Zeug halt, Fitness, Musik, Energydrinks mit Sojamilch und so Krempel. Die machen massiv Werbung und graben mir die Kunden ab. Ich habe jetzt selbst Flyer drucken lassen."

Er zog einen aus der Hosentasche und faltete ihn auseinander. Schob ihn über den Tisch. Valerie nahm ihn in die Hand. „*Gregs Karate-Studio – wenn du ein echter Kerl bist!*", las sie den Aufdruck vor. „*Stark, intensiv, fair und ohne Schnickschnack. Natürlich auch für toughe Frauen. Mit Fitnessraum und Bierstube. Komm zu uns, wenn du deine Grenzen kennenlernen willst.*"

Mit zusammengezogenen Brauen sah sie auf. „Was hat das mit mir zu tun?"

Oh Mann, die war aber begriffsstutzig. „Ganz einfach: Ich brauche das gesamte Erdgeschoss."

Da sie ihre schreckliche Häkelhandtasche auf den Tisch gelegt hatte und die Mappe des Notars halb herausgerutscht war, nahm er die zur Hand, um es ihr zu erklären. Er schlug die Seite mit dem Plan auf und breitete ihn vor ihr aus.

„Das hier ist der Eingang." Er deutete auf die eingezeichnete Tür zur Straße. „Um in den Flur oder in das Studio zu kommen, muss man den großen Raum durchqueren. Wir werden da eine Art Vereinsheim einrichten, die Theke steht ja bereits. Da trinkt man dann nach dem Training ein Bierchen oder auch mal einen Schnaps. In die große Freifläche vor dem Tresen kommen die Geräte fürs Krafttraining. Auf diese Weise bleiben wir konkurrenzfähig.“

Gregor klappte die Mappe zusammen.

Sie jedoch verschränkte die Arme vor der Brust und sah ungefähr so drein wie sein alter Trainer, wenn einer der Schüler bei der *Heian Shodan*-Kata in die falsche Richtung gelaufen war. Nach diesem Blick war er meist sehr laut geworden.

Valeries Stimme hingegen blieb eher ruhig. „Und wo soll deiner Meinung nach mein Café hin?“, fragte sie.

Er fuhr sich mit der Hand übers Kinn. Jetzt galt es, Farbe zu bekennen. „Na ja, ich dachte halt, wir einigen uns. Das mit dem Häkelcafé ist doch sowieso eine unausgereifte Idee. Mal im Ernst – wer soll sich da reinsetzen? Die Leute wollen ihren Kaffee trinken, vielleicht noch ein Stück gedeckten Apfelkuchen essen und fertig. Ich habe noch nie gesehen, dass jemand zum Espresso doppio sein Strickzeug rausgeholt hätte! Außerdem geht der Trend doch eher zu Starbucks und so Zeug. Deshalb mein Vorschlag: Du bekommst alles, was hier in der Wohnung herumsteht. In den Schränken findest du bestimmt auch noch Bargeld, Philomena hatte gern was daheim. Und die Ölbilder sind auch was wert, denke ich. Dazu zahle ich dir einen monatlichen Ausgleichsbetrag. Ist doch ein gutes Geschäft für dich und total fair.“ Er schaute sie lächelnd an.

Sie riss die Augen auf. Dabei waren die auch so schon groß genug.

„Hast du einen Vollschaden?“, schleuderte sie ihm entgegen.

Anschließend nahm sie die Mappe zur Hand, schlug erneut den Plan auf und knallte ihm das Schriftstück vor der Nase auf den Tisch. Ihr Zeigefinger hämmerte auf das Viereck im Eingangsbereich. „Das hier wird mein Café Woll-Lust! Und daran gibt es nichts zu rütteln. Hier kommt ein Regal mit der Wolle und den anderen Utensilien hin, die wir verkaufen. Dort vorne werden die Tische und Stühle stehen. Und auf der Theke natürlich keine dämlichen Bierflaschen, sondern die tollsten Cupcakes, die diese Stadt je gesehen hat.“

„Cupcakes?“, schnaubte er. „Träum weiter. Das ganze Projekt ist zum Scheitern verurteilt.“

Sie schüttelte den Kopf, dass ihre Frisur sich endgültig auflöste. „Du hast keine Ahnung! Wir sind eine absolute Marktlücke. Und Philomena wusste das auch, genau deshalb hat sie das Erbe ja so geregelt. Nein, mein Lieber, ich lasse mich garantiert nicht abspeisen mit ein paar Nussbaumvitrinen und einem Ölbild. Ich werde das Café eröffnen.“

„Nicht in meinem Studio!“ Nun wurde auch er laut.

Sie stand auf, stützte sich mit den Armen auf dem Tisch und beugte sich ihm entgegen. „Du kannst mich mit diesem affigen Dolchblick durchbohren, so lange du willst, es wird nichts helfen. Meine Freundinnen und ich werden das Häkelcafé eröffnen. Basta.“

„Dann werden meine Kumpels und ich euch die Hölle auf Erden machen. Wir halten uns nämlich ebenfalls im Erdgeschoss auf.“

„Bitte sehr“, zischte sie. „Versucht es. Aber wir Frauen sind schon oft genug durch die Hölle gegangen, wir vertragen das. Ob ihr mit unserem rosa Zuckerguss auskommt, wird man erst sehen! Ich lasse mich weder von dir noch von irgendeinem anderen Kerl einschüchtern, das kannst du vergessen.“

Ihr Gesicht glühte. Mit einer abgehackten Bewegung drehte sie sich vom Tisch weg, holte aus dem Nebenzimmer einen Einkaufskorb und legte die Porzellanfiguren aus der Vitrine hinein. Danach klemmte sie sich das Schmuckkästchen unter den Arm und stolzierte aus der Wohnung.

„Ich nehm‘ den Bus statt deiner sterilen Karre“, rief sie ihm noch zu, dann hörte er die Tür ins Schloss fallen. Als hätte er jemals angeboten, sie heimzufahren!

Gregor ließ sich aufs Sofa fallen. Verdammte Scheiße.

Die würde die Drohung doch wohl nicht wirklich wahr machen und in seinem Kampfstudio für harte Kerle eine zuckersüß-rosarote Handarbeits-Oase einrichten?

7. Fliederträume

Valerie

Ein paar Tage später klammerte sich Valerie in Todesangst an der Beifahrertür des Kleintransporters fest, den Jasmin lenkte. „Um Gottes willen, fahr nicht so wild um die Kurven, da purzelt uns hinten alles durcheinander!“, rief sie, doch Jasmin störte das nicht weiter.

„Ach wo“, sagte die ungerührt, „wir haben das doch alles so ineinander gequetscht, da bewegt sich nichts. „Außerdem haben mir die Tarot-Karten verraten, dass du gerade eine Glückssträhne hast.“

„Na, ich weiß nicht recht.“ Valerie schüttelte den Kopf. „Den Job zu verlieren und sich mit einer stahläugigen Bulldogge namens Greg herumschlagen zu müssen, klingt nicht gerade nach Glück.“

„Klar doch!“, beharrte Jasmin. „Du hast diese tolle Erbschaft gemacht, die uns unseren Traum verwirklicht! Und dass du in der Zeitung die Anzeige gesehen hast zu dieser Ladenauflösung, ist auch kein Zufall. Jetzt brechen deine goldenen Zeiten an.“

Das hatten Philomena und ihr brüchiger Ganesha-Gott auch behauptet, es stimmte nur leider nicht. Okay, das mit der Annonce war wirklich eine gute Fügung gewesen, musste Valerie zugeben. In der Nachbarstadt hatte ein Bistro den Betrieb eingestellt und verschleuderte nun seine Einrichtung. Deshalb waren sie und Jasmin mit einem gemieteten Transporter losgedüst, hatten für einen absoluten Spottpreis tolle Rattanstühle, Regale und Geschirr ergattert und karrten ihre Beute geradewegs zum künftigen Café Woll-Lust.

„Dieser Greg hat mir Krieg angekündigt“, wiederholte Valerie zum x-ten Mal seine Worte. „Ich befürchte, er und seine Testosteron-Schleudern werden das wirklich durchziehen.“

Mit einer Handbewegung wischte Jasmin ihren Einwand weg. „Das sind doch allenfalls ein paar Kläffer, die bellen nur, aber beißen nicht. Mach dir da keine Sorgen. Was soll schon groß passieren? Du hast einen notariellen Vertrag, dagegen kann nicht mal Chuck Norris persönlich was ausrichten. Und ein bisschen Geld haben wir ja jetzt auch."

Da hatte sie recht. Valerie war mit ein paar Schmuckstücken und Porzellanfiguren zum Händler marschiert und hatte tatsächlich knapp dreitausend Euro abgesahnt. Ein paar Ohrringe hatte sie allerdings behalten, auch den Saphiranhänger. Konnte natürlich sein, dass sie auch den noch verkaufen musste, denn ein Café einzurichten, war eine teure Sache. Gut, dass Jasmin auch ihr Sparbuch geplündert hatte. Gemeinsam sollten sie es hinbekommen, den Raum schnuckelig zu gestalten.

„Stimmt, wir lassen uns nicht unterkriegen", pflichtete sie ihrer Freundin bei, als diese schwungvoll in die Brentanostraße einbog und vor dem Haus einparkte. „Letztendlich kann er ja gar nichts ausrichten außer dumm daherzureden. Weißt du, ich kann es noch gar nicht fassen. Wir werden tatsächlich unser Häkelcafé eröffnen! Das ist völlig irre."

„Ist es." Jasmin grinste sie breit an. „Ich hab's dir doch gesagt, man muss nur daran glauben! Und jetzt lass uns aussteigen, wir haben eine Menge auszuladen."

Voller Elan öffnete Valerie die hintere Tür des Transporters und zog die ersten Stühle zu sich heran. Ja, es würde ganz wunderbar werden! Mit jedem Schritt, den sie auf den noch schmucklosen Raum im Erdgeschoss zumachte, flatterte der Kolibri-Schwarm in ihrem Bauch wilder herum.

„Dort an die Wand kommt das Regal." Sie deutete nach links. „Ich bestelle gleich morgen die Wolle und Garne. Ach so, Nadeln und so weiter brauchen wir auch. Und die gängigen Handarbeitszeitschriften."

Jasmin nickte eifrig. „Aber bevor wir die Möbel aufbauen, müssen wir streichen. Wollen wir gleich heute damit anfangen?"

„Klar. Wir müssen nur vorher den Transporter zurückbringen. Abdeckplanen hast du gekauft, oder?“

„Liegen auf den Eimern mit der Farbe.“

Während Jasmin den Kleintransporter zurück zur Autovermietung fuhr, natürlich mit quietschenden Reifen, schob Valerie die Stühle und Tische in der Mitte des Raums zusammen. Sie verfügte zwar nicht über Jasmins überbordende Phantasie, aber so ungefähr konnte sie sich vorstellen, wie das Innenleben des Cafés bald aussehen würde. Jetzt war der Raum weiß, kalt, langweilig. In ein paar Tagen hingegen würden die Wände fliederfarben erstrahlen, das Regal vor bunten Wollknäueln überquellen und die bequemen Rattanstühle auf Gäste warten. Dazu ein himmlischer Kaffeeduft und Jasmins traumhafte Cupcake-Kreationen. Das musste einfach ein Erfolg werden!

Weil es ihr gerade richtig gut ging, holte sie ein Leandro-Album aus der Handtasche und steckte es in den auf dem Tresen herumstehenden CD-Spieler. Als seine weiche Stimme erklang, schloss sie einen Moment die Augen und badete in dem wunderbaren Gefühl, das sie umströmte wie das herrlich duftende Wasser einer Badewanne. Ihr Traum würde tatsächlich in Erfüllung gehen! Einerseits konnte sie es noch nicht so ganz glauben, andererseits war alles hier im Raum im wahrsten Sinne des Wortes greifbar. Genau das tat sie, sie ging herum und fasste jeden einzelnen Tisch, jeden Stuhl, jedes Regalbrett, jeden Karton mit Geschirr an. Es war real, kein nebliges Wolkenschloss. Das Café stand in den Startlöchern.

Ein winziger Teil von ihr glaubte in diesem Augenblick sogar, dass ihr Leben sich zum Guten wenden würde. Dass sie vielleicht doch nicht die Versagerin war, als die sie sich oftmals fühlte. Und dass ihr womöglich sogar ein kleines Wollrestchen vom großen Glücksknäuel vergönnt war, das bisher nur allen anderen Leuten vor die Füße gerollt war. Der Refrain setzte ein und sie sang mit. Ein wenig belegt klang ihre Stimme, weil das alles so furchtbar überwältigend war, aber Leandro würde ihren schrägen Gesang ja nicht hören, also war es egal.

Als Jasmin zurückkam, hatte Valerie bereits die Planen auf dem Fußboden befestigt und die Malerrolle ausgepackt. Sie selbst steckte in einem Overall, der aussah wie eine Plastiktüte und hielt einen weiteren von der Sorte Jasmin entgegen.

„Ich setze mich noch heute Abend an die Flyer“, sprudelte sie heraus. „Wie viele sollen wir bestellen? Und wann ist denn überhaupt unser Eröffnungstag, was denkst du?“

Vorsichtig stieg Jasmin in den dünnen Maleranzug. „In zwei Wochen sollten wir soweit sein. Du musst aber erst den ganzen Anmeldekram erledigen.“

„Mache ich morgen.“ Valerie tauchte die Rolle in die Farbe, streifte den Überschuss am Gitter ab und zog einen fliederfarbenen Strich quer über die Wand. „Willkommen im Pastellpalast!“, kicherte sie. „Treten Sie ein in unser Reich aus lindgrünem Häkelgarn und zartschmelzenden Nougat-Eclairs.“

Jasmin stimmte in ihr Lachen ein. Sie nahm einen Pinsel und malte ein riesiges Herz an die rechte Wand. „Hier werden all Ihre Träume wahr!“, sprach jetzt auch sie lautstark ein imaginäres Publikum an, während im Hintergrund Leandro in einer zuckersüßen Schnulze seine Geliebte anschmachtete. „Ja, meine lieben Gäste, wir befriedigen Ihre geheimsten und woll-lüstigsten Sehnsüchte!“ Dann drehte sie sich um und spritzte Valerie mit der helllila Farbe voll.

„Habt ihr komplett den Verstand verloren?“, donnerte eine Stimme von der Eingangstür herüber.

Ertappt fuhr Valerie herum. Greg stand in der Tür und starrte sie an, als würde er den Leibhaftigen persönlich erblicken. Der finstere Typ hinter ihm ebenso. Dabei roch es hier gar nicht nach Schwefel, sondern nach Farbe, und sie hatten auch keine Hörner auf dem Kopf, sondern nur Malerwerkzeug in der Hand. Okay, sich vollzuspritzen war vielleicht ein klein wenig kindisch gewesen, aber noch lange kein Grund, dass er sich so aufregen musste.

„Ihr wollt nicht ernsthaft ein rosa Herz an die Wand pinseln?“ Entsetzt starrte Greg auf das Gemälde hinter ihr.

„Das ist Flieder, nicht Rosa", klärte Valerie ihn auf. „Und keine Angst, wir malen kein einzelnes Herz, sondern sämtliche Wände in dieser Farbe an."

„Niemals!", rief er. Dann fiel sein Blick auf die Rattanmöbel und er schüttelte angewidert den Kopf. „Das kann nicht dein Ernst sein!"

Er klang, als müsste er nach Luft schnappen. Wenn ihm das beim Karatetraining auch passierte, war es kein Wunder, dass seine Kampfsportschule nicht besonders gut lief.

Thore hingegen, sein bärtiger Sportkumpan, machte einen Schritt in den Raum hinein.

„Und wo kann man sich hinlegen?", fragte er grinsend. „Für die wollüstigen Träume und so? Da zieht ihr dann diese idiotischen Ganzkörperkondome aus, nehme ich an."

„Sehr witzig", konterte Valerie, doch Greg übernahm schon wieder das Wort.

„Das muss ein Joke sein", sagte er. „Rosa Wände, Stühle wie im Wintergarten des Seniorenheims und Musik, die jedem normalen Menschen Zahnschmerzen verpasst. Sag mal, geht`s noch?"

Valerie richtete sich zur vollen Größe auf. Was bildete sich dieser Kung Fu-Gorilla eigentlich ein?

„Oh, es geht sehr gut", fauchte sie zurück. „Unser Häkel-Café wird ein Renner, du wirst schon sehen. Schau, ich zeige dir, wie es dann aussehen wird, pass gut auf."

Sie drehte sich um und machte eine ausladende Armbewegung. „Da hinten kommt das Verkaufsregal hin, für Wolle und sonstiges. Die Tische natürlich nach vorne, da kann man gut die Vorbeigehenden beobachten, während man häkelt. Auf der Theke präsentieren wir dann Jasmins wunderbare Cupcakes, allein dafür werden die Frauen hier Schlange stehen. Dazu natürlich eine Auswahl aus Tee- und Kakaospezialitäten, Hot Fudge Chocolate ist nämlich bei uns Handarbeitsfans sehr beliebt. Und man kann sich an einer Liste an der Wand eintragen für Seminare." Sie verschränkte die Arme vor der Brust und schaute ihm direkt in die Augen.

Er wirkte leicht verstört. „Hot Fudge Chocolate?“, wiederholte er und seine sonst so befehlsgewohnte Stimme hatte ein leichtes Kratzen. „Wir trinken hier Bier und Schnaps!“

„Das ist etwas ganz Wunderbares“, mischte Jasmin sich ein. „Kakao mit winzigen Karamellstückchen und Haselnusssahne oben drauf. Solltet ihr mal probieren.“

Thore schaute drein, als hätte sie ihm vorgeschlagen, Knollenblätterpilzsuppe zu schlürfen.

„Und was für Seminare denn?“, erkundigte sich Greg mit recht verständnislosem Blick.

Valerie grinste ihn an. „Da habe ich einiges geplant. Bortenhäkeln für Fortgeschrittene zum Beispiel. Wir werden auch Garn-Tiere als Schlüsselanhänger machen, weil die so tolle Geschenke sind. Natürlich Lochmuster für den Sommer. Und ein Basics-Seminar für absolute Anfänger, sowohl im Häkeln als auch im Stricken inklusive Socken-Special, möglicherweise sogar einen Kreuzstich-Kurs.“

„Das wäre dann natürlich nicht Stricken, sondern Sticken“, ergänzte Jasmin im besten Oberlehrerinnenton.

„Aber – wir müssen hier auch weiterhin durch“, stellte Greg klar und wirkte ziemlich verwirrt. „Und wir werden unseren Studiobetrieb nicht einschränken, nur weil ihr hier euer Strickliesel-Café eröffnen wollt, dass das mal klar ist. Außerdem haltet ihr sowieso keine zwei Wochen durch.“

„Werden wir ja sehen. Ihr seid herzlich willkommen, wenn ihr nach dem Training eine von Jasmins Sahnetrüffel-Himbeerbomben probieren wollt.“

Thore schnaubte verächtlich und spannte seinen beachtlichen Bizeps an, Greg murmelte nur irgendetwas vor sich hin und marschierte mit schnellen Schritten quer durchs Café. Als beide im Flur verschwunden waren, atmete Valerie erst mal tief durch.

„So ein Idiot!“, sagte sie und tauchte ihre Rolle entschlossen in den Farbeimer.

Jasmin nickte. „Echt wahr. Aber ein bisschen kann ich ihn auch verstehen. Das hier war so was wie sein Vereinsheim, er dachte natürlich, das bleibt so. Ist aber noch lange kein Grund, sich hier aufzuführen wie eine wild gewordene Farbrolle."

„Hätte sich halt mehr um seine Tante Philomena kümmern sollen, dann würde ihm jetzt alles gehören. Aber nein, er hat die letzten Jahre ja lieber Faustschläge geübt und sich im Gewichteraum dämliche Muskelberge antrainiert. Wenn ihm seine Muckis wichtiger sind als seine liebe, alte Tante, braucht er sich jetzt nicht zu wundern."

Der Typ machte sie aggressiv. Wenn sie ihn sah, wenn sie ihn reden hörte, wenn sie nur an ihn dachte.

„Er ist doch der typische Egomane", fuhr sie fort, weil sie gerade richtig in Fahrt war. „Das sehe ich sofort. Denkt nur an sich, andere Menschen sind ihm total unwichtig, außerdem ist er selbstverliebt, arrogant und hat einen Sport-Zwang. Ja genau, der ist völlig krank."

Jasmin legte den Kopf schräg, schien nachzudenken, sagte aber nichts dazu. Stattdessen tauchte sie den Pinsel in die Farbe und begann, an der Kante der Wand zu malern. „Mag alles richtig sein", stimmte sie schließlich zu. „Aber eins musst du trotzdem zugeben: Mit diesen knallblauen Augen, dem Coverboy-Körper und diesem speziellen Blick, den er draufhat – Greg ist verdammt heiß."

Vor lauter Entsetzen fiel Valerie doch glatt die Rolle aus der Hand und mitten auf die Fußbodenbretter. Bevor sie losrannte, um einen Putzlappen zu holen, starrte sie ihre Freundin eine Sekunde lang an. „Hast du Lösungsmittel inhaliert? Der Kerl ist eine totale Plage, aber doch keineswegs irgendwie heiß, lauwarm oder sonstwie interessant!"

Jasmin setzte ein wissendes Grinsen auf. „Ach, man weiß nie, was das Leben so bringt", sagte sie in ihrer Wahrsagerinnenstimme, die Valerie auf den Tod nicht ausstehen konnte. Sie hatte Jasmin wirklich lieb, aber es gab diese seltenen Momente, wo sie ihr am liebsten eine Glaskugel an den Kopf geworfen hätte.

8. Die fitte Britt

Gregor

„Flieder!“, entrüstete sich Gregor noch im Flur. „Was soll das bitteschön für eine Farbe sein? Eine Wand streicht man weiß, und fertig. So einen Unfug habe ich ja noch nie gesehen.“

„Vom Rest ganz zu schweigen“, brummte Thore. „Klebriges Karamell in den Kaffee, für so etwas gehört man hingerichtet. Den trinkt man stark und schwarz.“

„Es war Kakao“, stellte Gregor richtig, obwohl das eh egal war.

„Umso schlimmer. Das Gesöff geht noch viel weniger!“ Seine dunklen Augen blitzten. Thore war da Purist, dem brauchte man mit irgendwelchem Schnickschnack nicht zu kommen. Er war früher Gewichtheber gewesen, stemmte noch heute eifrig Hanteln und würde sich eher drei Finger abhacken lassen, bevor er eine sogenannte *Heiße Schokolade* zu sich nahm.

Gregor hatte sich auf dem Heimweg von der Arbeit beeilt, trotzdem hatte Thore schon vor der Eingangstür herumgestanden. Der kam nämlich gern als Erster zum Training. Wobei es heute schon arg früh war.

„Wärm dich ruhig schon mal auf“, sagte Gregor seinem bärtigen Schüler. „Ich ziehe mich oben schnell um und komme dann runter. Britt wollte auch ein bisschen eher da sein. Schatze, sie will die Prüfer mit einer Bombenleistung umhauen und trainiert schon jetzt wie wild.“

„Sie kann gern mal gegen mich Freikampf machen, dann vergehen ihr die Flausen schon.“ Thore grinste breit. „Übrigens: Ich muss dann noch kurz mit dir reden, *Sensei*, bevor es losgeht“, ergänzte er.

Gregor sah ihn an, doch der Hüne senkte den Blick. Sehr seltsam.

Reden war normalerweise nicht so Thores Ding. Sich kleinlaut geben noch weniger.

Er spurtete nach oben, sprang in Windeseile unter die Dusche und warf sich in seinen Karateanzug. Anschließend trabte er wieder nach unten. Inzwischen war auch Britt angekommen.

„Haben diese Weiber den Arsch offen?“, fluchte sie. „Was die da vorne treiben, ist totale Scheiße! Rosa Wände, ich dreh echt durch.“

„Es nennt sich Flieder“, korrigierte Gregor, „darauf bestehen die Damen.“

Britt schnaubte. „Die gehören ins Irrenhaus“, sagte sie und ließ ihre Sporttasche auf die Bank krachen.

Thore kam auf Gregor zu, einen Brief in der Hand. „Den hat mir Martin gegeben“, erklärte er. „Ist seine Kündigung. Er wechselt zum Martial Arts Studio in der Schillerstraße. Und es gibt wohl einige hier aus deinen Kursen, die sich das Dojo dort auch schon angeschaut haben, hat er mir verraten.“

„Fuck“, entfuhr es Gregor.

Er hatte es schon vermutet. Neue Besen kehrten zwar nicht immer dauerhaft gut, aber zogen erst mal Aufmerksamkeit an. Und neuerdings standen die Menschen offenbar auf solchen Mist.

„Die wollen also lieber gehätschelt werden wie Kinder und nach dem Training einen Lolli bekommen, statt richtigen Sport zu machen?“ Es fiel ihm immer noch schwer, sich das vorzustellen. Aber es stimmte. Der Trend ging eindeutig zum Vanille-Eiweißshake, zur Belohnungskarte für Erscheinen im Training plus Prämiengeschenken und zu bunten Lichtspielen in der Dusche. Mit Karate hatte das seiner Meinung nach so viel zu tun wie Ponyreiten auf der Kirmes mit einem Galopprennen, aber ihn fragte ja keiner.

„Wir müssen handeln.“ Britt hatte die Hände in die Hüften gestemmt und obwohl sie den Karateanzug trug, sah sie aus, als wäre sie bereit, ihre Dienstwaffe zu ziehen.

Thore zog die Augenbrauen hoch. „Was meinst du damit?“

„Na, wir werden uns dieses Café doch nicht gefallen lassen, oder?“

Sie sah Gregor an, während sie sprach.

„Das werden wir natürlich nicht“, erwiderte er mit fester Stimme. „Alleine schon diese schreckliche Musik, die diese Strickliesen aufgelegt haben! Irgendso ein Schmuseheinz, dem das Schmalz aus jeder Pore tropft. Wir werden dagegenhalten.“

„Richtig.“ Britt kramte ihr Handy hervor. „Wenn da tatsächlich Gäste auftauchen, was ich mir nicht vorstellen kann, beschallen wir sie hiermit.“

Sie tippte mit dem Finger auf das Telefon und schon dröhnte etwas durch den Trainingsraum, das den Namen Musik nur bedingt verdient hatte. Er wusste, dass Britt auf Death Metal stand. Für ihn, der alten, erdigen Rock mochte, war das eher mit Lärm gleichzusetzen, aber es würde seinen Zweck erfüllen.

„Ich bringe eine Lautsprecherbox mit“, fuhr Britt fort, „damit können wir richtig Gas geben.“

Die Vorstellung, künftig mit diesem trommelfellzersägenden Gedröhne beschallt zu werden, fand Gregor nicht so arg erstrebenswert. „Na ja, ich denke, das Café wird sich eh nicht lange halten. Wahrscheinlich müssen wir gar nichts machen, es wird auch ohne unser Zutun bald Geschichte sein.“

Britt sah ihn erstaunt an. „Das wirst du doch wohl nicht abwarten wollen?“, fragte sie. „Wo ist dein Kampfgeist? Wenn du so weitermachst wie bisher, hast du bald keine Schüler mehr, weil alle zu diesem Mario und seiner Martial Arts Bude wechseln.“

„Hältst du mich für dämlich?“, erwiderte er barsch. „Ich sehe selbst, dass wir reagieren müssen. Deshalb habe ich ja die Flyer drucken lassen und mir noch ein paar Werbesachen überlegt. Und natürlich ekeln wir diese kunterbunten Häkeltanten raus, das ist doch eine der leichtesten Übungen.“

Thore nickte. „Mach dir keine Sorgen, wir helfen alle mit. Wäre ja noch schöner, wenn die rosa Grazien unsere Biertheke belegen würden! Die haben uns eh eingeladen, also werden wir demnächst mal nach dem Training mit unseren Flaschen dort aufschlagen.

Übrigens, Greg: Ich werde immer hier bei dir bleiben, der Unsinn von diesem Mario interessiert mich nicht. Und bei den anderen ist es bestimmt auch so."

Bei allen sicher nicht, vermutete Gregor. Aber Thore war auf jeden Fall ein Fels in der Brandung. Er klopfte seinem Kumpel freundschaftlich auf die breite Schulter.

Die Schüler trudelten allmählich ein, jeder von ihnen machte sich über die pastellfarbene Umgestaltung des Eingangsraumes lustig. Aber es waren nur neun Leute, vor denen Gregor heute stand. Morgen, wenn die Anfängertruppe dran war, würden es wahrscheinlich noch weniger sein. Gerade die Neulinge probierten noch viel herum und da konnte Marios Glamour-Studio womöglich mehr punkten als bei den alten Karatehasen.

„Wir lassen die Tür heute offen", kündigte Gregor an, als sich alle zum Gruß und der kurzen Meditation, die am Anfang jeder Stunde standen, niederließen. Schon beim Betreten der Halle verbeugte man sich voreinander, die richtige Begrüßung laut uralter Tradition erfolgte aber erst jetzt.

Gregor liebte diesen Moment, in dem nicht nur er, sondern auch die Schüler und irgendwie die ganze Welt um ihn herum zur Ruhe kam. Gerade noch hatte man sich aufgeregt unterhalten, nun aber knieten alle in einer Reihe auf dem Boden, hatten die Augen geschlossen, warteten auf sein Kommando. Er kniete den Schülern gegenüber als ihr *Sensei*, ihr Meister, auf dessen Weisheit und Erfahrung sie vertrauten. Der Verantwortung war er sich durchaus bewusst, aber sie störte ihn nicht. Er wusste, was er tat, egal wie streng oder fordernd er war. Die Grenzen der einzelnen Schüler zu kennen, war Aufgabe des Meisters, und auch, sie genau über diese zu führen. Nur so konnte man sich weiterentwickeln, beim Karate genau wie im richtigen Leben.

„*Mokuso*!", kündigte der ranghöchste Schüler auf sein Nicken hin die Stille an, in der jeder Karateka sich sammelte, seinen Kopf vom Tagesgeschehen leerte und innerlich hier im Dojo ankam. Eine ehrfurchtsvolle, fast schon heilige Ruhe senkte sich über den Raum, und es erhob sich der Geist der alten Lehrer, die Karate zur respektvollsten aller Sportarten geformt hatten.

Mitten hinein in die Meditation platzte das Knarzen einer sich öffnenden Tür. Und dann eine Stimme. „Musst du auch immer Lulu nach dem Pfirsich-Tee, Valerie?“, rief eine der Caféstreicherinnen der anderen zu und trampelte den Flur entlang, der zum WC führte. „Oh je, der Reißverschluss vom Overall klemmt, dabei muss ich so dringend pieseln. Huch!“

Gregor, der als Einziger mit dem Gesicht zur Tür kniete, öffnete die Augen. Die goldlockige Freundin von Valerie starrte ihn entsetzt an, den farbbespritzten Plastikanzug halb nach unten gerollt.

„Wusste nicht, dass die Tür zu deiner Turnhalle offen ist“, nuschelte sie, kicherte dann wie ein Teenager und verschwand aus seinem Sichtfeld in Richtung der Toilette.

Heilige Scheiße, was waren das nur für idiotische Weiber? Konnten die ihre Klogespräche nicht neben ihrer Malerei führen, anstatt sich quer über den Flur was zuzubrüllen?

„*Mokuso yame, sensei ni rei*!“ Das Kommando beendete die Meditation, die sowieso keine gewesen war. Zumindest er selbst war nicht zur Ruhe gekommen, ganz im Gegenteil. Diese verfluchten Frauen brachten ihn dazu, den Schwarzgurt-Eigenschaften wie Ruhe und Besonnenheit abzuschwören und zum aufbrausenden Berserker zu mutieren.

Die Schüler und er selbst verbeugten sich zum Gruß bis zum Boden. Anschließend standen sie auf.

„Aufwärmen!“, rief er ihnen laut zu und sie trabten gehorsam los. „Nicht so lahm, ihr wollt doch Männer sein und keine Weicheier!“, setzte er nach.

Britt warf ihm einen scharfen Seitenblick zu, aber er beachtete sie nicht weiter. An der Anrede als Mann störte sie sich nicht, das wusste er. An seinem Kasernenhofton ebenso wenig, der gefiel ihr sogar. Sie fand es wohl eher daneben, dass er Miss Goldlöckchen nicht an den Wallehaaren ins Dojo gezerrt und vermöbelt hatte. Oder ihr zumindest deutlich erklärt hatte, dass die Karatebegrüßung ein erhabenes Ritual sei und sie während dessen gefälligst die Klappe zu halten habe.

Als alle warm waren, ging es an die Dehnübungen und ans Muskeltraining. Gregor stand wie immer breitbeinig vor seinen Schülern, gab die Kommandos, beobachtete die Abläufe. Anschließend ließ er die Gruppe Übungen aus der Karategrundschule wiederholen. Genauigkeit war ihm wichtig und er ließ keine noch so kleine Abweichung in der Bewegung durchgehen.

„Aufstellung zum *Bunkai*!", rief er danach in die Runde und ließ die Schüler Angriffs- und Abwehrstellungen üben. Nur wenn ihnen das alles in Fleisch und Blut überging, hatten sie im Freikampf eine Chance. „Und ich will bei jedem Stoß einen Kiai-Schrei hören, der unseren Nachbarinnen die Pinsel aus der Hand fegt!", forderte er.

Die Karatekas gehorchten. Mit lauter Stimme stieß jeder von ihnen den Schrei aus, sogar Manuel, der sonst eher sanft und leise war, riss sich zusammen und vollbrachte ein paar ohrenbetäubende Kiais.

Als Gregors Blick zufällig zur Tür wanderte, sah er Valerie dort stehen und hereinschauen. Er grinste in sich hinein angesichts ihrer fragenden Miene und den zusammengezogenen Augenbrauen. Wenn die meinte, sie konnte das Erdgeschoss mit ihrem Schnulzensänger verpesten, hatte sie sich getäuscht. Er und seine Truppe hatten dem Genöle eine gewaltige Ladung Testosteron entgegenzusetzen!

Er korrigierte eine Beinhaltung bei Jens, und als er sich wieder umdrehte, war die Strickliesel verschwunden. Gut so! Sie hatte die Flucht ergriffen, somit waren sie auf dem richtigen Weg.

Weil er gerade so schön in Fahrt war, führte er den Schülern einen komplizierten Sprung aus einer Wettkampf-Kata vor. Balance, Schnelligkeit, Ästhetik – im Karate verband sich all das zu kraftvoller und doch eleganter Harmonie, was ihn von Anfang an an dem Sport fasziniert hatte.

Den Blick, den Britt ihm danach zuwarf, kannte er gut. Und er wusste, was danach kam. Immerhin wartete sie noch ab, bis sich alle vor ihrem Trainer verbeugt hatten und sich verabschiedeten.

Dann kam sie näher und flüsterte ihm etwas ins Ohr.

„Du bist sexy as hell, wenn du diese schwierige Kata läufst“, raunte sie ihm zu, „und ich will, dass du mich jetzt nimmst, hart und schnell. Am besten gleich hier unten im Dojo.“

So ein Karateanzug war weit geschnitten für viel Bewegungsfreiheit, trotzdem hatte Gregor den Eindruck, die Hose wurde jetzt gehörig eng.

„Wir gehen nach oben“, bestimmte er, „hier geistern die Fliedermädchen herum.“

Britt wischte sich einen Schweißtropfen von der Stirn. „Na und? Dann sehen die gleich mal, wie richtiger Sex geht. Die kennen garantiert nur so Blümchenzeug.“

„Kann schon sein, aber ich lasse mir trotzdem ungern zuschauen.“

Sie zuckte mit den Schultern. Das war typisch Britt. Wahrscheinlich wäre es ihr sogar recht gewesen, wenn ihr die beiden Zuckergussladys auf den durchtrainierten Hintern gestarrt hätten, während sie auf Gregor ritt.

Im Flur roch es nach Farbe und nach einem süßlichen Aroma. Wenn es wenigstens Gras gewesen wäre! Aber nein, die beiden kifften natürlich nicht, sondern inhalierten nur ihren Kräutertee oder den Karamellkakao. Ekelhaft, so etwas!

Gregor war froh, dass er den Raum des Grauens nicht betreten musste, sondern am hinteren Ende des Flurs, gleich neben dem Erdgeschoss-WC, die Treppe hochsteigen konnte. Britt folgte ihm.

Kaum waren sie in seiner Wohnung angekommen, zog sie den Gürtel ihres Karateanzugs auf und presste sich an Gregor. „Komm, mach es mir“, keuchte sie. „Ich bin total heiß auf dich.“

Ihre kleinen, festen Brüste steckten noch im Sport-BH, aber er spürte sie deutlich. Außerdem rieb Britt ihre untere Etage gegen die seine, was die Hose noch mal ein Stück unbequemer machte.

Sie schob ihn in die Küche. „Hier, auf dem Tisch!“, befahl sie und setzte sich darauf, wobei sie sich des weißen Oberteils entledigte und den BH abstreifte. Als Gregor sich vor sie hinstellte, umschloss sie ihn mit ihren Beinen. Und Britt hatte verdammt viel Kraft in ihren sehnigen Schenkeln!

„Fuck, du machst mich jedes Mal so scharf, wenn du vor der Truppe stehst, *Sensei*“, ächzte sie. „Als du dann heute noch gesagt hast, du willst einen richtig lauten Kiai-Schrei, war mein Slip feucht. Ich steh einfach auf harte Männer.“

„Hart bin ich auf jeden Fall.“ Er befreite sich aus ihrer Umklammerung und zog ihr mit einem Ruck die Hose von den Beinen. Mit dem Slip machte er kurzen Prozess, er riss das lästige Ding auseinander und befreite sich selbst von den Klamotten.

Sie keuchte laut, als er in sie hineinstieß. „Härter, *Sensei*!“, rief sie, umklammerte seine Hände, mit denen er ihre Hüfte an ihn heranzog, und grub ihre Nägel in seine Handrücken.

Das konnte sie haben. Gregor stöhnte ebenfalls, während er mit schnellen Stößen in sie eindrang. Er war kurz vorm Explodieren, nur noch ein paar Bewegungen, dann würde er heftig kommen. Britt war wirklich der Wahnsinn. Ihre Brüste wippten wild und ihr Sixpack-Bauch vibrierte.

„Ja! Gib‘s mir!“ Ihre Stimme war inzwischen rau und heiser, sie stand kurz vor dem Orgasmus.

Ein tiefer, harter Stoß – dann schrie Britt auf. Ihr Körper zuckte, ihre Nägel gruben sich noch tiefer in seine Hände, er selbst kam mit einem kehligen Stöhnen ebenfalls zum Höhepunkt.

Wow, sie machte ihn wirklich fertig! Sein Atem ging schnell, das Blut rauschte in seinen Ohren und an anderer Stelle pulsierte es noch gewaltig nach. Offenbar war sein Kopf unterversorgt mit Sauerstoff, denn er beugte sich über Britt, um ihr einen Kuss auf den Mund zu drücken. Was ein Fehler war. Denn wie bereits vor zwei Wochen, als ihm diese Idee gekommen war, drehte sie den Kopf zur Seite. Außerdem schob sie sich zurück, sodass er aus ihr herausglitt, rollte sich unnachahmlich wendig vom Tisch und stand eine Sekunde später an der Tür zum Badezimmer.

„Ich gehe duschen“, sagte sie. Hielt einen Moment inne und hängte dann an: „Das war verflucht gut, Greg."

„Tja, ein Schwarzgurt, dritter Dan, hat's eben drauf", antwortete er, kam sich aber irgendwie seltsam vor dabei.

„Echt wahr. Du bist richtig tough, das macht mich an. Obwohl ich mir heute fast schon Sorgen gemacht hätte." Sie öffnete die Tür zum Bad und legte sich ein Handtuch vor die Duschkabine.

„Weil ich die blonde Prinzessin nicht einen Kopf kürzer gemacht habe?" Gregor lachte. Das konnte nur ein Witz sein. Wobei seine heiße Polizistin nicht unbedingt berühmt war für ihren Humor.

Britts Miene jedoch blieb ernst.

„Du warst generell so weich, was diese Weiber angeht. Da bist du mir schon fast unsympathisch geworden. Weißt du, einen Moment lang hatte ich fast den Eindruck, du willst dir gefallen lassen, dass die da vorne so ein lächerliches Café einrichten!" Sie drehte das Wasser an. Wie immer auf kalt.

Gregor lehnte sich an den Türrahmen. „Ach was, das ist doch Unsinn! Ich werde denen einheizen, das wirst du schon sehen. Die sollen verschwinden und dafür werde ich sorgen, so wahr Funakoshi der Gründer des Shotokan Karates war!"

„Das will ich dir auch geraten haben", brummte sie und seifte sich mit zackigen Bewegungen die kurzen Haare ein. „Ich kann schwache Männer nämlich nicht ausstehen."

Ihre Brustwarzen hatten sich aufgerichtet und ihr perfekt proportionierter Körper glänzte unterm Wasserstrahl, trotzdem verließ Gregor das Badezimmer.

Er wollte nicht mehr nackt herumlaufen, also schlüpfte er in seine Karatehose. Den Anzug musste er sowieso waschen und sich selbst auch, aber erst, wenn Britt weg war. Was gleich nach der Dusche passieren würde.

Gregor setzte sich an den Küchentisch, schenkte sich ein Glas Wasser ein, trank aber nicht. Die Euphorie, die er noch vor ein paar Minuten während des Sex verspürt hatte, war schnell verflogen. Stattdessen war da ein anderes Gefühl, eines, das sich metallisch auf der Zunge anfühlte und im Hinterkopf unangenehm hämmerte. Ein bisschen wie der Hangover am Tag nach einer Wodka-Orgie mit Thore, nur irgendwie tiefer in der Brust.

Er zwang sich dazu, einen Schluck Wasser zu trinken, doch es änderte sich nichts. Britts Worte erklangen wie ein Echo immer wieder in seinem Kopf. Sie schienen einen Hohlraum gefunden zu haben mit Wänden, von denen sie ständig abprallen und sich wiederholen konnten. Sie mochte keine schwachen Männer, hatte sie gesagt. Und dass sie nur auf harte Kerle stand. Was er ja war, nicht nur nachweislich mit seiner Latte, sondern auch im Dojo. Es gab nicht viele Karatekas, die es zum dritten Dan geschafft hatten, noch dazu in so jungen Jahren. Also hatte er doch alles erreicht, was er immer wollte! Er war tough, man respektierte ihn, er war ein Vorbild.

Wieso zum Henker fühlte er sich dann so verdammt katerig?

Er war wirklich ein Idiot. Jeder andere Mann wäre froh um einen so heißen Feger wie Britt. Er musste ihr keine dämlichen Rosen schenken oder sogar Gedichte schreiben, meine Güte, das würde noch fehlen! Nicht mal zum Shoppen musste er sie begleiten oder in eine stinklangweilige Oper. Stattdessen hatten sie schnörkellosen Sex, bei dem sie sagte, was ihr gefiel. Nicht mal verhüten mussten sie, weil Britt sich hatte sterilisieren lassen. Und sie bewunderte ihn, das sah er oft genug an ihrem Blick unten in der Halle.

Mein Gott, er sollte wirklich happy sein!

Sie kam aus der Dusche, machte sich erst gar nicht die Mühe, ein Handtuch umzubinden. Britt konnte stolz sein auf ihren Körper und zeigte ihn auch gerne, dagegen war natürlich nichts einzuwenden. Steckten schließlich auch viele Trainingseinheiten darin.

Während sie aus ihrer Sporttasche die Jeans und ein Shirt herauszog, stand er auf. „Mir ist noch was eingefallen für unsere Fliederdamen“, sagte er, weil ihm gerade ein genialer Gedanke kam. „Kennst du das Haustier von Manuel?“

„Manuel? Ist das dieser milchgesichtige Blaugurt?“ Sie stieg in ihre Hose.

„Genau. Der hat nämlich ein Tierchen, das uns am Eröffnungstag des Cafés womöglich gute Dienste erweisen könnte."

Britt sah nicht begeistert aus. „Du willst einen Hund oder ein Kaninchen durch die Rattanstühle jagen? Kann mir nicht vorstellen, dass das was bewirkt."

Gregor grinste sie breit an. „Er hat aber kein Flauschekaninchen, sondern etwas anderes, was vielleicht recht nützlich ist. Eine zahme Ratte."

Ein seltenes Geräusch ertönte. Britt lachte. Das kam nicht allzu oft vor und deshalb klang es eher wie ein rostiger Eimer, der die Kellertreppe hinunterfällt.

„Eine Ratte?", wiederholte sie. „Das ist Klasse. Die jagen wir den Handarbeitsschwestern um die Füße, die werden kreischen wie verrückt."

Sie schlüpfte in ihre Lederjacke und zog ratschend den Reißverschluss zu. „Du hast das im Griff, echt super. Diese Zicken kriegen wir los und dann richten wir uns einen geilen Geräteraum ein. Ich freue mich schon darauf, mich so richtig auszupowern!"

Schwungvoll warf sie sich die Tasche über die Schulter, rief ihm einen knappen Abschiedsgruß zu und verließ die Wohnung. Dem Geräusch nach nahm sie wie immer zwei Treppenstufen auf einmal beim Hinunterlaufen.

Ausgepowert war sie ganz offensichtlich nicht, weder vom Training noch vom Sex. Gregor ließ sich aufs Sofa fallen und kam sich mit einem Mal schrecklich alt vor. Die Wanduhr tickte unbeirrbar vor sich hin, eine Fliege surrte um die Fensterscheibe herum, unten fiel die Haustür ins Schloss. Er sah sich wie ein Fremder in seiner Wohnung um. Sauber war sie. Schlicht und funktionell, vom braunen Futonbett über die schmucklosen Regale bis hin zum eckigen Ledersofa in Schwarz.

Philomenas Wohnung fiel ihm ein. All die tausend Krimskramssachen, die sie so geliebt hatte. Zu jeder einzelnen konnte sie eine Geschichte erzählen. Von der Norwegenreisen, auf der sie den Porzellantroll gekauft hatte. Von dem alten Inder mit einem Bart bis zum Nabel, der den Elefanten für sie geschnitzt hatte. Von ihren genialen Flohmarktfunden, wo sie den Nachttopf von König Ludwig einem texanischen Touristen weggeschnappt hatte.

Ob die alle wahr waren, hatte er nie gewusst und es war auch egal gewesen. Die bestickten Kissen hatten sich gut angefühlt in seinem Rücken, der Samtbezug der Couch auch. Anders als sein glattes Leder. Und überall hatte es nach ihrem Parfüm gerochen und nach ihrem Lachen geklungen.

Bei ihr hatte er nie stark sein müssen. Auch wenn er nie geweint hatte in ihrer Anwesenheit – es wäre völlig okay gewesen. Sie hätte ihm einen Kakao gekocht, der fast so dickflüssig wie Pudding gewesen wäre, seine Hand genommen und ihm einfach nur das Gefühl gegeben, dass er genau richtig war. Mit allem, was er fühlte, dachte, tat.

Er stand auf, kippte das Wasserglas in der Spüle aus und goss sich stattdessen Wodka ein. Sah sowieso genauso aus. Und als er sich wieder hinsetzte, fiel ihm auf, dass er auf sein ganzes Karatestudio mit allen Schülern liebend gern verzichten würde, wenn er nur noch ein einziges Mal mit seiner alten Tante eine Partie Mühle spielen könnte. Egal, wie viel sie schummelte.

Aber er war ein harter Kerl, und harte Kerle wurden nicht sentimental. Also schluckte er den Kloß in seinem Hals mit einem weiteren Schluck Wodka hinunter. Sie war tot. Er würde nie wieder eine ihrer Geschichten hören.

Ob sie auch Valerie all diese Anekdoten erzählt hatte?

Gregor umklammerte das Glas. Wie zu Hause die sich in der Wohnung seiner Tante gefühlt hatte. Ganz selbstverständlich hatte sie die Fenster geöffnet und sich in den vielen Zimmern bewegt. War ja auch klar, als Erbschleicherin suchte man natürlich ständig die Nähe zum Opfer! Er atmete tief durch. Der Gedanke passte nicht. So sehr er gerade versuchte, die geldgierige Häkeltante zu hassen, es gelang nicht. Dabei wäre es viel leichter gewesen, denn im Gegensatz zu ihm hatte sie seine Tante in den letzten Monaten besucht, mit ihr gelacht, ihr schöne Momente bereitet.

Und er? War mit seinem beschissenen Karatestudio beschäftigt gewesen, das jetzt sowieso vor die Hunde ging.

Er straffte die Schultern, ließ das Glas los. Nein, das würde es nicht. Er war ein Kämpfer! Natürlich würde er sein Dojo retten, er war schließlich kein Weichei.

Außerdem war es viel besser, dieser Valerie das Café zu vermiesen, als diesen lästigen Gedankenblitz aufkommen zu lassen, dass sie womöglich ein besserer Mensch war als er. Pah! Er goss sich den Rest des Wodkas hinter die Binde. Er war ein hochrangiger Schwarzgurt und somit an Integrität allen anderen Menschen weit überlegen! Außerdem hatte er keine Zeit für solch unnütze Gedankengänge, er musste dringend eine Ratte organisieren.

9. Die Eröffnung

Valerie

Valeries Hand zitterte, als sie den Schlüssel ins Schloss steckte. Auf dem Plakat, das direkt vor ihrer Nase in der Eingangstür hing, prangte ein riesiges, fliederfarbenes Datum. „15. Juni – ERÖFFNUNG!“, stand darauf und das war genau heute.

Da sie sowieso nicht hatte schlafen können, ebenso wenig wie Jasmin, waren sie schon um halb sieben Uhr morgens am Café. Das Meiste war natürlich schon vorbereitet, aber ein paar Handgriffe gab es noch zu erledigen.

„So aufgeregt war ich seit meiner Führerscheinprüfung nicht mehr“, sagte Jasmin und holte die riesige Kühlbox aus dem Auto, in der ein Teil der Cupcakes verstaut war. Sie hatte seit Tagen gebacken wie verrückt, Schokoblätter zur Dekoration gegossen, Cremes angerührt. Wie sie das alles neben ihrer normalen Arbeit im Café Prinzenhof geschafft hatte, blieb Valerie ein Rätsel.

Sie selbst hatte die umliegenden Geschäfte abgeklappert, um dort Flyer auslegen und Plakate aufhängen zu dürfen, sich stundenlang an die Kreuzung gestellt und allen Passanten einen Zettel in die Hand gedrückt. Dazu ein gebrauchtes Kühlschrankmonster organisiert, das hinter dem Tresen stand und bereits randvoll mit Gebäckstücken war.

„Und ich habe noch nie im Leben so viel geackert“, erwiderte Valerie lachend. Der Muskelkater vom Streichen der Wände war kaum vergangen, da kam schon der nächste daher, als sie die Regalbretter hereinschleppen und aufbauen mussten, die Kisten mit dem Geschirr tragen und die schwere Bohrmaschine nach oben wuchten durften. In die Löcher an der Decke hatten sie Haken geschraubt, sodass nun Blumenampeln aus Makramee-Knüpferei den Raum zierten.

Jasmin setzte die Box auf dem Tresen ab, lehnte sich daran und schaute sich um. Dazu nickte sie zufrieden und setzte ein Lächeln auf, dass wohl jeden Mann zwischen achtzehn und einundneunzig dahinschmelzen lassen würde. Zum Glück waren gerade keine Kerle anwesend, sonst würden die ihr alle einen Heiratsantrag machen und Valerie allein im Café Woll-Lust herumhocken.

„Es ist absolut großartig, was wir hier geschaffen haben", stellte Jasmin fest.

Eigentlich hatte Valerie gefühlte tausend Dinge, die vor der Eröffnung um zehn Uhr noch zu tun waren, auf ihrer Liste, aber auch sie nahm sich einen Moment Zeit, um sich umzusehen.

Die Wände erstrahlten fliederzart, das Geschirr im hinteren Regal hatte auf weißem Grund ebenfalls lilafarbene Blüten und natürlich hatten sie auch Servietten in dieser Schattierung besorgt. Auf die runden Tische hatten sie schon gestern kleine Blumentöpfe mit Zwergrosen gestellt, aus den Hängeampeln rankten sich Blätter nach unten. Allein das Farbenspiel aus dem Weiß der Tische und Theke, dem Beige der Rattanstühle und Makramee-Ampeln und dem Pflanzengrün ergab schon ein wunderschönes Bild vor den pastellfarbenen Wänden.

Ein Hingucker war natürlich auch das weiße Regal, das die gesamte linke Seitenwand bedeckte. In hellen Rattankörben, die die Gäste herausziehen konnten, lag alles, was das Handarbeits-Herz begehrte: Wolle in allen Variationen, Garne, Perlen, Pailletten, Nadeln, Bücher. Als Clou stand neben jedem Tisch ein geflochtener Korb. In ihm konnten die Gäste ihre Arbeit aufbewahren, während sie sich einen Kaffee gönnten oder einen Cupcake genossen.

„Du hast recht, unser Café ist ein Schmuckstück geworden", sagte Valerie. „Hoffentlich kommen auch ein paar Leute!"

„Klar doch", antwortete Jasmin mit ihrem unerschütterlichen Optimismus. „Vier Freundinnen von mir haben zugesagt, außerdem hast du doch auch ein paar Bekannte eingeladen. Und die Leute aus der Nachbarschaft sind bestimmt neugierig."

Schön wäre es! Valerie wünschte sich sehr, hin und wieder auch mal diese Zuversicht zu haben, mit der ihre Freundin durchs Leben spazierte. Dass heute ein paar Gäste kommen würden, glaubte sie schon auch. Aber was passierte dann in den nächsten Wochen? Konnten sie mit ihrem Konzept die Leute überzeugen oder war es doch eine totale Schnapsidee, wie dieser Greg behauptet hatte?

Sie seufzte und beschloss, sich lieber auf die anstehende Arbeit zu konzentrieren.

„Wann fangen wir an mit Kaffee-Kochen? Um Viertel vor zehn vielleicht? Ich kann ja schon mal alles vorbereiten." Mit fahrigen Bewegungen hantierte sie an der Maschine herum.

„Den Kakao machen wir auch rechtzeitig fertig, der hält ja in den Thermoskannen warm. Ich kümmere mich jetzt erst mal um die Cupcakes."

Jasmin holte eine Tortenspritze hervor, befüllte die mit der vorbereiteten Kokos-Rum-Sahne und baute vor sich eine Reihe Ananas-Muffins auf. Fasziniert beobachtete Valerie, wie sie perfekte Sahnekringel auf die Muffins setzte, die so gleichmäßig aussahen, als wären sie geklont. Garniert wurde die Kreation mit einer kandierten Ananas und einem bunten Cocktail-Schirmchen. Jasmin summte tiefenentspannt ein Lied vor sich hin, während sie die Schmuckstücke auf einen Teller setzte und in ihrer schnörkeligen Schrift ein Schildchen mit „Piña-Colada-Cupcakes" beschrieb.

„Schaut bei dir aus wie Meditation", stellte sie fest. „Du hast beim Backen wirklich die Ruhe weg."

Sie selbst war ein Nervenbündel, aber Jasmin holte völlig entspannt die nächste Ladung Gebäck hervor, um ihr den letzten Schliff zu verpassen.

Valerie wischte noch ein letztes Mal den Boden, polierte ein paar Gläser und las sich die Preisliste durch, wobei ihr die Ziffern vor den Augen verschwammen.

„Weißt du", sprach sie mehr zu sich selbst, „es hängt so irrsinnig viel von diesem Tag und den nächsten Wochen ab! Bleiben die Gäste aus, sind wir beide ruiniert. Du hast ja auch so viel Geld reingesteckt! Das bekommst du natürlich von mir zurück, wenn ich dann wieder einen richtigen Job habe, ist ja klar. Kommen aber total viele, weiß ich gar nicht, wie ich das schaffen soll. Eine Angestellte kann ich ja nicht zahlen. Aber das sind wahrscheinlich Luxusprobleme, die sowieso nicht eintreten."

Jasmin legte den Pinsel zur Seite, mit dem sie gerade die Rhabarber-Baisers verzierte und kam auf Valerie zu. „Setz dich mal dahin, Schätzchen", befahl sie und drückte Valerie auf einen Stuhl nieder. „Du bist ja völlig durch den Wind. Also, hör jetzt auf mit diesen negativen Gedanken und hör mir stattdessen mal zu: Das Café wird super laufen! Es gibt kein gutes hier in der Nähe, die Einrichtung wird das ältere Publikum verzücken, meine Cupcakes die jungen Frauen, deine Handarbeits-Expertise alle Woll-Freundinnen. Und weil ich im Gegensatz zu dir so überzeugt bin von unserem großen Erfolg, habe ich gehandelt."

Verwirrt sah Valerie sie an. „Gehandelt?", wiederholte sie verständnislos. „Was meinst du damit?"

Jasmin ging hinter den Tresen, wo ihre Handtasche lag, und kramte ein Schriftstück hervor. Sie kam zurück und reichte es Valerie.

Die faltete es auseinander und traute ihren Augen nicht. „Ein Teilzeitarbeitsvertrag?", rief sie verdattert. „Du arbeitest nur noch halbtags im Café Prinzenhof? Ich glaub es nicht, du bist ja völlig verrückt!"

„Ach was." Jasmin machte eine abwiegelnde Handbewegung. „Das ist doch nur vernünftig. Wir bauen uns hier etwas auf. Und du brauchst mich. Also arbeite ich vormittags bei meiner Schreckschraube und ab Mittag erhole ich mich beim Cupcake-Backen und Bedienen. Ist doch eine tolle Lösung!"

Valerie sah ihre Freundin an. Sah ihr Lächeln, ihre Begeisterung, ihre vor Freude wippenden Locken, und fühlte plötzlich eine Träne über ihre Wange rollen. Sie sprang auf und umarmte Valerie. „Du bist unglaublich", schluchzte sie. Alles brach gerade über sie herein, die

Anspannung wegen der Eröffnung, die finanzielle Lage, ihre Einsamkeit – und dann kam einfach Jasmin daher und tat so etwas! Valerie konnte kaum sprechen, so gerührt war sie. Sie drückte ihre Freundin fest an sich, irgendwann löste sie sich von ihr, schaute ihr ins Gesicht, musste selbst lachen und sagte: „Ich liebe dich, weißt du das eigentlich?"

„Ich dich doch auch, mein Himbeertörtchen", erwiderte Jasmin und drückte ihr einen Kuss auf die Wange.

Ein Räuspern ließ Valerie zusammenzucken. Sie fuhr herum – und sah Greg an der Tür zum Flur stehen.

„Tut mir sehr leid, wenn ich eure traute Zweisamkeit störe", sagte er und grinste unverschämt. „Ich wollte nur Bescheid geben, dass heute ein Spezialtraining stattfindet. Aber lasst euch nicht stören."

„Was soll jetzt das schon wieder heißen?", regte Valerie sich auf. Nicht nur, dass dieser Mistkerl einfach so hereingeplatzt kam, er unterstellte ihnen auch noch sonst was! „Wobei genau willst du uns denn nicht stören?" Sollte er wenigstens Farbe bekennen, dieser Dämlack.

„Na ja." Er zuckte mit den Schultern. „Ich weiß ja nicht genau, in welcher Beziehung ihr beide zueinander steht."

Valerie holte Luft für eine entsprechende Erwiderung, aber Jasmin war schneller.

„Wir sind gute Freundinnen, hetero", erklärte sie ungerührt dem Karate-Heini, „aber wenn wir ein lesbisches Paar wären, hätten wir damit auch kein Problem."

„Richtig", nahm Valerie den Faden auf. „Bei uns im Café Woll-Lust ist sowieso jeder willkommen, egal ob bi, lesbisch, schwul, divers oder sonst was. Kannst du das von deinem Sportverein auch behaupten? Werden alle Menschen bei euch bereitwillig aufgenommen?"

„Ich…äh", kam er ins Straucheln.

Valerie lachte sich innerlich einen Ast. Jetzt hatte sie den coolen Greg erwischt.

„Ja, klar“, fuhr er fort. „Wieso denn nicht? Bei uns kann jeder kämpfen.“

„So lange er ein richtiger Mann sein will“, zitierte sie seinen Flyer.

Er verschränkte die Arme vor der Brust und durchbohrte sie wieder einmal mit seinem Eisblick. „Wir haben auch eine Frau dabei. Britt ist auf dem besten Weg zum Schwarzgurt. Du siehst: So engstirnig sind wir gar nicht.“

Pah! Diese Britt war schon ein paar Mal in Polizeiuniform durch die Café-Baustelle gestapft und hatte dabei gewirkt, als würde sie am liebsten alles kurz und klein ballern. Die ließ Valerie nicht als Beispiel für einen Nicht-Mann gelten!

Er legte den Kopf ein wenig zur Seite, schien zu horchen. Im Hintergrund lief entspannende Gitarrenmusik, die man wunderbar nebenbei hören konnte, weil sie so unaufdringlich war.

„Lasst ihr das auch laufen, wenn die Leute da sind?“, wollte er wissen und seine Miene machte klar, was er davon hielt.

„Klar“, sagte Valerie. „Wenn es dich stört, musst du halt in deine Halle gehen. Wir werden hier eine tolle Zeit haben mit Häkelgesprächen, ausgefallenem Tee und den kreativsten Leckereien der Stadt.“

Wie zur Bestätigung baute Jasmin gerade den nächsten Teller mit Naschwerk auf, dieses Mal waren es schokoladige Sünden.

Greg machte einen Schritt auf den Tresen zu, um sich die Bällchen genauer anzuschauen. „Was soll das denn sein?“, fragte er und konnte die Augen offenbar nicht von den zugegebenermaßen seltsam aussehenden Kugeln lassen.

Jasmin lächelte ihn in bester Verkäuferinnenmanier an. „Das sind meine neu erschaffenen Schoko-Knäuel“, referierte sie. „Eine Alternative zur längst überholten Sachertorte. Im Inneren zarter Schokokuchen, das Ganze natürlich überzogen mit Aprikosenmarmelade und als kleines Extra habe ich einen winzigen Kern aus Pistazienmarzipan eingebacken. Wie du siehst, wurden die Kugeln anschließend überzogen und am Ende mit einer dunklen

Ganache dekoriert, die ich als Wollfäden gestaltet habe. War gar nicht so einfach, ich musste viel herumexperimentieren."

Voller Bewunderung nickte Valerie ihrer Freundin zu. Nicht nur, weil die die allergenialsten Kuchenideen hatte, sondern auch wegen der Ruhe, in der sie dem Muskelprotz das Kunstwerk erklärte.

„Aha", sagte er. „Stimmt schon, es schaut tatsächlich aus wie ein Wollknäuel."

Ein Wunder! Fast wäre Valerie herumgehüpft und hätte Halleluja gerufen. Der harte Herr Nordstedt hatte einen freundlichen Satz über die Lippen gebracht, das musste sie sich im Kalender rot anstreichen.

Als hätte er ihre Gedanken gehört, riss er den Blick von der Theke und setzte wieder seinen abweisenden Ausdruck auf. Valerie musterte ihn verstohlen. Was an ihm „heiß" sein sollte, wusste sie beim besten Willen nicht. Okay, er hatte eines dieser markanten Gesichter, die man bei Sportlern gern in Großaufnahme zeigte oder auf die Titelseite von Men`s Health klatschte. Ein markantes Kinn, ganz annehmbare Züge, eine schmale Nase und natürlich diese Daniel-Craig-Augen. Überhaupt würde er sich in einem James Bond-Film gut machen, dann aber eher als Bösewicht. Die verstrubbelten, blonden Haare müsste er sich in diesem Fall natürlich in Form bringen lassen. Valerie musste zugeben, dass seine Frisur noch das Beste an ihm war. Mike und seine Boxerkollegen hatten sich alles bis auf wenige Millimeter abrasiert. Sie mochte es aber, wenn sie bei einem Mann mit den Fingern durch die Haare fahren konnte. Also ganz generell gesprochen, nicht bei Greg natürlich, den würde sie nicht mal mit der Beißzange anfassen.

„Na, jedenfalls kommen heute meine Karateleute zur Power-Session", sagte er mit lauter Stimme. „Nicht, dass ihr euch wundert. Wir machen Konditionsaufbau mittels Zirkeltraining, das läuft natürlich mit aufpeitschender Musik. Also stellt nicht alles hier zu, wir müssen da durch. Ist ja schließlich auch unser Stockwerk."

Da war er wieder, der übliche Mistkerl. „Wir stellen unsere Stühle hin, wo es uns passt", konterte Valerie. Wäre ja noch schöner, wenn sie sich von ihm die Raumaufteilung vorschlagen lassen würde! „Ihr müsst euch eben durchquetschen, wir erwarten jede Menge Gäste zur Eröffnung!“

Er öffnete den Mund, schloss ihn dann aber wieder, ohne etwas zu sagen. War auch besser so.

„Power-Session mit Zirkeltraining?“, sagte Jasmin grinsend. „Soll das heißen, ihr kniet gar nicht die meiste Zeit mit geschlossenen Augen auf dem Boden herum oder übt, wie man bei Faustschlägen ins Leere am lautesten stöhnt?“

Aus Valerie platzte ein Lachen heraus.

Gregor schoss ein paar Dolche auf sie ab, das half aber nichts. „Ihr habt ja überhaupt keine Ahnung“, zischte er schließlich, machte in einer zackigen Bewegung kehrt und verschwand.

Kaum hatte er den Raum verlassen, kicherte auch Jasmin lautstark mit. „Sein Gesichtsausdruck war unbezahlbar“, prustete sie. „Mehrmals sogar! Das mit den Minderheiten war ein guter Punkt.“ Sie hielt die flache Hand nach oben und Valerie schlug ein zum High Five. Sie waren wirklich ein super Team!

Nach einem Blick auf die Uhr kroch die Aufregung wieder in Valerie hoch.

„Langsam wird‘s Zeit! Bald trudeln die ersten Leute ein und wir haben noch keine Getränke hergerichtet.“

Das holten sie schleunigst nach. Außerdem drapierte Jasmin ihre Cupcakes und den Gewürzkuchen, den sie schon vor drei Tagen gebacken und in Kuvertüre saftig gehalten hatte, auf dem Tresen und verstreute ein paar Blütenblätter um die Tabletts.

Der Kaffee brodelte in der Maschine, das Teewasser war heiß und der Kakao in den Kannen, als Valerie um Viertel vor zehn mit Puddingbeinen zur Eingangstür ging. Sie schloss auf, drückte die Tür nach außen und fixierte sie mit einem Keil.

„Wir haben jetzt offiziell geöffnet“, sagte sie zu Jasmin, als sie wieder nach innen kam, und ihre Stimme zitterte dabei.

Jetzt galt es. Wie Rehe vor einem Autoscheinwerfer saßen sie da und starrten zu den Fensterscheiben hinaus.

Lange mussten sie nicht warten, dann kamen drei ältere Frauen heranspaziert und gingen zielstrebig auf die Tür zu. Als Valerie sah, wer die Mittlere des Trios war, sprang sie auf und lief auf sie zu.

„Frau Stresemann!“, begrüßte sie die ehemalige Patientin der Physiopraxis. „Das ist ja eine Überraschung! Ich freue mich wahnsinnig, dass Sie gekommen sind.“

„Natürlich, Kindchen, ich kann mir doch die Eröffnung nicht entgehen lassen. Und ich habe auch gleich meine Cousinen mitgebracht.“ Sie wandte sich den beiden Frauen zu. „Ottilie, Friederike, habe ich zu viel versprochen? Es sieht doch ganz entzückend aus hier!“

„Wohl, wohl!“, stimmte die eine ihr zu, während die andere sofort die Kuchenauswahl in Augenschein nahm.

„Schwarzwälder Kirsch gibt es hier wohl nicht?“, fragte sie, klang aber nicht unfreundlich.

„Ich habe etwas viel Besseres“, sagte Jasmin. „Wenn Sie es gern fruchtig mögen, dann versuchen Sie mal diesen Johannisbeer-Mascarpone-Traum mit Nussbiskuit. Das erste Stück geht heute aufs Haus. Oder wie wäre es mit einem wunderbar saftigen Sacher-Muffin? Ich verspreche Ihnen, Sie werden danach nie mehr eine Schwarzwälder wollen.“

Die alte Dame ließ sich überzeugen und bestellte zum Sacher-Törtchen auch gleich eine Portion Kaffee dazu.

„Ottilie, schau doch nur, hier gibt es sogar Schafswolle zum Stricken!“, rief Frau Stresemann der anderen Cousine zu. Gleichzeitig betraten schon die nächsten Gäste das Café.

Der Hutmacher von nebenan, ein rundlicher Mister Madbatter mit britischem Background, hatte zwar wenig Interesse an Häkelthemen, zeigte sich aber von den Piña-Colada-Cupcakes sehr begeistert. Vier Freundinnen von Jasmin belagerten einen Tisch und packten gleich ihre Handarbeitssachen aus, ein paar Passanten holten sich Kuchen und zwei Teenager mit Zahnspangen fachsimpelten über Lochmuster, während sie ihren Fudge-Kakao schlürften und zwei

Blueberry-Walnut-Muffins verdrückten.

Nach und nach kamen alle Inhaber der umliegenden Läden und wünschten den neuen Cafébetreiberinnen Glück. Simona, die den Spielwarenladen führte, brachte ein kleines Plüschschwein vorbei, das Valerie neben die Kasse setzte. Und Elisabeth vom Blumenladen steuerte sogar einen farbenprächtigen Sommerstrauß bei. Sie war genau wie Simona etwas älter als Valerie, plauderte aber sofort freundlich drauf los, und war offenbar auch ein großer Fan von Häkelarbeiten. Als Elisabeth den Hutmacher herumsitzen sah, lachte sie.

„Ich glaube es nicht, unser Mister Madbatter ist auch da!", neckte sie den älteren Herrn, der schon sein zweites Gebäckstück verdrückte. „Werden Sie künftig auch selbst gemachte Strickhüte anbieten?", fragte sie grinsend.

Er ließ sich nicht aus der Fassung bringen. „Meine liebe Elisabeth", erwiderte er mit leichtem englischem Akzent, „ich verkaufe grundsätzlich nur exquisite Ware und das schätzen meine Kunden. Wenn ich selbst die Nadeln schwingen würde, könnte man wohl kaum von ausgezeichneter Qualität sprechen. Aber wer weiß, als Zeitvertreib abends im Garten würde sich derartiges Handarbeiten womöglich anbieten."

Erstaunt hörte Valerie ihm zu. An die gestelzte Sprechweise hatte sie sich schon bei ihrem Antrittsbesuch in seinem – sehr skurrilen – Laden gewöhnt, aber dass er über eine Karriere als Häkelkönig nachdachte, überraschte sie doch sehr.

„Sehr gut", antwortete Elisabeth ungerührt, „dann tragen wir uns einfach alle für das nächste Seminar ein." Sie hielt ihm die Liste hin, die Valerie ausgelegt hatte, und er las die Angebote aufmerksam durch.

Was hier passierte, war unfassbar. Immer mehr Leute strömten ins Café, die anwesenden Gäste waren so begeistert von der Kuchen- und Woll-Auswahl, dass sie gar nicht gehen wollten, und die drei Cousinen Stresemann fragten, ob sie vielleicht ein Gläschen Eierlikör oder gerne auch Kirschwasser haben könnten, dann würde ihnen das

Stricken leichter von der Hand gehen.

„Die anderen Ladeninhaber sind auch total nett“, raunte Valerie Jasmin zu, die hinter der Theke alle Hände voll zu tun hatte. „Wir haben mit der Nachbarschaft hier echt das große Los gezogen!“

Jasmin nickte und wischte sich mit dem Handrücken eine feuchte Haarsträhne aus der Stirn, dann befüllte sie zwei Tassen mit Kakao und gab die Karamellwürfelchen hinein. „Wenn das auch die nächsten Wochen so weitergeht, werden wir reich, Val! Okay, nicht stinkreich vielleicht, aber wir werden finanziell super über die Runden kommen. Und haben unser eigenes Unternehmen, ist das nicht großartig?“

Oh ja, das war es. „Unglaublich großartig sogar!“, gab Valerie zu und spürte zum ersten Mal echte Zuversicht, dass sie es schaffen würden. Dass sie selbst vielleicht doch nicht die Versagerin war, für die sie sich immer gehalten hatte. Ihr Bauch kribbelte wie verrückt und sie wollte am liebsten quer durch das ganze Lokal tanzen.

Das Leben war ganz wunderbar!

Selbst, als ein ganzer Schwung finster dreinblickender Karategestalten hereinkamen und sich rabiat durch die sitzenden Gäste drängte, machte ihr das nichts aus.

Was sollte schon passieren, sie hatte das Glück auf ihrer Seite!

10. Es geht rund!

Gregor

„Die haben tatsächlich die Bude voll!“, wunderte sich Thore, als er ins Dojo kam. Er war so durch den Wind, dass er glatt vergaß, sich zu verneigen. Und so etwas passierte einem Sport-Perfektionisten wie Thore sonst nie.

„Kann ich mir auch nicht erklären“, erwiderte Greg. „Aber das ist vielleicht nur heute. Weil sie Sekt verteilen oder weiß Gott was, und ab morgen sitzen sie allein in ihrem Fliedernest.“

„Mich würden da keine zehn Brauereirösser reinbringen.“ Thore ließ seine Tasche auf den Boden fallen und schälte sich aus der Lederjacke. Das T-Shirt, das er darunter trug, platzte fast unter seinen Muskelbergen, die schwarzen Augen und der Bart gaben ihm das Aussehen eines riesenhaften Waldschrats, mit dem man sich besser nicht anlegte. Bei der Vorstellung, dass Thore sich im Café Schokobällchen servieren ließ und dazu pappsüßen Kakao schlürfte, musste Gregor trotz allen Ärgers lachen.

Britt hingegen verzog nicht mal die Mundwinkel. „Wir ziehen es auf jeden Fall durch, nehme ich an?“, versicherte sie sich.

„Klar.“ Gregor nickte. „Denen werden wir jetzt mal zeigen, wo hier der Hammer hängt.“

„Gut“, stimmte Britt zu. „Die Weiber haben nämlich irgend so einen Schnulzensänger aufgelegt, mir hat sich der Magen umgedreht, als ich mich durch das Café gekämpft habe, echt kotzhaft!“

Sie platzierte den tragbaren Lautsprecher, den sie mitgebracht hatte, direkt neben der Tür. Das Ding hatte die Form einer Rolle, verteilte den Schall somit in alle Richtungen, also auch den Flur entlang. Gleich würden hier die Wände wackeln.

„Sport machen wir aber trotzdem, gell?", fragte Thore, schob den Ärmel ganz zurück und überzeugte sich davon, dass sein Bizeps immer noch gewaltige Ausmaße hatte.

„Sicher doch. Sind ja schon fast alle da." Gregor hatte seinen Schülern das Angebot gemacht, heute eine Zusatzstunde einzulegen, und inzwischen hatten sich bereits fünfzehn versammelt. Von Manuel war noch nichts zu sehen, aber der hatte versprochen, zusammen mit seinem Haustier zu erscheinen. Das würde ein Spaß werden!

„Los geht`s." Ein Nicken zu Britt, schon dröhnte der Metal-Sound durch die Bude. Thore und ein paar andere verzogen entsetzt das Gesicht, aber sie wussten alle, worum es ging. Außerdem waren sie Karatekas und somit bereit, Opfer zu bringen. Wer Wellness mit sanfter Klangschalenberieselung wollte, sollte eben zum Yoga gehen, hier wurde schweißtreibendes Konditionstraining gemacht, heute eben mit aufpeitschender Musik!

„Bewegt euch!", brüllte Gregor gegen den Lärm an. „Hocksprünge über die Bank, lasst es krachen!"

Er hatte die Langbank, auf die sie sonst die Sporttaschen legten, mitten in den Raum gestellt und ließ die Leute nun darüber springen, dass es nur so bumperte. Vor allem, wenn Thore sein volles Gewicht auf die andere Seite wuchtete, bebte der Boden. Inzwischen war auch Manuel angekommen, samt seinem Haustier. Er stand am Rand, trug einen übergroßen Hoodie und streichelte mit einem Finger die Ratte, die auf seiner Schulter herumkroch. Da heute kein echtes Karatetraining stattfand, trug keiner den weißen Gi, sondern verschlissene Sportsachen, auf Gregors Anweisung hin am besten ungewaschene. Man musste der Puderzucker- und Zimtorgie da vorne schließlich echten Männerduft entgegensetzen.

Wie erwartet dauerte es nicht lange, bis die erste Nadelprinzessin auftauchte. Wutschnaubend kam Valerie heranmarschiert, direkt auf ihn zu.

„Das ist viel zu laut!", brüllte sie und ihre roten Wangen verrieten, dass sie sich ordentlich aufregte. Gut so!

„Ach was, wir sind erst beim Warm-up“, schrie er zurück, „danach heizen wir uns noch mehr ein.“

Als hätte sie auf sein Kommando gewartet, schaltete Britt einen neuen Song an, bei dem die Bässe und verzerrten Gitarren noch heftiger rumorten. Klang ungefähr so, als würde man direkt unter einem startenden Düsenjet stehen.

Die Strickliesel sah aus, als würde sie jeden Moment explodieren. „Mach diesen Scheiß endlich aus“, kreischte sie, „wir haben einen wichtigen Gast!“

Er musste sich sehr zusammenreißen, um nicht zu lachen. Ein wichtiger Gast? Wahrscheinlich irgendein Häkelguru, quasi der Seji Nishimura des Wollfadens, den alle grauhaarigen Handarbeitstanten anhimmelten wie den Messias höchstpersönlich. Die Vorstellung war so skurril, dass ihn dieser ominöse Gast fast schon interessierte.

„Ich wette, es ist vorne gar nicht so laut“, erwiderte er. „Und eure Gäste mögen unsere Musik garantiert lieber als euren Schlagerfuzzi.“

„Bei uns klirrt das Geschirr!“

„Du übertreibst total. Kommt, Leute, wir schauen mal, ob das stimmt!“

Ihre Rehaugen weiteten sich, als nicht nur er selbst, sondern die ganze Truppe sich auf den Weg ins Café machte. Das hatten sie natürlich vorab so vereinbart, sie wollten es den Häkelleuten ja ungemütlich machen. Thore krempelte sein verschwitztes Shirt an den Ärmeln hoch, sodass seine Muskelberge gut sichtbar waren, Gregor selbst trug ausnahmsweise ein eng anliegendes Top, bei dem sein muskulöser Körperbau betont wurde. Normalerweise mochte er so etwas nicht und fühlte sich im Karate-Gi viel wohler, aber heute galt es, Eindruck zu machen. Einen möglichst bedrohlichen. Er musste grinsen, als sie durch den Flur schritten, die dröhnende Musik als Soundtrack mit dabei.

„Das wird ein Hammerauftritt!“, raunte er Thore zu.

„Genau!“, erwiderte der. „Die wilde Meute zeigt den Weibern endlich, wer hier das Sagen hat!“

Valerie trippelte neben ihnen her, aber Thore stürmte voraus. Er riss die Tür zum Café auf und machte mit seiner besten Finstermiene samt Schweißgeruch und zuckenden Muckis ein paar Schritte hinein. Zwei alte Damen, die vor seiner Nase gesessen hatten, schrien ängstlich auf und schoben ihre Stühle zur Seite. Der Rest der Truppe ergoss sich jetzt auch in den Raum.

„Man hört unsere Musik doch kaum hier drinnen“, rief Gregor und baute sich neben dem Tresen auf. „Wir können schließlich nichts dafür, dass da hinten schon seit zwei Jahren unsere Trainingshalle ist. Nicht mal unserem Maskottchen Funky ist es zu laut, gell?“

Er gab Manuel, der zwischen ihm und Valerie stand, ein Zeichen. Daraufhin ließ der die Ratte von der Schulter über seinen Arm hinablaufen. Sie flitzte zielstrebig über die Thekenfläche, und zwar affenartig schnell.

Valerie sah das herumrasende Tierchen, stieß einen spitzen Schrei aus und machte einen Satz nach hinten. Dabei riss sie zwei Tabletts vom Tresen, sodass die bunten Cupcakes wie Konfetti durch die Gegend flogen. Sie selbst rutschte auf einem aus und landete mit einem lauten Plumpsen auf dem Hintern. Die Ratte hingegen versenkte ihre Nase zufrieden in dem einzelnen Schokoknäuel, das noch auf dem Tresen übrig war.

„Du verdammter, beschissener Mistkerl!“, schrie Valerie ihn von ihrem Platz am Boden an. Sie tat ihm fast ein klein bisschen leid. Ihr Gesicht war knallrot und sie deutete mit dem Finger auf ihn. „Ich zeige dich und deinen Schlägertrupp an wegen Hausfriedensbruch, dann kannst du deine Liegestütze künftig hinter Gittern machen!“

Er lachte. Temperament hatte sie ja, die Häkelschwester. Doch als er den Blick hob, blieb ihm das Lachen im Hals stecken. Denn direkt vor ihm baute sich ein Mann auf, der ihm gerade bis zum Kinn reichte. Der trug einen sauberen Seitenscheitel, eine randlose Brille und einen tadellosen Anzug – wenn man von dem Spritzer Himbeersahne auf dem Revers mal absah.

Was zum Henker tat der Notar hier?

Ganz plötzlich hatte Gregor nicht mehr das Gefühl, dass der

Auftritt grandios gelaufen war. In seinem Nacken kribbelte es ameisenmäßig, und das passierte eigentlich nur, wenn er so richtig tief in der Tinte saß.

Der Notar nahm eine der fliederfarbenen Servietten, wischte sich das Revers ab und sah anschließend abwechselnd von Gregor zu Valerie, die gerade aufstand.

„Mir scheint", begann er, „die gute Philomena lag nicht richtig mit ihrer Vermutung, dass Sie beide ein Herz und eine Seele sein werden. Leider ist es Voraussetzung für den endgültigen Erhalt der Erbschaft, dass Sie sich gut verstehen. Da dies nicht der Fall ist, tritt nun die Auflage in Kraft. Vielleicht gehen wir ein paar Schritte in den Flur?"

„Auflage?", mischte sich die blondlockige Konditorin ein und legte den Arm schützend um Valeries Schultern. „Das will ich aber auch hören."

„Jasmin hat recht, wir bleiben hier. Im Flur versteht man ja sein eigenes Wort nicht wegen dieser schrecklichen Beschallung der Schlägerbande." Valerie erdolchte ihn mit ihren Blicken.

Mit einer knappen Kopfbewegung gab Gregor Britt ein Zeichen. Sie eilte nach hinten und kurz darauf war der Lärm vorbei. Nur dieser honigsüße Schnulzensänger quälte sich noch durch eine Ballade, ansonsten war es still im Café. Alle Gäste starrten gespannt auf den Notar.

„Nun", sagte der, „ich habe das Schriftstück in Kopie dabei und kann es gern verlesen."

Er kramte ein Blatt Papier aus seiner Aktentasche, die neben einem Rattanstuhl stand, faltete es auseinander und räusperte sich.

„Meine liebe Valerie, mein lieber Gregor", las er Philomenas Worte vor, „ich kenne euch beide sehr gut. Dich, Gregor, schon dein ganzes Leben lang. Dich, Valerie, habe ich in den letzten beiden Jahren gut kennengelernt und du bist mir wie eine Tochter ans Herz gewachsen. Ihr seid beide Menschen mit großem Herz, einem guten Charakter, ehrlich, hilfsbereit und tolerant."

Wie bitte? Gregor schaute Valerie an, die schaute ebenso

verständnislos zurück.

„Ja, ihr beiden habt die gleichen Werte. Und einen wunderbaren Humor! Aber für den unwahrscheinlichen Fall, dass ihr das aus irgendwelchen Gründen nicht sofort erkennt, habe ich mir etwas ausgedacht. Ihr wisst doch, ich war mal bei den Schwarzfuß-Indianern, ach, da gibt so weise, alte Frauen! Die sagten: `Du kannst einen Mitmenschen erst dann beurteilen, wenn du einen Mond lang in seinen Mokassins gelaufen bist.` In diesem Sinne habe ich mir eine Aufgabe für euch ausgedacht."

Unwillkürlich blickte Gregor auf Valeries Füße, die in lila Ballerinas mit silbernen Herzchen steckten. „Ich trainiere grundsätzlich barfuß", beeilte er sich zu sagen.

Valerie schüttelte daraufhin den Kopf und murmelte etwas, das sich verdächtig nach: „Du bist so ein Idiot" anhörte.

„Darf ich fortfahren?", fragte der Notar im Tonfall eines genervten Mathelehrers.

Valerie nickte, er ebenfalls.

„Damit ihr versteht, wie der jeweils andere denkt und fühlt, werdet ihr dessen Leidenschaft teilen. Um es genauer zu sagen: Du, Valerie, musst vielleicht noch ein wenig über dich hinauswachsen und lernen, dich durchzusetzen, insbesondere wenn es um Männer geht. Deshalb wirst du in Gregs Karatestudio die Prüfung zum gelben Gürtel ablegen. Du, Gregor, musst möglicherweise dein Temperament etwas bremsen, das geht am besten bei der Handarbeit. Also wirst du unter Valeries Anweisung eine Häkelarbeit zu Ende bringen, und zwar genau das veilchenblaue Jäckchen mit der schönen Borte und dem luftigen Lochmuster aus Garn, das sie im Sommer so gern trägt. Als kleines Entgegenkommen darfst du dir die Farbe selbst aussuchen."

Okay, es war ein Witz! Endlich verstand Gregor. Er legte den Kopf in den Nacken und lachte los. Philomena war wirklich klasse! Der Notar würde ihm im nächsten Moment grinsend auf die Schulter klopfen und ihm sagen, dass er ihn fast drangekriegt hätte.

Doch der Mann mit der randlosen Brille verzog keine Miene.

„Das meint sie doch nicht ernst?“, fragte Gregor und rieb sich über den Nacken, denn der fühlte sich an, als liefe da nicht nur eine Ameisenherde, sondern Funkys gesamte Rattenverwandtschaft herum.

„Selbstverständlich ist das ernst“, bestätigte der Notar. „Aber Sie wissen – Sie müssen diese Auflage nicht erfüllen. Es steht Ihnen natürlich absolut frei, diesen Teil der Erbschaft auszuschlagen und das geforderte Lochmusterjäckchen nicht zu häkeln. Dadurch würde dann das gesamte Erdgeschoss auf Valerie übergehen.“

„Eher gefriert die Hölle zu“, zischte Gregor. Nie im Leben würde er sein Studio aufgeben, er war ein Kämpfer, er ließ sich nicht unterkriegen!

Eine hohe Stimme meldete sich zu Wort. Sie gehörte zu der alten Dame im beigen Kostüm und mit Perlenkette, die neben zwei anderen, ebenso gekleideten, vor einem Korb mit Stricksachen saß. „Wenn Sie Verstärkung brauchen, liebe Valerie: Meine Cousinen und ich leisten Ihnen gerne Gesellschaft bei diesem Karate-Kurs.“

„Ich natürlich auch, ist doch klar“, setzte Jasmin nach und nahm Valeries Hand in ihre.

Entsetzt schaute Gregor von einer der Frauen zur anderen. Goldlöckchen und die drei grauen Dauerwellen wollten auch noch in seinen Kurs? Um Himmels willen! Sein Nacken verkrampfte sich und sein Atem verlor seine schwarzgurthafte Regelmäßigkeit.

„Das wird ein Spaß mit dem Karatetraining!“, plapperte die alte Dame weiter und drehte sich zu Valerie um. „Bekommen wir auf den Schrecken hin eine Flasche Prosecco? Wir könnten wohl alle einen Schluck vertragen. Ach und Sie, Herr Kung Fu …“, sie lächelte Gregor an, „Sie können sich dort hinten im Regal schon mal umschauen, welches Garn Sie dann verhäkeln wollen. Ich persönlich finde ja, zu Ihren blonden Haaren und den blauen Augen würde ein Jäckchen im Rosé-Ton hervorragend passen.“

11. Zuki und Co

Valerie

Gähnend beugte sich Valerie nach unten, um ihr Fahrrad direkt vorm Café an einen Laternenpfahl zu ketten. Das alte Ding würde zwar sowieso niemand klauen, aber auf diese Weise konnte sie die Ankunft noch um eine Minute hinauszögern. Ach, wie schön wäre es, einfach nur hierhergeradelt zu sein, um den Fußboden zu schrubben oder die Spüle zu polieren! Aber nein, sie hatte einen Termin im hinteren Raum. Seufzend stellte sie die Nummer des Schlosses ein, zupfte dann ihr Schlabber-Shirt zurecht, das gemeinsam mit einer blauen Jogginghose als Sport-Outfit diente, und holte ihren Hausschlüssel heraus.

„Guten Morgen!“, zwitscherte eine Stimme.

Valerie drehte den Kopf und sah Jasmin auf sich zukommen – viel zu gut gelaunt für diese frühe Stunde und in einen apricotfarbenen Trainingsanzug samt silbernen Sneakers gekleidet. Die blonde Lockenmähne hatte sie zu einem Pferdeschwanz gebunden, den Zopfgummi zierte eine große Lilienblüte aus Stoff.

„Du siehst aus, als würdest du zum Fitness-Tanztee schweben und nicht zu einem Karatekurs“, begrüßte Valerie ihre Freundin.

Jasmin lachte. „Na, du kommst ja auch nicht in Weiß daher! Und deiner Miene nach müsstest du eigentlich schwarz tragen.“

„Ich bitte dich, wer setzt einen Kurs um acht Uhr morgens an?“ Valerie musste schon wieder gähnen. „Das ist doch schon wieder eine Schikane von Greg.“

„Glaube ich eigentlich nicht“, erwiderte Jasmin. „Der Kurs steht schon lange mit dieser Uhrzeit in seinem Programm.“

„Wie bitte? Du hast seinen Stundenplan auswendig gelernt?“ Wann war Jasmin denn zur Verräterin mutiert? Entsetzt starrte Valerie sie an.

„Süße, der hängt an der Tür zum Klo! Man müsste blind sein, um den nicht zu lesen. Und jetzt komm endlich mit rein, wir sind schon spät dran."

Widerwillig betrat Valerie hinter Jasmin das Café und überlegte, ob sie nicht einfach hier vorne hocken bleiben und sich drei Espressi genehmigen sollte, während die anderen diesen Kung Fu-Käse durchzogen. Aber das ging natürlich nicht, leider. Sie würde das Café Woll-Lust verlieren, wenn sie sich nicht den Auflagen des Testaments beugte. Also, auf in den Kampf, es half ja nichts.

In der kleinen Halle waren schon einige Leute versammelt. Echt irre, dass Menschen freiwillig am Sonntagmorgen zum Sport gingen.

„Ah, da sind die beiden ja!", flötete jemand, der sich wie Frau Stresemann anhörte. Valerie musste jedoch dreimal hinschauen, bevor sie die alte Dame erkannte. Die trug nämlich statt des üblichen eleganten Rocks mit Bluse, Kostümjacke und Perlenkette ein Outfit, das mehr als gewöhnungsbedürftig war. Genau wie ihre beiden Cousinen hatte sie sich in bunte Leggings geworfen, die Waden steckten in gestrickten Beinwärmern und über den Leggings trug sie eine Art Badeanzug mit Gürtel. In ihrem Fall in Neonpink, Ottilie hatte Quietschgrün gewählt und Friederike Neongelb.

„Ich werd` verrückt", kommentierte Jasmin das Farbenspiel, „Sie drei sehen ja aus wie Jane Fonda-Jüngerinnen aus den 80er Jahren!"

Frau Stresemann nickte begeistert. „Oh ja, wir haben jahrelang fleißig Aerobic gemacht, man will ja fit bleiben!"

Valerie hatte sich von dem Anblick noch nicht wirklich erholt, da kam Greg auf sie zu, natürlich im weißen Karate-Anzug, so wie die anderen sechs Schüler auch.

„Wenn man das Dojo betritt, grüßt man!", sagte er und klang ungefähr so freundlich wie Mr. Scrooge, allerdings vor dem Weihnachtswunder. „Außerdem verlange ich Pünktlichkeit."

Was für ein Arsch!

„Sollen wir zum Gruß auf die Knie fallen oder was hättest du gern?“, schoss Valerie zurück. „Wenn du uns das nicht vorher erklärst, können wir es nicht wissen.“

Sein Mund wurde schmal. „Man verbeugt sich“, brummte er und machte ihnen vor, wie die traditionelle Begrüßung ablief. Anschließend ließ er alle in einer Reihe antreten, gegenüber von seinem Standort. Valerie schummelte sich an den äußersten Rand, neben das eifrige Aerobic-Trio und Jasmin.

„Wir haben heute fünf neue Schülerinnen“, erklärte er den Weißgekleideten, „deshalb werden wir einige Dinge wiederholen müssen.“

„Wie lange macht ihr den Kurs denn schon?“, sprach Frau Stresemann den neben ihr stehenden jungen Mann an. „Ich heiße übrigens Roberta und wer sind Sie?“

„Bei Karate wird nicht geredet!“, ging Greg dazwischen. „Beim Training herrscht Ruhe, nur ich gebe Anweisungen.“

Valerie verdrehte die Augen. Meine Güte, der hatte echt ein Problem! Er war ein waschechter Profilneurotiker, dazu passte es natürlich, dass er als großer Meister vor der Truppe herumturnte und Kommandos bellte.

„Wir beginnen mit *Mokuso*, einer kurzen Meditation“, erklärte er. „Dazu setzen wir uns hin, schließen die Augen und lassen alles hinter uns, was noch vom Alltag in unserem Kopf ist. Auf diese Weise kommen wir dann erst richtig hier im Dojo an.“

Pah, der hatte leicht reden! Zähneknirschend begab sich Valerie in den Kniesitz, der ihr schon nach den ersten zehn Sekunden unangenehm wurde. Und das mit dem Ausblenden klappte auch überhaupt nicht, sie musste ständig an das Café denken und daran, was für ein Mistkerl dieser aufgeblasene Greg war.

Mit einem Kommando beendete er die Meditation und laberte irgendwas davon, den Meister zu grüßen, also ihn, der sich dann plötzlich *Sensei* nannte. Fehlte nur noch der Heiligenschein, natürlich im unschuldigen Weiß, der dann seinen Karateanzug überstrahlte.

Was für ein idiotischer Sport!

„Ich erkläre ein paar Dinge übers Shotokan Karate“, sagte er und wandte sich dem grauhaarigen Trio zu. „Die reiferen Damen können sich auch bequem hinsetzen, nicht dass Ihnen die Knie Probleme machen. Die Jüngeren bleiben natürlich im Kniesitz.“

Dankbar lächelte Roberta Stresemann ihn an und streckte ihre Beine nach vorne, ihre Cousinen machten es sich ebenfalls etwas gemütlicher.

Greg selbst saß völlig entspannt im Kniesitz, aufrecht wie eine Eins, und wirkte, als könnte er noch siebzehn Stunden in dieser Position verharren. Der Mann war echt seltsam. Er zitierte einen alten Japaner mit unaussprechlichem Namen, der die Sportart erfunden hatte, und redete überhaupt viel von Respekt. Valerie musste sich anstrengen, nicht zu lachen. Gut, dass ihre Knie so wehtaten, das half in diesem Fall. Von Respekt hatte Greg ja wohl außerhalb der Mini-Turnhalle keine Ahnung!

Irgendwann ließ er sie aufstehen, was bei halb eingeschlafenen Beinen gar nicht so leicht war, und kündigte Aufwärmübungen an.

„Ich hasse Sport“, raunte Jasmin ihr zu, als sie die ersten Runden gelaufen waren, und sah bereits reichlich verschwitzt aus.

„Ich hasse diesen Greg“, erwiderte Valerie, aber nur, weil er gerade am anderen Ende der Halle stand und mit den drei Damen sanftere Übungen machte.

Als ihr schon der Schweiß von der Stirn lief, rief er die Schüler zusammen.

„Nun beginnen wir mit *Kihon*, der Grundschule“, erklärte er. „Ich zeige euch den einfachen Fauststoß nach vorne, genannt *Oi Zuki*. Achtet genau auf meine Handhaltung und den Ellbogen.“

Na gut, jetzt ging es also richtig los. Valerie war froh, dass sie durchatmen konnte, während sie ihm zuschaute. Erst stand er noch ganz normal da, aber mit einem Mal veränderte sich sein Ausdruck, und seine Körperhaltung wurde noch aufrechter. Alles an ihm strahlte Spannung und Konzentration aus.

Er machte einen Schritt nach vorne, gleichzeitig sauste die Faust an die Brust eines imaginären Gegners, und zwar in einer Geschwindigkeit, die Valerie noch nie gesehen hatte. Die andere Hand hatte er zurückgezogen, beim zweiten, ebenso kraftvollen Schritt zischte die nach vorne und die erste Hand kam zurück an seine Hüfte. Das wiederholte er noch einmal und beendete mit einem kurzen Karate-Schrei.

„Wow!", hörte Valerie Jasmin sagen und auch sie selbst war fasziniert. Wie konnte sich ein Mensch so schnell bewegen? So kraftvoll und dynamisch dazu, als wäre jeder Muskel total kontrolliert?

„Das wollen wir auch lernen!", rief Ottilie und ihre beiden Cousinen nickten eifrig. „Mein Sohn sagt schon lange, ich soll einen Kurs machen, damit ich mich wehren kann."

Greg ließ ein Lächeln aufblitzen. „Kriegen wir hin", sagte er und zeigte den Bewegungsablauf noch mal ganz langsam.

Mit Feuereifer machten sich die alten Damen ans Üben.

„Wissen Sie, *Sensei*", sagte Friederike, als Greg ihre Fingerhaltung korrigierte, „mir wurde schon einmal die Handtasche geraubt. Seither traue ich mich abends gar nicht mehr raus. Man ist ja so hilflos als alte Frau."

Valerie hielt in der Vorwärtsbewegung inne und sah die zierliche, alte Dame an. Oh ja, sie konnte gut verstehen, wie man sich da fühlte! Völlig ausgeliefert. Und dann kam die Angst, kroch durch alle Winkel bis ins Haus hinein. Meldete sich draußen immer dann zu Wort, wenn ein Mann mit dem gewissen Körperbau auf einen zukam. Fraß jede Sicherheit auf und brachte dafür Wut mit, nicht nur auf die Tat des Angreifers, sondern auch darauf, dass man sich nicht mehr frei fühlen konnte. Sie war nach Mikes Attacke wochenlang bei jedem kleinen Geräusch zusammengezuckt, hatte sich überhaupt nicht mehr entspannen können. Hatte ihn und alle Männer mit jedem Fluch belegt, der ihr nur eingefallen war.

Aber ein Muskelpaket wie Greg konnte so was sicherlich nicht verstehen.

„Friederike, gegen dieses Gefühl werden wir was unternehmen", hörte sie ihn jedoch sagen und traute ihren Ohren nicht. Er nahm sogar die Hand der alten Dame und hielt sie fest! „Ich bringe Ihnen bei, wie Sie sich verteidigen können, das verspreche ich Ihnen. Und dann wird auch die Angst weggehen, denn das spielt sich alles im Kopf ab. Wenn Sie sich mal mit dem Gedanken auseinandergesetzt haben, einen Angreifer in die Flucht zu schlagen, macht das was mit Ihnen. Selbst wenn Sie körperlich keine Bärenkräfte haben, strahlen Sie etwas aus, das solche Ganoven auf Abstand hält. Ich habe da noch ein paar Tricks auf Lager, die erkläre ich Ihnen in den nächsten Wochen, einverstanden?"

Sein strahlendes Lächeln ließ alle drei Damen dahinschmelzen. „Das wäre wunderbar!", rief Roberta in einer Zuckerguss-Stimme, die Valerie noch nie bei ihr gehört hatte. Dabei betreute sie Frau Stresemann schon seit über einem Jahr.

„Mein Sohn wird begeistert sein, dass ich so etwas mache", schwärmte Ottilie.

Greg nickte zufrieden. „Gut, dann haben wir eine Abmachung! Jetzt heißt es aber erst mal üben. Ja, richtig mit Kraft, lassen Sie die Faust nach vorne sausen."

Das ließen sich die drei nicht zweimal sagen und trainierten sofort los, als wollten sie sich für die nächsten Olympischen Spiele qualifizieren.

„Echt nett von ihm", sagte Jasmin leise. „Hätte ich ihm gar nicht zugetraut."

„Ist bestimmt nur `ne Masche für Kundenwerbung", antwortete Valerie, war sich aber nicht sicher, ob das stimmte. Wie er mit Roberta geredet hatte, war echte Wertschätzung gewesen, keine gespielte. Es lag ihm am Herzen, die Damen abwehrbereit zu machen, das spürte sie, obwohl sie es nicht wahrhaben wollte.

„Nicht reden, sondern trainieren", dröhnte da seine Stimme durch den Raum. „Das hier ist kein Kaffeekränzchen, sondern ein Sporttraining. Und, Valerie, wo ist dein Ellbogen? Meterweit von dir weg. Hab ich es nicht eben anders erklärt?"

Ja, verdammt, hatte er. Nur war ihr scheißegal, wie sie ihren Ellbogen hielt, sie wollte nur endlich diese Stunde hinter sich bringen, im Café noch für Ordnung sorgen und sich dann daheim ein Stündchen aufs Sofa legen, bevor die ersten Gäste kamen und sie wieder hinterm Tresen stand. Zu lernen, wie man jemandem einen Faustschlag verpasste, hatte keinerlei Priorität für sie und würde es auch niemals haben.

Doch noch musste trainiert werden. Greg ließ die Schüler die *Oi Zukis* die ganze Hallenlänge laufen, dann übten sie es paarweise, allerdings mit Sicherheitsabstand. Weil es noch nicht reichte, verordnete er ihnen im Anschluss diverse Bauchmuskelübungen. Und Valerie hasste Bauchmuskeltraining!

„Wenn euch ein Gegner trifft, ist ein harter Bauch euer bester Schutz", erklärte er und peitschte sie weiter durch die schweißtreibenden Sit-ups.

Als er am anderen Ende des Dojos war, wischte sich Valerie eine nasse Haarsträhne aus der Stirn. Jasmins Frisur hatte sich ebenfalls schon ziemlich aufgelöst, aber ihre gute Laune hielt seltsamerweise noch an.

„Ich wette, Greg hat einen supergeilen Sixpack", flüsterte sie und kicherte. „Also den würde ich schon gern mal anfassen."

Entsetzt starrte Valerie sie an. „Spinnst du?"

Weiter kam sie nicht, weil der *Sensei* schon wieder einen seiner Laserblicke zu ihr herüberschoss. Hatte der eigentlich auch im Hinterkopf Augen oder Luchs-Ohren, dass er die kleinste Unachtsamkeit sofort bemerkte?

Ächzend quälte sie sich durch die letzten Übungen. Als er auf sie zukam, stand sein Karateanzug etwas weiter auf und offenbarte deutliche Brustmuskeln. War klar, die musste er natürlich präsentieren. Wenn man sich schon ständig an irgendwelchen Geräten herumquälte und Gewichte stemmte, sollte jeder die Muckis sehen, das war bei Mike und seinen Kumpanen auch so gewesen. Absolut lächerlich, so ein Verhalten! Wenn diese Muckibuden-Fritzen auch nur ahnen würden, wie viel interessanter ein zarter Mann wie

Leandro war! Der hatte es gar nicht nötig, Frauen mit seinem Körper zu beeindrucken, er machte es mit Poesie, Stimme, seinem melancholischen Blick. Der hatte echte Werte, nicht dämliche Äußerlichkeiten. Ja, der musste nicht irgendwelche Muskeln vorzeigen oder am Ende sogar noch zuschlagen, um seine Männlichkeit zu beweisen, er hatte es auch so drauf.

„*Sensei* Greg", meldete sich Ottilie zu Wort, wobei sie ein wenig keuchte. Valerie hoffte sehr, dass das nur von den anstrengenden Bauchmuskelübungen kam und nicht von hormonellen Gefühlswallungen, weil der Kung Fu-Held mit dem stechenden Blick ihren dritten Frühling auslöste. „Sie haben doch am Anfang gesagt, es gibt zwei Disziplinen im Karate. Diese *Kumite*-Kampf-Sache und so etwas wie eine Kür, die man vor Preisrichtern vorführt?"

Er nickte. „Kata nennt sich so ein Bewegungsablauf", sagte er. „Ich habe damit ein paar Meistertitel geholt."

Die weißen Karateanzüge murmelten ehrfürchtig, die Aerobic-Damen seufzten hingerissen und Jasmin knipste ihr bestes Marzipanlächeln an. Nur Valerie verschränkte bei dieser Angeber-Ansage bockig die Arme vor der Brust. Als Nächstes holte er wahrscheinlich sein Album mit den Medaillen und Urkunden hervor, damit jeder hier ihn gebührend bewundern konnte.

Meine Güte!

Sie selbst hatte die Prüfung zur Physiotherapeutin mit der besten Note im ganzen Bundesland bestanden, aber hatte sie sich das auf ein T-Shirt drucken lassen oder posaunte es ständig durch die Gegend?

„Oh bitte, führen Sie uns so etwas vor!", rief nun Roberta und hatte rote Wangen.

Valerie konnte nur staunen. So jung und frisch hatte die langjährige Patientin nicht mal nach der besten Massage samt Lymphdrainage und Fango ausgesehen. Und das sollte etwas heißen.

Greg zierte sich wie ein bezopftes Schulmädchen. „Ach, so etwas Besonderes ist das gar nicht", brummte er.

„Wir wollen es aber sehen!", fiel nun Friederike in das Flehen ein und klimperte mit den Wimpern.

Der geballten Cousinen-Power musste sich Greg natürlich doch geschlagen geben. Er bat die Gruppe, sich an den Rand des Mattenbodens zu begeben, nahm in der Mitte der Halle die breitbeinige Position ein und schloss für einen Moment die Augen.

Valerie wollte gerade Jasmin zuflüstern, dass sie sich vorkam wie eine Kindergartengruppe im Kasperltheater, da ging es los.

Greg explodierte förmlich.

Ein schneller Schritt zur Seite, die flache Hand sauste durch die Luft, Drehung, ein Kick aus dem tiefen Stand, danach absolute Balance auf einem Bein. Seine Hände formten einen Bogen über dem Kopf, elegant wie bei einer Ballettaufführung, der Rest seines Körpers verharrte in absoluter Stille. Dann brach die nächste kraftvolle Bewegung aus ihm heraus, zack, zack, zack, ging es im Irrsinnstempo hin und her, immer wieder unterbrochen von Momenten, in denen er völlig zentriert stand. Da schien er alle Energie in sich zu sammeln, nur damit sie im nächsten Augenblick wieder aus ihm herausschießen konnte in einem Ablauf aus Stößen, Beinkicks, Drehungen, Schritten. Leichtfüßig wie ein Tänzer sprang er hin und her, stand bei einem seitlichen Kick fast senkrecht da, das Bein weit nach oben gestreckt, um dem imaginären Gegner einen Tritt gegen den Kopf zu verpassen, der ihn garantiert ausknocken würde.

Vollkommen fasziniert schaute Valerie ihm zu, konnte wie auch die anderen den Blick nicht von Greg lösen.

Ein Sprung, gleichzeitig eine Drehung in der Luft – und er landete, ohne auch nur mit einem einzelnen Muskel zu wackeln, in der tiefen Schrittposition, von wo aus es gleich weiterging. Die Arme zischten durch die Luft, sodass Valerie sich tatsächlich überlegte, ob das alles gar nicht real war, sondern ein Film ablief und jemand auf *fast forward* gedrückt hatte. Konnte man im echten Leben so schnelle und doch exakte Bewegungen machen? Die Abläufe verschwammen vor ihren Augen, so flink führte er sie aus.

Erneut ein Sprung, mitten aus dem Kick heraus, er landete auf allen

Vieren, als würde er unter einem Gegner durchtauchen. War sofort wieder auf den Beinen, zischte eine schnelle Kombination aus *Zukis* durch die Luft und kam am Ende genau am Anfangspunkt zu stehen. Breitbeinig wie zu Beginn stand er da, die Hände zu Fäusten geballt neben der Hüfte, jeden Muskel angespannt.

Dann entließ er die Spannung. Gab die Kontrolle wieder ab, öffnete die Fäuste, mutierte vom überwältigend schnellen Super-Ninja zurück zum menschlichen Greg. Selbst sein Blick, der vorher anders gewesen war, irgendwie in sein Inneres gerichtet, wurde wieder zum knallblauen Laserstrahl, den er über die Runde wandern ließ. Seltsamerweise nicht beifallheischend, sondern eher, als wolle er sich überzeugen, dass alle genau aufgepasst hatten und in der nächsten Stunde genau diese Kata nachturnen konnten.

„Unfassbar!“, rief eine der grauhaarigen Groupies mit sich überschlagender Stimme und klatschte Beifall, die anderen Schüler fielen mit ein. Auch Valerie schlug ein paar Mal die Hände ineinander, wieso auch nicht. So eine Körperbeherrschung zu haben, war tatsächlich bewundernswert, auch wenn der Rest des Kerls natürlich undiskutabel war.

„Das ist nichts so arg Tolles“, wiegelte er ab, „ihr solltet mal zu richtigen Meisterschaften gehen und da beim *Kumite*, dem Kampf, zuschauen, da fallen euch die Augen raus, so schnell geht das. Aber erst mal trainieren wir in der nächsten Stunde weiter die Grundschule. Und ihr übt natürlich daheim!“

Klar doch. Valerie beugte sich nach unten, um ihre Schnürsenkel zu lösen. Glaubte der wirklich, sie würde jeden Tag vorm Spiegel *Oi Zuki*-Fauststöße durchführen? Das konnte er knicken. Er und seine Kumpanen sollten erst mal die Häkellektion am Mittwochabend überstehen, dann sah man weiter. Da würde sie dann auch die Grundschule mit ihm üben, und zwar in Luftmaschen und einfachen Stäbchen, jawohl!

Außerdem tat ihr jetzt schon der Bauch weh, wenn sie sich bewegte. Sie mochte gar nicht an den Muskelkater denken, der die nächsten Tage auf sie wartete.

Nach dem Verabschiedungsritual verschwand der *Sensei* aus der Halle.

Die Jungs in den weißen Anzügen rotteten sich an einer Seite der Bank zusammen, um ihre Sporttaschen zu holen. Valerie und die bunten Neondamen standen in der Nähe der Tür herum und mussten sich erst noch den Schweiß von der Stirn wischen. Außer Ottilie natürlich, die ein grünes Frottee-Stirnband trug.

Jasmins Haare klebten an ihrer Stirn, aber sie schaute immer noch munter drein. Als sie Valeries finstere Miene sah, kam sie heran. „Greg ist natürlich ein Mistkerl, das ist klar. Aber du musst zugeben, diese Karatenummer macht er echt gut. Wahnsinn, wie der seinen Körper beherrscht."

„Quatsch, er ist nur Sportfanatiker. Muss bestimmt irgendwelche Defizite ausgleichen", erwiderte Valerie schnell.

„Gut, dass du keine Vorurteile hast!" Jasmin ließ sich die gute Laune nicht verderben.

Von wegen! Valerie schnaubte. Sie war schon ihr Leben lang total tolerant gewesen, in der Schule mit einem Schwulen befreundet und mit einer Afrikanerin. Also, Vorurteile konnte man ihr nun wirklich nicht vorwerfen, sie war absolut weltoffen und würde niemals einen Menschen vorschnell verurteilen!

„Und ein knuspriges Kerlchen ist er auch!" Roberta kicherte und zwinkerte Valerie zu. „So ein durchtrainierter Körper macht uns Frauen unruhig, nicht wahr? Und erst diese himmlischen Muskeln! Das ist wirklich die personifizierte Männlichkeit."

Wie bitte? Frau Stresemann musste durch die Bauchmuskelübungen die Blutversorgung im Gehirn verloren haben! Gab es hier nur noch Bizeps-Groupies?

„Pah, das ist doch lächerlich!" Valerie konnte sich nicht mehr beherrschen. „Ich kenne diesen Typ Mann total gut, die rennen ständig ins Fitnessstudio, um sich dort die Muskeln aufzupumpen. Die definieren sich nur über ihren Körperbau, da kommen sie sich dann stark vor. Stemmen im Gym stundenlang Gewichte, weil sie das unbedingt brauchen, um sich männlich zu fühlen, das ist einfach nur armselig!“

Roberta erwiderte nichts, der hatte es jetzt wohl die Sprache verschlagen, weil sie endlich zum Nachdenken gekommen war. Gut so! Jasmin allerdings riss die Augen auf und starrte über Valeries Schulter, zum ersten Mal heute ohne ein Lächeln im Gesicht.

Valerie fuhr herum. Direkt hinter ihr stand Greg und hatte ganz offensichtlich jedes Wort mitbekommen.

„Du kennst also diesen Typ Mann?“, wiederholte er und seine Stimme war so stählern wie sein Blick. „Offensichtlich nicht, denn ich habe noch nie im Leben ein Fitnessstudio von innen gesehen. Weißt du, ich arbeite als Zimmermann, schleppe den ganzen Tag Dachbalken herum, trage palettenweise Tonziegel übers Dach oder hebe einen Winkelschleifer, da bekommt man unweigerlich Muskeln. Ich dachte eigentlich immer, ich mache meinen Job, weil ich ihn mag und damit Geld verdienen kann. Aber da liege ich wohl falsch, ich tue es nur, um mich männlicher zu fühlen. Gut, dass du mich aufgeklärt hast.“

Eine Ader an seiner Stirn pochte. Valerie wich unwillkürlich einen Schritt zurück, obwohl er keine Anstalten machte, näher zu kommen. Stattdessen drehte er sich mit einer zackigen Bewegung um und verschwand im Flur.

Fuck. Valerie starrte ihm nach. Da war sie ja wohl voll ins Fettnäpfchen gehüpft. Und womöglich hatte sie ja doch ein klitzekleines Problem mit Vorurteilen, auch wenn ihr das heute zum ersten Mal auffiel.

12. Woll-Gefühle

Valerie

„Wahnsinn, wie viele Gäste heute wieder hier waren", sagte Valerie, als sie am Mittwochabend die Tür des Cafés abschloss. „Ich kann immer noch nicht glauben, dass das Café Woll-Lust so gut läuft!"

„Ja, es spricht sich offenbar herum." Jasmin machte gerade Kassensturz, zählte das Geld und trug den Tagesumsatz fein säuberlich in ein Heft ein. „Wobei die Leute teilweise echt lang sitzen, da haben die anderen Cafés Vorteile. Bei denen häkelt niemand stundenlang an einem Deckchen herum und trinkt dabei nur einen Cappuccino."

„Ach, dafür lesen die dort ewig in der Zeitung. Und bei uns kaufen sie Wolle wie verrückt." Sie zählte die Knäuel des bunten Rainbow-Garns und schrieb sich die Nummer auf. Da musste sie bald etwas nachbestellen. Und auch die dicke Myboshi-Wolle verkaufte sich super, obwohl man jetzt im Frühsommer sicher kaum Mützen oder Schals verschenkte. Eines der Knäuel fiel ihr runter und rollte unter den nächsten Tisch.

„Mist, ich muss mich bücken", ächzte Valerie und verfluchte einen gewissen Halbgott in Weiß halblaut, als sie sich nach dem Garn streckte.

„Dein Muskelkater ist auch immer noch da?", fragte Jasmin. „Meiner genauso, sogar das Lachen tut noch im Bauch weh. Da hat Greg echt volle Arbeit geleistet."

Valerie quälte sich zurück in den aufrechten Stand und warf das Knäuel zu den anderen. „Hat er sicher absichtlich gemacht. Der weiß doch ganz genau, wie solche Übungen bei Anfängern wirken. Aber ich sag`s dir: Wenn er heute zum Häkelkurs kommt, zahle ich ihm das heim."

Jasmin schloss die Kasse ab. „Da bin ich ja gespannt, wie du das anstellen willst? Ihm die Nadel in den Sixpack jagen, oder was? Ich fand ihn eigentlich gar nicht so schlimm. Er ist nicht anders als die Fitnesstrainer bei der Volkshochschule. Ich habe mal Zumba gemacht, da wurden wir auch ganz schön zum Schwitzen gebracht."

„Aber ihr durftet reden. Und ihr musstet euch nicht verbeugen. Er kostet doch diesen ganzen Kung Fu-Zirkus total aus, da kann er den großen Macker spielen." Sie hatte sich einen Lappen geschnappt und polierte wie wild an einem Fleck auf dem Tresen herum.

„Mag schon sein", lenkte Jasmin ein. „Aber Bernhard hat mal Judo gemacht und mir gestern erzählt, dass es da auch so ähnlich zugeht. Ist halt so eine Japan-Sache mit dem Grüßen und so weiter. Ich glaube nicht, dass Greg sich da was zurechtlegt. Außerdem war er ziemlich nett zu den alten Damen."

Valerie schluckte die Bemerkung hinunter, dass das bestimmt alles Berechnung war. Greg hatte ganz offensichtlich alle anderen Frauen und sogar Jasmin mit seiner Karate-Tanz-Kür, die er vorgeführt hat, völlig beeindruckt und für sich eingenommen. Die benahmen sich jedenfalls wie nach einer Gehirnwäsche. Sie selbst behielt jedoch einen klaren Kopf und erinnerte sich gut an alles, was vorgefallen war. Die Ratte auf dem Tresen, die schrecklich laute Musik und jeder andere Versuch, ihnen das Café wegzunehmen. Auch wenn die Ladys einen *Greg-und-sein-Sixpack-Fanclub* gegründet hatten, sie durchschaute ihn und ließ sich nicht blenden. Der Typ war skrupellos, daran gab es für sie keinen Zweifel.

„Ja, mag sein, dass er Roberta und ihre Cousinen gut behandelt hat", gab sie zu. „Deshalb kann ich ihn noch lange nicht leiden."

Jasmin grinste breit. „Obwohl du jetzt weißt, dass er gar kein Muckibuden-Dauergast ist, sondern einen ehrlichen Beruf hat? Also ich finde es ja bewundernswert, wenn jemand auf dem Dach herumturnt."

„Ist ein Job wie jeder andere auch", brummelte Valerie, weil sie nicht zugeben wollte, dass Jasmin recht hatte. Seltsamerweise hatte sie sich nie Gedanken darüber gemacht, welchen Beruf Greg hatte. Zugetraut hätte sie ihm vielleicht, Gerichtsvollzieher zu sein, für ein

Inkassobüro zu arbeiten oder beim Finanzamt.

Stimmte aber alles nicht, er schleppte Balken durch die Gegend, nagelte in luftiger Höhe einen Dachstuhl auf Häuser oder deckte es ein. Dummerweise war das etwas, das sie ziemlich cool fand. Als sie als Teenager noch daheim gewohnt hatte, wurde nebenan ein neues Einfamilienhaus gebaut. Sie hatte stundenlang beobachtet, wie die Zimmerleute mit traumwandlerischer Sicherheit auf dem Dachstuhl herumflitzten, komplett ohne Seil oder Ähnliches. Waren echt mutige Typen gewesen und hart im Nehmen dazu, auch bei 35 Grad Sommerhitze hatten die bis abends um acht Uhr geschuftet, dazu immer gute Laune gehabt.

Aber egal, auch wenn Greg der wagemutigste Dachstuhl-Tarzan der ganzen Stadt war, er blieb ihr Konkurrent.

„Peinlich war es trotzdem“, sprach Jasmin weiter. „Du hättest dein Gesicht sehen müssen, als er gesagt hat, dass er noch nie im Leben in einem Gym war! Da ist dir ganz schön die Kinnlade runtergeklappt.“

Valerie zuckte mit den Schultern. „Ach, ich habe mir schon ziemlich oft solche Fehltritte geleistet. Letztes Jahr habe ich am Telefon zwei Patientinnen verwechselt, weil die ähnlich hießen. Der Pudel von Frau Meier wurde operiert, ich habe nur leider Frau Baier gefragt, ob denn der Hund schon wieder fit sei. Deren Mann war gerade von der Reha zurückgekommen und sie war dann ziemlich sauer über meine Bezeichnung für ihren Gatten.“

Lachend schüttelte Jasmin den Kopf. „Da hatte Greg ja noch Glück, dass du ihm nur Männlichkeitswahn angedichtet hast.“

„Was heißt angedichtet? Auch wenn er die Muskeln vom Arbeiten hat, ist er ein Macho, wie er im Buche steht“, erwiderte Valerie. „Aber Schluss jetzt, wir reden viel zu viel über den Kerl. Den sehen wir ja eh bald zum Kurs.“

Sie wollte nicht mit Jasmin streiten. Ihre neu kreierten Pannacotta-Cupcakes mit Mandarine waren der Hit an warmen Tagen wie diesem, die rissen ihnen die Gäste aus der Hand. Auch immer mehr Laufkundschaft kam herein, um sich Gebäckstücke zu holen. Und da Jasmin durch ihre Kontakte über die Konditorei die Zutaten im

Großhandel einkaufen konnte, sahnten sie mit jedem verkauften Quarkschnittchen richtig gut ab.

„Wieso telefonierst du eigentlich ständig mit Bernhard?", kam Valerie auf das Thema von vorhin zurück. „Der ist doch längst Geschichte, dachte ich?"

Bernhard war Jasmins Ex, ein geschniegelter Langweiler mit Geizkragen-Gen, der inzwischen nach Hamburg gezogen war. Zum Glück.

„Na jaaa", kam es lang gezogen zurück, „wir quatschen halt manchmal. Und er will mich auch mal besuchen. Ganz platonisch natürlich." Plötzlich hatte es Jasmin total eilig, im Kühlschrank nach der bereits vorbereiteten Créme für die morgigen Johannisbeerschnitten zu schauen.

Valerie fiel nicht auf das Ablenkungsmanöver herein. „Und worüber genau redet ihr denn so? Hat er wieder seinen Job verloren und klagt dir sein Leid, vielleicht noch mit dem Hinweis, dass er gerade sehr knapp bei Kasse ist?"

Als Jasmin aus dem Kühlschrank wieder auftauchte, waren ihre Wangen rosig. Das kam, so wusste Valerie aus Erfahrung, nicht von der Kälte, sondern vom Ertapptwerden.

„Sein Chef war halt ein Idiot. Ja, ja, ich weiß, das sagt er von fast jedem. Ist wohl in der Versicherungsbranche schwierig mit den Vorgesetzten. Aber irgendwie – was soll ich sagen – wir kennen uns schon so lange und er tut mir leid."

Valerie musste schmunzeln. „Du hast ein zu weiches Herz für diese Welt. Aber genau deshalb habe ich dich lieb." Ihr war danach, Jasmin in den Arm zu nehmen, einfach so, und sie tat es. Weil sie die ausgeflipptesten Cupcakes der Stadt machte, weil sie das wärmste Lächeln nördlich der Alpen hatte, weil sie so ein wunderbarer Mensch war, auf den man sich immer verlassen konnte.

„Ich dich auch", flüsterte Jasmin ihr zu, hielt sie noch eine Weile fest und löste sich schließlich aus der Umarmung. „Trotzdem brauchst du irgendwann wieder einen Kerl."

„Nur, wenn er mir jeden Abend ein Ständchen singt und Augen hat wie der warme Walnussnougat, den du in deine Surprise Inside Muffins füllst. Dazu natürlich lange Haare, die man wuscheln kann." Valerie lachte und tänzelte summend zum CD-Regal, um ein Leandro-Album einzulegen. Das konnte sie inzwischen auswendig, also sang sie die erste Ballade gleich mal mit.

„Wie zauberhaft, Leandro und du – Ihr seid füreinander bestimmt", flötete Jasmin neckend und grinste dann breit. „Und falls er dich doch nicht will, nimmst du eben Greg, ist ja fast der gleiche Typ Mann, stimmt`s?"

„Blasphemie!", kreischte Valerie gespielt entsetzt und warf den Putzlappen nach Jasmin. „Du beleidigst den wunderbaren Leandro aufs Übelste!"

Jasmin duckte sich und fand einen Schwamm, den sie unterm Wasserhahn nass machte und drohend aufhob. „Krieg ihn erst mal rum, dann darfst du weiter über meinen Bernhard lästern!"

„Hach!" Valerie griff sich in bester Romeo-meets-Juliet-Manier ans Herz. „Er wird mich in zwei Wochen beim Konzert erblicken und umgehend völlig hingerissen sein."

„Nur, falls du ihn mit einem Cupcake von mir bestichst!"

Der tropfende Schwamm landete auf Valeries Schulter, sie quietschte, Jasmin lachte laut.

„Ist das eure Einstimmung auf das Häkelseminar?", dröhnte Gregs dunkle Stimme von der Tür herüber.

Valerie fuhr ertappt zusammen, schon wieder einmal. Mist aber auch, der Typ kam jedes Mal angeschwirrt, wenn sie gerade total kindisch waren.

„Ja, genau", erwiderte Valerie schnell und wischte sich einen Wassertropfen von der Wange. „Meditation braucht man bei uns nicht, wir sind generell locker und gut drauf. Du bist allerdings noch zu früh dran."

Er zuckte mit den Schultern. „Ich wollte mir halt den besten Platz aussuchen. Außerdem habe ich ganz gern einen kleinen

Wissensvorsprung. Thore und Manuel kommen übrigens auch noch."

„Der Typ mit der Ratte?" Jasmins Stimme wurde schrill.

„Die tut nichts", sagte Greg ungerührt. „Ist ganz zahm."

Sie schüttelte vehement den Kopf. „Mir egal, die läuft mir nicht zwischen den Tellern herum oder krabbelt in den Kühlschrank, um mein Amaretto-Topping zu probieren!"

„Oder bringt die Wolle durcheinander!", fügte Valerie hinzu.

„Okay, okay!" Er hob abwehrend die Hände. „Ich sag ihm, er soll sie in irgendeine Schachtel sperren."

Valerie musterte ihn, während er mit Jasmin diskutierte. Allerdings nur aus rein wissenschaftlichem Interesse. Was zum Geier war so besonders an ihm, dass offenbar alle Frauen in Verzückung gerieten? Bei dem Cousinen-Trio konnte sie es ja noch verstehen, das waren alte Damen, die selten eine halbnackte Männerbrust zu Gesicht bekamen. Und seine hatte ja schon sehr deutlich aus dem Karateanzug hervorgeschaut.

Aber was fand Jasmin an ihm, die doch sonst eher auf hilfsbedürftige Chaoten abfuhr? Beides traf auf ihn nicht zu, er hatte alles bestens unter Kontrolle, und bevor einer wie er sich bei irgendwas helfen ließ, ging er lieber komplett unter, da war sie sich sicher.

Dass dieser weibliche Dirty Harry namens Britt auf ihn abfuhr, konnte sie vielleicht noch verstehen, der gefiel wahrscheinlich sein Kasernenhofton. Aber reichte das?

Valerie begutachtete ihn, als wäre sie Heidi Klum und er würde sich für Germany`s next Topflappenhäkler bewerben. Okay, hässlich war er nicht. Die verstrubbelten, blonden Haare würde sie an einem anderen Kerl vielleicht sogar heiß finden. Das markante Gesicht wahrscheinlich auch. Die Eisaugen hingegen konnten bei ihr nicht punkten, die ließen eine Frau doch erfrieren neben ihm! Da lobte sie sich Leandros warmes Braun, in das man kopfüber eintauchen und darin versinken konnte. Sein Mund – sie musste einen Moment überlegen. Es war ihr bisher noch gar nicht aufgefallen, dass er halbwegs hübsche Lippen hatte. Also wenn man auf so etwas abfuhr. Manche Frauen fragten sich ja angeblich bei jedem männlichen Mund, ob der wohl gut zu küssen war. Würde sie natürlich niemals machen. Wieso sollte sie sich überlegen, wie sich diese volle Unterlippe auf ihrer Haut anfühlte? Einer wie Greg küsste sowieso nicht gern, das war wie bei Mike, der hatte das auch nie gemocht, genauso wenig wie ein Vorspiel.

Gregs Körper war natürlich top in Schuss. Obwohl – als sie ihn beim Training mal beobachtet hatte, war ihrem Physiotherapeutinnen-Auge eine kleine Unsicherheit in der Hüfte aufgefallen. Bei der Kata hatte er das im Griff gehabt, aber mehrere Male hatte sie gemeint, eine Schonhaltung zu sehen. Der Optik tat das allerdings keinen Abbruch, Gregs Body war garantiert *Men`s Health*-covertauglich.

Allerdings reichte das und ein bisschen maskuline Ausstrahlung doch wohl nicht, sämtliche Frauenherzen außer Rand und Band geraten zu lassen! Oder doch?

„Setz dich dahinten hin“, dirigierte Jasmin ihn zu einem Tisch. „Du kannst schon mal eine Häkelnadel in die Finger nehmen, damit du ein Gefühl dafür bekommst.“

Sie nickte Valerie auffordernd zu. Ja, es war an der Zeit, alles vorzubereiten, die anderen Kursteilnehmer würden gleich eintreffen. Valerie holte ein paar Nadeln in Stärke 6 heraus und legte sie auf die Tische. Für sich selbst richtete sie sich eine megadicke 10er-Nadel her, um die Maschen an einer ebenso dicken Wolle zu demonstrieren.

Jasmin fungierte als Türsteherin und ließ die Leute herein. Zwei Teenager-Mädels kamen als Erste, kicherten ein bisschen und setzten sich an einen Tisch, gefolgt von einer dauergewellten Frau um die fünfzig. Der Hutmacher, Herr Madbatter kam ebenfalls und begrüßte die Runde freundlich. Dann schneiten Thore und Manuel herein.

„Sperr die Ratte weg!“, befahl Jasmin. Nachdem ein Blick zu seinem Guru Greg dessen Zustimmung bestätigt hatte, brachte er sein

Tierchen nach nebenan. Thore sagte nichts, setzte sich zu Greg und starrte finster auf die Nadel vor ihm.

„Gut!“, erhob Valerie die Stimme. „Wenn alle da sind, legen wir los.“ Im Hintergrund lief noch die Leandro-CD, das war eine wunderbar entspannende Untermalung. Jasmin winkte ihr zu und verließ das Café, denn sie backte heute Abend noch Cupcakes für morgen. Das Anfängerseminar bekam Valerie auch allein hin.

„Willkommen zum Kurs *Häkelspaß – die Basics*! Wir beginnen mit der richtigen Haltung der Nadel. Ihr nehmt sie so in die Hand.“ Sie zeigte es den Schülern. „Ganz locker im Handgelenk. Und mit guter Führung des Fadens um die Finger der anderen Hand.“

Als alle es nachmachten, nickte sie zufrieden.

„Und dann fangen wir schon an mit den Luftmaschen, die bilden die Basis für unsere Häkelarbeit. Ich zeige euch hier mit der dicken, roten Wolle, wie ihr die erste Masche bildet und dann mit der Nadel hineinfahrt.“

Valerie musste sich bemühen, die Bewegungen, die ihr längst in Fleisch und Blut übergegangen waren, ganz langsam auszuführen. Schwierig war das ja nicht, was sie gerade taten. Schlinge bilden, Nadel durchstecken, Faden holen und erste Masche bilden. Das konnte jedes Kind!

„Geht bei mir nicht“, nörgelte Thore los.

Sie ging zu ihm an den Tisch und sah ihm zu. „Kein Wunder! Du hältst die Nadel, als wärst du Brutus und hättest Cäsar vor dir! Und zieh doch die fertigen Maschen nicht so wild zusammen, sonst kommst du natürlich nicht durch.“

„Ist doch doof“, maulte jetzt auch Greg, „man kann das gar nicht richtig festhalten.“

Oh Mann, die stellten sich vielleicht dämlich an!

„Das ändert sich schnell, wenn wir die ersten richtigen Maschen draufhäkeln“, erklärte sie mit der Stimme einer Kindergärtnerin. „Aber erst mal übt ihr Luftmaschen, bis die total gleichmäßig sind.“

Sie blieb bei den drei Karate-Kämpfern stehen, die sich viel dümmer anstellten als die jungen Mädchen oder die anderen Teilnehmer.

„Was wir hier machen, ist sozusagen *Kihon*“, fuhr sie grinsend fort, „die Grundschule. Ihr trainiert jetzt quasi *Oi Zuki*. Und zwar fünf Mal die Länge der Halle entlang.“

„Sehr witzig“, erwiderte Greg und beugte sich über seine Maschenschnur, die sich in alle Richtungen wand.

„Das muss noch regelmäßiger werden, *Sensei*“, sagte Valerie, konnte aber den Blick nicht von seinen Fingern nehmen. Er hatte richtig schöne Hände, fiel ihr auf. Keine verzärtelten Fingerchen aus der Schmuckreklame, sondern sehnige, große Männerhände mit langen Fingern und kurzen Nägeln. Hände, die das Arbeiten gewohnt waren und sich doch elegant bewegten. Thore hatte riesige Pranken, mit denen er nicht umgehen konnte, Manuel schmale Frauenhände, aber die von Greg waren – nun ja – perfekt.

„So, schaut mal alle genau her. Wir häkeln jetzt die erste Reihe von festen Maschen. Ich zeige es euch.“

Sie hob die Riesennadel mit dem monsterdicken Wollfaden in die Höhe und demonstrierte die Vorgehensweise. „Ihr stecht mit der Nadelspitze durch eine der gerade entstandenen Maschen, holt den Faden und habt dann zwei Schlingen auf der Nadel. Dann holt ihr erneut den Faden, zieht ihn durch beide Schlingen hindurch und schon habt ihr die erste feste Masche gehäkelt. Gar nicht schwer, oder?“

Die beiden Mädchen hatten es schnell heraus, selbst der Hutmacher fabrizierte annehmbare feste Maschen, die restlichen Teilnehmer ebenfalls. Einige unterhielten sich sogar neben der Häkelei.

Nur die Problembären am hinteren Tisch kamen natürlich nicht mit der Sache zurecht. Valerie seufzte leise und gesellte sich zu den Männern, die die Häkelnadeln wie Waffen in der Hand hielten.

„In was genau soll ich denn reinstechen?“ Greg klang genervt. „Das rutscht doch alles weg und ist viel zu instabil.“ Er warf die Luftmaschenschnur samt Nadel auf den Tisch. „Und dann auch noch ständig dieses Schnulzengedudle im Hintergrund!“

Valerie schickte ein Stoßgebet zum Himmel, in dem sie um Geduld flehte. „Das ist nur am Anfang so", erklärte sie, „wenn du erst mal ein paar Reihen hast, kannst du es gut festhalten, wirst schon sehen."

Auch Thore fluchte vor sich hin. „So ein Scheiß!", rief er. „Da ist überhaupt keine Öffnung, in die man hineinkann!" Er stocherte wie wild in den Maschen herum, die er viel zu fest angezogen hatte.

Als Valerie seine linke Hand ansah, wusste sie sofort, wo der Fehler lag. „Du liebe Zeit, du hast den Faden ja dreimal um deinen Zeigefinger gewickelt! Der darf doch nicht so viel Spannung haben, du führst ihn nur locker. Sonst zurrst du ja alles zusammen wie ein Paket."

„Ich habe eben außergewöhnlich viel Kraft!", verteidigte er sich.

Wohl eher einen außergewöhnlichen Sturschädel, dachte sich Valerie, hielt aber die Klappe, weil sie dem finsteren Waldschrat nicht traute.

„Du brauchst aber außergewöhnlich viel Beherrschung für diese Kraft", erwiderte sie. „Trenn das alles wieder auf und fang von vorne an."

„Ich denke gar nicht daran!", schnaubte er und warf jetzt auch seine Handarbeit auf den Tisch.

Mein Gott, die waren wirklich wie die kleinen Kinder!

„Bitte, dann eben nicht." Sie war stolz, dass ihre Stimme so ruhig blieb. „Dann gebt halt auf, es zwingt euch ja keiner, den Kurs zu machen. Mir soll es recht sein."

„Das tun wir ganz sicher nicht", sagte Greg laut. „Wir sind Schwarzgurte, wir kämpfen uns durch alle Unwägbarkeiten des Lebens. Aufgeben kennen wir nicht! Und jetzt setz dich wieder hin, Thore, wir haben eine Aufgabe zu erfüllen."

Dieses Mal galt sein stechender Blick ausnahmsweise nicht ihr, sondern seinem Karatekumpel, der ihm ein paar Sekunden standhielt, sich aber dann brav zurück in den Rattanstuhl sinken ließ.

„Du hast recht, *Sensei*, tut mir leid", murmelte Thore zerknirscht. „Ich lasse dich selbstverständlich auch in schweren Stunden nicht im

Stich. Mir ist nur das Temperament durchgegangen."

Valerie biss sich auf die Lippe, um nicht loszulachen.

„Ich dachte, Schwarzgurte verlieren nie die Beherrschung?", konnte sie sich dann doch nicht verkneifen, machte aber dabei einen Schritt auf Greg zu, um nicht in Thores Armradius zu stehen. Sicher war sicher.

Bevor einer der beiden antworten konnte, beugte sie sich zu Gregs Häkelarbeit. „Ich zeige euch noch mal, wie man den Faden führt. Ihr schlingt ihn um den Finger, zieht das Ganze dann hinten straff, lasst die Wolle aber locker gleiten, damit die Maschen nicht zu fest werden. Ist eigentlich ganz einfach."

Sie machte es vor und nickte ihnen dann zu, damit sie es selbst probierten. Thore kämpfte noch mit der Feinmotorik, aber bei Greg sah es halbwegs okay aus.

„Halten kannst du das Ganze zwischen Daumen und Mittelfinger, schau, das geht so." Da er nicht recht wusste, wie er Wolle, Nadel und den Luftmaschenschlauch koordinieren sollte, schob sie seine Finger in die richtige Position.

Als sie seine kühle Hand berührte, hatte sie plötzlich das Gefühl, sämtliche Häkelnadeln im Raum würden leise vor sich hinklimpern. Da war so ein Sirren in der Luft, als stände man unter einem Telefonmast, bei dem tausend Leitungen zusammenliefen. Valeries Fingerspitzen kribbelten, spürten seine Haut vibrieren, übertrugen dieses eigenartige Gefühl in ihren ganzen Körper.

Verdutzt zog sie ihre Hand zurück und sah auf, landete mit ihrem Blick aus Versehen genau in Gregs Augen. Verharrte dort, weil es mit einem Mal schwierig erschien, sich aus diesem Junihimmel-Blau zu lösen. Da war gar keine Härte, kein Stahl oder Eis, sondern nur die sonnenwarme Leichtigkeit eines Sommertags.

„Äh, ja, mach genau so weiter", presste sie irgendwie heraus, als sie sich endlich von seinem Blick gelöst hatte. „Ich schaue mal nach den anderen."

Ihr Puls raste, als sie mit unsicheren Schritten zum nächsten Tisch ging.

Sie war überarbeitet, ganz klar. Es war zu viel Aufregung und zu wenig Schlaf gewesen in den letzten Tagen, da spielte das Nervensystem schon mal verrückt und man hatte winzige Halluzinationen. Kein Grund zur Besorgnis, sie hatte alles im Griff. Am allermeisten ihre Gefühle, denn die würden niemals ausgerechnet auf einen arroganten, skrupellosen, selbstverliebten Karatekerl anspringen, der nicht mal anständige Luftmaschen häkeln konnte, niemals!

13. Luftmaschen-Kampf

Gregor

Von wegen „ganz einfach"! Gregor hätte das beschissene Häkelzeug am liebsten in die Ecke gepfeffert und wäre nach nebenan gelaufen, um sich bei hundert Sit-ups abzureagieren. Er hasste solche kleinfitzeligen Arbeiten. In seinem Job hatte er riesige Balken, denen er mit kiloschweren Kreissägen zu Leibe rückte, das war etwas nach seinem Geschmack. Selbst die Dachpfannen zuzuschneiden, war kein Problem, da hatte man auch bei den schmalsten Eckteilen zumindest noch was in der Hand.

Aber hier?

Diese verdammten Luftmaschen waren nur eine winzige Schnur, die man nicht vernünftig halten konnte. Und jetzt verlangte die Häkeldomina auch noch, dass er in irgendwelche Schlingen einstach und andere Maschen daraufsetzte. Er probierte es zum dritten Mal und scheiterte.

„Verfluchtes Mistzeug", brummte er in sich hinein, sah sie aber auf den Tisch zukommen, also nahm er Faden und Nadel wieder in die Hand.

Wer tat sich so etwas freiwillig an? Diese Handarbeits-Feen mussten alle total krank im Kopf sein, wenn sie an so einer Tortur Spaß hatten. Thore sah ebenfalls aus, als würde er im nächsten Moment die gesamte Einrichtung kurz und klein schlagen, so verzweifelt starrte er auf seine Maschenarbeit. Und wurde glatt von Valerie zurechtgewiesen, weil er die ganze Sache zusammenzurrte wie verrückt, woraufhin er sich natürlich verteidigte.

Ihre schlagfertige Antwort brachte Gregor um ein Haar zum Lachen. Frauen, die nicht auf den Mund gefallen waren, gefielen ihm.

Natürlich nur, wenn sie keine kunterbunten Häkelfeen waren, die aus seinem geplanten Geräteraum eine fliederfarbene Woll-Fühl-Oase machten.

Er konnte immer noch nicht verstehen, was sie und ihre Freundinnen an dieser Fadenspielerei so faszinierte. Mützen oder Jäckchen gab es doch für billiges Geld überall zu kaufen, warum setzte man sich da tagelang hin und häkelte das selbst? Allerdings musste er zu seinem Leidwesen zugeben, dass er ihr gerne zusah, wenn sie die neuen Maschen mit ihrem Riesenwerkzeug vorführte. Ja, er konnte den Blick überhaupt nicht von ihr abwenden, so irre das war!

Da war eine Eleganz und Gelassenheit in ihren Bewegungen, die ihn total bannte. Alles floss ineinander, wenn sie Nadel und Faden miteinander tanzen ließ, als wäre das das Natürlichste, was Hände tun könnten. Valerie zeigte einen perfekten, runden Ablauf, hundertfach geübt und doch von immer neuer Harmonie und fast schon magischer Leichtigkeit. Sie hatte dabei ein ruhiges Lächeln auf den Lippen, das er vorher nie bei ihr bemerkt hatte. So, als wäre sie total in sich gekehrt, zentriert wie beim *Mokuso* am Anfang der Karatestunde. Er würde das nie vor seinen Schülern zugeben, aber es fiel ihm oft schwer, diese kleine Meditation durchzuführen, weil er so schlecht zur Ruhe kam. Valerie hingegen wirkte, als wäre das die Einfachste aller Übungen. Und er hätte ihr stundenlang dabei zusehen können, stellte er zu seinem Erschrecken fest.

Jetzt aber häkelte sie nicht, sondern war als Oberaufseherin zwischen den Tischen unterwegs. An Thore biss sie sich fast die Zähne aus und machte lieber vorsichtshalber einen Schritt zur Seite, nachdem sie ihn kritisiert hatte. Sie stand jetzt direkt neben Gregor und schaute ihm zu, wie er mit den festen Maschen kämpfte.

„Halten kannst du das Ganze zwischen Daumen und Mittelfinger, schau, das geht so", sagte sie und beugte sich zu ihm herunter. Im nächsten Moment berührten ihre Finger seine Hand.

Ein Schauer lief über seinen Rücken. War sicher nur die Überraschung. Seltsamerweise fühlte es sich gar nicht unangenehm an, von ihr angefasst zu werden. Ihre Hand war warm und sogar noch weicher als die Wolle, die er um seinen Finger gewickelt hatte. Es fiel ihm nicht schwer, ihren Anweisungen zu folgen und die eigenen Finger so zu positionieren, wie sie es bestimmte. Dabei ließ er sich sonst nie von Frauen etwas befehlen.

Sie sah auf, ihr Blick traf den seinen. Gregor vergaß die Luftmaschen und tauchte darin ein. Ihm war nie aufgefallen, welch ausgefallene Farbe ihre Augen hatten. Sie schimmerten wie Bernstein, wie alter Whisky in einem Kristallglas, wie poliertes Kirschbaumholz. Sein Atem ging schneller, warum auch immer.

Als sie sich abwandte, um nach den anderen Häkelschülern zu schauen, nahm er schnell die Nadelarbeit wieder auf. Verflucht, was war denn das gewesen? Resolut stach er in die nächste Masche ein. Diese irrsinnige Beschäftigung hier brachte einen ja völlig durcheinander! Er sah Thore an, der einen reichlich verzweifelten Gesichtsausdruck zeigte. So hatte der nicht mal dreingeschaut, als im Training die schwere Schwarzgurt-Kata drangewesen war. Es war also wahr, diese Häklerei war ungesund für Männer, total gefährlich sogar, als Mann war man dafür einfach nicht geschaffen! Kein Wunder, dass man dann Halluzinationen bekam und einer völlig unpassenden Frau aus Versehen zu lange in die Bernsteinaugen schaute.

„Können wir nicht wenigstens diese Musik ausmachen?“, fragte er mit lauter Stimme.

Sogar Manuel, der bisher recht unauffällig mit am Tisch gesessen hatte, nickte. „Ist schon bissl arg weichgespült“, pflichtete er Gregor bei, vertiefte sich dann aber gleich wieder in seine Häkelarbeit. Die ihm offenbar leicht von der Hand ging. Pah, was für ein Verräter! Gregor schnaubte. Kein Wunder, dass Manuel erst Blaugurt war, der hatte garantiert nicht genügend Testosteron im Körper. Wahrscheinlich fiel es nur echten Männern schwer, sich mit Luftmaschen auseinanderzusetzen, Weichlinge hatten damit weniger Probleme.

Valerie verschränkte trotzig die Arme vor der Brust. „Also ich finde die CD total schön. Leandro hat eine super Stimme und die Balladen passen doch prima zum Häkeln."

Natürlich stimmten ihr alle Frauen im Raum zu.

Er hingegen brummte halblaut: „Eierloser Schnulzenheini!"

„Hast du was gesagt?" Sie war lautlos herangeschwebt, stand jetzt neben ihm und sah ihn vorwurfsvoll an.

„Tut mir leid, mir geht dieses Genöle auf den Senkel", sagte er. „Was findest du an so einer Musik?"

Sie zögerte einen Moment, ließ nur ihre Augen funkeln. „Es sind emotionale Lieder", sagte sie schließlich und hatte so ein eigenartiges, überlegenes Lächeln auf den Lippen. „Weißt du, Leandro mag in deinen Augen ein Weichei sein, aber er hat keine Angst, Gefühle zu zeigen. Im Gegensatz zu den meisten Männern, für die so was blanker Horror ist, traut er sich das." Ihr Blick glitt über ihn und Thore.

„Das ist nicht dein Ernst!" Sie kaufte diesem Säusel-Sänger das romantische Gelaber tatsächlich ab? „Der hat doch bestimmt einen Texter, der ihm irgendwas von Mondlicht und Sternen und ewiglicher Liebe zusammenreimt, wahrscheinlich mit einem Computerprogramm."

Dummerweise blieb ihr selbstsicheres Lächeln weiterhin bestehen.

„Unsinn, Leandro schreibt das alles selbst", erwiderte sie. „Und allein die Tatsache, dass du ihn so runtermachst, zeigt, wie sehr ich recht habe. Dir ist es unheimlich, wenn ein Mann nicht mit Muckis oder Härte punktet, sondern mit anderen Qualitäten, stimmt`s?"

Die Frau war wirklich völlig durchgeknallt! Wie kam sie dazu, so zu tun, als wüsste sie irgendetwas über ihn? Wahrscheinlich las sie neben dem Häkeln gern Ratgeber wie „Psychologie für den Küchentisch" oder „So wirst du in nur 30 Minuten zum Profiler" und bildete sich jetzt ein, Menschen durchschauen zu können. Aber er würde ihr jetzt zeigen, wer die Hosen anhatte, auch in einer Diskussion!

„Die meisten Frauen mögen es, wenn Männer in entscheidenden Momenten Härte beweisen", konterte er und grinste anzüglich. Mit

Zweideutigkeiten konnte man Blümchenschwestern wie sie erfahrungsgemäß schnell in die Ecke treiben.

Leider machte sie keinen peinlich berührten Eindruck, sondern schüttelte nur leicht den Kopf.

„Jetzt greifst du also zu den Altherrenwitzen? Wie armselig. Ist das die ganze Bandbreite deiner Verführungskunst: Machogesten, dumme Sprüche und über feinfühlige Männer herziehen? Na, bravo. Da habe ich zum Glück andere Vorstellungen."

Sie machte auf dem Absatz kehrt und marschierte ans andere Ende des Raums.

„Frustrierte Gewitterhexe", kommentierte Thore das Ganze halblaut. „Die wünscht sich doch heimlich, dass dieser langzottelige Leandro sie mal übern Tisch wirft und richtig drannimmt, da wette ich mit dir!"

„Genau so isses!", erwiderte Gregor, zweifelte aber daran. Nicht jede Frau stand auf echte Männlichkeit, das wusste er. Aber die meisten natürlich schon, keine Frage.

Im Hintergrund säuselte Leandro davon, dass er so gerne neben seiner Liebsten auf dem Sofa saß, ihre Hand hielt und in das Flackerlicht einer Kerze blickte.

„… *the candlelight`s dance is our warmest romance, just being near you is all I need to be happy* …", flötete er und ließ dazu die Gitarre wimmern.

Du liebe Zeit!

Gregor bekam ja schon Magenkrämpfe, wenn er nur zuhörte. So etwas stellte sich Valerie also vor unter einer guten Beziehung? Er selbst hatte nicht mal eine Kerze zu Hause. Wozu auch? Britt würde ihm wahrscheinlich den Vogel zeigen oder Schlimmeres, wenn er mit Candlelight und Händchenhalten daherkäme.

Oder nicht?

„Hey, Thore", sprach er sein Gegenüber an, „hast du schon mal Kerzen angezündet, wenn ein Girl bei dir war?"

Thores dunkle Augenbrauen sprangen nach oben. „Spinnst du? Am Ende kommt die dann noch auf die Idee, ich will um ihre Hand anhalten! Kommt überhaupt nicht in die Tüte, dass ich einen auf Romantiker mache. Bei mir kriegen die das, was sie wollen – einen echten Kerl. Reicht doch wohl."

Gute Rede! Allerdings wurde der Effekt ziemlich abgeschwächt durch die Tatsache, dass Thore während des Sprechens einen gelben Wollfaden um seinen Finger wickelte und immer noch mit den Luftmaschen kämpfte.

Gregor hatte sich inzwischen mit den festen Maschen angefreundet und hatte die erste Reihe bald fertig. Er beobachtete Valerie, die sich kurzerhand auf den Tresen gesetzt hatte, um dem Kurs zu zeigen, wie der Wechsel zur nächsten Reihe funktionierte. Hinter ihr lehnte die CD-Hülle des langhaarigen Goldkehlchens mit dem melancholischen Blick an der Wand.

Das war also die Welt einer Blümchenfrau. Gregor konnte innerlich nur den Kopf schütteln. Bunte Wolle, selbstgehäkelte Jäckchen über farbenfroher Kleidung, Schnulzen und Schokomuffins. Dazu natürlich Tee, während er selbst Kaffee ausschließlich schwarz und stark trank.

Nein, mit solchen Weibchen konnte er wirklich nichts anfangen.

„Das übt ihr daheim gut bis zum nächsten Mal", schloss sie den Vortrag ab und hüpfte munter vom Tresen herunter. „Es wird eine Weile dauern, bis ihr die Maschen gleichmäßig hinbekommt und euch der Ablauf in Fleisch und Blut übergegangen ist. Dann können wir weitermachen. Wolle und Nadel nehmt ihr mit, die sind in den Kursgebühren enthalten."

Er sollte daheim üben? Die hatte wohl den Verstand verloren. Glaubte sie wirklich, er setzte sich abends hin, nach einem sauanstrengenden Arbeitstag und zwei Stunden Karatetraining, und schwang die Häkelnadel?

Die Frauen verließen schnatternd das Café, Thore und Manuel gingen nach hinten, um die Ratte zu holen. Er jedoch stiefelte direkt auf Valerie zu, die gerade die Leandro-CD zurück in die Hülle steckte. Blöderweise tat ihm seine Hüfte weh, das lange Sitzen bekam ihm überhaupt nicht. Aber das würde er sich natürlich nicht anmerken lassen.

„Du verlangst ernsthaft, wir sollen daheim häkeln?“, fragte er.

Sie sah ihn verständnislos an. „Ja klar! Man lernt das doch nur, wenn man es übt. Deine Vorgabe ist ja, ein kompliziertes Lochmusterjäckchen fertigzustellen, das schaffst du nur, wenn du richtig viel Übung hast in den einfachen Mustern und Maschen.“

Diese Sache mit dem Jäckchen war so dermaßen lächerlich, dass sein Blutdruck auf ungesunde Werte stieg, sobald er nur daran dachte.

„Dir ist aber schon klar, dass für dich das Gleiche gilt?“, schoss er zurück. „Die Prüfung zum Gelbgurt ist nicht ohne. Zwei Trainingseinheiten pro Woche reichen natürlich nicht aus, die Bewegungsabläufe müssen sitzen, ohne tägliches Training wirst du da kläglich scheitern.“

Ihre Kirschholzaugen weiteten sich. „Ich habe noch vom ersten Mal einen Muskelkater!“, erwiderte sie.

Er zuckte mit den Schultern. „Ist ja nicht meine Schuld, dass du so untrainiert bist. Ich kann dir nur raten, die Fauststöße und Schritte zu üben, beim nächsten Mal machen wir nämlich schon weiter mit *Mae Geri*, das ist dann Beinarbeit.“

„Wie stellst du dir das vor? Ich kann doch nicht beim Servieren hier im Café irgendwelche *Zukis* ausführen!“ Sie sah ein klein wenig süß aus, wenn sie sich so aufregte.

Er grinste. „Du bist ja nicht vierundzwanzig Stunden im Café. Außerdem verlangst du von mir ja auch, dass ich neben Arbeit und Sport noch häkle.“

„Ja, aber das ist Entspannung! Dabei kommt man total zur Ruhe, man blendet das ganze Alltagsgeschehen aus, kocht sich einen schönen Tee, schaut nebenbei einen netten Film an und freut sich daran, dass man etwas produziert. Das ist total toll! Zu sehen, wie das Stück immer mehr wächst und bunter wird, und am Ende hat man etwas richtig Schönes geschaffen.“

Verwundert fuhr er sich übers Kinn, das auch mal wieder eine Rasur vertragen konnte. „Es gibt dir also eine Art Befriedigung, etwas gehäkelt zu haben?“

Die Bemerkung, dass bei ihm selbst auch oft etwas wuchs und er am Ende befriedigt war, das aber selten mit Tee und Luftmaschen zu tun hatte, behielt er lieber für sich. Nicht dass sie ihn noch anzeigte wegen sexueller Belästigung, man konnte ja nie wissen.

„Klar!“ Sie sah ihn an, als wäre er schwer von Begriff. „Ist doch nicht anders bei einem Maler oder Bildhauer oder einem dieser Schnitzer, bei denen Philomena die winzigen Figuren gekauft hat. Man arbeitet eifrig an etwas, manchmal wochenlang, und ist dann total stolz, wenn das Kunstwerk fertig ist.“

„Du siehst dich also als Michelangelo der Häkelnadel?“ Okay, das war nicht sehr nett, aber er konnte nicht widerstehen. Sie nervte ihn schrecklich mit ihren Erklärungen und es ärgerte ihn, dass er sich so über sie aufregte. So aufbrausend war er normalerweise gar nicht.

Statt einer Antwort verdrehte sie die Augen, wandte sich ab und legte ihre überdimensionierte Handarbeitsausrüstung in einen Korb, der am Boden stand.

„Du kannst das offenbar nicht verstehen“, stellte sie kühl fest, als sie wieder auftauchte. „In deinem Sport geht es um andere Dinge, schon klar. Wäre wohl zu viel verlangt, dass man sich da in die alberne Woll-Welt von uns mal reindenkt.“

Mit einer energischen Bewegung schob sie die Stühle unter die Tische.

Gregor blieb regungslos stehen. Er war versucht, ihr zu erzählen, dass Karate gar nicht so viel anders war. Auch da trainierte man lange, bis ein Bewegungsablauf richtig saß, und war erst dann zufrieden. Und auch er konnte bei seinem Training die anderen Probleme ausblenden.

Aber es wäre dumm, ihr das zu sagen. Sie hatte ihre Meinung von ihm, und er war nicht unschuldig daran, dass diese eher schlecht ausfiel. War doch auch egal. Trotz allem konnte er die Augen nicht von ihr nehmen. Lag sicher nur daran, dass er selten eine so bunte Gestalt zu Gesicht bekam. Britt war zum Glück nicht so farbenfroh und er war sehr dankbar dafür.

„Ich gehe später noch in Philomenas Wohnung“, riss ihre Stimme ihn aus seinen Gedanken. „Wollte es dir nur sagen. Sie hat irgendwo noch einen Jane Austen-Roman, den ich ihr mal geliehen habe, den hätte ich gern zurück. Ist das okay für dich?“

„Klar.“ Er straffte sich. „Nimm dir, was immer du brauchen kannst.“

Ihre Augen blitzten. „Ich will nichts nehmen, ich hole mir das Buch!“, fuhr sie ihn an. „Wieso denkst du immer, ich will irgendwas abstauben? Das Café hier steht mir zu, wenn wir die Auflagen erfüllen, das hat sie im Testament so bestimmt. Freiwillig. Ohne, dass ich sie angebettelt habe. Das ist alles, was ich will, auch wenn du das sicher nicht glaubst.“

Damit packte sie ihre Sachen, warf sich wie üblich die Tasche über die Schulter und stapfte zur Tür hinaus.

Obwohl er das nicht wollte, starrte Gregor ihr hinterher. Eine Frau wie sie war ihm noch nie begegnet. Und das hatte nicht mal etwas damit zu tun, dass sie so gern die Nadel schwang.

14. Albumblätterei

Valerie

Als Valerie in Jasmins Wohnung kam, roch es wie auf einem Basar in Marrakesch. Sie warf die Schlüssel auf die Kommode, stieg aus den Schuhen und ging in die Küche.

„Lass mich raten: Irgendwas mit Kardamom und Zimt? Oder hast du auch noch Chili rein?“, fragte sie ihre Freundin, die gerade ein Blech aus dem Ofen holte. „Ich dachte, du wolltest irgendwas Braves mit Aprikose machen.“

Jasmin stellte das Blech ab und nahm die exotisch duftenden Küchlein herunter.

„Ja, eigentlich hatte ich Milde Marillen-Muffins geplant. Aber Bernhard hat mir so vorgeschwärmt von einem indischen Curry, das er neulich gegessen hat. Das hat mich auf die Idee gebracht, mal was mit Chili auszuprobieren.“

„So, so, der liebe Bernhard schon wieder.“ Valerie grinste vielsagend. „Er scheint ja immer noch einen großen Einfluss auf dich zu haben. Gut, dass er so weit weg wohnt.“ Sie nahm sich eine Wasserflasche aus dem Kühlschrank.

Seltsamerweise sah Jasmin nicht auf, als sie mit ihr sprach. Nun gut, das kam schon mal vor, wenn sie mit einer neuen Kuchenkreation beschäftigt war.

„Meinst du denn, unsere Gäste im Café stehen auf Hot Chili Muffins?“ Valerie bezweifelte das ein wenig. Sie selbst jedenfalls fand die anderen Cupcake-Sorten deutlich anziehender.

„Wollte sie halt mal ausprobieren“, nuschelte Jasmin. „Fürs Café backe ich jetzt noch die Marillendinger, die mag sicher jeder.“

„Moment mal!“ Valerie stellte die Flasche klirrend auf dem Tisch ab, sie hatte endlich gecheckt, was hier los war. „Du hast die Muffins gar nicht für das Café Woll-Lust gebacken, sondern für deinen Bernhard? Schickst du ihm die nach Hamburg, oder wie?“

„Quatsch, die kommen natürlich nicht in ein Paket“, erwiderte Jasmin schnell, hatte aber noch immer verräterisch rosafarbene Wangen. „Es war nur ein Test. Ich mache die dann noch mal neu, wenn Bernhard kommt.“

Jetzt verstand Valerie überhaupt nichts mehr. „Er kommt hierher? In seine alte Heimatstadt? Und du backst sogar spezielle Cupido-Cupcakes für ihn, oder wie?“

Jasmin strich sich eine Locke hinters Ohr. Das tat sie immer dann, wenn ein Mann sie interessierte. „Ist doch nichts dabei, wenn ich mich ein bisschen inspirieren lasse“, verteidigte sie sich. „Und wir verstehen uns halt gut. Okay, ich geb`s zu, wir flirten. Und weißt du was? Das ist toll! Ich fühle mich jung und begehrenswert und will den ganzen Tag lustige Songs vor mich hinpfeifen. Du solltest das auch mal ausprobieren, würde dir guttun!“

„Von wegen!“, schoss Valerie zurück. „Mir kann dieser ganze rosabebrillte Schnickschnack gestohlen bleiben, kommt ja doch nichts dabei raus. Solltest du doch auch wissen, dein Bernhard hat dich ganz schön hängen lassen.“

„Menschen ändern sich“, belehrte Jasmin sie im besten Schulmeisterton und pinselte irgendeinen Guss auf die noch warmen Muffins.

„Daran glaube ich nicht recht. Führt der Obergeizkragen dich dann ins teuerste Lokal der Stadt aus? Und wo logiert er überhaupt, im Hotel Goldene Gans?“ Das war so ziemlich die beste Adresse der Stadt. Wenn Bernhard sich tatsächlich geändert hatte, würde er sich bestimmt dort ein Zimmer mieten.

„Na ja, er hat doch gerade keinen Job.“ Erneut vermied Jasmin den Blickkontakt mit ihr, was nichts Gutes zu bedeuten hatte. „Da kann ich ihn doch nicht in ein teures Hotel schicken.“

Langsam dämmerte es Valerie. „Soll das heißen - “, sie brauchte einen Moment, um den unvorstellbaren Gedanken auszusprechen, „er wohnt hier bei dir?“

Da war es schon jetzt viel zu eng! Wie stellte Jasmin sich das nur vor? Entsetzt starrte Valerie ihre Freundin an, der offenbar die Hormone komplett das Gehirn vernebelt hatten.

„Ich habe doch die Couch im Wohnzimmer“, murmelte sie. „Da kann er es sich gemütlich machen. Ist natürlich nicht recht bequem, aber es wird schon gehen.“

Valerie öffnete den Mund, um Jasmin in klaren Worten zu sagen, was sie von Bernhard hielt und überhaupt über die ganze Aktion dachte, aber sie riss sich rechtzeitig am Riemen. Sie war doch selbst Gast in Jasmins Wohnung! Und es stand ihr absolut nicht zu, mit irgendwelchen dummen Sprüchen daherzukommen oder Jasmin Vorhaltungen zu machen. Das war schließlich ihre Wohnung und Valerie konnte mehr als dankbar sein, dass sie überhaupt hier aufgenommen worden war. Vom Geld und der Arbeitskraft, die Valerie ins Café gesteckt hatte, ganz zu schweigen.

„Ach komm, das ist alles kein Problem“, sagte sie mit weicher Stimme. „Natürlich kann er hier bei dir wohnen, ich quartiere mich in der Zeit bei Susi ein, du weißt schon, meine Ex-Kollegin. Die hat bestimmt für ein paar Tage Platz in ihrer Wohnung, und dann können wir über alte Zeiten reden. Wann kommt er denn?“

„Nächste Woche.“ Jasmin strahlte plötzlich wieder. „Das würdest du echt machen?“

„Bevor ich zuhören muss, wie ihr es die ganze Nacht treibt, klar!“

Jasmin lachte. „Nee, nee, wir sind nur Freunde. Glaube ich. Okay, flirtende Freunde. Aber es ist so wunderbar aufregend, mal wieder einen Mann im Haus zu haben!“

Ja, ganz wunderbar, logo. Valerie konnte die Begeisterung beim besten Willen nicht nachvollziehen, insbesondere nicht für diesen lahm-arschigen Versicherungsvertreter Bernhard, der sein Leben nicht auf die Reihe bekam. Aber es war nicht ihre Sache.

„Darf ich einen Muffin probieren?“, fragte sie.

„Klar!“ Freudig lächelnd reichte ihr Jasmin einen und wartete gespannt ab, bis Valerie hineinbiss. „Was sagst du dazu?“, wollte sie wissen.

„Eigenwillig“, gab Valerie zu. Die Kombination aus scharfem Chili, orientalischen Gewürzen und Nusskuchenteig war ihr nicht ganz geheuer. „Aber ich schätze, er wird voll drauf abfahren, dass du seinetwegen Lust auf etwas ganz Scharfes bekommen hast.“

Jasmin kicherte. „Wenn ich ehrlich sein soll – der Sex mit ihm war gar nicht so schlecht. Okay, so richtig chili-scharf vielleicht nicht, aber ich sitze ja schon lange auf dem Trockenen. Und wir sind doch jung, da muss ab und zu ein wenig Matratzensport sein!“

„Also, bevor ich mich mit Bernhard auf der Matratze wälze, mache ich ja lieber noch mit Greg die Gelbgurtprüfung.“ Valerie lachte ebenfalls. „Aber so dämlich, wie der sich beim Häkeln anstellt, hat es mit der Karate-Überei keine Eile. Ich schätze, ich habe ein Sammelsurium an bunten Gürteln, bevor der auch nur die Hälfte des Sommerjäckchens geschafft hat.“

„Wer weiß, vielleicht liegst du mit ihm bald auf der Matte?“ Valerie zwinkerte ihr zu und biss selbst in ein Küchlein.

„Nur, wenn er mich umnietet!“, konterte Valerie. „Was nicht ausgeschlossen ist, denn ich habe ihm heute gesagt, dass er emotional zurückgeblieben ist oder so ähnlich.“

Sie setzte sich auf einen Küchenstuhl und erzählte Jasmin von dem Gespräch mit dem Muskelprotz.

Jasmin nickte mitfühlend. „Du hast völlig recht, Männer wie er haben Angst, eine Frau nah an sich heranzulassen. Deshalb dieses Getue mit harter Schale und alles. Aber ich schätze, den wirst du nicht so leicht knacken können.“

„Will ich auch gar nicht!“ Wie kam Jasmin nur auf die Idee, dass sie ihn irgendwie näher kennenlernen wollte? Das war das Letzte, an das sie dachte. Sie stand auf und klopfte sich ein paar Brösel vom Shirt.

„Ich fahre zu Philomenas Wohnung“, erklärte sie Jasmin. „Mir ist neulich eingefallen, dass da noch ein Buch von mir herumliegen muss. Habe ihr mal *Persuasion* geliehen, weil das das einzige Buch von Jane Austen war, das sie noch nicht kannte. Außerdem weiß ich nicht, wann Greg all ihre Sachen weggibt. Und da möchte ich vorher noch ein wenig dort herumsitzen. Na ja, ich glaube, ich will einfach ein bisschen an die alte Dame denken."

Jasmin sah sie mit einem warmen Ausdruck an. „Sie wird es spüren, da bin ich mir sicher. Ich glaube ja nicht so direkt an Himmel und Auferstehung, das weißt du ja. Keine Ahnung, an was genau ich glaube. Aber eines weiß ich ganz sicher: Wir Menschen verschwinden nicht einfach so ins Nichts. Irgendwo ist Philomena noch und dort wird sie fühlen können, wie nah du ihr bist."

Das war so ehrlich und lieb, dass Valerie sich auf die Lippe beißen musste, weil ihre Augen feucht wurden. Sie vermisste Philomena. Und so toll es auch hier bei Jasmin war – es würde nicht für ewig sein. Jasmin würde wieder jemanden finden, einen Mann. Ob jetzt Bernhard oder ein anderer, irgendjemand würde sicher sein Leben mit ihr teilen wollen.

Sie hingegen würde allein bleiben. Das war in Ordnung. Ja, es war ihr sogar lieber als eine sogenannte Beziehung, wo es ja doch nur immer um Macht ging und man am Ende geschlagen wurde. Dann lieber Single bleiben.

An die Einsamkeit würde man sich gewöhnen, da war sie sich sicher.

„Ruf Bernhard an und sag ihm, dass du ein phantastisches Rezept zu seinen Ehren erfunden hast", schlug Valerie vor und ging in den Flur, um sich anzuziehen. „Er wird dich und die Muffins lieben!", rief sie Jasmin zu.

Bevor die Freundin antworten konnte, zog sie die Wohnungstür hinter sich zu und ging die Treppe hinunter. Es war inzwischen dunkel geworden und der Abendwind fuhr in ihre Haare. Sie wickelte die Jacke enger um sich und beschloss, doch lieber das Auto zu nehmen. Nicht nur, weil es kühl geworden war, sondern auch, weil sie ungern nachts mit dem Fahrrad unterwegs war. Im Auto fühlte sie sich sicherer.

Sie parkte vor Philomenas Haus. Alle Wohnungen waren dunkel, nur ganz oben sah sie das blaue Flimmerlicht eines Fernsehers. Abends war sie nur ganz selten bei Philomena gewesen, deshalb zögerte sie einen Moment, bevor sie aufschloss.

Als sie die Wohnung betrat und das Licht anknipste, verflog diese Unsicherheit schnell. Valerie sah sich um. Hatte Greg schon irgendetwas von den Möbeln verkauft? Offenbar nicht. Alles stand noch an Ort und Stelle. Selbst das Kreuzworträtsel lag aufgeschlagen da. Sie hielt einen Moment inne. Blieb einfach an der Türschwelle zum Wohnzimmer stehen und wurde ganz still. Es war seltsam, wie sehr die Wohnung immer noch Philomenas Anwesenheit ausstrahlte. Jedes Bild an der Wand, jeder exotische Teppich, jedes Regalbrett schien ihren Namen zu flüstern. Ob das bei ihren eigenen Sachen auch so war? Valerie bezweifelte das. Die traurigen Kisten mit ihren Habseligkeiten, die in Jasmins Bude gestapelt waren, strahlten keinerlei Charme aus, ihr Inhalt leider auch nicht. War sie selbst überhaupt ein Mensch, der Spuren hinterließ? Offenbar nicht. Und anders als bei Philomena würde der Welt nicht viel fehlen, wenn sie nicht mehr da wäre. Okay, Jasmin wäre traurig, ein paar Familienmitglieder auch, aber deren Leben würde weitergehen. Und ganz sicher würde niemals irgendjemand ihre verlassene Wohnung betreten, tief einatmen und sich freuen, wenn er noch den Hauch ihres Duftes wahrnahm.

Mit langsamen Schritten ging Valerie auf die Fensterbänke zu und goss die Kakteen. Philomena hatte jedem Kaktus einen Namen gegeben, aber sie hatte leider bei den meisten vergessen, wie sie alle hießen. Den kleinen, den sie gerade vorsichtig wässerte, hatte die alte Dame immer „Mecki“ genannt, das wusste sie noch. Was würde wohl aus all den liebevoll titulierten Pflanzen werden? Wahrscheinlich landeten sie auf einer Müllhalde. Valerie strich einem wollig aussehenden Kaktus mitfühlend über den Kopf.

Irgendwann wandte sie sich ab und machte sich auf die Suche nach dem Buch. Im Schlafzimmer war es nicht, auf dem Tischchen neben der Couch lag es ebenso wenig. Sie zog ein paar Schubladen der

Wohnzimmerwand auf, darin befand sich alles Mögliche, aber kein Buch. Valeries Blick fiel auf den Korb mit Handarbeitssachen. Sie nahm ein paar Wollknäuel heraus und sah tatsächlich den Roman.

Langsam nahm sie das Buch heraus und blätterte darin herum. Anne, die Heldin des Austen-Romans, war auch allein gewesen. Und hatte anfangs nicht für möglich gehalten, dass sich das jemals ändern würde. Dann aber war ihr Captain Wentworth wieder dahergekommen und hatte sie endgültig in seinen Bann gezogen. Nun, es war eben ein Roman. Im wahren Leben passierte so etwas nicht, da entpuppten sich die ursprünglichen Traumprinzen höchstens als langweilige Sofahocker oder Fußballfanatiker, kein Mann brachte sich für die Angebetete in Gefahr oder schrieb ihr Gedichte und Briefe. Sondern höchstens eine WhatsApp, dass er mit sieben Kumpels vorbeikomme und sie gefälligst Bier und Pizza herrichten sollte.

Valerie klappte das Buch zu und legte es zur Seite.

Ihr Blick fiel auf einen Stapel alter Fotoalben, die in einem noch offen stehenden Schubfach lagen. Sie holte ein paar davon heraus. Sicher war Philomena auch auf den Bildern und sie wollte sie so gerne noch einmal sehen.

Das erste Album war neueren Datums, es zeigte die alte Dame auf diversen Reisen. Valerie musste lächeln, als sie sie in die Kamera schauen sah. Wie munter sie wirkte! Voller Lebensfreude und Neugier auf alles, was diese Welt zu bieten hatte.

Warum hatte sie nicht ein paar Jahre länger hierbleiben dürfen? Mit einem Kloß im Hals strich Valerie über die Sofakissen, die neben ihr lagen. Philomena hatte die bestickt, und mit den Fingern darüberzufahren, war, als berührte sie die alte Dame selbst. Sie sah ihr ruhiges Lächeln vor sich, wenn sie mit einer Stickarbeit beschäftigt war. Hörte ihre aufgeregte Stimme, bergbachfrisch als wäre sie ein junges Mädchen, die ihr von irgendeiner Begegnung beim Stadtbummel erzählte. Selbst ihr Parfum roch sie. Duftete vielleicht das Kissen nach Philomena? Sie hob es zur Nase, schnupperte daran, roch aber nur den Stoff und das Stickgarn.

Die anderen Alben lagen einladend vor ihr.

Valerie nahm das unterste in die Hand und schlug es auf. Erstaunt betrachtete sie die Bilder auf der ersten Seite. Da war Philomena bestimmt zwanzig Jahre jünger gewesen. Offenbar waren die Fotos auf einem großen Familienfest geknipst worden, denn es wimmelte nur so von Menschen. Erst gab es einige Gruppenbilder, dann aber hatte Philomena anscheinend den engeren Verwandten jeweils eine eigene Seite gewidmet. Gespannt suchte Valerie nach Ähnlichkeiten in den Gesichtszügen und überlegte, wer wohl Philomenas Schwestern oder Eltern sein könnten.

Als sie umblätterte, sah ihr ein Augenpaar entgegen, das sie gut kannte. Das war unverkennbar Greg! Er war da vielleicht elf oder zwölf Jahre alt, trug einen blauen Anzug, der ihm eine Nummer zu groß war, und einen Seitenscheitel. Valerie musste ein klein wenig lachen, aber als sie ihn genauer musterte, wurde sie wieder ernst.

Er saß immer allein herum, auf jedem der Bilder. Und er lächelte nicht. Im Hintergrund sah man die anderen Kinder herumtoben, doch er stand stets etwas abseits.

Verwundert blätterte Valerie weiter, um zu sehen, ob noch mehr Fotos kamen, aber es blieb bei dieser Seite, zu der sie wieder zurückkam. Das Gesicht war auf jeden Fall das des jungen Gregors, der Ausdruck jedoch ein völlig anderer. Er wirkte fast schon zart auf den Bildern, obwohl er keineswegs zierlich war. Aber da war eine Weichheit in seinen Zügen, von der nichts zurückgeblieben war. Jetzt war er ein starker Kerl, der sich von niemandem etwas sagen ließ und erst recht keinen anderen Menschen brauchte. Damals aber hatte er ausgesehen wie ein Junge, den man am liebsten in den Arm genommen hätte.

„Sehr seltsam", flüsterte Valerie und klappte das Album vorsichtig zu. Einen Moment lang überlegte sie, ob sie es mitnehmen sollte, aber das ging natürlich nicht. Es waren Gregs Verwandte und auch seine Fotos, sie gehörten ihm.

Valerie stand auf, legte die Alben wieder zurück in das Schubfach und schloss es. Anschließend richtete sie die bestickten Kissen wieder so auf dem Sofa hin, wie die alte Dame es immer getan hatte.

„Gute Nacht, Philomena", flüsterte sie, als sie das Licht ausknipste. „Ich wünschte, Sie könnten mir die Geschichten zu all diesen Fotos erzählen. Ich würde so gerne einfach hier mit Ihnen sitzen und mir alles über die Menschen anhören, mit denen Sie Ihr Leben verbracht haben."

Und vielleicht würde die alte Dame ihr sogar erzählen, warum der junge Neffe Gregor diese eigenartige Traurigkeit in seinem Blick hatte?

Aber es war zu spät, Philomena würde keine einzige Anekdote mehr zum Besten geben. Alles fühlte sich mit einem Mal so stumm an ohne sie. Als hätte irgendwer alle Töne ausgeknipst und auch die Leichtigkeit und das Glück. Da war nur noch Leere und das Gefühl, für immer allein durchs Leben gehen zu müssen.

Valerie flüsterte: „Schlafen Sie gut, liebe Freundin." Dann nahm sie ihren Roman in die Hand und verließ die Wohnung. Obwohl die Dunkelheit nicht ihr bester Freund war, kam ihr die Nacht in diesem Moment gerade recht. Dann sah niemand die kleine Träne, die über ihre Wange lief.

15. Pingi und der Sensei

Gregor

„Was für eine verfluchte Zeitverschwendung“, brummte Gregor vor sich hin, als er – mit dem Häkelzeug in der Hand – nach oben in seine Wohnung ging. Vom langen Sitzen in diesen lächerlichen Rattanstühlen tat ihm die Hüfte weh. Bei jedem Schritt gab es ihm einen schmerzhaften Stich, aber er nahm die Stufen natürlich trotzdem im zackigen Tempo. Nur Weicheier ließen sich von einer unbedeutenden Arthrose beeinträchtigen. Solche wie dieser unerträglich jaulende Leandro. Das war doch bestimmt so ein Milchbubi, der wahrscheinlich noch daheim wohnte und sich von Mami zum Frühstück Pfannkuchen braten ließ. War sowieso erstaunlich, dass der Typ CDs herausgebracht hatte. Die waren sicher selbst gebrannt, denn welches Musik-Label würde so einen unter Vertrag nehmen?

Er warf das Häkelzeug auf das Sideboard im Flur und holte seinen Laptop aus dem Schrank. Während er darauf wartete, dass das Ding hochfuhr, machte er eine Dehnübung. Half nur leider nicht viel.

„Shit“, fluchte er, denn die Schmerzen nahmen eher zu. Stehen war Gift, Sitzen tat ihm auch nicht gut, am erträglichsten war das Ganze noch beim Gehen. Aber er hatte keine Lust, jetzt zu einem Spaziergang aufzubrechen. Zum Glück fand heute kein Training statt, erst morgen wieder. Bis dahin hatte sich die Hüfte hoffentlich wieder beruhigt.

Um sich abzulenken, gab er in die Suchmaschine den Namen „Leandro“ ein. Sofort ploppten eine Menge Ergebnisse auf. Gregor klickte auf ein YouTube-Video des Sängers und starrte auf den Bildschirm.

„War ja klar", murmelte er, „ein totaler Warmduscher."

In einem schrecklich kitschigen Sonnenuntergang saß er auf einer Parkbank, zupfte an seiner akustischen Gitarre herum und säuselte irgendwelche Liebesschnulzen ins unsichtbare Mikro. Gregor fand Gitarren grundsätzlich nur erträglich, wenn sie an einem Verstärker hingen und ihre harten Riffs zu erdigen Rock-Beats vereinten. Dazu ein aggressives Schlagzeug, eine whiskyraue Männerstimme und ein fetter Sound.

Sein Blick fiel auf die Zahlen unter dem Video. „Fast eine Million Klicks?", rief er überrascht und schüttelte den Kopf. Gab es wirklich so viele Frauen, die auf einen langhaarigen, rehäugigen Spargel wie Leandro abfuhren?

Sogar Tourdaten waren in der Beschreibung des Videos eingeblendet. Demnächst spielte er hier in der Stadt, in einer recht bekannten Musikkneipe. Laut Tourplan trat er ansonsten in größeren Hallen auf, machte aber für seine Heimatstadt offenbar Ausnahmen, indem er regelmäßig in solchen Lokalen zu einem Gig erschien.

„Ein Star zum Anfassen", hatte ein Mädel als Kommentar darunter geschrieben und ein Herzchen angefügt.

Gregor las auch die anderen Bemerkungen zum Video, natürlich alle von weiblichen Fans. Wie die alle von ihm schwärmten!

„Endlich ein Mann, der uns Frauen versteht", schrieb eine Tina, und Amanda wünschte sich, „dass mehr Männer etwas von seiner wunderbaren Gefühlswelt zeigten."

Gregor hielt inne und dachte eine Weile darüber nach, wie es um seine Gefühlswelt eigentlich bestellt war, ob die wunderbar war und welche Lieder er darüber schreiben würde. Die Songs, die ihm einfielen, gingen in Richtung „*Born to be wild*" und waren deutlich weniger poetisch als die von Leandro.

Die begeisterten Kommentare jedoch hörten nicht auf. Dieser Klampfen-Casanova traf ganz offensichtlich einen Nerv bei der holden Weiblichkeit. Echt erstaunlich! Gregor klickte bereits die dritte Seite an. Er hätte niemals gedacht, dass sich Frauen so sehr nach Romantik sehnten. Die in seinem Umfeld waren jedenfalls alle anders gestrickt. Oder etwa nicht?

Wie auf Kommando klingelte es. Das war Britt, sie hatte sich für heute Abend angekündigt. Eilig schaltete Gregor den Laptop aus, sie sollte natürlich nicht sehen, auf welchen Seiten er sich herumtrieb. Gegen harte Pornos hatte sie nichts, wie er wusste, ganz im Gegenteil. Aber Lieder über Sonnenuntergänge würden sie ziemlich verstören.

„Was für ein Scheißtag", begrüßte sie ihn an der Tür. „Bei der Razzia im Bahnhofsviertel gab`s `ne Schlägerei, danach hat mir ein Besoffener fast auf die Stiefel gekotzt und mein Boss führt sich wieder auf wie Napoleon persönlich."

Sie ging zum Kühlschrank, holte sich ein Bier und ließ sich damit auf das Sofa im Wohnzimmer fallen.

„Außerdem delegiert er schon wieder alles Mögliche auf mich. Ich soll organisieren, dass die Polizei bald Selbstverteidigungskurse für Frauen anbietet. Stell dir das nur vor! Sollen die halt mal nicht so Prinzessinnen sein, dann passiert ihnen auch nichts."

„Na, ganz so ist es auch nicht. Es gibt eine Menge Idioten, die Frauen mies behandeln. Und es ist eben nicht jede wie du."

Sie funkelte ihn an. „Jetzt fang du nicht auch noch an! Ist jedenfalls eine Menge Arbeit am Schreibtisch und du weißt, wie wenig Lust ich auf so was habe. Ich brauche dringend Ablenkung."

„Bin dabei", stimmte er ihr zu und setzte sich zu ihr. Sie legte die Füße, die noch in ihren halbhohen Stiefeln steckten, auf den Couchtisch. Hatte etwas von John Wayne. Oder Eastwood. Nicht mal die Knarre fehlte.

Für den Bruchteil einer Sekunde schoss ein anderes Bild durch seinen Kopf. Eines von Blümchenballerinas, tanzender Häkelnadel und Bernsteinaugen. Er verdrängte es schnell.

„Wir könnten einen Film anschauen", schlug er vor.

Britt setzte die Bierflasche klirrend ab und sah ihn an, als hätte er vorgeschlagen, eine Fußwallfahrt nach Lourdes zu unternehmen.

„Also echt, Greg, wir sind doch kein altes Ehepaar! Vor der Glotze sitzen und Händchen halten dabei?“ Sie lachte schrill. „Ich bin eigentlich wegen etwas anderem hier.“ Um zu unterstreichen, was genau sie meinte, setzte sie sich aufrechter hin und ließ ihre Lederjacke lasziv von den Schultern gleiten.

„Hab ich mir schon gedacht“, kommentierte Gregor das Ganze mit wenig Elan.

Er hatte keine Lust auf Sex.

Das war etwas, das noch nie vorgekommen war, und machte ihm durchaus Angst. Aber Britt verlangte oft anstrengende Stellungen, die seiner Hüfte zusetzen würden. Außerdem wollte er irgendwie heute Abend nur hier herumhängen. Was war so schlimm daran, tatsächlich mal einen Film anzuschauen? Das taten nicht nur alte Ehepaare, sondern auch Menschen, die sich mochten, die gemeinsam Zeit verbringen wollten, gern miteinander lachten.

Er musterte Britt, die gerade ihre Flasche leer trank, von der Seite. Konnte er sie eigentlich gut leiden? Oder sie ihn?

In seinem Hinterkopf dudelte ein Leandro-Song, in dem er von den Augen seiner Geliebten schwärmte und davon, wie gern er Arm in Arm mit ihr zusammen am Ufer entlangschlenderte.

Musste schön sein, einen Menschen zu haben, der das mit einem tun wollte. Wo man gar nicht immer Leistung bringen musste, ein toller Hecht sein, der starke Kerl. Sondern einfach aufs Wasser starren durfte, ohne zu reden, und die Partnerin würde trotzdem ewig neben einem sitzen wollen.

„Komm schon, worauf wartest du?“, drang Britts Stimme in seinen verstörenden Tagtraum ein. „Seit wann sinnierst du vor dich hin? Passt gar nicht zu dir, du bist doch ein Mann der Tat. Das kannst du jetzt beweisen.“

Er drehte sich um. Britt stand bereits im Flur, direkt vor der Schlafzimmertür, und schälte sich aus ihrer Uniformhose.

Schwerfällig stand er auf, wusste noch gar nicht, was er sagen sollte. Was zum Teufel war nur los mit ihm? Normalerweise fiel er über sie her, sobald sie nur die Türschwelle überschritt. Oder dachte schon während des Trainings ständig daran, ihren sehnigen Körper gleich unter sich zu haben und zum Zittern zu bringen.

Ihre Augen verengten sich. Sie war es nicht gewohnt, zu warten.

„Bist du denn nicht scharf auf mich?“, fragte sie erstaunt. „Oder ist irgendwas passiert heute? Es war doch nicht mal Training.“

„Nein, mittwochs ist zur Zeit keine Einheit“, antwortete er, weil ihm nichts Besseres einfiel.

„Dann verstehe ich nicht“, begann sie, sah dann aber das rote Häkelzeug auf dem Sideboard. „Ach du Scheiße, heute war ja dieser Handarbeitszirkus! Du kannst das doch nicht hier herumliegen lassen, es verschandelt deine gesamte Einrichtung.“

Sie nahm die Wolle und die Maschenarbeit in die Hand und suchte einen Platz, wo sie es verstauen konnte.

„Was habe ich denn für eine Einrichtung?“ Herrgott, heute fielen ihm echt nur dämliche Fragen ein.

„Na, eine männliche.“ Britt machte mit dem Arm eine große Geste. „Alles funktionell, klar, schnörkellos. So mag ich das. Harte Kanten, wenig Farbe, kein verspielter Schnickschnack. Eben eine echte Männerwohnung. Da kannst du doch nicht mittenhinein so ein Zeug legen.“

Mit Abscheu musterte sie die Häkelei in ihren Händen.

„Tja, war gar nicht so leicht, das alles hinzukriegen. Diese Nadelhexe Valerie hat mich fast verrückt gemacht.“ Er wusste, dass Britt die nicht ausstehen konnte.

„Kann ich immer noch nicht verstehen, dass du dich dazu herablässt.“ Sie zog eine Schublade auf. „Außerdem sieht das beschissen aus, was du gehäkelt hast. Mal im Ernst – ein ausgewachsener Mann, der da herumsitzt und eine krumme Nadel durch bunte Wolle zieht? Was für eine irrsinnige Vorstellung!“

Sie lachte schon wieder.

Gregor hingegen blieb ernst. Was nahm sie sich eigentlich heraus? „Du weißt genau, dass ich das nicht freiwillig mache“, fuhr er sie an.

Das brachte sie noch mehr zum Lachen. „Ja eben! Umso schlimmer. Und dann kommt auch noch so ein welliges Ding dabei raus, echt peinlich."

Sie pfefferte seine Häkelei in die Schublade und schob diese mit Schwung zu.

Gregor knirschte mit den Backenzähnen. Was bildete Britt sich eigentlich ein? Stiefelte in seine Wohnung, trank sein Bier und erdreistete sich, ihn auszulachen! Das machte keiner mit ihm, nie wieder!

„Du solltest gehen", sagte er mit kalter Stimme.

Überrascht sah sie ihn an. „Was?"

„Du hast schon richtig gehört, ich will heute meine Ruhe haben."

Ihre Miene wurde hart. „Hat dich das Handarbeiten so ausgelaugt, oder was? Oder schwärmst du jetzt neuerdings für dieses schrecklich naive Häkelweib in Blümchenkleidern? Ist ja eine ekelhafte Vorstellung."

„Halt einfach mal die Klappe", zischte Gregor. Sie war ihm zu viel heute. Ihr herrischer Ton, die Sex-Besessenheit, dieses maskuline Gehabe – er konnte sie nicht ertragen.

„Idiot", fauchte sie, stieg in ihre Klamotten und Schuhe, warf die Tür krachend ins Schloss, als sie die Wohnung verließ.

Gregor atmete tief durch. Ihre harten Schritte klapperten noch über die Treppe hinunter, dann legte sich Stille über den Raum. Er blieb eine Weile stehen, horchte in diese Stille hinein, fand trotzdem keine Ruhe.

Weil ihm nichts Besseres einfiel, ließ er seinen Blick durch die Wohnung schweifen. Britt hatte recht, die Einrichtung war funktionell und schlicht. Viel Schwarz, nichts Buntes, klare Linien. Jetzt, da das knallrote Häkelzeug in der Schublade verschwunden war, gab es keinerlei Farbkleckse in der Wohnung.

Zum ersten Mal kam ihm das trist vor.

Er öffnete eine Tür des Sideboards. Natürlich würde er nicht das Wollzeug als Dekoration verwenden, aber vielleicht hatte er noch ein paar andere Sachen herumliegen? Er schob zwei Ordner zur Seite und fand einen kleinen Karton, in den er Unnützes geräumt hatte. Als er ihn herauszog, musste er einen Moment innehalten. Mitten aus der Schachtel grinste ihn nämlich ein dicker Keramikpinguin mit buntem Schal um den Hals an. Gregor wusste sofort, von wem er den bekommen hatte.

Er setzte sich direkt vor dem Sideboard auf den Boden und nahm die Figur vorsichtig in die Hand. Wie viele Jahre lag der „Pingi", wie er ihn damals genannt hatte, schon dort hinten in dem Karton? Sicher mehr als fünfzehn.

Philomena hatte ihm die Figur geschenkt, vor irrsinnig langer Zeit. Da war er noch ein Kind gewesen. Der Pingi hatte einen Ehrenplatz auf seinem Schreibtisch gehabt, ihm beim Hausaufgaben machen zugesehen und ihn immer freundlich angelächelt. Und ihm Mut gemacht, seinen eigenen Weg zu gehen. Einen, bei dem man nicht ausgelacht wurde oder irgendwo ein Außenseiter war.

„Du weißt doch, wie das ist mit den Pinguinen", hatte Tante Philomena damals gesagt. „Dumme Menschen halten sie für ungelenk oder lachen sie sogar aus, weil sie sich so seltsam bewegen an Land. Aber schlaue Leute wissen, wie elegant sie sind, wenn sie im Wasser schwimmen. Das musst du dir merken. Manchmal muss man sich nur die richtige Umgebung suchen und schon gleitet man ganz leicht durchs Leben."

Er hatte sich das zu Herzen genommen. Etwas geändert, sich durchgebissen. Und war ja jetzt auch in seiner richtigen Umgebung gelandet. Robuster Handwerker, erfolgreicher Sportler, erfahrener Karate-Trainer – ja, das passte zu ihm. Das war seine Welt, in der er wunderbar durchs Wasser gleiten konnte, hier gehörte er hin. Zu den harten Kerlen. Nicht zu den Sonnenuntergangsanbetern wie Leandro. Nicht zu den Blümchenkleidern und Wollsammlerinnen wie Valerie.

Dass er heute keine Lust auf Britt gehabt hatte, war ein Ausrutscher gewesen, ganz sicher. Manchmal regte sie ihn einfach auf, das war alles. Morgen war ihr Ärger verflogen, da würde er sie anrufen, sie auf die Futon-Matratze werfen und sie hart drannehmen. Alles war in

Ordnung.

Nur seine verdammte Hüfte zwickte. Gregor platzierte den Pinguin mit dem bunten Schal mitten auf dem Sideboard, schob den Karton zurück und zog sich Schuhe an. Ein kleiner Spaziergang würde ihm guttun, um die Gelenke in Schwung zu bringen und den Kopf freizumachen.

Er verließ das Haus, marschierte zügig die nur spärlich beleuchtete Brentanostraße entlang. Es war ziemlich lange her, dass er mal spazieren gegangen war. In der Regel joggte er, da kannte er seine Strecke durch den Stadtpark. Aber da sein Chef echt viel forderte von seinen Mitarbeitern und er körperlich schon tagsüber schwer arbeitete, lief er fast nur noch an den Wochenenden. Zu Fuß gehen war anders. Man hatte den Blick nicht auf dem Pulsmesser am Handgelenk und zählte in Gedanken nicht die zurückgelegten Kilometer, sondern kam nur ganz langsam vorwärts. Dafür sah man mehr. Zum Beispiel dort drüben die Frau, die in der Küche hantierte. Oder im Eckhaus das riesige Aquarium, das in der Erdgeschosswohnung leuchtete. War ihm tagsüber noch nie aufgefallen.

Er bog wahllos in die nächste Seitenstraße ein, hing seinen Gedanken nach. Kam immer wieder auf Leandro zurück. Außerdem auf Valerie und auf das, was sie über Männer gesagt hatte. Okay, Britt tickte da ganz offensichtlich anders, aber war es das, was er wollte? Niemals einfach so Zeit miteinander verbringen, sondern sich nur zum Zwecke des Matten- oder Matratzensports zu treffen? Irgendwie war das ein bisschen wenig. Klar, er war keiner, der ein spießiges Eheleben führen wollte, Urlaub am Strand von Bibione, sonntags den Kombi waschen und einmal im Monat Kaffeeklatsch bei nervigen Schwiegereltern. Schon allein die Vorstellung verpasste ihm einen Würgereiz.

Aber es gab doch sicher noch etwas dazwischen.

Was eine Frau wie Valerie sich wohl wünschte von einer Beziehung? Okay, auch sie war nicht normal. Ganz und gar nicht. Das, was sie ihm an den Kopf geworfen hatte beim Häkeln, war natürlich Unsinn.

Trotzdem hatte dieser Leandro fast eine Million Klicks bei seinem Romantikvideo und unzählige positive Kommentare.

War also doch etwas dran an der Tatsache, dass Frauen aufblühten, wenn man ihnen eine Kerze auf den Tisch stellte und Kuschelmusik auflegte? Er musste das klären. Gregor zog sein Handy aus der Tasche und rief Thore an.

„Ich muss dich noch mal was fragen zu dieser Romantiksache", begann er das Gespräch.

„Schon wieder? Ich hab dir doch schon gesagt, dass ich mit so was überhaupt nichts am Hut habe", erwiderte Thore und klang sehr verwundert.

Gregor ging weiter die nächtlichen Straßen entlang, während er telefonierte. „Schon klar. Aber gefällt das jeder Frau, was du machst? Also flachlegen und nichts weiter – beschwert sich da keine?"

„Du bist ja echt schräg drauf, *Sensei*." Thore lachte heiser. „Sie dürfen meine Bizeps anfassen, das reicht bei den meisten als Vorspiel. Kann halt auch nicht jeder bieten."

„Okay, bei den meisten, sagst du. Wo gabelst du die auf?"

„Weißt du doch. Manche beim Sport, ich bin ja immer noch gern bei den Gewichthebern unterwegs. Oder im Motorradclub, da gibt es auch ein paar, die auf echte Kerle stehen."

Gregor hatte schon ein paar der Frauen gesehen, die Thore abschleppte. Wortkarge Bikerinnen, die gern tief ins Glas schauten. Zu denen konnte man allerdings nicht kommen, wenn man mal ein Problem hatte. Oder eben am Ufer sitzen und aufs Meer schauen wollte. Dabei wusste er selbst nicht mal, ob er das wollte. Im Grunde hatte er noch nie Urlaub am Wasser gemacht, immer nur bei Sportcamps oder zum Bergsteigen. Trotzdem interessierte ihn die theoretische Möglichkeit.

„Aber manche sind enttäuscht, weil die mehr wollen, stimmt`s?"

„Na logisch! Es gibt ja immer noch die, die meinen, ich wäre ein Objekt zum Knacken. Bin ich aber nicht. Da ist wohl kein weicher Kern, ich bestehe nur aus Hartholzschale." Thore hörte sich an, als sei er sehr stolz darauf.

So ganz kaufte Gregor ihm das nicht ab.

„Moment mal – hast du nicht neulich, als du diese schlimme Erkältung hattest, rumgejammert, weil niemand dir eine Hühnersuppe gekocht hat?"

„Das war eine Ausnahmesituation!", schoss Thore sofort zurück. „Ich hatte eine schwere Lungenentzündung, auch wenn das kein Arzt diagnostiziert hat, und war vollgepumpt mit Medikamenten."

Gregor verkniff sich einen Kommentar. Eigentlich war es eher ein Männerschnupfen gewesen. Thore hatte sich wegen der Halsschmerzen eine Großpackung Ibuprofen eingeworfen und tagelang herumgejammert, dass sich niemand um ihn kümmerte und kein Mensch merken würde, wie nah er dem Sarg stand. Er neigte manchmal zum Dramatisieren, auch wenn man ihm das nie sagen konnte, sonst hatte man eine gebrochene Rippe.

„Die Frauen, bei denen du nicht punkten kannst – was hätten die dann gerne?", kam Gregor auf die ursprüngliche Frage zurück.

„Herrgott, das weiß ich doch nicht! Wahrscheinlich Händchenhalten, Pilcherfilme anschauen und gemeinsam Erdbeereis löffeln. Ätzend!"

Thore war eher für Wurstsalat mit extra viel Zwiebeln zum DVD-Abend mit Bruce Willis in *Die hard 1-7*.

„Du kennst das doch alles von Britt", fügte Thore an. „Die steht auch nicht auf so Weibchenzeug. Ist bei euch alles in Ordnung? Habe den Eindruck, die fährt immer noch voll auf dich ab."

„Ja klar, tut sie. Mir ging das halt nur alles durch den Kopf. Schönen Abend noch." Es war Zeit, das Gespräch zu beenden, neue Erkenntnisse erlangte er sowieso nicht.

„Wegen der Häkeltante?", fragte Thore unvermittelt, statt aufzulegen.

„Bullshit! Wie kommst du denn darauf?"

Er hörte durchs Telefon, wie sein Kumpel grinste. „Na, weil du ihr so fasziniert zugeschaut hast, wenn sie vorhäkelt. Und sie mustert dich auch heimlich. Die ist aber nix für dich, glaub`s mir."

„Um Gottes Willen, was soll ich mit der?" Gregor ließ ein Lachen ertönen. „Erstens bin ich mit Britt bestens versorgt und zweitens würde ich eher jahrelang selbst Hand anlegen, als mich mit so einer kunterbunten Teetrinkerin mit Wollfetisch einzulassen!"

„War mir doch klar, Kumpel", sagte Thore. „Wollte dich nur verarschen. Ihr beide seid ja eh wie Tag und Nacht, das würde niemals hinhauen. Also, mach´s gut!" Er legte auf.

Gregor steckte das Handy weg und blieb stehen. Wo war er eigentlich hingelaufen? Der Straßenzug kam ihm bekannt vor. Er bog um die nächste Ecke und stand doch glatt vor Philomenas Haus.

Wieso war er ausgerechnet hierher spaziert? Ihm fiel ein, dass Valerie etwas davon gesagt hatte. Sie wollte sich ein Buch holen oder so. Tatsächlich brannte in der Wohnung seiner Tante Licht.

Er ging näher heran. Hinter einem verblühten Fliederbusch konnte er sich gut verbergen und einen Blick ins hell erleuchtete Wohnzimmer werfen.

Er sah Valerie, die eine Weile unschlüssig an der Türschwelle stand. Was machte sie dort? Endlich kam Leben in sie. Sie befüllte die kleine Gießkanne und versorgte die Kakteen auf den Fensterbrettern.

Gregor quetschte sich zwischen die Fliederäste, damit sie ihn nicht sah, falls sie zufällig hinausschaute. Ein Zweig stach ihn in den Nacken. Und er zuckte zusammen, weil irgendein Krabbelviech über seinen Handrücken lief. Oh Mann, was tat er hier nur? Gerade wollte er wieder hinaus auf die Straße und endlich den Heimweg antreten, was deutlich vernünftiger wäre, als hier wie ein Spanner in den Büschen zu stehen. Aber es bewegte sich etwas in der Wohnung. Offenbar ging Valerie durch die Zimmer, denn sie tauchte nur immer wieder kurz auf. Schließlich setzte sie sich auf die Couch und blätterte in irgendetwas, das konnte er durch das bodentiefe Fenster zum Balkon sehen.

Mit der Hand strich sie dazu liebevoll über die Sofakissen, die Tante

Philomena bestickt hatte. Wie gebannt beobachtete er sie dabei.

Irgendwie passte das zu ihr. Auf einer Couch sitzen, ein Buch lesen, nebenbei vielleicht den Menschen, der neben ihr saß, ein bisschen streicheln. Wahrscheinlich war das etwas, was sie an Beziehungen mochte. Nähe, Gemütlichkeit, zärtliches Miteinander.

Wie es sich wohl anfühlen würde, von ihr berührt zu werden.

„Verdammt, hör auf damit!“, flüsterte er sich selbst zu. Er war wirklich nicht mehr ganz bei Trost! Außerdem würde sie sowieso nur einen Mann wie diesen Schlagerfuzzi Leandro anfassen und nicht einen wie ihn.

Sie blätterte immer noch, er sah leider nicht, worin. Es musste etwas Spannendes sein, denn sie beugte sich fasziniert darüber.

„Bestimmt ein Handarbeitsbuch“, sagte er sich. Was sonst sollte sie so in den Bann ziehen?

Irgendwann stand Valerie auf. Er wusste gar nicht, wie viel Zeit inzwischen verstrichen war. Sie räumte etwas weg, sah sich anschließend noch mal im Zimmer um. Mit ganz langsamen Schritten ging sie in Richtung Flur, blickte erneut ins Wohnzimmer, als wollte sie sich alles genau einprägen. Sicher täuschte er sich, die Entfernung war wohl zu groß, aber es sah aus, als würde sie sprechen.

Mit Philomena?

Im nächsten Moment wurde es dunkel. Sie hatte offenbar das Licht ausgeknipst. Gregor sah sich eilig um. Wo konnte er sich verstecken, wenn sie aus dem Haus kam? Auf die Schnelle fand er nichts, also blieb er regungslos im Fliederbusch stehen und hoffte mit pochendem Herz, dass die Blätter dicht genug waren, um ihn zu verbergen.

Valerie kam aus dem Haus, wischte sich mit dem Handrücken über die Wange und ging an ihm vorbei, ohne nach links und rechts zu schauen. Erleichtert beobachtete Gregor, wie sie in ihr Auto stieg und losfuhr. Er wartete noch, bis sie um die Ecke gebogen und ihr Motor nicht mehr zu hören war, dann erst kam er heraus.

Sie hatte offenbar geweint.

Ja, sie hatte im Wohnzimmer seiner Tante gesessen, ihre Pflanzen gegossen, in ihren Büchern geschmökert und vielleicht sogar mit ihr geredet.

Und er?

Er war seit dem gemeinsamen Besuch nicht in der Wohnung gewesen, hatte sich um nichts gekümmert und noch kein einziges Mal die Sofakissen ordentlich bewundert, an denen Philomena sicher ewig gestickt hatte.

Gregor schlug den Weg zurück ein. Seine Hüfte schmerzte noch mehr als vorher, ein Blatt piekste im Kragen, aber das geschah ihm recht. Er war kein guter Neffe, vielleicht nicht mal ein guter Mensch, kein Wunder, dass er allein lebte. Valerie hingegen hatte das Herz am richtigen Fleck.

Sie war natürlich eine schreckliche Nervensäge, furchtbar bunt, redete viel zu viel und hörte nur schlimme Schnulzen – trotzdem fühlte er ein ganz eigenartiges Gefühl in sich aufsteigen. Es dauerte eine Weile, bis er es greifen konnte. Dann aber stellte er überrascht fest, dass er denjenigen ein klein wenig beneidete, der eines Tages sein Leben mit ihr teilen würde. Und das war nun wirklich eine seltsame Gefühlsregung für einen Karatetrainer mitsamt Schwarzem Gürtel!

16. Luftmatratzen-Kampf

Valerie

„Jetzt verlagert ihr euer Gewicht auf den linken Fuß, setzt den anderen zurück und legt die Hände an den Gürtel", erklärte Greg und machte es vor. Hoch konzentriert schaute Valerie ihm zu. Bei ihm sah das alles so verflixt leicht aus!

Wie ein weißer Flamingo stand er auf einem Bein und führte die Bewegung langsam vor. Das linke Bein blieb wie festgeklebt stehen, während er rechts im Zeitlupentempo erst das Knie hob und dann einen hohen Kick nach vorne ausführte. Danach nahm er das Bein in Slow Motion wieder zurück. Wie das funktionierte, ohne umzufallen, blieb ihr ein Rätsel.

„Das ist also der *Mae Geri*. Man kann ihn in verschiedenen Höhen ausführen. *Chudan* heißt, dass ihr in Richtung Solar Plexus eures imaginären Gegners kickt."

„Wohin?", rief Ottilie dazwischen.

„Entschuldigung." Greg schenkte ihr ein bedauerndes Lächeln. „Ich meine ungefähr die Bauchregion, ich rutsche leider oft in die Fachbegriffe, fragen Sie ruhig, wenn es so ist."

„Machen wir!", rief Friederike fröhlich. Die alten Damen hatte wieder mal jede Menge Spaß beim Training. Heute trugen sie nicht mehr ihre farbenfrohen Aerobic-Klamotten, sondern hatten sich inzwischen weiße Karateanzüge geleistet. „Die heißen *Gi*", hatten sie Valerie vor der Stunde stolz erklärt, sich einen weißen Gürtel umgebunden und waren in die Halle stolziert, während Valerie noch die Tische im Café abwischte. Da sie diese dämliche Gelbgurtprüfung möglichst bald ablegen wollte, trainierte sie nicht nur am Sonntagmorgen, sondern genehmigte sich noch eine zusätzliche

Abendstunde.

Nun also standen sie alle zusammen im Dojo und ließen sich von Greg in verschiedenen Geschwindigkeiten den Kick nach vorne vormachen.

„Am Ende sieht das dann so aus“, sagte er und vollführte nacheinander eine Reihe von so zackigen *Mae Geris*, dass Valerie sich schon wieder vorkam wie bei einem zu schnell gespulten Film.

„So, jetzt probiert ihr das mal aus.“ Er nickte seinen Schülern zu, stellte sich breitbeinig hin, verschränkte in bester Schuldirektor-Pose die Arme und knipste seinen Laserblick an.

Also gut. Valerie nahm die Position ein. Linker Fuß gerade, Gewicht darauf, rechtes Knie erst mal langsam heben. Sie probierte es und wackelte herum wie eine dieser aufblasbaren Figuren neben der Kinderhüpfburg. Verdammt, so schwierig konnte das doch nicht sein!

Noch mal probieren. Der Kick funktionierte dieses Mal sogar, allerdings kam sie nur halb so hoch wie Greg. Und als sie das Bein zurückzog, verlor sie das Gleichgewicht, ruderte mit den Armen und setzte den Fuß mit einem lauten Patschen auf.

„Körperspannung!“, bellte Greg, der plötzlich vor ihr stand. Wo kam der schon wieder so schnell her, gab es eine Karatedisziplin, bei der man durch die Luft flog? „Du musst deinen Bauch anspannen, dich auf deine Mitte konzentrieren, sonst hast du keinen guten Stand. Und mach zu Hause Übungen fürs Gleichgewicht.“

„Hast du denn schon fleißig feste Maschen geübt?“, konterte sie.

Seine Augen blitzten. „In meinem Karate-Dojo wird nicht übers Häkeln geredet!“ Er ging zum nächsten Schüler.

„Ich wette, er hatte das Häkelzeug noch nicht mal in der Hand“, raunte Valerie Jasmin zu, die ziemlich steif herumstand.

„Welches Häkelzeug?“, fragte die und nahm die Arme hoch für ein paar *Oi Zukis*.

„Wir sind bei den Kicks!“, erklärte Valerie schnell. „Hast du denn gar nicht zugehört?“

Jasmin lächelte und hob entschuldigend die Schultern. „Bin wohl ein bisschen abwesend heute. Ich muss noch so viel erledigen, bevor Bernhard kommt. Du denkst morgen an die Sahnecreme? Nicht zu lange schlagen!“

„Klar doch.“

Da der *Sensei* höchst persönlich angewalzt kam, kickte sie schnell in die Luft hinein, dieses Mal sogar mit sicherem Stand.

„Jetzt das Ganze höher, wir zielen auf den Kopf!“

Kaum hatte er das ausgesprochen, zeigte er, wie das ging. Sein Knie schnellte nach oben, der Fuß ging fast senkrecht in die Luft, genauso blitzschnell kam das Bein wieder zurück. Als er das Ganze mit der anderen Seite ebenfalls ausführte, erkannte Valerie erneut eine kleine Unsicherheit. Die war ihr beim letzten Mal schon aufgefallen. Die anderen Schüler hatten sicher kein Auge dafür, aber wer so lange als Krankengymnastin gearbeitet hatte, sah es.

„Er hat`s in der Hüfte“, flüsterte sie Jasmin zu, die sie nur erstaunt ansah.

„Wer?“

„Ach, vergiss es.“ Die Freundin war heute nicht zu gebrauchen. Der anstehende Besuch von Bernhard brachte sie völlig durcheinander. Trotzdem hatte sie sich, sofort nachdem sie von ihrem Halbtagsjob im Café Prinzenhof heimgekommen war, in die Küche verzogen und wie wild gebacken. Oft genug stellte sich Jasmin sogar morgens den Wecker eine Stunde früher, um noch ein Topping anzurühren und auf die Cupcakes zu verteilen. Ohne sie wäre das Café Woll-Lust niemals so erfolgreich und Valerie konnte sich gar nicht oft genug dafür bedanken. Da war es das Mindeste, dass sie sich eine andere Bleibe suchte, solange Jasmins Lover da war.

„Valerie, was ist los?“, dröhnte Gregs Stimme durch die Halle. „Ich sehe keine *Mae Geris*. Streng dich an, die brauchst du nämlich, wenn du wirklich die Gelbgurt-Prüfung ablegen willst.“

Er sagte es, als zweifle er daran. Was sie umgehend dazu anspornte, ihr Bein wie ein Funkenmariechen in die Luft zu werfen. Wieder und wieder. Das Hinterteil tat ihr zwar schon weh, die Oberschenkel auch, aber sie würde sich natürlich keine Schwäche anmerken lassen, nicht vor ihm!

„Ich denke mir für ihn das komplizierteste Lochmuster aus, das die Welt je gesehen hat", kündigte sie Jasmin an, die daraufhin kicherte. Aber keinen Anschiss bekam. Die Welt war ungerecht.

Als die Folterstunde endlich um war, schleppte sich Valerie zur Garderobe, wo ihr Handtuch lag. Sie wischte sich den Schweiß von der Stirn und verfluchte diesen Funakoshi Dingsbums, der unbedingt hatte Karate erfinden müssen. Der Mann hätte sich doch auch mit Malen nach Zahlen beschäftigen können oder mit dem Züchten von Bonsai-Kleeblättern.

„Fährst du jetzt gleich zu Susi?", fragte Jasmin und löste ihren Zopfgummi, sodass ihr die Blondmähne über die Schultern fiel.

„Ach, ich muss erst schauen, welches Angebot ich annehme", sagte Valerie und beugte sich zu ihren Schuhen. „Jeder scheint mich bei sich haben zu wollen."

„Falls du etwas vergessen hast, kannst du es immer holen", beteuerte Jasmin zum fünften Mal. „Du wirst mir nämlich fehlen!"

„Sind doch nur ein paar Tage. Und es schadet nicht, wenn ich einer anderen Freundin mal auf den Geist gehe", behauptete sie. „Außerdem wird dich dein Bernhard gut ablenken."

Ihre wichtigsten Siebensachen lagen in Form von zwei Reisetaschen im Kofferraum ihres Autos.

Jasmin sah erneut nach dem Topping, das sie schon im Café in den Kühlschrank gestellt hatte. Morgen früh, wenn sie bereits im Café Prinzenhof tätig war, würde Valerie die vorbereiteten Törtchen damit verzieren. Mit dieser Arbeitsteilung klappte es perfekt, dass im Café Woll-Lust immer wunderbare Muffins und Cupcakes vorrätig waren, denn für den Nachmittagsansturm brachte Jasmin dann frische mit, wenn sie ankam.

„Fahr du heim und mach die Bude männerfreundlich", sagte Valerie und schob Jasmin zur Eingangstür. „Ich komme schon zurecht."

Die anderen waren bereits gegangen, auch Greg hatte sich nach oben in seine Wohnung zurückgezogen. Valerie machte es sich auf einem Rattanstuhl gemütlich und holte ihr Handy heraus. Eine Nachricht blinkte auf, sie war von Susi.

„Tut mir leid, aber wir bauen gerade um, deshalb ist unser Gästezimmer nicht frei“, las sie.

Das war natürlich doof. Aber es gab noch andere Freundinnen, kein Problem. Sie wählte die Nummer von Heike, einer weiteren Kollegin aus alten Tagen. Die war auch gleich am Telefon, hatte aber schlechte Nachrichten. „Walters Mutter ist zu Besuch, wir sind schon total voll“, erklärte sie.

Bei Biggi ging niemand ans Telefon, Handy besaß sie nicht, sie war da sehr altmodisch. Und Miriam klang so wenig begeistert, als Valerie nach einer Notunterkunft für ein paar Tage fragte, dass sie sich da nicht aufdrängen wollte.

Ihre eigene Familie wohnte in einer anderen Stadt, selbst alle Cousinen oder Tanten lebten Minimum 500 km entfernt.

Einen Moment lang überlegte Valerie, ob sie sich einfach eine Pension leisten sollte. Aber die hatten jetzt am Abend sicher schon geschlossen und ein Hotel war zu teuer.

Verdammt, wo sollte sie schlafen? Im Auto war es alles andere als gemütlich, außerdem würde sie aus Angst tausend Tode sterben. Und es gab kein Klo.

Hier allerdings schon.

Valerie sprang auf. Ja genau! Das war die Idee! Darauf hätte sie eigentlich gleich kommen können. Hier im Café gab es sanitäre Anlagen, eine Hochleistungs-Kaffeemaschine und hinter der Theke genügend Platz. Luftmatratze und Schlafsack hatte sie im Auto, die Karateleute würden heute nicht mehr kommen und bis Greg morgen Früh hier durchlatschte, um zur Arbeit zu gehen, war sie längst wach und hatte alles verstaut. Kein Mensch bekam mit, dass sie hier schlief.

Mit frischem Elan lief sie nach draußen, schleppte ihre Reisetaschen herein und rollte die rosa Luftmatratze auseinander, die sie bei einer Verlosung gewonnen hatte. Schnell noch einen Tee gekocht, dann machte sie sich ans Aufpusten. Nach der Hälfte war ihr schwindlig und sie musste sich mit einem Blueberry Creamcheese Muffin stärken, dann ging es weiter. Endlich war die Matratze schön prall, ihr Lieblingskissen drauf drapiert und alles von außen unsichtbar hinter der Thekenzeile hergerichtet.

Valerie ging Zähneputzen, zog sich aber nicht ihr knielanges Shaun-das-Schaf-Shirt an, das sie so gern zum Schlafen trug, sondern ein Paar Leggings und ein rotes T-Shirt. Anschließend schob sie das sanfteste aller Leandro-Alben in den CD-Spieler und legte sich gähnend auf die Luftmatratze. Mann, nach dem Training heute und dem arbeitsreichen Tag war sie echt erledigt. So richtig bequem war es nicht, aber sie würde sich daran gewöhnen. Früher beim Camping hatte ihr das doch Spaß gemacht, passte also. Außerdem war sie hundemüde.

Sie suchte sich eine halbwegs angenehme Position und schloss die Augen. Der Kühlschrank rauschte. Die Wanduhr tickte laut. Und jedes Mal, wenn sie sich bewegte, knarzte die Luftmatratze auf dem Boden herum.

Egal. Sie würde ihren alten Trick anwenden und sich einfach auf die Texte von Leandro konzentrieren. Davon träumen, mit ihm gemeinsam in einem Himmelbett zu liegen. Abwechselnd auf den gerafften Baldachin zu schauen und in seine wundervoll melancholischen Augen. Valerie kuschelte sich in ihr Schmusekissen und tauchte in den Film ein, den sie so gerne abends im Bett vor sich hinträumte. Ort der Handlung war die Musikkneipe, in der er demnächst das Konzert spielen würde. In ihrem Traum nahm er schon von der Bühne aus Blickkontakt mit ihr auf und gab ihr das Gefühl, seine Lieder ganz allein für sie zu singen. Nach der Zugabe stand sie an der Bar, bestellte sich gerade etwas zu trinken, als er plötzlich neben ihr war. Sie drehte sich ihm zu, versank in seinen dunklen Augen. „Ich habe einen Song geschrieben“, hauchte er ihr zu, „einen ganz besonderen. Für eine ganz besondere Frau. Und jetzt ist es endlich so weit, dass ich ihn spielen kann, weil er nur dir allein gehört." Obwohl die Kneipe voll war mit Menschen, nahm er seine Gitarre aus dem Kasten, setzte sich auf den Barhocker und fing an zu spielen, nur für sie allein. So, als wären sie in einem leeren Zimmer, als würde niemand zuhören. Von Vertrauen sang er und von Zärtlichkeit. „*Let me be your hero, oh yes, your personal hero who will risk his life for you, only for you*". Sie hielten Blickkontakt während des ganzen Songs, obwohl ihre Augen feucht wurden. Ja, er sollte ihr persönlicher Held sein, genau so, wie er es gerade sang! Alles für sie tun, ihr jeden Wunsch von den Augen ablesen, sie immer in den Arm nehmen, wenn sie sich gerade schwach und elend fühlte. „*Your hero will need only this – he will ask for nothing, only for a kiss*", schloss das Lied ab. Leandro sah sie abwartend an. Ihr Herz klopfte so wild, dass es fast aus ihrem Brustkorb heraussprang. Ein Held, der als einzige Bezahlung für seine mutigen Taten einen Kuss wollte? Den sollte er haben!

Sie beugte sich zu ihm, sein Gesicht kam ihr entgegen. „Küss mich und wir sind für immer vereint", flüsterte er und kam mit seinem schönen Mund ganz nah. Gleich würde es geschehen! Valeries Herz schlug Purzelbäume. Ein lautes Krachen, Leandro rief ein völlig unmelancholisches „Verfluchter Mist" und trampelte laut durch die Kneipe. Komisch. Er trug doch immer Wildleder-Mokassins, die waren ganz leise. Und was war mit dem Kuss passiert?

Valerie verstand nicht, was da vor sich ging. Allerdings fiel ihr auf, dass der Fluch sich gar nicht nach Leandros Stimme angehört hatte. Eher nach der von …

Sie riss die Augen auf. Im nächsten Moment flog die Tür zum Flur auf, Greg stiefelte herein und zuckte erschrocken zusammen.

„Heilige Scheiße, was tust du denn hier?", rief er.

Sie richtete sich auf der Luftmatratze auf. „Ich versuche zu schlafen. Geht aber nicht, wenn du herumtrampelst wie eine Elefantenherde ums Wasserloch."

„Hier?" Er schaute sich im Café um, als wollte er ihr damit zeigen, dass es sich nicht um die Juniorsuite im Hotel Vier Jahreszeiten handelte, weil ihr das offensichtlich entgangen war.

„Hier zu nächtigen ist ein Freundschaftsdienst“, erklärte sie, obwohl er das wahrscheinlich eh nicht verstand. „Jasmin bekommt Besuch, also räume ich für ein paar Tage das Feld, ist doch nichts dabei.“

„Und du hast keine anderen Häkelschwestern, bei denen du unterkommen kannst?“

Blöder Mistkerl. „Meine Güte, es ist doch nichts dabei, wenn ich hier im Café penne! Ich muss morgen ganz in der Früh einiges erledigen, bin also gleich vor Ort. Außerdem könnte ich dich auch fragen, warum du nachts hier herumgeisterst. Hast du keine begeisterte Schülerin, die du als Großmeister nachts flachlegst?“

Er zögerte einen winzigen Moment. Hah! Sie hatte ihn erwischt. Offenbar lief das Liebesleben des Herrn *Sensei* nicht so toll wie seine komplizierte Kata.

„Wollte mir nur ein Stück von eurer Küchenrolle holen.“

Verdattert starrte sie ihn an. Erst jetzt bemerkte sie, dass er die linke Hand in die Handfläche der anderen gelegt hatte. Und es tropfte etwas auf den Boden.

„Sag mal, blutest du?“ Sie sprang auf, knipste das Licht an und ging zu ihm.

Tatsächlich, seine linke Hand war rot.

„Ist nicht schlimm“, beteuerte er sofort, „hab` mich eingezwickt. Nur ein Kratzer. Kurz was draufdrücken, dann hört es wieder auf. So was habe ich in der Arbeit ständig.“

Valerie schob die Luftmatratze mit dem Fuß zur Seite und ging zur Spüle.

„Komm, halt die Hand unters Wasser. Ich habe irgendwo ein Pflaster.“

Sie suchte ihre Handtasche, kramte ein wenig und fand eines. Die Wunde war tatsächlich nicht tief, er klebte es sich natürlich selbst drauf. Valerie lehnte sich an den Tresen.

„Und was, bitteschön, tust du mitten in der Nacht in deinem Karateraum?“, fragte sie und versuchte, ihn so durchdringend anzuschauen, wie er es immer tat.

Er wich ihrem Blick aus. „Es ist erst halb zwölf."

„Das ist keine Antwort."

Er seufzte. „Wollte halt eine Kata laufen."

Sie sah ihn genau an in seinem Shorty-Pyjama. Von oben bis unten. Blieb an seiner Körpermitte hängen. Aber nicht aus dem gleichen Grund, aus dem diese Britt immer dorthin starrte.

„Ich glaube dir kein Wort. Du hast Probleme mit der Hüfte", sagte sie ihm auf den Kopf zu. „Ist mir heute im Training schon aufgefallen, zur Spüle bist du gehumpelt und jetzt stehst du auch schief."

„Unsinn!" Er straffte sich.

Sie stemmte die Hände in die Seiten. „Ich bin Krankengymnastin und habe einen Blick dafür. Aber bitte, beweis mir das Gegenteil! Setz dich mal im Schneidersitz hier auf den Boden, steh dann auf und gehe durch den Flur und mach dann ein paar ganz langsame *Mae Geris*. Sollte ja alles kein Problem sein, wenn ich Unrecht habe."

Greg schnaubte. „Also gut, es stimmt, manchmal zwickt es da. Ist aber nichts, was mich stört. Ich bin nicht empfindlich."

Klar. Valerie hätte am liebsten losgelacht. Von wegen, es störte ihn nicht! Er war sicher nicht herunter gekommen, um den Mattenboden zu saugen. Eine Hüftarthrose war schmerzhaft, kam in Schüben, wurde mit der Zeit immer schlimmer. Und da er sich bereits Schonhaltungen angewöhnt hatte, waren die Beschwerden nicht erst seit vorgestern akut.

„Lass mich mal sehen", sagte sie entschlossen und ging voran. Durch den Flur und in sein Dojo. Auch wenn sie Greg nicht leiden konnte – sie liebte ihren Beruf und war neugierig, was genau mit seinem Fahrgestell los war.

Widerwillig kam er hinterher. „Was genau gedenkst du denn zu sehen?", fragte er.

Valerie stellte die umgefallene Langbank wieder auf. Allmählich bekam sie ein ganz gutes Bild. „Du bist hier runter gekommen, weil du ein paar Übungen machen wolltest. Liegen und Sitzen tut dir weh, also hast du dir gedacht, du bewegst dich ein wenig, was in der Wohnung nicht so gut geht. Und irgendwie hast du dir dabei den Finger eingezwickt. Stimmt`s?“

Er sah aus, als knirschte er mit den Zähnen. „Richtig“, presste er hervor.

Zufrieden nickte sie, deutete auf die Bank und befahl: „Leg dich auf den Rücken.“

Greg bewegte sich nicht von der Stelle.

„Mein Gott, wovor hast du denn Angst?“, fragte sie. „Dass ich dich unsittlich anfasse? Sicher nicht, das hier ist mein Job.“

„Also gut.“ Er legte sich hin. Sah dummerweise ziemlich heiß aus, wenn er so vor ihr lag. Unter dem dünnen Baumwollshirt zeichneten sich sehr deutlich seine Brustmuskeln ab, die Bizeps schauten sowieso aus den Ärmeln heraus. Auch seine muskulösen Beine waren nicht zu verachten. Allerdings waren die Schienbeine übersät von Narben und auch über dem linken Knie war eine deutliche zu erkennen.

„Du liebe Zeit, was ist denn mit deinen Beinen passiert?“ Sie musterte die Stellen überrascht.

„Ach, so schauen alle Zimmerleute aus, die schnell arbeiten. Man bleibt eben an Balken hängen. Und da überm Knie bin ich in eine Handkreissäge gelaufen, wurde genäht, kann halt mal passieren.“

Er klang, als wäre es ihm fast peinlich, dass sie danach fragte. Für ihn war das ganz offensichtlich etwas Selbstverständliches. Also eines musste man ihm lassen, wehleidig war er ganz gewiss nicht.

„Zieh mal das Bein an“, forderte sie.

Greg gehorchte. Sie legte die Hand auf sein nacktes Knie und bog es vorsichtig nach außen. Diesen Handgriff hatte sie schon hundertmal bei Patienten durchgeführt, aber heute fühlte es sich völlig anders an. Irgendwie intim. Die Luft in der Karatehalle war plötzlich sanfter, eher wie bei einem Abendspaziergang im Park. Ein Hauch von herbem Duschgel kitzelte in ihrer Nase. Und ihr Mund war trocken, obwohl sie vor dem Einschlafen noch ein Glas Wasser getrunken hatte.

Seine Haut war kühl, sie spürte die Bewegung der Sehnen und Muskeln unter ihren Fingern. Musste aufpassen, nicht zu zittern, während sie sein Bein weiter nach außen bewegte.

„Ab wann tut es weh?“, stellte sie ihre übliche Frage, nur klang ihre Stimme irgendwie piepsiger als sonst.

„Ab jetzt ungefähr.“ Seine hingegen war tief und rau wie ein Stollen im Bergwerk. Kroch ihr ziemlich unter die Haut.

Valeries Herz hämmerte. Und das, obwohl sie gar nicht fünf Bahnen *Oi Zuki* zurücklegen musste.

Zum Glück hatte sie diese Anamnese schon so viele Male durchgeführt, dass sie quasi von allein ging. Sie bog sein Knie nach allen Seiten, verglich die Beweglichkeit, fragte nach Schmerzen. Hatte, als sie fertig war damit, aber gar keine Lust, sein Bein loszulassen. Lag sicher nur daran, dass es eben ein perfekt geformtes Männerbein war. Durchtrainiert, ein wenig behaart, wunderschön geformt. War doch normal, dass eine Frau da gern über die Wade fuhr. Das hatte überhaupt nichts mit Greg zu tun.

„Scheint eine Hüftarthrose zu sein. Warst du denn mal beim Arzt?“

„Vor ein paar Jahren. Der hat was gelabert von Fehlstellung schon als Kind. Und dass das durch die körperliche Arbeit und den Leistungssport dann eben schlimmer wird.“

Das ergab Sinn. Valerie tastete am Oberschenkel nach der Sehne, die für die Hüftstreckung zuständig war. „Warum lässt du dann nicht im Training ein paar der Übungen weg? Seitliche Kicks sind doch bestimmt schmerzhaft.“

„Ein *Sensei* zeigt keine Schwäche“, kam wie aus der Pistole geschossen.

Männer und ihre Angst, nicht stark zu sein! „Die Schüler hätten nicht weniger Respekt vor dir, wenn du manche Übungen nur ein einziges Mal vorführst. Oder sie an einem der Fortgeschrittenen zeigst.“

„Kommt nicht infrage!“

Sie ließ sein Bein von der Bank hängen, um die Sehne zu dehnen. War sicher nicht angenehm, aber er zeigte keine Reaktion darauf. „Warum überhaupt Karate? Was fasziniert dich daran?“

Valerie setzte sich neben der Bank auf den Mattenboden, legte sein Bein auf ihr Knie und die Hand an die Innenseite seines Oberschenkels, um die Dehnung zu verstärken. Es war eine Position, die normalerweise nur sehr vertraute Menschen einnahmen. Paare oder so. Und ihm war es offenbar auch bewusst, denn sie spürte, wie er sich etwas verspannte.

„Karate ist absolute Körperbeherrschung“, erklärte er. „Alles ist ganz exakt, schnell, kraftvoll. Und mit voller Konzentration. Das hat mir von Anfang an gefallen. Und es ist kein Sport für Weicheier.“

„Das ist dir wichtig, nicht wahr?“ Ihre Hand strich sanft über sein Bein und er entspannte sich wieder.

„Na ja, ich finde Ballett-Tänzer nicht so arg männlich. Oder Dressurreiter.“ Er lachte kurz.

„So verkaufst du das ja auch hier in deiner Schule“, fiel ihr ein. „Für echte Kerle und so.“

„Die Konkurrenz ist hart!“ Er richtete seinen Oberkörper etwas auf, um sie anschauen zu können. „Weißt du, dieser Mario aus der Schillerstraße mit seinem Martial Art Studio – ich könnte kotzen, wenn ich die Homepage lese! Das ist einfach nur Schnickschnack, aber die Leute pilgern zu ihm wie verrückt.“

„Hab´s gesehen.“ Auch bei ihr waren schon Flyer in der Post gewesen. „Der hat den ganzen Tag geöffnet. Ist ja Weltmeister, das zieht wohl bei den Sportlern.“

„Von wegen! Alles Lug und Trug!“ Greg redete sich richtig in Rage. „Der ist World Champion von einer Organisation, die er selbst gegründet hat. Die haben nur zweihundert Mitglieder, da kann er leicht irgendwas gewinnen. Der latscht in die Schulen, bietet dort Selbstverteidigungskurse für Kinder an, prahlt mit seinem Weltmeistertitel und lässt die Kids dann von irgendwelchen

Anfängern unterrichten."

„Echt jetzt? Das ist ja fast schon Betrug!" Sie konnte allmählich verstehen, warum er sich so aufregte.

„Aber nicht illegal. Nur laufen mir natürlich die Kunden weg. Bei ihm ist alles cooler. Weniger Regeln, mehr Party. Ich kann das alles nicht bieten. Tagsüber Kurse, das geht nicht, da müsste ich meinen Job aufgeben. Und, na ja, der geplante Geräteraum, mit dem wir ein paar Muckibudenleute anlocken wollten, ist ja erst mal zurückgestellt."

War ja klar, dass es darum ging! Einen Moment lang hatte sie gedacht, er erzählte ihr das alles, weil sie heute Nacht irgendeinen unausgesprochenen Waffenstillstand hatten, aber das war natürlich nicht wahr. Er legte es nur darauf an, sie rauszuekeln.

„Wenn du glaubst, ich gebe mein Café freiwillig auf, nur damit du weiter dein Sporthobby hier betreiben kannst, hast du dich geschnitten! Ich lebe schließlich davon." Sie zog sein Bein kräftig in die Dehnung und hörte, wie er die Luft einsog. Geschah ihm recht!

„Es ist viel mehr als ein dummes Hobby", erwiderte er. „Und ich habe dir das überhaupt nicht erzählt, damit du aus Mitleid das Café sausen lässt. Ich bin immer für einen fairen Kampf! Dachte halt, es interessiert dich." Er zog sein Bein aus ihren Händen, drehte sich ruckartig zur Seite und stand von der Bank auf.

„Tut es auch!", hörte sie sich sagen und war selbst überrascht. Aber es stimmte. Sie konnte Ungerechtigkeit nicht ausstehen und dieser Mario klang wie einer, der nicht mit fairen Mitteln spielte. Außerdem sah der mit seinem fast kahlen Schädel aus wie einer von Mikes Boxerfreunden.

„Setz dich mal hier auf den Boden, ich zeige dir noch eine Übung. Heilen kann man die Arthrose nicht, aber wenn du gut dehnst, schreitet sie nicht so schnell voran. Um eine OP kommst du sowieso nicht rum."

„Ich lege mich ganz sicher nicht unters Messer", schleuderte er ihr förmlich entgegen.

Valerie verdrehte die Augen. Männer konnten solche Sturschädel sein!

„Umso mehr musst du alles tun, damit es nicht rapide schlimmer wird!", hielt sie dagegen.

Er schoss einen seiner berüchtigten Gletschereis-Blicke zu ihr herüber, sie hielt dem Angriff stand. Unvermittelt wandte er sich ab.

„Weißt du was? Wir gehen rauf zu mir. Dehnübungen kannst du mir im Wohnzimmer auch zeigen, und es gibt Whisky. Ich brauche jetzt ein Glas, es war ein langer Tag."

Ohne auf ihre Zustimmung zu warten, marschierte er los. Valerie war so verdattert, dass ihr gar nichts anderes übrig blieb, als ihm zu folgen.

„Ist das so eine Kung Fu-Sache?", fragte sie auf der Treppe. „Lerne deinen Feind gut kennen oder so was?"

Er grinste breit. Sah nicht schlecht aus, musste sie zugeben. Dann öffnete er die Tür und sie betrat seine Wohnung.

„Hätte ich mir denken können." Valerie lachte. „Eine total sterile Männerwohnung. Passt zu dir."

Greg sah sie mit einem seltsamen Blick an. „Steril? Na ja, ich habe natürlich nicht wie Tante Philomena alles vollstehen mit Urlaubsandenken oder kleinen, komischen Figuren."

„Du hast immerhin einen witzigen Pinguin". Sie nahm die Keramikfigur in die Hand, die auf einem Sideboard stand.

„Ertappt." Schon wieder lächelte er. Dabei kam er ihr vor wie ein ganz anderer Mann. Nicht wie der harte, barsche, anspruchsvolle Trainer, sondern wie jemand, der die Welt zum Strahlen bringen konnte. War natürlich eine optische Täuschung, völlig klar.

Er stellte zwei Gläser auf den Tisch und befüllte sie mit Whisky. Eines gab er ihr in die Hand, vom anderen nahm er einen großen Schluck.

Valerie trank viel weniger, stellte ihr Glas dann ab. „Ich zeige dir etwas, das du im Stehen machen kannst", beschloss sie.

Allerdings musste sie sich nah vor ihn stellen, um ihn genau anzuweisen, wie er die Übung durchführen konnte. Er roch immer noch nach dem herben Duschgel, aber da waren noch andere Düfte und die verwirrten sie. Frisch geschnittenes Holz war dabei, natürlich auch der Whisky und ein Hauch von Metall. Bilder von Abenteurern kamen ihr in den Sinn, von Männern wie Indiana Jones oder vielleicht sogar alten Seefahrern, die sich mutig aufmachten, die Welt zu entdecken, und nach Leder, Salzwasser, Wüstensand rochen. Die keine Furcht kannten, sich Wind und Wetter entgegenstellten, für ihre Leidenschaft eintraten.

Erschrocken wich sie einen Schritt zurück. Nein, das waren keine Männer nach ihrem Geschmack! Das waren nämlich im Grunde Egoisten, beziehungsunfähige Kerle, die nur ihr Ziel vor Augen und für Zwischenmenschliches nichts übrig hatten. Die zur Frau höchstens heimkamen, damit sie die Kampfwunden versorgte, aber nicht, um auf sie Rücksicht zu nehmen.

„Mach das noch zehn Mal", wies sie Greg an, trat aber zur Seite und nahm noch mal einen kleinen Schluck aus ihrem Whiskyglas. Egal, wie freundlich er sich in diesem Moment gab, er war einer wie Mike, keine Frage. Da konnte er nach weiter Welt riechen, wie er wollte.

Sie atmete lieber den Duft großer Gefühle ein, den Leandro ausströmte. Wie er wohl roch? Komischerweise konnte sie sich das gar nicht gut ausmalen. Trug er überhaupt ein Aftershave? Wusch er seine langen Haare mit einem fruchtigen Shampoo? Es gelang ihr nicht, sich seinen Geruch vorzustellen. Irgendwie überlagerte Gregs Anwesenheit alles. So sehr sie auch versuchte, in ihr Whiskyglas zu schauen, ihr Blick fiel immer wieder auf seinen Körper. Er stand kerzengerade auf dem linken Bein und führte hoch konzentriert die Übung aus, die sie ihm gezeigt hatte. Seine Haare waren verstrubbelt, er hatte einen deutlichen Bartschatten im Gesicht, seine Augen hatten jetzt im Halbdunkel die Farbe der Ägäis.

„Warum hast du deinen Job verloren?", fragte er nach der Hälfte der Übungen.

Sie überlegte einen winzigen Moment, ob sie ihm vorgaukeln sollte, selbst gekündigt zu haben. Aber sie hasste Lügen und musste sich schließlich nicht schämen für das, was passiert war.

„Meinem Chef gefiel nicht, dass ich mir für manche Patienten mehr Zeit genommen habe“, antwortete sie.

„Hm, ist ja auch nicht wirklich professionell, oder? Sollte man nicht alle gleich behandeln?“ Auch wenn er, wie jetzt, den Kopf zu ihr drehte, behielt er das perfekte Gleichgewicht. Über so viel Körperbeherrschung konnte sie nur staunen, ließ es sich aber nicht anmerken.

Valerie setzte sich auf die Armlehne des Ledersofas. „Na ja, die Termine waren irre eng getaktet. Nur zwanzig Minuten. Und ich hatte viele ältere Damen als Patientinnen, mit denen wollte ich eben noch ein paar Sätze reden. Ja, ich geb`s zu, es waren oft mehr als nur zwei oder drei Sätze. Aber so etwas gehört zur Behandlung einfach dazu. Weißt du, sie haben sich dann viel wohler gefühlt.“

Er schloss die letzte Übung ab, nahm die Arme über den Kopf und dehnte seine Schultern. Sah nicht schlecht aus. Rein beruflich betrachtet natürlich, eine Physiotherapeutin beobachtete nun mal gerne Bewegungsabläufe.

Anschließend ging er zum Tisch und nahm sein Glas in die Hand. Sah sie mit einem veränderten Blick an.

„Du mochtest meine Großtante sehr, stimmt`s?“, sagte er unvermittelt.

Valerie nickte langsam. „Ich tue es immer noch. Klingt bestimmt verrückt, aber für mich ist sie immer noch hier. Sie lebt weiter in all den Sachen, die sie zusammengetragen hat. Und in meiner Erinnerung.“

Greg schwieg. Trank sein Glas leer. Deutete anschließend auf den Pinguin mit Strickschal, der auf dem Sideboard stand.

„Den hat sie mir geschenkt. Ich hatte als Kind mal eine schwierige Zeit und er war so was wie mein Mutmacher.“

Sie schaute vom ernsten Greg zum breit grinsenden Pinguin und wieder zurück. „Du hast ihn die ganze Zeit bei dir stehen gehabt als Andenken?“, fragte sie.

Also, das war eine ganz neue Seite an ihm. Überhaupt war er heute anders, man konnte sich halbwegs normal mit ihm unterhalten. Selbst sein Blick hatte sich verändert, war nicht mehr stahlhart, sondern warm. Immer noch verdammt intensiv, nur fand sie das nicht mehr abstoßend. Eher anziehend, wie sie gerade feststellte, als sie ihm in die Augen sah.

„Nein, habe ihn erst jetzt wieder ausgegraben", sagte er mit fester Stimme. Doch sie kaufte ihm den gefühlskalten Rabenneffen nicht recht ab.

„Du bist gut in deinem Beruf", schob er nach.

Verwundert starrte Valerie ihn an. Er hatte das nicht wie eine Frage formuliert, sondern wie eine Feststellung. „Woher willst du das wissen?"

Er stellte das Glas ab, blieb aber stehen. „Erstens hatte ich durch meinen Leistungssport schon mit einigen Krankengymnasten zu tun. Und du weißt genau, wo du hingreifen musst. Das erlebt man nicht oft."

„Und zweitens?", hakte sie nach.

„Zweitens liegen dir Menschen am Herzen. Du hast dich um Tante Philomena gekümmert, das bunte Cousinen-Trio liebt dich und außerdem hast du mir heute geholfen, obwohl du mich nicht leiden kannst. So was macht nur jemand, der für seinen Beruf brennt."

„Ich, na ja, klar mag ich meinen Job", stammelte sie.

Greg verwirrte sie. Er stand hier herum, selbstbewusst wie eine griechische Marmorstatue und mit einem Michelangelo-würdigen Körperbau, und ließ einfach mal so solche Sätze vom Stapel. Natürlich hatte er recht, sie kümmerte sich gern um alte Menschen.

Aber stimmte es auch, dass sie ihn nicht leiden konnte? Im Moment schwirrte ihr so der Kopf vom Whisky, seinem Geruch und vor allem seiner Nähe, dass sie das nicht beantworten konnte. Dabei war sie sich doch immer so sicher gewesen, ihn genau zu kennen. Ein Muskelprotz mit Männlichkeitsfimmel, ja, das war er, das hatte doch immer festgestanden. Passte auch zu dieser sterilen Wohnung mit ihren harten Kanten und der Farblosigkeit, zu seinem Sport, zu seinem Auftreten.

Doch es gab auch den grinsenden Pinguin. Und Gregs freundliche Art, mit den drei alten Damen in der Karate-Stunde umzugehen. Irgendwie fügte sich nichts mehr ineinander.

War er ihr am Ende vielleicht sogar sympathisch?

„Ich bin froh, dass meine Tante dich hatte in den letzten Jahren“, sagte er, als hätte er ihre Gedanken gelesen. „Mir war irgendwie alles andere wichtiger und darauf bin ich echt nicht stolz. Mein Beruf, bei dem die Arbeitszeiten immer länger werden, mein Karatestudio, das ich neu aufgebaut habe – da hab` ich mir eingeredet, es wäre keine Zeit mehr, sie zu besuchen. Na ja, irgendwie tut mir das jetzt leid.“

Er hatte den Kopf gesenkt und schien die Parkettbretter zu mustern. Eine völlig untypische Haltung für den großen *Sensei.* Valerie erinnerte sich an die Fotos in Philomenas Album. Ja, das war er, der kleine, schüchterne Junge, den sie auf den Bildern gesehen hatte.

„Dann hältst du mich jetzt nicht mehr für eine Erbschleicherin?“

Er hob den Kopf und lächelte. Der Junge war verschwunden, nun stand wieder der selbstsichere Greg vor ihr.

„So ganz entschieden habe ich mich noch nicht. Wir stehen ja immer noch im ehrlichen Wettstreit und das ist gut so. *May the best man win!*“

„Wohl eher die beste Frau“, konterte sie.

Greg nickte. „Dann lass uns fair darum kämpfen, wer den vorderen Raum bekommt – so, wie es Philomena veranlasst hat. Auf einen guten Wettkampf!“

Er machte einen Schritt auf sie zu und streckte ihr die Hand hin. Valerie nahm sie und erwiderte seinen festen Händedruck.

Sie standen sich als Kontrahenten gegenüber und doch wollte keiner sofort die Hand des anderen loslassen. Valerie sah ihn an, traf seinen Blick und blieb darin hängen. Dieses Blau – es schien in Sekundenbruchteilen zu changieren, wechselte von selbstbewusstem Daniel-Craig-Blau zur weichen Farbe eines Bergsees, in dem sich der

Junihimmel spiegelte, um am Ende warm wie die Kornblumen zu schimmern, die Valerie als Kind zwischen den Weizenfeldern bewundert hatte.

Sie wollte loslassen – seine Hand und seinen Blick, aber irgendwie war die Zeit stehen geblieben. Alles lief langsamer, legte eine Pause ein, hielt inne. Gleichzeitig fühlte es sich so selbstverständlich an, seine warmen Finger in ihren zu spüren. Von ihm so sicher festgehalten zu werden, dass die Welt sie nie mehr wieder ins Schwanken bringen konnte. In seinen Augen so tief zu versinken, dass sie nichts anderes mehr wahrnehmen wollte.

Stille hatte sich über das Wohnzimmer gelegt, keine Uhr tickte, kein Auto rauschte vorbei. Alles war zur Ruhe gekommen, nur ihr Herz hielt sich nicht daran, sondern polterte herum, als wollte es alle Karateübungen gleichzeitig ausführen.

„Ja … nun … so machen wir es“, sagte er, ließ ihre Hand los und nahm seinen Blick weg.

Valerie fühlte plötzlich, wie kalt es in seiner Wohnung war. Nur ihre Hand, die er gehalten hatte, pulsierte noch von der Wärme seiner Haut.

„Genau“, krächzte sie, weil ihre Stimme in den letzten Sekunden irgendwie eingerostet war.

Bevor sie überlegen konnte, was sie jetzt sagen, tun, fühlen sollte, klingelte das Telefon. Wer rief denn um diese Uhrzeit noch an?

Greg machte aber keine Anstalten ranzugehen, sondern schenkte sich vom Whisky nach. Es tutete, offenbar sprang der Anrufbeantworter an. Dann hörte man die unverkennbar raue Stimme von Britt.

„Hey, *Sensei**“, sagte sie, „heute hast du ja richtig den toughen Kerl gegeben. Ich höre dich immer noch, macht mich echt scharf. Meld dich doch, wenn du mal wieder Lust auf eine harte Nummer hast.“

Das Piepen des Telefons, um zu zeigen, dass die Nachricht zu Ende war, stach in Valeries Ohren.

Eine harte Nummer also. Klar, auf so was stand Greg. Hatte sie doch von Anfang an gewusst. Und auch, dass er es mit Miss Supercop trieb.

Greg stellte sein Glas ab. „Sie war ziemlich schlecht drauf und da habe ich sie rausge-… “, fing er an, doch sie fiel ihm ins Wort.

„Ich gehe schlafen, ist sowieso schon viel zu spät“, sagte sie schnell.

War ihr doch scheißegal, ob er die schlechte Laune aus ihr rausgevögelt hatte! Wahrscheinlich hier auf dem Fußboden oder auf dem kantigen Holztisch, nein, sie wollte es sich nicht vorstellen.

„Danke für den Whisky.“ Valerie drehte sich um, durchschritt eilig den Flur und zog die Tür hinter sich zu.

Als sie die Treppe hinuntereilte, dröhnte noch immer Britts Reibeisenstimme durch ihren Kopf. „… macht mich echt scharf“, hörte sie sie sagen.

Meine Güte, was war sie nur für eine Idiotin gewesen? Hatte ihm tief in die Augen geschaut und seinen Körper für eine klitzekleine Sekunde bewundert, sie musste wirklich überarbeitet sein!

Zum Glück lief im Café immer noch leise die Leandro-CD, die sie auf „repeat“ geschaltet hatte. Das tat richtig gut. Obwohl sie überhaupt nicht müde war, sondern total aufgekratzt, legte sie sich auf die Luftmatratze. Zwang sich, die Augen zu schließen und zuzuhören. Wenn sie sich richtig konzentrierte, klappte es bestimmt, die Bilder von Greg aus dem Kopf zu verdrängen und stattdessen wieder in den Traum mit Leandro einzutauchen.

So ein Mann war der einzig richtige für sie. Ihr „*Hero of Love*“. Daran gab es überhaupt nichts zu zweifeln, das stand so unumstößlich fest wie Greg beim *Mae Geri*.

17. Dachstuhl-Gedanken

Gregor

„Los, bring die Dachplatten hier rüber, worauf wartest du?“, bellte sein Chef von der anderen Seite des Dachstuhls herüber.

Gregor hatte gerade eben erst einen ganzen Schwung vom Schrägaufzug genommen und war wirklich nicht am Däumchendrehen, aber so lief das hier eben. Man sollte am besten den ganzen Tag im Laufschritt unterwegs sein. Trotzdem mochte er seinen Job. Er arbeitete gern in luftiger Höhe, außerdem gefiel es ihm, etwas zu bauen. Jedes Mal, wenn ein Dachstuhl fertig gezimmert war, stellte er sich unten ans Haus, betrachtete das Werk und war ein klein wenig stolz auf seine Arbeit.

„Er ist echt ein Arsch“, kommentierte sein Kollege mit einem Blick zum Boss. „Wir machen uns die Knochen kaputt, nur weil er zu geizig ist, einen Kran aufzustellen, aber das ist ihm total egal.“

„Ist woanders auch nicht besser“, erwiderte Gregor und hob die schweren Platten hoch, um sie nach drüben zu schleppen. Erstaunlicherweise tat ihm seine Hüfte kaum weh dabei. Das musste man Valerie lassen – sie verstand ihr Handwerk als Krankengymnastin. Die Übungen, die sie mit ihm gemacht hatte, waren alles andere als angenehm gewesen. Und beim Dehnen war sie auch nicht gerade zimperlich mit ihm umgegangen. War natürlich kein Problem, er war schließlich kein Warmduscher. Und es hatte tatsächlich geholfen, zumindest für den Moment.

„Wo bleibst du denn, hast du unterwegs noch Kaffee getrunken?“, blaffte der Chef ihn an, als er auf der anderen Seite des Dachs erschien. Natürlich wie immer ungesichert, denn sich anzuseilen hielt der Boss für unnötige Zeitverschwendung. War Gregor aber völlig egal, er war trittsicher wie eine Bergziege.

„Wir haben drüben auch genug zu tun!“ Gregor setzte die Platten ab.

„Na und? Jetzt ran ans Werk, ab nächster Woche haben wir eine neue Baustelle.“

Na toll. Da durften sie ja richtig Gas geben. Gregor kletterte nach oben zum Giebel und begann mit dem Eindecken. Die schwere Winkelschleifmaschine, mit der er die Dachplatten zurechtstutzte, schleppte er mit sich mit.

Der Orthopäde, bei dem er vor drei Jahren mal gewesen war, hatte klare Worte gehabt. „Wenn Sie weiterhin körperlich so schwer arbeiten und dazu Ihren Leistungssport machen, kriegen Sie gewaltige Probleme“, hatte der ihm prophezeit.

Da war die Idee in ihm gewachsen, sich mehr aufs Unterrichten zu konzentrieren. Er hatte schweren Herzens den Wettkampf aufgegeben, trainierte nicht mehr Kata und *Kumite*, um sich bei Meisterschaften anzumelden. Stattdessen wollte er anderen Menschen die Faszination seines Sports näher bringen, also hatte er sich volle Kanne in die Gründung einer Karateschule gestürzt.

Nur lief das inzwischen nicht so leicht, wie er sich das ausgemalt hatte. Dieser Idiot mit seinem Martial Arts Studio nahm ihm die Kunden weg und jetzt auch noch die Sache mit Valeries Café, die seine Erweiterungspläne zunichtemachte.

Er seufzte tief, als er die nächste Ladung Platten in Angriff nahm.

Immer wieder Valerie. Warum blieb sie so hartnäckig in seinem Kopf? Klar, sie war eine Bedrohung mit ihren Häkelladys, die sich in seinen Räumen ausbreiteten. Aber er dachte auch abseits vom Café an sie, so sehr er auch versuchte, das abzuwehren. Irgendwie konnte er sie nicht recht einschätzen und das setzte ihm zu. Normalerweise gelang es ihm sehr schnell, Menschen zu greifen. Aber sie passte in keine Schublade.

Einerseits war sie natürlich schrecklich blümchenhaft. Hörte diesen Schnulzenheini, träumte von romantischen

Sonnenuntergangsabenden, schwärmte für Kakao mit Karamellstückchen. Allein bei dem Gedanken an all diese Dinge schüttelte es ihn schon.

Andererseits gab es da diese kämpferische Seite, die ihn amüsierte. Mehr noch, die ihn faszinierte. Sie war trotz ihrer Vorliebe für Pastellfarben kein kleines Mäuschen, sondern wusste, was sie wollte. Und gleichzeitig hatte sie diese Ruhe in sich, die er selbst nur so schwer fand. Mit einer Leichtigkeit, die er nur bewundern konnte, tauchte sie beim Häkeln in diesen Zustand der stillen Glückseligkeit ein, war völlig bei sich, nadelte sich in eine mühelose Meditation und strahlte von innen heraus. Überhaupt hatte sie etwas hell Strahlendes an sich. Nicht wie Britt, die eher eine finstere Härte mit sich herumtrug.

Aber sie stand bekanntlich auf Weicheier wie diesen Leandro. Gregor schüttelte den Kopf, weil er es einfach nicht verstehen konnte. Valerie war doch eine Geschäftsfrau und kein dummer, naiver Teenager, warum fuhr sie so auf diesen Jammerlappen und seine schmalztriefenden Texte ab? Das war garantiert nur alles eine Masche, in echt war das wahrscheinlich ein knallharter, berechnender Profi, der einfach nur wusste, wie man die holde Weiblichkeit so betören konnte, dass die Kasse klingelte. Er würde den Kerl wirklich mal gern live sehen, um sich ein Bild zu machen.

Moment mal! Gregor hielt inne. Hatte er nicht irgendwo was aufgeschnappt von einem Konzert? Er holte sein Handy heraus und googelte Leandros Termine. Tatsächlich. Am nächsten Samstag spielte der im Roxy, das war eine Musikkneipe, die Gregor von früher kannte. Eigentlich verwunderlich, dass dieser selbst ernannte Superstar dort auftrat, in anderen Städten füllte der tatsächlich größere Hallen. Auf der Homepage stand, dass er seiner Heimat treu bleiben wollte und gern an die Stätte seiner ersten Auftritte zurückkehrte. Und es stand auch dort, dass das Konzert ausverkauft war.

Mist aber auch.

Er schnitt ein paar Platten zurecht, die direkt an die Kante des

Daches kamen. Das übertrug sein Chef immer ihm, weil man dabei ganz genau arbeiten musste und ein gutes Auge brauchte. Als er den Winkelschleifer erneut ansetzte, fiel ihm etwas ein.

Charly!

Der hatte früher bei ihm trainiert, aber Karate war ihm letztendlich zu defensiv gewesen, also hatte er zum Box-Verein gewechselt. Wenn Gregor sich nicht ganz täuschte, jobbte Charly als Türsteher im Roxy.

Er wartete bis zur Mittagspause, dann verzog er sich in eine stille Ecke und rief ihn an. Sollte ja nicht jeder mitkriegen, dass er sich Tickets für ein Leandro-Konzert besorgte.

„Hey, Charly, hier ist Greg. Erinnerst du dich noch an mich?", fragte er.

„Klaro. Wie läuft`s, altes Haus?" Charly hatte noch immer diese Zigarettenrauchstimme.

„Ganz okay. Sag mal, arbeitest du noch im Roxy?"

„Yo. An den Wochenenden mach` ich da den Einlass. Willst du zu *Hell`s Fire and dirty Demons*? Saucoole Rockband. Die spielen am Freitag, ich kann dich da reinschleusen, kein Thema."

„Äh, na ja, eigentlich müsste ich am nächsten Samstag rein ins Roxy." Verdammt, wie sollte er ihm das nur verklickern?

Charly lachte. „Du willst mich verarschen! Würde ich dir aber nicht raten, ich boxe inzwischen bei echten Kämpfen. Samstag spielt dieser Schnulzensepp, da kommen nur Weiber!"

„Ist `ne Wette", nuschelte Gregor. „Dumme Sache, aber du weißt ja: Ehrenschulden und so." Meine Güte, was trieb er da nur?

„Ah, verstehe. Es geht um ein Girl, oder? Holy Moly, die muss ja heiß sein, wenn du dir freiwillig Ohrenkrebs verpassen lässt."

„Ja klar, heißer Feger. Aber wie gesagt, bin da halt reingerutscht. Ein paar Whisky zu viel und so, du kennst das ja."

„Logo, Kumpel." Charly klopfte ihm vom Tonfall her akustisch auf die Schultern. „Komm einfach vorbei, ich schleuse dich rein. Aber nimm Ohropax mit!" Er lachte herzhaft und legte auf.

Gregor steckte sein Handy in die Tasche seiner Arbeitshose und wunderte sich über sich selbst. Er hatte sich gerade Einlass zum größten Säusler der deutschen Musikgeschichte verschafft. Verflucht, was war nur los mit ihm?

*

Bei der nächsten Häkelstunde herrschte Full House im Café. Neben den Anfängern saßen auch noch Roberta und ihre Cousinen an einem Tischchen.

„Was tun Sie denn hier?“, begrüßte Gregor die Damen verwundert. „Sie sind doch alles andere als Neulinge an der Handarbeitsfront.“

Ottilie grinste über ihre Kaffeetasse hinweg. „Ach, wir hatten Zeit und wollten so gerne mal sehen, wie unser Karatemeister sich dabei schlägt. Wissen Sie, es ist ganz entzückend, Ihnen beim Sport zuzuschauen! Und wir konnten uns gar nicht recht vorstellen, wie ein Mann wie Sie sich mit Wolle und Faden in der Hand anstellt.“

„Kann ich mir ebenso wenig vorstellen“, nuschelte Thore hinter Gregor.

Er kam sich vor wie ein Tiger im Zoo. Oder vielleicht eher ein Affe.

„Ich mache das ja nicht freiwillig“, brummte er. Schon wieder musste er jemandem erklären, dass er nicht hier war, weil er plötzlich seine Leidenschaft für Schafwolle und Ziegengarn entdeckt hatte, oder aus was auch immer das Zeug gesponnen wurde.

Natürlich hörte Valerie, was er da von sich gab, und schaute ihn entsprechend verstimmt an.

War echt nicht sein Tag heute.

Gregor nahm sein rotes Häkelzeug und ließ sich auf den Stuhl gegenüber von Thore fallen. Manuel war heute nicht da, der spielte wahrscheinlich daheim lieber mit seiner Ratte oder mit irgendeiner anderen Maus. Thore, der treue Freund, hielt Gregor natürlich die Stange, sah aber alles andere als begeistert aus.

Valerie setzte sich kurzerhand auf den Tresen und baumelte mit den

Beinen, die in lila Leggins steckten. Darüber trug sie ein gelbes Kleid, das bis kurz übers Knie reichte. Ihre dichten, welligen Haare hatte sie gebändigt, indem sie sie rechts und links zu Zöpfen eingeflochten hatte. Passend zu diesem Pocahontas-Look schwangen an ihren Ohren blaue Federn munter herum.

Ein Teil von ihm wollte sich angesichts dieser Farbenfreude umgehend eine Sonnenbrille auf die Nase stecken. Der weit größere Teil jedoch fand die Fröhlichkeit, die Valerie ausstrahlte, erstaunlich ansteckend und beobachtete fasziniert, wie sie wieder ihr gigantisches Häkelzeug in die Hand nahm. Es war rot und vervollständigte somit die Regenbogenfarben, denn über ihr baumelte eine grüne Blumenampel von der Decke.

Thore beugte sich zu ihm. „Frag mal Britt, ob man jemanden wegen seiner Klamottenzusammenstellung verhaften kann. Erregung öffentlichen Ärgernisses oder so", raunte der ihm zu.

Gregor zuckte mit den Schultern. „Ist doch mal was anderes, als immer nur schwarz", rutschte ihm heraus, bevor er es verhindern konnte.

Thore sah ihn daraufhin seltsam an, wollte etwas sagen, aber die Frau Lehrerin übernahm das Wort.

„Heute geht es weiter mit den festen Maschen", kündigte sie an. „Wir müssen üben, die Reihen total gleichmäßig zu häkeln. Sonst haben wir am Ende keine gerade Seitenlinie, sondern ein windschiefes Teil. Erst wenn das alles richtig sitzt, zeige ich euch die halben und ganzen Stäbchen."

Gregor kannte Stäbchen nur vom Chinarestaurant, befürchtete aber, dass ihre Ansage wenig mit Chilihuhn extrascharf mit Bambussprossen und Knoblauch zu tun hatte. Ihm fiel ein, dass er heute außer einem Salamibrot noch nichts gegessen hatte, aber er kam nicht weiter zum Nachdenken, denn die strenge Handarbeitsgouvernante schwang sich vom Tresen und ging zwischen den Tischen herum.

Ihre Freundin Jasmin war heute auch da, hatte rosa Wangen und noch bessere Laune als sonst, was Gregor irgendwie verdächtig vorkam. Menschen, die immer strahlten, waren ihm nicht geheuer. Sie kochte mit Hingabe Kakao und verteilte süße Törtchen auf ebenso süße kleine Tellerchen. Dummerweise knurrte sein Magen genau in dem Moment, als Valerie sich über seine Häkelarbeit beugte.

„Jasmin, wir haben hier einen hungrigen Wolf!“, rief sie ihrer Freundin zu. „Schätze, wir müssen unseren Kampfsportler mit ein paar Kohlenhydraten versorgen.“

„Er sieht mir sehr nach Quittenquark-Schnitte aus“, erwiderte Jasmin ernst. „Da ist auch viel Eiweiß drin, ist gut für Sportler.“ Sie nahm ein Stück Gebäck, das aus mehreren Schichten bestand und legte es auf einen Teller.

„Unser Trainer ist aber eher ein Sahneschnittchen“, kicherte Friederike und nippte an etwas Rotem, das verdächtig nach Edelkirschlikör aussah.

Valerie stellte den Kuchen vor ihm ab. „Dazu ein Tässchen grünen Tee? Ist gut gegen freie Radikale. Oder vielleicht eine heiße Zimtschokolade?“

„Kaffee. Schwarz“, schleuderte Gregor ihr entgegen. Bei so viel Zuckersüßem wurde höchstens er selbst zum Radikalen. Ein Mann trank doch keinen grünen Tee, was dachten die sich nur!

Die Quarkschnitte roch allerdings so frisch und verlockend, dass er sie nicht zurückweisen wollte. Ein Mann musste schließlich essen, sonst verkümmerten die Muskeln am Ende noch.

„Was ist mit dir, Thore?“, fragte Valerie freundlich nach.

Der verschränkte die Arme vor der breiten Brust. „Ich hasse alles Süße! Und Quark hasse ich auch, seit mir meine Mutter als Kind mal einen Wickel gemacht hat. Ich esse nur Kerniges. Rotes Fleisch, Zwiebeln, richtiges Brot.“

„Na gut.“ Ungerührt zuckte Valerie mit den Schultern und wandte sich dem Häkelzeug zu, das auf dem Tisch lag.

„Viel gemacht hast du ja nicht“, ermahnte sie Gregor, als sie seine Handarbeit musterte. „Wolltest du nicht eigentlich üben?“

„Ich habe ungefähr so viel Häkeln geübt wie du die *Mae Geris*", verteidigte er sich.

Wann hätte er das denn machen sollen? Der Dachstuhl musste fertig werden, deshalb war er nach der Arbeit immer zum Training gehetzt wie verrückt. Danach hatte er sich was zum Essen gerichtet, seinen *Gi* gewaschen und gebügelt, Schreibkram erledigt und die Hüftübungen durchgeführt. Dann war er todmüde ins Bett gefallen, bis der Wecker ihn am nächsten Tag um kurz vor sechs Uhr rausriss. Im Gegensatz zu ihr, die wahrscheinlich um halb zehn langsam aus den Federn kroch, begann sein Handwerker-Arbeitstag recht früh. Trotzdem hatte er sich einige Reihen von diesen dämlichen festen Maschen abgerungen, das könnte sie ruhig mal wohlwollend zur Kenntnis nehmen!

„Probieren Sie doch endlich den Quittenquark-Traum, probieren Sie!" Ottilie und ihre Mitstreiterinnen sahen ihn auffordernd an.

Während Valerie sich mit Thores Häkelversuch auseinandersetzte, der aussah, als hätten drei Schiffskobolde mit bunter Wolle Knoten geübt, machte Gregor sich über die Quarkschnitte her.

Wow, das schmeckte echt gut! Gar nicht so süß wie befürchtet. Der Boden war locker, die Füllung zitronig-herb und zerging auf der Zunge.

„Ist eine meiner absoluten Lieblingsschnitten", kommentierte Valerie sein offenbar begeistertes Gesicht und ging dann zurück zu ihrem Lehrerpult, das ansonsten als Tresen diente.

„Ich zeige euch noch einmal, wie man die Wendung am Ende einer Reihe macht", sagte sie, weil der Mann von dem benachbarten Hutgeschäft damit offenbar nicht zurechtkam. Allerdings flirtete der auffällig mit Roberta, war kein Wunder, dass der sich nichts merkte.

Valeries Nadel tanzte durch die Maschen, wie beim letzten Mal mit traumwandlerischer Leichtigkeit.

Obwohl er das nicht wollte, ließ Gregor die Gabel sinken und beobachtete jede kleine Bewegung von Valerie. Und ihr Gesicht, auf dem erneut dieses stille Lächeln zu sehen war. Irgendwie leuchtete sie immer von innen heraus, wenn sie häkelte. Oder Kuchen anpries. Und sicher auch, als sie neulich in Philomenas Wohnung gesessen oder dort die Pflanzen gegossen hatte.

„Die Kleine hat dich ganz schön eingewickelt", hörte er Thore sagen und fuhr herum. Der grinste ihn breit an.

„Totaler Quatsch! Ich will nur lernen, wie das geht, immerhin steht unser Geräteraum auf dem Spiel", fiel ihm zum Glück ein. „Bei dir ist es ja scheißegal, wie das Häkelzeug aussieht, aber ich muss dem Notar am Ende irgend so ein Jäckchen präsentieren, sonst kann ich den Ausbau meines Studios vergessen!"

Thore grinste immer noch.

Verfluchter Idiot! Gregor hätte ihm am liebsten eine gescheuert, dann würde ihm die Grinserei schon vergehen. Aber natürlich hatte er sich im Griff, er war nicht umsonst Schwarzgurt.

Schuld an seiner miesen Laune war sowieso Valerie, das war klar. Weil sie ihn zu diesen lächerlichen Nadelspielen zwang, weil sie nicht zu greifen war, weil sie auf ihre kunterbunte Art irgendwie spannend war und weil sie auf diese langzottelige Singdrossel abfuhr. Außerdem spürte er, wenn er abends im Bett lag, immer ihre Physiotherapeutinnen-Hände auf seinem Schenkel, was ziemlich blöd war, weil er seinen Schlaf brauchte und nicht daran denken wollte, wie angenehm die Berührung gewesen war.

Er schob sich das letzte Stück vom Kuchen in den Mund, trank Kaffee nach und nahm widerwillig sein Häkelzeug in die Hand. Wäre doch gelacht, wenn er das mit den Maschen nicht hinkriegen würde! Schließlich stellte er komplette Dachstühle auf, schnitt die kompliziertesten Konstruktionen auf den Millimeter genau zu und setzte den Winkelschleifer so routiniert an wie sonst niemand. Da würde er doch wohl eine lächerliche Handarbeit zustande bringen!

Hoch konzentriert arbeitete er weiter. Ließ sich von der guten Laune der anderen Kursteilnehmer nicht anstecken, da konnte er verdammt eisern sein.

Am Ende der Stunde hatte er ein durchaus sehenswertes Stück

gehäkelt. Das waren mindestens zehn Zentimeter, die er zustande gebracht hatte. Okay, für eine Jacke reichte es noch nicht, aber er bekam langsam Übung. Es lohnte sich eben, zu kämpfen, egal, worum es ging.

Valerie stand unvermittelt neben seinem Tisch und hielt ihr Handy auf ihn und Thore.

„Ich mache ein Foto von euch!“, kündigte sie an. „Und überhaupt von den Teilnehmern, dann kann ich ein paar neue Flyer drucken lassen.“

Ein Piepton kündigte an, dass sie bereits auf den Auslöser gedrückt hatte. Und noch zwei Mal piepte ihr Handy. Machte sie das, um die Bilder anderen Leuten zu zeigen, die dann über ihn lachen würden? Uralte Erinnerungen blitzten auf, bohrten sich schmerzhaft in seine Brust. Er wollte sich nicht zum Narren machen, nie wieder!

„Kommt überhaupt nicht infrage!“ Gregor warf die Nadel und das Häkelzeug auf den Tisch. „Wir lassen uns doch nicht fotografieren! Willst du uns vorführen oder was soll das?“

Auf dem Tisch stand immer noch der gemusterte Kuchenteller mit ein paar Bröseln, daneben die ebenso lieblich-zarte Tasse. Die glaubte doch nicht im Ernst, dass er und Thore sich mit den Nadeln und Wollknäuel in der Hand ablichten ließen?

„Du löschst sofort die Fotos, hier wird nicht geknipst!“, fuhr er sie an und wurde ordentlich laut dabei.

„Mein Gott, stell dich doch nicht so an!“, keifte sie zurück. „Bricht dir doch kein Zacken aus der Krone nur wegen so einem Bild.“

Jetzt reichte es! Er musste das ein für alle Mal klarstellen.

„Pass mal auf“, herrschte er sie an und sprang vom Stuhl auf, „ich bin nicht hier, weil ich den unwiderstehlichen Drang habe, mir einen Wollfaden um den Finger zu wickeln und irgendwelche blöden Maschen fallen zu lassen. Wir sind Karatekas! Kampfsportler! Richtig harte Kerle und harte Kerle häkeln nicht!“

Zumindest nicht für jeden sichtbar auf einem Foto.

Ihre Bernsteinaugen blitzten. „Warum bist du nur so schrecklich engstirnig? Immer musst du dich als Macho inszenieren, das hängt mir langsam zum Hals heraus. Ewig dieses maskuline Gehabe, zum Kotzen."

Sie sah ihn so verächtlich an, dass ihm endgültig der Kragen platzte.

„Ach ja?", zischte er. „Und du hast nichts Besseres zu tun, als jede Form der Männlichkeit abzuwerten. Was, bitteschön, ist schlimm daran, ein maskuliner Typ zu sein? Jahrhundertelang haben es die Frauen gut gefunden, wenn Männer ihnen die schwere Arbeit abgenommen haben. Ja, mancher hat sogar eine Frau gerettet, stell dir das nur mal vor! Da hat es was gezählt, wenn der Mann stark war und Mut hatte. Was ist nur mit euch Frauen passiert? Ihr würdet uns wohl am liebsten alle kastrieren. Ihr wollt nur noch Weicheier."

Gott, wie er so was hasste. Dieses Emanzentum, bei dem alle Männer böse waren, jedes bisschen Maskulinität mit dem Teufel gleichgesetzt wurde und nur noch eierlose Frauenversteher mit leiser Stimme etwas zählten!

Sie baute sich vor ihm auf und sah ihm in die Augen. Leider kribbelte es dabei gleich wieder in seinem Bauch los, genau wie beim letzten Mal. Lag sicher nur am Adrenalin, weil sie ihm den letzten Nerv raubte.

„Wir leben aber nicht mehr im Mittelalter", fauchte sie, „ein Mann muss andere Qualitäten haben!"

„Ja klar." Er schnaubte. „Liebesschnulzen dichten können, seine langen Haare in Wellen legen und sich nach dem Gitarrespielen die Hände eincremen, damit sie babyzart bleiben. Ein Traum!"

Das war offenbar genau, was sie wollte. Einen sanften Poeten mit weichen Fingern, keinen kernigen Kerl mit Narben, Bartstoppeln und Testosteronschuben, die er manchmal schwer in den Griff bekam. Gregor packte seine Häkelsachen und stopfte sie in die Hosentasche. Ging leider nicht gut, weil er nicht seine Arbeitshose mit den riesigen Taschen trug, sondern eine Jeans, sodass die Hälfte herausschaute.

„Mir reicht`s, ich brauche frische Luft. Und einen Schnaps", rief er. Thore sprang ebenfalls auf und folgte ihm quer durchs Café.

„So bleiben Sie doch, *Sensei* Greg“, schallte die hohe Stimme von Ottilie durch den Raum, „wir haben doch einen hier: ganz wunderbaren Kirschlikör und ein Rest Eierlikörchen ist auch noch da.“

Gregor beschleunigte seine Schritte. Er musste weg, möglichst schnell!

Und morgen, sofern sein Kater das zuließ, ausführlich im *Mokuzo* darüber meditieren, wie in drei Teufels Namen er eigentlich in diesen Schlamassel hineingeraten war!

18. Das Konzert

Valerie

Alle paar Minuten sah Valerie auf die Uhr, denn heute war der große Tag. In weniger als zwei Stunden würde Leandro die gleiche Luft wie sie atmen und ihr vielleicht sogar in die Augen sehen!

„Schaffst du den Rest wirklich allein?“ Mit besorgtem Blick schaute sie auf das gebrauchte Geschirr auf dem Tresen.

„Zum dritten Mal: Ich krieg das locker hin, Süße!“ Jasmin lachte. „So nervös, wie du bist, würdest du eh nur die Gläser runterfallen lassen oder das Besteck falsch einräumen. Aber weißt du was? Ich habe heute Morgen für dich die Tarotkarten befragt.“

„Ach komm, Jasmin, du weißt, dass ich an so was nicht glaube!“

„Solltest du aber! Ich habe sie mir vor ein paar Tagen gelegt und sie hatten total recht mit Bernhard. Die Karten haben mir prophezeit, dass ich Besuch beherbergen werde, der mein Herz öffnet. Und genau das ist passiert.“

Valerie musste grinsen, weil die Freundin so ungewohnt ernst dreinschaute. „Könnte ja auch ich sein. Hast du daran schon mal gedacht? Ich habe schließlich auch bei dir gewohnt.“

Jasmin neigte den Kopf zur Seite. „Hm, möglich. Glaube ich aber nicht. Die Zeichen standen auf richtig viel Gefühl und wir beide hatten ja eher Spaß in unserer WG.“

Da hatte sie recht.

„Nein, ich bin mir ganz sicher“, fuhr Jasmin fort, „es ist eine kosmisch ganz besondere Zeit. Du wirst heute dein Glück finden, das haben mir die Karten so klar verraten, klarer geht es nicht! Sie waren sogar viel deutlicher als bei mir, stell dir das nur vor.“

Jasmin wirkte ganz aufgeregt. Wahrscheinlich hatte sie zu viel kosmische Strahlung abbekommen oder magischen Staub von ihren seltsamen Karten. Ein klitzeklein wenig ansteckend war ihre Zuversicht allerdings schon. In Valeries Bauch kribbelte es jedenfalls wie Brausepulver.

„Also, falls dein Tarot recht hat und ich heute tatsächlich mit Leandro rede und so …. das wäre schon echt der Hammer!“ Sie war ja eigentlich Realistin, aber allein mit so einem Gedanken zu spielen, war irrsinnig verlockend.

Jasmin lächelte wissend. „Es wird passieren, du wirst heute Abend deiner großen Liebe gegenüberstehen, vertrau mir. Aber jetzt solltest du dich endlich auf die Socken machen. Du musst ja erst noch zu Susi und dich umziehen.“

„Ach nee, das wird mir zu knapp, hab` alles dabei.“

Valerie hatte Jasmin immer noch nicht gesagt, dass sie nirgends untergekommen war. Machte ja auch nichts, man gewöhnte sich an die Luftmatratze. An jedem Morgen räumte sie alles zurück in den Kofferraum ihres Autos und hoffte, dass Bernhard bald die Fliege machte. Im Moment sorgte der aber offenbar für Schmetterlinge in Jasmins Bauch.

„Bernhard hört auch gern die Balladen von Leandro“, warf Jasmin auch gleich ein. „Er ist wirklich so ein Gentleman! Und seine neuen Pläne sind genial. Ich erzähl dir davon, wenn du wieder zurechnungsfähig bist.“

Valerie holte gerade einen Kamm aus der Tasche, hielt aber jetzt inne.

„Du gibst ihm aber doch kein Geld?“, fragte sie und hatte mit einem Mal ein ganz flaues Gefühl im Bauch. Das kam allerdings nicht von der Aufregung vor dem Konzert. Bernhard war ihr immer noch nicht geheuer, doch das sagte sie Jasmin natürlich nicht.

„Also, das wäre ja kein Geschenk, sondern eine Investition“, redete sich Jasmin raus und hatte es plötzlich eilig, den Geschirrspüler einzuräumen.

Irgendwas stimmte da nicht. „Wenn seine Idee was Seriöses wäre, könnte er zu jeder Bank gehen! Dann müsste er dich nicht um Geld bitten.“ Valerie konnte kaum fassen, dass ihre Freundin sich wieder von dem Kerl einlullen ließ. Warum waren Männer nur allesamt solche Mistkerle? Außer Leandro natürlich …

„Nimm meine Ohrringe, die glitzern ganz toll, sogar im Dunklen“, lenkte Jasmin schnell vom Thema ab und nahm sie aus den Ohrlöchern.

Valerie schaute schon wieder auf ihre Armbanduhr. Sie musste wirklich los, wenn sie einen Platz in der ersten Reihe ergattern wollte. Sicher standen die anderen Fans auch schon eine Stunde vor dem Einlass draußen herum.

„Okay, wir reden wann anders.“ Sie steckte sich die Ohrringe ein, zog ein eng anliegendes nachtblaues Shirt an, den Jeans-Mini und warf sich als Farbklecks ihren dünnen, bunten Häkelschal um den Hals. Dann düste sie auch schon los zum Roxy.

Wie erwartet trudelten die anderen Fans ebenfalls ein, aber sie war bei den ersten dabei. Nach einer Dreiviertelstunde Smalltalk mit ein paar Frauen öffnete sich eine Tür. Ein finster dreinschauender Mann mit Bodybuilder-Statur stellte sich in den Rahmen und riss die Tickets ab. Valerie war froh, als sie ihn passiert hatte. Genau solche Typen hatte Mike früher immer angeschleppt.

Sie eilte nach vorne und ergatterte tatsächlich einen Stuhl in der ersten Reihe. Wahnsinn! Zwar nicht genau in der Mitte, sondern am Rand, aber egal. Niemand saß vor ihr, sie hatte freien Blick auf Leandro und er auf sie.

Auf der ansonsten leeren Bühne stand nur ein hölzerner Stuhl und davor ein Mikrofon, das war alles. Sie bekam jetzt schon eine Gänsehaut. Natürlich musste sie Jasmin Bescheid geben. Sie knipste ein Foto und schickte es ihr. Eine Sekunde später klingelte schon ihr Handy.

„Ich sag es doch, dein Abend läuft super!“, jubelte Jasmin. „Du hast es mit dem Platz hinbekommen, jetzt schaffst du auch noch den Kerl.“ Lachen perlte aus dem Telefon.

„Er wird mich sehen!“, sagte Valerie ganz atemlos. Ja, sie hörte sich an wie ein Teenager und benahm sich irgendwie auch so, aber das war egal. Seit zwei Jahren hörte sie fast täglich die Lieder von Leandro, seine Musik hatte sie durch manchen schweren Tag begleitet. Da war es doch okay, dass man angesichts solcher Prophezeiungen aufgeregt war.

„Nicht nur sehen, meine Liebe. Dein Herz wird diese Nacht niemals vergessen, das schwöre ich dir.“ Jasmin klang so überzeugend, dass ein kleiner Teil von Valerie ihr sogar glaubte. Und ein noch größerer Teil ihr gern glauben wollte. Es wäre einfach so wunderbar, einen Mann wie ihn an ihrer Seite zu haben. Überhaupt einen Menschen. Sie gestand es sich nur selten ein, aber manchmal brach die Einsamkeit über sie herein wie ein Herbststurm. Dann musste sie die Musik ausschalten, weil die alles nur verschlimmerte, konnte nur noch im Dunklen sitzen und diesen tiefen, schwarzen Schmerz in sich spüren. Manchmal kam die Trostlosigkeit dazu wie ein Loch ohne Boden. Valerie fiel hinein, wurde verschluckt von der Gewissheit, dass es niemals eine Seele geben würde, die ihre eigene in den Arm nahm. Weil sie nicht gut genug war. Nicht strahlend wie Jasmin, nach der jeder Mann sich umdrehte, nicht stilvoll, nicht schlau, nicht mal besonders lustig. Sie hatte nichts zu bieten, was einen Mann auch nur annähernd faszinieren könnte, zumindest nicht in diesen finsteren Nächten, in denen die Trostlosigkeit sie zu Boden drückte.

Aber heute war nicht so eine Nacht. Nein, heute saß sie im Licht der Bühnenscheinwerfer. Und auch wenn sie nicht die tollste Frau unter der Sonne – oder den Halogenlampen – war: Sie würde zugreifen, wenn ihr das Glück vor die Nase fiel, garantiert!

Der Raum füllte sich schnell. Neben Valerie saß eine rundliche Mitvierzigerin mit zwei Freundinnen, die waren keine Konkurrenz.

„Möchten Sie ein Pfefferminz?“, fragte die Frau und hielt ihr eine prall gefüllte Packung hin. „Wir haben uns versorgt, weil wir uns danach noch ein Autogramm holen wollen.“

„Dankeschön!“ Keine schlechte Idee. Valerie nahm sich zwei der winzigen Bonbons, steckte sich eines in den Mund und das zweite in die Rocktasche. Für alle Fälle.

Sie schaute sich um. Das Roxy war eine Musikkneipe, in der fast jedes Wochenende Bands oder Künstler auf der Bühne herumklimperten. Bei rockigen Acts stand das Publikum vor den Musikern, aber heute hatte man den freien Platz bestuhlt. Valerie blickte nach hinten, es waren rund dreißig Stuhlreihen, alle gut besetzt. Auch an der Bartheke, die sich auf der anderen Seite der Bühne befand, reihten sich die Frauen aneinander wie Süßwasserperlen an einer Kette. Sah ein klein wenig aus wie beim Karatetraining, wenn Greg die Schüler in einer Reihe nebeneinander antreten ließ. Sich dann breitbeinig und in aufrechter Haltung vor die Truppe stellte und diesen berühmten Blick über alle gleiten ließ, der Valerie immer ein bisschen nervös machte, und dann mit lauter Stimme … Schluss damit! Heute Abend war ja wohl wirklich keine Zeit, um an ihn zu denken! Sie schob die Bilder schnell beiseite und konzentrierte sich wieder auf das anstehende Konzert.

Ursprünglich hatten Jasmin und sogar noch eine andere Freundin mitgehen wollen, aber sie waren sich nicht einig gewesen, wer die Karten besorgte. Valerie konnte das natürlich nicht abwarten, sie hatte sich ihr eigenes Ticket sofort gesichert. Und dann war das Konzert so schnell ausverkauft gewesen, dass die anderen keine Karten mehr ergattert hatten.

Aber egal, sie würde Jasmin morgen alles haarklein erzählen, vielleicht ein paar Fotos schießen und ansonsten auch alleine jede Sekunde genießen.

Sie unterhielt sich mit ihrer Nachbarin und bis sie das nächste Mal auf die Uhr sah, war es schon fast acht.

„Gleich geht`s los!“, sagte Valerie und starrte auf die Bühne.

Nach ein paar Minuten ging das Licht im Raum aus, nur ein Scheinwerfer war noch an, der beleuchtete den Stuhl.

Und da kam er auch schon. Valerie hielt den Atem an, als der Applaus aufbrandete. Er stand nur ein paar Meter von ihr entfernt!

Leandro verbeugte sich kurz und ging dann mit geschmeidigen Schritten auf den Stuhl zu, die Gitarre in der Hand.

„Ihr Lieben, ich freue mich unbändig, dass ich heute für euch spielen darf“, hauchte er ins Mikrofon und seine weiche Sprechstimme ließ einen ganzen Sandstrahl über Valeries Rücken rieseln.

Die dunklen Locken fielen ihm ins Gesicht, als er begann, ein leises Intro auf der Gitarre zu zupfen. Er schloss die Augen, wartete ein paar Takte ab und begann dann zu singen. So wunderbar sanft, dass Valerie das Gefühl hatte, kopfüber in warmen Nougat zu tauchen. Genau wie Jasmins Karamellkakao verbanden sich Stimme und Gitarre, tanzten eng umschlungen miteinander, vereinten sich zu traumhafter Harmonie. Die Töne schwebten durch den Raum, erfüllten ihn bis in den hintersten Winkel, ließen alles warm erstrahlen. Aus der nüchternen Musikkneipe wurde eine Parkbank im Sonnenuntergang, ein Spaziergang am Meer, ein schlaftrunkenes Aufwachen im Daunenbett.

Leandro sang die ersten vier Songs seines neuen Albums, ließ seine Gitarre wehmütig klagen bei den Balladen oder munter intonieren bei den fröhlicheren Nummern. Nach dem fünften Lied platzierte er die Gitarre im Ständer, der neben ihm aufgebaut war, nahm das Mikro aus der Halterung und stand auf.

Valerie ließ ihn nicht aus den Augen, als er zur anderen Seite der Bühne ging, sogar ganz bis zum Rand.

„Ich möchte euch gerne ein bisschen was erzählen über meine Songs. Was sie für mich bedeuten und wie sie entstehen“, sagte er und lächelte schüchtern ins Publikum. Sie hätte ihn abknutschen können für diese sanfte Zurückhaltung, die er innehatte. Ja, es gab noch Männer, die für sie infrage kamen! Die nicht selbstverliebt und größenwahnsinnig waren, mit Muckis prahlten oder sich ständig selbst ihre Männlichkeit beweisen mussten. Nur ein Blick aus seinen braunen Augen und die waren alle nebensächlich. Sie stellte sich Greg neben ihm vor. Klar, der würde ihn um einen halben Kopf überragen und mit seinem Selbstbewusstsein wahrscheinlich sogar einige Frauen hier im Saal beeindrucken. Wenn er seine blauen Augen aufblitzen ließ, eine irrsinnig schnelle Kata zeigte oder jemanden so warm anlächelte, wie er es bei den drei Cousinen tat, vielleicht. Und dann diese volle, tiefe Stimme, wenn er seine Kommandos rief. Oder wenn er lachte, er hatte eigentlich ein ziemlich schönes Lachen, das ihr immer im Bauch kribbelte. Valerie schüttelte den Kopf, um Greg daraus zu verscheuchen und sich wieder auf Leandro zu konzentrieren. Der hatte ganz andere Dinge zu bieten!

Und nun kam er auch noch auf ihre Seite der Bühne! Wie in Trance folgte sie ihm mit den Augen, als er sich direkt vor ihr aufbaute und seinen Blick über das Publikum gleiten ließ.

„Oft werde ich gefragt, warum ich so gern melancholische Nummern schreibe und viel über Einsamkeit erzähle. Wisst ihr – ich kenne dieses Gefühl eben sehr gut. Da ist es doch ganz logisch, dass ich davon singe. Was ist mit euch, gibt es hier auch Damen, die niemanden haben und diese düsteren Abende kennen?“

„Oh ja!“, kreischte die Frau neben ihr los und reckte ihren Arm in die Höhe.

Auch Valerie hob langsam ihre Hand. War ja keine Schande, man konnte so etwas zugeben, wenn sogar Leandro das tat.

„Unfassbar, dass so viele wunderschöne Frauen noch solo sind“, hauchte er ins Mikrofon. „Dabei solltet ihr doch einen Mann an eurer Seite haben, der euch jeden Wunsch erfüllt, der alles für euch tut und richtig für euch kämpft! Ja, jede Frau sollte ihren Ritter haben. Aber wenn es bei dir noch nicht so ist, dann singe ich das nächste Lied jetzt ganz allein für dich. Für jede einzelne von euch.“

Er drehte den Kopf in Valeries Richtung und ihre Blicke trafen sich. Wahnsinn! Sie schaute Leandro direkt in die Augen! Mit aller Macht versuchte sie, diese magische Verbindung festzuhalten, den Lauf der Welt zum Halten zu bringen. So ähnlich, wie es neulich mit Greg geschehen war, das war irgendwie ziemlich toll gewesen. Funktionierte nur bei Leandro nicht so gut.

Ein wenig Enttäuschung breitete sich in ihr aus, als er seinen Blick sofort von ihr löste und über die nächste Reihe gleiten ließ, aber sie schob das Gefühl schnell weg. Sicher wurde er vom Scheinwerfer geblendet, der direkt auf ihn gerichtet war. Und er musste sich ja auch auf den Text konzentrieren. Greg hatte viel länger in ihrem Blick verharrt. Und ihr eine richtige Gänsehaut beschert damit. Ein wenig hatte Jasmin schon recht, seine Augen waren wirklich außergewöhnlich. Und sein Lächeln irgendwie auch. Wieso sah sie es genau jetzt vor sich?

Leandro ging zurück zum Stuhl, setzte sich und nahm wieder die Gitarre. Dann sang er Valeries absolute Lieblingsballade, und sie musste ein Taschentuch hervorkramen, weil die Musik und seine Stimme ihr so unter die Haut gingen. Ihre Ergriffenheit hörte auch bei den nächsten Liedern nicht auf, außerdem war Leandro eine Augenweide mit seinen Locken, durch die sie am liebsten mit den Fingern fahren wollte, den dunklen Augen und seinem zarten Körperbau. Er war ein echter Poet, ein sanfter Engel, sicher ein unglaublich zärtlicher Liebhaber. Allein diese feinen Hände, mit denen er spielerisch leicht am Gitarrenhals entlangfuhr. Wenn die über ihre Haut gleiten würden, er dazu ihren Namen raunen – ach, sie konnte sich kaum vorstellen, wie traumhaft das sein musste!

Dummerweise hatte der Sauerstoffmangel hier in der Kneipe ihr offenbar den Verstand ein bisschen vernebelt, denn ständig tauchten Bilder von Gregs durchtrainiertem Körper bei den Physioübungen vor ihrem inneren Auge auf. Von seinen schönen Händen, die mit der Häkelnadel kämpften. Von der verkrusteten, kleinen Narbe, die über sein Handgelenk ging. Natürlich drängte sie die Bilder schnell weg und konzentrierte sich lieber auf ihren Star. War sicher nur die Aufregung, die sie so durcheinanderbrachte.

Viel zu schnell ging das Konzert zu Ende.

Leandro kündigte den letzten Song an und verschwand danach unter tosendem Beifall hinter der Bühne. Alle Zuschauerinnen waren für Standing Ovations von den Sitzen aufgesprungen und erklatschten sich noch zwei Zugaben.

„Ich signiere euch gern noch meine CDs, drüben an der Bar“, versprach er nach ein paar Verbeugungen, bevor er endgültig hinter dem Vorhang abtauchte.

Da musste Valerie natürlich hin! Als sie aufstand und ihr einen kurzen Moment schwarz vor den Augen wurde, fiel ihr auf, dass sie heute viel zu wenig getrunken hatte. Sicher war das der Grund für diese dämlichen Bilder von dem noch dämlicheren Karatetrainer. Somit hatte sie einen doppelten Anlasss, an die Bar zu gehen.

Sie drängte sich mit den anderen Frauen an die Theke und bestellte sich eine große Apfelschorle gegen den Durst. Mit dem Glas in der Hand ging sie ein paar Schritte zur Seite, denn es würde sicher noch einige Minuten dauern, bis Leandro herauskam. Allerdings traute sie ihren Augen nicht, als sie vor sich einen blonden Haarschopf entdeckte.

„Greg?“, rief sie überrascht. „Was zum Henker tust denn du hier?“

Das musste eine Fata Morgana sein. Offenbar war der Sauerstoffmangel noch viel gravierender, als sie gedacht hatte. Falls Greg ein Trugbild sein sollte, war das aber ein äußerst lebendiges, denn er kam direkt auf sie zu und deutete auf die CD, die sie mitgebracht hatte und jetzt in der Hand hielt.

„Du willst die langhaarige Singammer unterschreiben lassen?“, fragte er sie.

War ja wieder mal typisch, er hatte nur Verachtung für sie übrig!

„Geilt es dich irgendwie auf, dich über mich lustig zu machen?“, schoss sie zurück. „Und wieso bist du überhaupt hier?“

Er hielt ihrem kalten Blick wieder einmal stand. Selbstverständlich konnten seine Augen nicht mit denen von Leandro mithalten, obwohl sie heute wie polierte Mondsteine schimmerten und Valerie sich erneut schwertat mit dem Losreißen.

„Wollte sehen, was an dem Kerl so toll ist“, brummte er. „Aber ich verstehe es immer noch nicht.“

Hätte sie auch gewundert. Sie stellte ihr Glas am äußersten Rand der Theke ab. „Du solltest endlich mal einsehen, dass Frauen wie ich nicht auf Muckis und Kung Fu-Blick stehen! Mut ist etwas ganz anderes, das habe ich dir doch schon oft genug erklärt. Das ist, wenn jemand seine Gefühle zulassen und in Worte fassen kann. So wie Leandro."

Nun blitzten seine Augen auf, als hätte jemand den Bühnenscheinwerfer direkt auf ihn gerichtet. „Das ist doch alles fake, siehst du das nicht?", zischte er. „Er gaukelt euch doch nur was vor, an dem Kerl ist nichts echt! All diese Texte, was er alles für die Frau tut und so – nur leeres Gelaber, ich kaufe ihm nichts davon ab."

Valerie lachte auf. „Mein Gott, bist du erbärmlich!", stieß sie aus und schüttelte den Kopf über so viel Engstirnigkeit. Er konnte es einfach nicht akzeptieren, dass Männer mit anderen Dingen punkten konnten als mit Machogehabe! Das war so lächerlich, dass jede weitere Diskussion verlorene Zeit wäre.

Sie drehte sich einfach weg von ihm und sah just in diesem Moment Leandro an die Bar kommen, allerdings ans andere Ende. Schnell stellte sie sich zu ihrem Glas an die Theke und legte die CD daneben. Es würde ein paar Minuten dauern, weil noch die anderen Frauen an der Reihe waren, aber danach war sie dran! Aufgeregt suchte sie das Pfefferminzbonbon heraus und steckte es sich in den Mund. Zum Auffrischen ihres Parfums war keine Zeit mehr, aber egal.

Greg war bestimmt schon zur Seite gedrängt worden von den anderen Autogrammjägerinnen, das war ihr nur recht, auf ihn konnte sie gut verzichten. Redete sie sich zumindest ein.

Nach langen Minuten, in denen sich Leandro mit Fans unterhielt, lichteten sich die Reihen etwas. Nur noch eine Frau war vor ihr, dann kam sie an die Reihe.

Endlich war es soweit. Die andere ging selig strahlend zur Seite und Valerie stand direkt vor ihm. Ihr Herz hüpfte wie verrückt herum, als sie ihm die CD reichte.

„Ein tolles Konzert", sagte sie und ärgerte sich sofort, dass ihr nichts Geistreicheres einfiel. So hatten ihn zwölf andere vor ihr sicher auch schon gelobt.

„Danke. Für welchen Namen soll ich signieren?" Seine weiche Stimme machte sie schwindlig.

„Für Valerie!“, hauchte sie und sah fasziniert zu, wie er ihren Namen auf die CD schrieb und ein Herz darunter malte.

„Ein sehr schöner Name.“ Er hatte ein unwiderstehliches Lächeln. „Ich habe dich gesehen, du hast in der ersten Reihe gesessen, stimmt`s?“

Oh mein Gott, Jasmin hatte recht! Leandro hatte sie bemerkt, redete jetzt ganz entspannt mit ihr und lächelte sie an. Es würde der Abend aller Abende werden!

„Ja, ich bin ein großer Fan von dir. Ich habe ein kleines Café und da läuft den ganzen Tag über deine Musik. Weißt du, ich hab` sogar schon ein paar Mal einen Song von dir geträumt.“ Das war ihr jetzt so rausgerutscht. Ein bisschen peinlich war ihr das schon, er hielt sie bestimmt für eine total Irre.

„Wirklich?“, fragte er jedoch und klang ehrlich interessiert. „Um was ging es in dem Lied?“

Sie musste schlucken. „Um einen Helden der Liebe“, krächzte sie. „Eine Textzeile habe ich mir gemerkt, sie ging ungefähr so: *Let me be your hero, oh yes, your personal hero who will risk his life for you, only for you.* “

Leandro wiederholte die Worte stumm, als wollte er testen, wie sie sich in seinem Mund zu Musik umwandeln ließen.

„Da kann man etwas draus machen“, sagte er schließlich, sah ihr tief in die Augen und begann, ein paar Sätze zu singen.

Valerie konnte nicht fassen, dass ihr Traum tatsächlich wahr wurde. So etwas war doch völlig unmöglich! Außer vielleicht, wenn wirklich alle kosmischen Strahlungen mithalfen.

Im vorderen Teil der Kneipe gab es einen Tumult, aber sie nahm die Augen nicht von Leandro. War ihr völlig egal, wenn da irgendwelche Frauen zu viel Prosecco weggekippt hatten und Radau veranstalteten, sie hatte hier gerade ihren echten, persönlichen Star vor sich sitzen. Und er sang für sie!

„*I am your hero of love*“, spann er den Song mit einer wunderschönen Melodie weiter. „*And there is nothing above. Because you know, I`ll protect you, wherever you go, I am your hero, your own brave hero, hero, hero.*“

„Da bist du ja, wusste ich`s doch!“, ließ eine schrecklich laute Stimme Valerie zusammenzucken. Sie fuhr herum. Vor ihr stand Mike, offenbar völlig betrunken, eskortiert von zwei anderen Stiernacken, die ebenso betrunken wirkten. Sie erstarrte. Er sah aus, als wollte er sie zerfleischen!

„Ich will endlich das Geld für meinen Laptop, rück es raus!“, lallte er und kam auf sie zu. Er knallte eine Bierflasche gegen den Tresen, dass sie klirrend ihren Boden verlor und stattdessen scharfkantige Zacken hatte.

Oh Gott, er kam mit dieser Waffe auf sie zu! Ein paar Frauen schrien, doch Valerie blieb wie angewurzelt stehen. Das konnte nicht wahr sein!

„Du verdammte Schlampe!“, schrie er und hob die Flasche über den Kopf. „Ich mach dich fertig!“

Er brachte sie um! Sie musste weg, schnell. Verstecken! Nur wo? Am besten hinter dem Tresen. Sie machte einen Rückwärtsschritt, prallte auf einen Körper. Sah blitzschnell über ihre Schulter. Da stand Leandro. Direkt hinter ihr. Hatte sich so klein gemacht, dass er fast hinter ihrem Rücken verschwand und ihr so den Fluchtweg versperrte. Verdammt!

Sie schob ihn verzweifelt zur Seite, aber er wehrte sich, blieb hinter ihr kleben wie ein ängstliches Kind. Mike kam näher. Nur noch ein Schritt, dann hatte er sie. Und sie konnte nirgends hin!

Er holte aus, sie schrie ihr Entsetzen hinaus. Die Flasche … mit ihren tödlichen Zacken … gleich schlitzte er ihr den Hals auf!

Etwas sauste nach vorne, so schnell, dass sie nur eine einzige, fließende Bewegung wahrnahm. Mike fasste sich an den Hals, der einen Handkantenschlag erhalten hatte, röchelte kurz und fiel wie ein Mehlsack in sich zusammen.

Das war Greg! Er rettete sie!

Mikes Boxerfreunde stürzten von beiden Seiten auf ihn zu, die Hände zu Fäusten geballt, aber sie kamen nicht dazu, ihre rechten Haken einzusetzen. Er verpasste dem linken einen *Zuki* gegen den

Solar Plexus und dem anderen fast gleichzeitig einen seitlichen Fuß-Kick gegen die Brust. Beide gingen zu Boden, doppelter K.O.

„Greg!“, rief Valerie und zitterte am ganzen Körper. Sie sah die Flasche immer noch auf sich zu kommen, die tödlichen Zacken, es war ganz schrecklich! Aber die lag inzwischen zerborsten auf dem Kneipenboden.

Mike hustete, die anderen beiden stöhnten, keiner von ihnen machte aber Anstalten aufzustehen. Der Türsteher lief heran und beugte sich zu ihnen hinunter. Greg hingegen kam auf sie zu, tiefe Besorgnis im Gesicht.

„Bist du okay, Valerie?“ Irgendwie war seine Stimme plötzlich tausendmal weicher als die sanfteste Ballade von Leandro.

Sie konnte nur schluchzen, weil ihre Beine so zitterten, ihr mit einem Mal eiskalt war und ihr Puls immer noch raste.

Aber da war Greg. Machte zwei Schritte auf sie zu, sagte nichts, sondern zog sie einfach nur an sich. Mitten an seine breite Brust, schlang seine Arme um sie und hielt sie fest. Ganz fest. So fest, dass niemand auf dieser Welt ihr wieder etwas anhaben konnte. Sein Körper war warm und straff, ihr Kopf passte genau in die Kuhle neben seinem Schlüsselbein und seine Arme schienen dreimal um sie herumzureichen.

„Alles ist gut“, flüsterte er in ihre Haare hinein. „Ich passe auf dich auf.“

Und plötzlich waren da all diese Tränen, die schon so lange in ihr steckten, und sie stürzten aus ihr heraus, als hätten sie dafür auf genau diese Umarmung gewartet. Ein tief vergrabenes Schluchzen drang nach draußen, durfte endlich hinaus, weil es sie nicht mehr in die Tiefe reißen konnte. So lange war es schon in ihr verborgen, dieses Schluchzen, aber sie hatte es immer unter Verschluss gehalten, ganz nach hinten verdrängt. Aus Angst, es würde sie völlig umhauen und in eine unbändige Trostlosigkeit stürzen, wenn sie es frei ließ. Doch jetzt durfte es sich zeigen. Weil da diese Arme um sie geschlungen waren, die ihr Halt gaben, und dieser starke, große Körper, an den sie sich klammern durfte. Weil sie nicht zersplitterte in tausend Teile wie die Glasflasche, sondern weil Greg sie zusammenhielt mit seiner Anwesenheit.

Ihr war nie klar gewesen, wie sicher man sich bei einem Menschen fühlen konnte. Und was das in ihr auslöste. Die Tränen benetzten Gregs Shirt, aber sie wusste, dass ihm das völlig egal war.

„Dir passiert nichts, nie wieder“, hörte sie ihn sagen und glaubte ihm. Warum auch immer, aber sie vertraute diesem Mann, an dessen Brust sie gerade weinte. Um sie beide herum tobte das Chaos, Frauen liefen durcheinander, irgendwo heulte eine Polizeisirene, der Türsteher schrie die drei Boxer an, die er wohl kannte. Aber Greg verströmte eine so tiefe Ruhe, dass sie sich total geborgen fühlte. Sie schloss die Augen, sog seinen Geruch ein, tauchte in seine Wärme hinab. Es tat so unendlich gut.

Nach einiger Zeit löste sie sich von ihm, wischte sich über die verschmierten Wangen und sah ihn an. Sein Lächeln strahlte heller als der Bühnenscheinwerfer. Bevor sie etwas sagen konnte, drehte er sich jedoch zur Seite, fuhr seinen langen Arm aus und packte einen kleineren, zierlichen Mann am Kragen.

„Sag mal, schämst du dich nicht?“, fuhr er Leandro an, der sich klammheimlich davonschleichen wollte. „Du singst hier was vom Heldentum und verkriechst dich hinter einer Frau, sobald es brenzlig wird? Geht`s noch?“

Leandro versuchte, sich zu befreien, kam aber gegen Gregs Griff nicht an. „Ich … ich war wie gelähmt!“, stammelte er. „Völlig paralysiert!“

„Ach, verzieh dich“, sagte Greg verächtlich und ließ ihn so plötzlich los, dass der heldenmutige Sänger ins Straucheln kam.

Anschließend sah er Valerie an und deutete mit dem Kopf kurz zu Mike, der sich mühevoll aufsetzte. „Du kennst diesen Typen?“

Langsam hörte ihr Zittern auf und ihre Beine hatten wieder festeren Stand.

„Ist mein Ex“, antwortete sie mit brüchiger Stimme. „Der denkt, er kriegt noch was von mir, stimmt aber nicht. Ich schätze, der

Türsteher hat ihn reingelassen.“

Greg nickte. „Wenn du mit so einem zusammen warst, wundert es mich nicht, dass du sanfte Männer anziehender findest. Obwohl …“, er grinste, „… in manchen Situationen sind die nicht sehr hilfreich.“

Sie schaute Leandro nach, dessen Haare zerzaust waren und der jede Ausstrahlung verloren hatte, als er sich jetzt eilig hinter die Bühne verzog. Dann schaute sie Greg an, der sich vor ihr aufgebaut hatte, als wollte er sie mit seinem breiten Rücken gegen all die anderen Menschen in der Kneipe beschützen.

„Du hältst mich bestimmt für eine totale Idiotin“, sagte sie. „Und du hast recht.“ Sie atmete tief durch. Sah sich selbst mit einem Mal ganz anders. Mein Gott, was war sie für ein naives Dummchen gewesen! Hatte Leandro tatsächlich abgekauft, was er vom mutigen *Hero of love* sang. Dabei war das wirklich nur eine Masche, alles fake, Greg hatte das richtig erkannt.

„Quatsch. Aber du kannst mir ja mal erzählen, was der gegen dich hat. Dann überlege ich mir, ob ich beim nächsten Mal noch etwas fester zuschlage.“

Zwei Polizisten kamen in die Kneipe und sahen sich um.

„Was ist hier los?“, fragte einer und wandte sich an Mike, der immer noch taumelte. „Geht es Ihnen gut?“

„Alles okay“, quetschte der heraus.

„Er hat diese Frau mit einer abgebrochenen Flasche bedroht!“, mischte sich jemand ein. „Und wenn der junge Mann nicht dazwischen gegangen wäre, hätte er sie bestimmt verletzt.“

Ein paar andere nickten bestätigend.

„Wir nehmen das alles auf“, sagte der Polizist. „Einen der drei kennen wir ja schon gut.“ Er deutete auf den Freund von Mike, der den Fußtritt abbekommen hatte.

Greg berührte Valeries Arm. „Du bist ganz kalt“, sagte er. „Ich hole dir meine Jacke, dann geben wir unsere Aussagen zu Protokoll und anschließend bringe ich dich heim. Und bilde dir ja nicht ein, du kannst weiter auf dem kalten Fußboden im Café schlafen!“

Sie sah ihm nach, als er sich durch die Menge quetschte, seine Jeansjacke holte und beim Rückweg kurz bei Mike innehielt. Er schien ihm etwas zuzuflüstern, was Mike ziemlich blass werden ließ.

Valerie konnte sich ungefähr vorstellen, was er ihm sagte. Dass er sich von ihr fernhalten sollte, sonst bekam er es mit ihm zu tun oder so etwas in der Art. Greg legte ihr die Jacke, die ihr drei Nummern zu groß war, über die Schultern und griff nach ihrer Hand. Einfach so.

Als sie kurz mit den Polizisten gesprochen hatten und zu seinem Auto gingen, hielt er immer noch ihre Finger in seinen. Irgendwie fühlte sich das so gut an, dass Valerie gar keine Lust mehr hatte, sie loszulassen.

Jasmin würde sicher auf der Stelle tot umfallen, wenn sie das sah. Ein Gedanke blitzte in Valeries völlig durcheinandergewirbeltem Kopf auf: War am Ende Greg derjenige, den Jasmins Tarotkarten prophezeit hatten? Sie sah ihn heimlich an, musterte sein kantiges Gesicht, die Strubbelhaare, den klaren Blick aus seinen Bergseeaugen.

Konnte so ein barscher Muskelprotz, der nicht mal Karamellkakao mochte, derjenige sein, der ihr das große Glück bescherte?

19. Bambis Tränen

Gregor

„Setz dich erst mal hin“, sagte Gregor und schob Valerie behutsam zum Sofa. „Du brauchst was zur Beruhigung. Ich glaube allerdings nicht, dass ich Teebeutel hier habe. Soll ich dir unten schnell einen holen?“

Sie war immer noch total durch den Wind. Und irgendwas an ihr hatte bei ihm einen Beschützerinstinkt geweckt, von dessen Existenz er bisher gar nichts gewusst hatte. Aber als sie an der Theke gestanden hatte, zitternd und kreidebleich, da war er ganz automatisch auf sie zugegangen, er hatte nicht anders gekonnt.

„Das ist nett. Aber ich nehme lieber einen Whisky.“ Sie ließ sich auf die Couch fallen und sah sehr verloren aus in dem schwarzen Leder.

Gregor ging zur Küchenzeile, war aber mit den Gedanken immer noch in der Kneipe. Sie hatte sich an ihn geschmiegt, als wäre er der erste Mensch, der ihr ein wenig Halt gab im Leben. Das war ziemlich überwältigend gewesen. Und noch erstaunter war er über die Tatsache, dass er sie unfassbar gern im Arm gehalten hatte. Dabei war sie weiß Gott nicht auf den Mund gefallen und eine wahre Kämpferin für ihr Häkelcafé. Aber irgendwie waren heute Abend ein paar Mauern eingestürzt, bei ihm und bei ihr.

War das gut?

Verdammt, er konnte nicht klar denken, wenn sie hier in seiner Wohnung war, auch dieses Mal nicht! Der Duft ihrer Haare war immer noch in seiner Nase, gepaart mit einem Hauch Pfefferminz. Er spürte ihre Hände an seinem Rücken, die Wärme ihres Körpers. Nicht auszudenken, dass dieser betrunkene Idiot mit der Flasche sie um ein Haar verletzt hätte. Oder Schlimmeres. Nein, das wollte er sich gar nicht vorstellen.

Er brachte ihr das Glas, stellte seines auf dem Tisch ab, setzte sich neben sie. Und das tat er normalerweise nie, er war nicht scharf auf Körperkontakt. Wenn er anderen Besuch hatte, saß er immer auf dem Einzelsessel. Heute nicht.

„Habt ihr zusammen gewohnt? Wie war das alles mit euch?“, fragte er vorsichtig, weil er vermutete, sie dachte immer noch mit Entsetzen an den Angriff. Vielleicht half es, über den Kerl zu sprechen.

„Hab` ihn in der Praxis kennengelernt“, begann sie nach einem Schluck Whisky. „Vor drei Jahren. Ausgekugelte Schulter. Er war ziemlich beharrlich anfangs, hat mich zum Essen eingeladen, sich für meinen Beruf interessiert. Irgendwie dachte ich, so ist das nun mal, wenn man sich verliebt. Man geht aus miteinander, hat eine gute Zeit, ein paar gemeinsame Interessen.“

Sie zuckte mit den Schultern. Sah ihn dann mit einem entschuldigenden Blick an. „Weißt du, Jasmin hat schon damals gefragt, ob ich sicher bin, dass ich richtig tiefe Gefühle für ihn habe.“

„Hattest du welche?“ Komischerweise fühlte es sich eng an in seiner Brust, als er ihr diese Frage stellte.

„Keine Ahnung. Wahrscheinlich nicht. Es war halt cool, einen Freund zu haben. Auf Partys rumzuhängen, für zwei Leute zu kochen, gemeinsam mal in Urlaub zu fahren. Ich habe da nichts hinterfragt. Irgendwie bin ich wohl nicht so der emotionale Typ.“

Er musste grinsen. „Außer bei Leandros Balladen natürlich.“

Sie nickte stumm. Musterte ihr Whiskyglas, das sie immer noch in der Hand hielt. Es hatte die gleiche wunderschöne Farbe wie ihre Augen. Von wegen nicht emotional. Sie bestand doch nur aus Gefühlen! Und löste auch bei ihm welche aus, was ihn mehr verwirrte als ein *Mawashi Geri* gegen die Schläfe.

„Klingt doof, aber bei den Liedern kam so eine Sehnsucht hoch. Ja, ja, ich weiß, was du gleich sagst: Dass die Sonnenuntergänge doch nur Kitsch sind und so. Aber es ging gar nicht ums Meer oder die Farbe der Sonne. Eher um diese Wehmut.“

Gregor musste schlucken. Auch wenn er mit der Heulboje Leandro nichts anfangen konnte – diese Wehmut kannte er sehr gut. Hätte sie aber nicht benennen können. Wenn ihn so ein Gefühl überkam, griff er zum Alkohol oder rannte zehn Kilometer oder stürzte sich ins Karatetraining. Valerie hingegen lief nicht weg, sie stellte sich dem Gefühl.

Sie hatte recht gehabt mit all ihren Vorwürfen, er war ein echter Feigling in dieser Hinsicht.

„Ich glaube, die meisten Beziehungen laufen so", sagte er. „Man findet sich halbwegs attraktiv, gräbt ein paar Gemeinsamkeiten aus und ist froh, nicht allein zu sein. Auch wenn irgendwo tief drin eine kleine Stimme fragt, ob das wirklich alles ist, was zwischen zwei Menschen passieren kann."

„Geht es dir so mit Britt?", fragte sie geradeheraus und hielt ihn mit ihrem Bernsteinblick fest.

Er musste erst einen Schluck trinken, bevor er antworten konnte.

„Ja", gab er zu. „Obwohl sie ja nicht mal meine Beziehung ist. Ich habe hin und wieder Spaß mit ihr, aber das war`s dann auch schon. Schätze, ich bin eher der Typ, der allein lebt."

„Der einsame Wolf?" Sie lächelte und sah dabei so verdammt zerbrechlich aus, dass er sie am liebsten schon wieder in den Arm genommen hätte.

„Gut möglich." Seine Stimme war rau.

Was machte Valerie mit ihm? Sie saß nur hier, breitete ein klein wenig ihre alten Gefühle und Sehnsüchte aus, und er wusste nicht mehr, wie er seine Hände von ihr fernhalten sollte. Zum ersten Mal im Leben dachte er in Anwesenheit einer Frau auf seinem Sofa nicht an Sex.

Okay, sie sah natürlich heiß aus in dem Jeans-Mini und dem körperbetonten Oberteil, aber er hatte viel mehr Lust darauf, ihr eine Locke hinters Ohr zu streichen. Das hatte es noch nie gegeben! Verflixt, was war nur mit dem einsamen Wolf in ihm passiert, hielt der gerade Siesta wie ein räudiger Kojote unter mexikanischer Sonne?

„Und dann seid ihr irgendwann zusammengezogen?“, brachte er die Unterhaltung wieder in sicheres Fahrwasser.

„Genau. Er hat dann aber seine Stelle verloren, sich mit Hilfsjobs durchgeschlagen, war ewig unzufrieden. Irgendwann hat er mit dem Boxen angefangen, ist in seltsame Kreise gerutscht.“ Sie atmete tief durch, strich ihren Rock glatt, sah dann wieder auf. Erneut direkt in seine Augen.

„Vor ein paar Monaten kam er besoffen heim. Es gab Streit und er … er …“ Es fiel ihr schwer weiterzusprechen, aber sie kämpfte sich durch die Erinnerung. Oh ja, sie war wirklich eine tapfere Frau. „Er hat mich geschlagen. Ins Gesicht. Ich prallte gegen eine Wand, hatte Prellungen. Es war so schlimm, Greg! Nicht die Schmerzen, sondern wie er plötzlich auf mich losging, aus dem Nichts!“

Ihre Augen schimmerten feucht, sie wollte es verbergen, drehte sich von ihm weg. Er wollte nicht, dass sie weinte, nie mehr sollte das geschehen.

Fuck, er hätte diesen Mike am liebsten jetzt sofort in alle Einzelteile zerlegt. Wie konnte er einer Frau wie ihr das antun? Seine Arme prickelten, wenn er nur an den Mistkerl dachte.

„Er wird dir nie mehr zu nahe kommen, das verspreche ich dir“, sagte er leise. Und irgendwie war seine Hand dann plötzlich an ihrer Schulter, um sanft darüberzustreichen.

„Was hast du zu ihm gesagt?“ Ihre Finger lagen auf seinem Knie. Wahrscheinlich tat sie das total unbewusst, merkte es nicht mal. Er hingegen merkte es sehr wohl. Die Wärme ihrer Hand verteilte sich wie flüssiges Karamell in seinem Körper, strömte bis in den letzten Winkel, brachte seinen Schritt zum Pulsieren, konzentrierte sich aber am meisten in seinem Herz.

„Dass er es nicht überleben wird, wenn er dir noch ein einziges Mal über den Weg läuft. Weil ich weiß, wie man einen Mann mit nur einem einzigen, gezielten Schlag ins Jenseits befördert. Und zwar so schnell, dass er nicht mal um Hilfe rufen kann.“ Es war nicht gelogen, er hatte diese Fertigkeiten. Bei Mike würde er sogar einen Kehlkopfschlag einsetzen, das hätte der Scheißkerl verdient.

„Ich muss keine Angst mehr haben, dass er mir irgendwo auflauert?"

Der Schreck saß ihr verständlicherweise noch in den Knochen. Wahrscheinlich auch die Angst der letzten Wochen. Er hätte viel dafür gegeben, ihr beides nehmen zu können.

„Glaub mir, ich kann sehr überzeugend sein."

Sie nickte langsam. Schwieg. So lange, dass er schon ganz unruhig wurde. Er ertappte sich dabei, Angst zu haben, dass sie jetzt aufstehen und nach unten gehen würde. Das wollte er nicht. Er wollte nicht mal, dass sie ihre warme Hand von seinem Knie nahm.

„Es tut mir leid, dass ich so ein Arschloch war, Valerie", entfuhr ihm. Zum ersten Mal sprach er bewusst ihren Namen aus und er mochte den Klang. Die Buchstaben glitten über seine Zunge wie die cremige Füllung der Quittenquarkschnitte und hinterließen einen ebenso harmonischen Geschmack. Am liebsten hätte er ihren Namen noch weitere drei Mal gesagt, einfach, um sich an den Klang zu gewöhnen, aber er wollte sich nicht vollends zum Idioten machen.

Sie sah auf. „Was meinst du?"

„Ich habe den starken Mann rausgekehrt. Dich ausgelacht wegen Leandro und dass du auf Weicheier stehst. Dabei ist das total verständlich nach dieser Erfahrung."

Ein Lächeln breitete sich auf ihrem Gesicht aus. „Und das aus deinem Mund!", sagte sie. „Hätte nicht gedacht, dass Selbsterkenntnis zum Schwarzgurt-Repertoire gehört."

Er mochte ihren Humor. Und sie auch, fiel ihm gerade auf. In seiner Brust war mit einem Mal ein Kachelofen. Einer, wie ihn Philomena damals in ihrem alten Haus gehabt hatte, an den man sich im Winter ranschmiegt, der der Lieblingsplatz der Katze ist und auf den man im Sommer selbstgepflückte Wiesenblumen in einer bunten Vase stellt.

„Und wie das dazugehört!", erwiderte er. „Wir haben schließlich alle unsere Vergangenheit. Oder irgendwelche Gründe, warum wir so geworden sind."

„Was sind deine?" Sie rückte ein Stück zur Seite, um ihn besser anschauen zu können. Was schade war, denn dadurch verabschiedete sich ihre Hand von seinem Knie. „Was hat dich zum harten Kerl gemacht?“

Gregor zögerte.

Er hatte noch nie mit irgendjemandem darüber gesprochen. Nur mit Philomena natürlich, aber die hatte es sicher nicht weitererzählt.

Doch nun saß er hier mit Valerie und wusste nicht mal, was das war zwischen ihnen. Eine gute Freundschaft? Oder nur eine seltsame Zweckgemeinschaft, begründet durch den gemeinsamen Kampf ums Erdgeschoss beziehungsweise durch die Ereignisse heute Abend?

Oder war da sogar mehr? Der Kachelofen jedenfalls heizte sich gerade ziemlich auf.

Eines wusste er aber ganz genau: Sie hatte ihm großes Vertrauen entgegengebracht, indem sie so viel von sich erzählt hatte. Von ihren Ängsten und Sehnsüchten. Da konnte er doch nicht eine Maske aufsetzen und ihr irgendeine Lügengeschichte auftischen. Nein, er musste ihr sagen, wie das damals gewesen war.

Erst einmal genehmigte er sich noch einen Schluck Whisky, dann räusperte er sich. „Du wirst wahrscheinlich lachen, wenn ich dir die Geschichte erzähle.“

Valerie sah ihn nur an, mit einem Blick, der ihm verriet, dass sein Geheimnis bei ihr gut aufgehoben war. „Ganz sicher nicht“, sagte sie und er glaubte ihr.

„Okay. Wo fange ich an? Eigentlich ist es ja schnell erzählt. Ich war als Kind ziemlich sensibel. Kann man sich jetzt nicht recht vorstellen, schon klar.“

Er wartete darauf, dass sie loskicherte oder eine Bemerkung machte, aber sie blieb ernst. Legte ihre wunderbare Hand wieder auf sein Knie, was die Glut anfachte, aber es ihm auch erleichterte, weiterzureden.

„Noch in der Grundschule war ich ein richtiges Weichei. Habe sogar manchmal mit den Mädchen gespielt. Na ja, und dann kam dieser verflixte Tag, wo die Lehrerin ausgerechnet einen Disneyfilm mit uns anschauen musste."

„Einen Zeichentrickfilm?", fragte sie überrascht.

„Ja, total peinlich, schon klar. Es war Bambi. Kennst du sicher nicht, ist ein uralter Film. Na, jedenfalls erschießt der Jäger Bambis Mutter. Und das Kitz steht dann da, ganz allein. Diese Disneyleute haben ihm Tränen in die Augen gezeichnet und es hat die ganze Zeit verzweifelt nach seiner Mutter gerufen, volles Programm halt."

Scheiße, war das erbärmlich! Wieso hatte er nur angefangen, diesen Mist von früher zu erzählen? Das führte doch nirgendwohin, das war total …

„Und dann hast du geweint", hörte er Valerie leise sagen. Nicht mal als Frage, sondern als Feststellung.

„Woher weißt du das?", fragte er verwundert.

„Das kann ich spüren, Greg. Aber erzähl weiter, was ist dann passiert?"

Es fiel ihm schwer. Normalerweise schob er diese Phase seines Lebens ganz weit weg. Aber er war ein tougher Karateka, er würde sich da jetzt durchkämpfen.

„Sie haben mich ausgelacht. Alle. Sogar die Mädchen. Ja, die sogar ganz besonders. Ab diesem Moment hatte ich einen Spitznamen. Ich hieß nicht mehr Gregor, sondern nur noch `die Heulsuse`."

Verdammt, es tat immer noch weh, daran zu denken. Um sich abzulenken, starrte er auf das Muster im Parkett, aber da war mit einem Mal eine zarte Berührung. Valeries Finger. Sie lagen an seiner Wange, verweilten dort einen langen Moment, strichen anschließend zärtlich durch sein Haar.

Gregor vergaß zu atmen. Vielleicht auch zu denken, denn ihm fiel überhaupt nicht mehr ein, wie die Geschichte weiterging. Tausend kleine Stromschläge fuhren durch seinen Körper, die Erinnerungen an damals verblassten, er spürte nur noch Valerie. Roch ihren Duft, fieberte ihren Berührungen entgegen, konnte kaum noch normal atmen.

„Deshalb hast du dann beschlossen, einen harten Kerl aus dir zu machen“, vermutete sie.

Er nickte langsam, hatte mit tausend Gefühlen zu kämpfen, die gerade auf ihn einstürzten. Das ging so nicht, er musste sich zusammenreißen! Und als Erstes die Geschichte fertigerzählen, das konnte doch nicht so schwer sein.

„Es hielt über Jahre an. Ein paar Mitschüler der Grundschule gingen dann auch auf die weiterführende. Und haben mich gleich entsprechend vorgestellt. `Das ist unsere Heulsuse`, haben sie der neuen Klasse erzählt und die hat sich natürlich draufgestürzt, obwohl sie nicht mal genau wussten, worum es ging. Na ja, dann habe ich irgendwo im Fernsehen mal ein Stück von Karate Kid gesehen und war total fasziniert. Hab trainiert wie verrückt. Ich wollte so stark werden, dass mich nie wieder jemand auslacht.“

„Ach Greg!“, flüsterte sie und plötzlich war da ihr Arm um seinen Nacken . Irgendwie landete sein Kopf auf ihrer Schulter und Valeries Wärme umfing seinen ganzen Körper. Wie eine kleine Frau es schaffen konnte, einen Schwarzgurt, dritter Dan, an sich zu ziehen, wusste er nicht und es war ihm egal. Sie hielt ihn fest, streichelte seinen Rücken, fuhr mit den Fingern durch sein Haar. Ihre Hände waren überall und nirgends, ließen ihn erbeben vor lauter Stromstößen, wenn er sie spürte, und zittern vor Sehnsucht, wenn sie sie von ihm wegnahm.

Die Mauer, die er über Jahre so mühsam um sein Herz errichtet hatte, zerbröselte Stein für Stein. Das machte ihn schrecklich verletzlich, so sehr sogar, dass die Angst ihn lähmte. Unbeweglich verharrte er in Valeries Umarmung und spürte, wie sich ein mächtiger Wunsch in ihm bildete. Einer, der völlig abstrus war, aber sich nicht mehr zurückdrängen ließ. Er wollte mit Valerie zusammen sein. Ja, er wollte sogar sein Herz öffnen und sie ganz nah an sich heranlassen, viel näher als jeden anderen Menschen zuvor.

Gregor suchte nach Worten, wusste überhaupt nicht, wie er reagieren sollte, alles war so neu und intensiv. Und er so ein Versager. Was wollte eine Frau wie Valerie eigentlich mit ihm? Er löste sich ein paar Zentimeter von ihr, sah sie an.

„Ich sollte jetzt etwas Tolles sagen, aber ich bin in so was ganz mies", gab er zu. „Leandro könnte das sicher besser."

Valerie lachte leise, fuhr aber fort, über seinen Rücken zu streichen. „Er ist ein Depp", sagte sie trocken.

Grinsend hob er seinen Kopf. „Na ja, zumindest Gitarrespielen kann er. Ist doch schon mal was."

Ihre Miene wurde ernst. „Ich habe das ganze Konzert über nur an dich gedacht", sagte sie unvermittelt. „Habe dich immer vor mir gesehen, dein Lächeln, deine Augen. Oder wie du neulich hier die Dehnübungen gemacht hast."

Sein Mund war trocken und sein Atem ging plötzlich so schnell, als würde er auf der Kampfmatte bei einer *Kumite*-Meisterschaft stehen. Er hatte Valerie in der Kneipe die vollen drei Stunden nicht aus den Augen gelassen. Jede einzelne Bewegung beobachtet. Sich überlegt, welcher Song ihr wohl am besten gefiele und ob sie sich eine Liebesnacht mit Leandro ausmalte. Bei dem Gedanken war alles in ihm erstarrt und seine Brust hatte geschmerzt wie verrückt.

„Aber wieso?", musste er fragen. „Du magst doch gar keine Typen wie mich. Weißt du, ich werde niemals Gedichte schreiben können oder so was, das ist einfach nicht mein Ding. Irgendwie bin ich ja schon einer dieser maskulinen Typen und wahrscheinlich oft total barsch oder unsensibel und ganz sicher vergesse ich den Valentinstag."

Sie sah ihm in die Augen. Mit diesem eigenartig leichten Lächeln im Gesicht, das sie auch beim Häkeln hatte.

„Du bist ein Mann, der sich ernsthaft dafür einsetzt, Roberta und ihre Freundinnen stärker zu machen, damit ihnen nichts mehr passiert", erklärte sie mit ruhiger Stimme. „Du hast einen Pinguin aufbewahrt, den dir Philomena geschenkt hat. Und du bist in ein Konzert gegangen, das für dich bestimmt eine Qual war. Also ein echter Macho bist du eigentlich gar nicht. Obwohl ich immer noch nicht so recht weiß, warum du heute im Roxy warst."

„Na, irgendwer musste ja auf dich aufpassen", schob er als

Begründung vor. Was hätte er ihr sagen sollen: Dass er es eigentlich keinen Abend ohne sie aushielt? Dass er seit Tagen auf Philomenas Sofakissen eifersüchtig war, weil sie das so liebevoll berührt hatte? Dass er jede Nacht schlaflos im Bett lag, weil er sich wünschte, sich neben sie auf die rosafarbene Luftmatratze zu quetschen und dem Brummen des Kühlschranks zu lauschen?

Ihr Blick ruhte immer noch auf seinem Gesicht, weil sie auf eine richtige Antwort wartete.

„Ich wollte ihn sehen", gab er letztendlich zu. „Den Kerl, der dir so gut gefällt. Ja, das ist lächerlich, ist mir schon klar. Ich musste einfach schauen, was genau dich so fasziniert an einem Mann."

Valerie schwieg. Ziemlich lange sogar. Ihre Augen schimmerten warm und ihre Hand, die auf seinem Rücken lag, schickte nach wie vor ganze Lavaströme durch seinen Körper.

„Ich habe noch gar nicht Danke gesagt, glaube ich", sagte sie ganz leise. „Für meine Rettung. Aber auch – wie soll ich sagen – dafür, dass du danach für mich da warst. Immer noch bist." Ihre Stimme zitterte ein bisschen. „Ich habe das noch nie erlebt, dass sich jemand so um mich sorgt. Es ist … na ja … es zieht mir gerade ziemlich den Boden unter den Füßen weg."

Sie wirkte ein bisschen hilflos, als sie ihn jetzt anschaute. Und verwirrt. Wie ein kleines Mädchen, das sich verlaufen hat und nicht mehr aus dem Wald findet, aber vielleicht auch gar nicht weiß, ob es überhaupt hinaus will oder ob es nicht doch recht spannend sein könnte unter all den mächtigen Tannen.

Plötzlich überkam ihn ein unbändiges Verlangen, sie zu küssen. Ganz anders, als er es jemals gespürt hatte. Klar hatte er schon ein paar Frauen geküsst, immer hart und hungrig, wenn er heiß auf Sex gewesen war. Oder auch mal aus Versehen danach, weil er kein Blut mehr im Kopf hatte, so wie kürzlich nach dem Britt-Akt auf dem Tisch. Aber niemals war ihm in den Sinn gekommen, langsam und zärtlich die Lippen einer Frau zu erkunden.

Sein Herz hämmerte wie bei einem Training mit Nishimura, aber er konnte nicht anders. Er sah ihr in die Augen, legte seine Hand in ihren Nacken und beugte sich zu ihr hinab. Und dann – dann schloss er seine Augen und küsste sie. Ganz zart berührte er ihren Mund, der ihm bereitwillig entgegenkam.

Mit einem Mal veränderte sich alles. Er spürte nicht mehr ihre Hand an seinem Rücken oder ihre Haare, die ihm eben noch über seine Finger gefallen waren, nicht mehr seinen polternden Herzschlag oder das kühle Leder des Sofas. Da waren nur noch ihre Lippen, von denen er nicht genug kriegen konnte, die so weich waren und so herrlich schmeckten und sich so irrsinnig gut anfühlten. Er versank kopfüber in diesem Kuss. Tauchte hinein, als wäre er vom Zehnmeterbrett in einen Pool gehüpft. Und irgendwie stimmte das ja.

20. Rührei-Gespräche

Valerie

Wow, konnte dieser Mann küssen! Valerie wollte nie wieder etwas anderes spüren als seine Lippen auf ihren. Alles war vergessen, das Konzert, Mike, ihr Hass auf Muskelprotze, es zählte nur noch Gregs Berührung. Sein Kuss, der sie in eine andere Welt entführte, sollte niemals enden. Und seine Hände nie aufhören, sich in ihr Haar zu graben, sein Körper nicht mal einen Millimeter von ihr weichen. Alles war perfekt!

Irgendwann löste er sich dann doch ein winziges Stück von ihr, nahm seine Hände aber nicht weg.

„Was machst du mit mir?“, sagte er mit heiserer Stimme, die ihr schon wieder einen Schauer über den Rücken jagte.

Sie konnte nicht reden, musste wieder ganz nah an ihn heranrutschen, sich an seinen großen Körper schmiegen. Was ja vielleicht auch eine Antwort war.

In ihrem Inneren wirbelte alles umher. Viel zu viele Eindrücke waren es an diesem Abend, viel zu viele Emotionen. Wie konnten all diese Dinge nur innerhalb weniger Stunden passieren? Erst ihr lang ersehntes Lieblingskonzert, danach Leandro, der für sie sang. Mikes schrecklicher Angriff, bei dem sie wirklich gedacht hatte, er würde sie umbringen, Leandros feige Flucht. Und Gregs mutiges Eingreifen.

Wie ein Orkan tobten all diese Momente in ihr, schüttelten sie ordentlich herum, ließen kein Blatt mehr auf dem andern liegen. Aber es gab einen Ort, an dem der Sturm schwieg, wo die ganze Welt und am meisten sie selbst zur Ruhe kam. In Gregs Umarmung.

„Es ist total verrückt“, sprach sie aus, was sie sich dachte. „Ausgerechnet du! Wo ich doch gewettet hätte, du stehst überhaupt nicht auf Küssen oder Kuscheln oder solche Sachen."

„Tu ich auch nicht", erwiderte er. „Bisher zumindest nicht. Ehrlich gesagt, verstehe ich das auch nicht recht."

Sie wusste nicht, ob sie lachen oder ihn in die Seite knuffen sollte. Alles war so neu, so aufregend und doch so vertraut. Sie hatte keine Ahnung, wo hier in der Wohnung das Bad war oder wann Greg Geburtstag hatte, und doch gab er ihr das Gefühl, dass sie sich schon ewig kannten.

„Was für ein Tag", sagte sie. „Ich bin richtig erschlagen. Kommt halt auch nicht so oft vor, dass man seinen Superstar im Konzert sieht, von einem Idioten fast den Hals aufgeschlitzt bekommt und dann noch seinen heldenhaften Karate-Ritter küsst."

Ein Lachen brach plötzlich aus ihr heraus, weil die ganze Situation so total unfassbar war. Und auch, weil ihr einfiel, dass Jasmin einen Herzinfarkt bekommen würde, wenn sie das Ganze erfuhr. Bisher hatte sie der Freundin noch gar nicht Bescheid gegeben. Sie erzählte Greg von den Tarotkarten und dem Horoskop und allem anderen Hokuspokus, von dem Jasmin ihre Prophezeiungen erhielt.

Greg grinste. Sie hätte hineinkriechen können in dieses Lächeln, so sehr liebte sie es. Und ihn womöglich auch, so verrückt diese Vorstellung auch war.

„Sie hatte ja recht", erwiderte er und strich ihr eine Haarsträhne hinters Ohr. „Du hattest schließlich großes Glück. Leandro hat für dich gesungen und du liegst jetzt nicht im Krankenhaus."

„Ich sehe ihn immer noch auf mich zukommen, wenn ich daran denke", gab Valerie zu. „Da war so viel Hass in seinen Augen. Er hätte es getan, oder? Sag ehrlich, Greg, du hast da mehr Erfahrung. Hatte er mich umgebracht?"

Er zögerte. Seine Kiefermuskeln mahlten, und sie konnte sich ungefähr vorstellen, was das bedeutete. „Schwer zu sagen. Vielleicht wollte er dir nur einen Schreck einjagen."

„Du willst mich nur beruhigen, stimmt`s?" Valerie konnte immer noch nicht fassen, wie es ohne Gregs Eingreifen ausgegangen wäre.

„Aber Fakt ist, dass ich hier nur gesund sitze, weil du da warst.“

„Keine große Sache“, brummte er.

Eine bleierne Müdigkeit senkte sich allmählich über Valerie. Sie konnte nicht mehr nachdenken, was eigentlich gerade mit ihr passierte, stattdessen musste sie ausgiebig gähnen.

„Du solltest langsam mal ein bisschen Schlaf kriegen“, kommentierte Greg.

Sie dachte an ihre Luftmatratze. An den harten Boden, den ratternden Kühlschrank, die dünne Glasscheibe der Fenster. Gott, wenn Mike statt in die Kneipe ins Café gekommen wäre und die Tür eingeschlagen hätte …

„Valerie, du bleibst natürlich hier bei mir“, sagte Greg, der offenbar in ihrem Gesicht gelesen hatte. „Ich lass dich doch nicht alleine.“

Sie zögerte. So schön sie es sich vorstellte, neben ihm einzuschlafen – er war ein Kerl. Und Kerle legten sich nicht einfach neben eine Frau ins Bett, die wollten mehr und auch wenn sie ihn unfassbar sexy fand, hatte sie heute einfach keine Energie mehr für irgendwelchen Matratzensport.

„Keine Angst, ich werde mich wie ein Gentleman benehmen“, sagte er. „Du brauchst erst mal Ruhe, um das alles zu verkraften, ist doch klar. Ich will nur einfach, dass ich in deiner Nähe bin, falls du nicht schlafen kannst oder Albträume hast.“

„Gehört Gedankenlesen auch zur Schwarzgurtprüfung?“, fragte Valerie.

Er lächelte. „Klar, frag mal Thore. Er hat eine besondere Auszeichnung für Empathie bekommen.“

Es war wunderbar, mit ihm herumzualbern. Trotz all der Vorfälle von heute ein Stück Leichtigkeit zu spüren.

„Zeigst du mir dein Badezimmer?“, fragte sie und musterte ihn genau, als er aufstand.

Sie mochte die Art, wie er sich bewegte. Auch sein kantiges Kinn mit den Bartstoppeln, die beim Küssen so toll gekribbelt hatten. Seine strubbeligen Haare hatten ihr von Anfang an gefallen und an seinen Augen, die jetzt die Farbe von Mondsteinen hatten, konnte sie sich nicht sattsehen.

Hatten die Tarotkarten das alles vorhergesehen und Greg gemeint?

Immer noch verwirrt stand Valerie auf und folgte ihm durch den Flur. Er zeigte ihr das Bad und holte von unten ihre Tasche, während sie sich frisch machte.

Eine Viertelstunde später schlüpfte sie in ihrem Schlafshirt unter die Decke seines niedrigen Futonbettes. Erneut musste sie gähnen.

„Ich bin wirklich fertig“, sagte sie, spürte aber trotzdem ein deutliches Pochen in ihrem Unterleib, als sie Gregs warmen Körper neben sich spürte. Zum Glück trug auch er einen Shorty-Pyjama. Ein wenig neugierig war sie ja schon, was sich wohl unter der kurzen Hose verbarg, aber heute wäre das einfach zu viel. Ihre Augen brannten, ihr Kopf tat weh und auch der Rest ihres Körpers schrie nach Ruhe.

„Entspann dich“, raunte Greg ihr zu. „Bei mir bist du sicher.“

Er lag auf dem Rücken, hatte einen Arm einladend ausgebreitet. Valerie konnte nicht mehr denken, nicht mehr abwägen, nicht mehr vernünftig sein. Sie schmiegte sich an ihn, legte ihren Kopf auf seine Brust und seufzte wohlig, als Greg seinen Arm um sie legte. Sie hörte sein Herz schlagen, ganz ruhig und regelmäßig, fühlte die Wölbung seiner Brustmuskeln unter ihrer Hand. Spürte, wie er ihr einen Kuss in die Haare hauchte. Und mit einem Mal war die Welt da draußen gar nicht mehr kalt und rau, war sie selbst keine Versagerin mehr, war alles ganz leicht und warm und wundervoll. Der Takt seines Herzschlags ließ sie hinübergleiten in den Schlaf und sie ließ es einfach zu. Es gab schließlich keinen besseren Ort auf der Erde als genau hier.

*

Als Valerie die Augen aufschlug und in die Sonne blinzelte, wusste sie erst gar nicht, wo sie war. Es roch nach Kaffee und nach

Männerduschgel. Noch etwas benommen schaute sie sich um und wusste auf einmal wieder, wo sie war.

Es war also kein Traum gewesen?

Sie schälte sich aus der Bettdecke und tappte zur Küchenzeile, wo Greg gerade drei Eier in die Pfanne schlug. Als er sie sah, drehte er sich ihr zu, ein Strahlen im Gesicht, das die Junisonne neidisch machen könnte.

„Hast du gut geschlafen, Häkel-Fee?", neckte er sie. Und noch bevor Valerie sich Gedanken machen konnte, wie man sich in so einer Situation wohl am besten begrüßt, beugte er sich schon zu ihr runter und küsste sie auf den Mund.

War kein schlechter Start in den Tag! Wenngleich Rührei für sie natürlich nicht infrage kam, sie aß immer was Süßes zum Frühstück.

„Hast du auch Müsli und Naturjoghurt?", fragte sie mit Blick auf den Herd.

Greg verschränkte die Hände vor der Brust, mitsamt dem Pfannenwender, was ziemlich witzig aussah. „Das hier ist ein Männerhaushalt. Nur, weil ich jetzt die festen Maschen und halben Stäbchen beherrsche, heißt das noch lange nicht, dass ich auf meine Eier verzichte."

„Verstehe." Sie lachte. „Würde ein Apfel auch deine Maskulinität untergraben oder ist der zulässig?"

Grinsend ging er zum Kühlschrank und warf ihr dann eine Orange zu. Die ihr glatt aus der Hand rollte, sodass sie sie auf allen Vieren unterm Küchentisch hervorholen musste.

„Ist ein netter Anblick", kommentierte Greg ihr Hinterteil. „Daran könnte ich mich gewöhnen."

„Gestern warst du viel weniger Macho", sagte Valerie grinsend und krabbelte mit ihrer Beute hervor.

„Mag sein, aber in einer Stunde stehe ich wieder als allwissender *Sensei* vor der Anfängertruppe. Da muss ich rechtzeitig meinen Weichei-Modus abschalten, ist doch klar. Man hat schließlich Erwartungen an mich." Er goss großzügig Chilisoße über seine

Rühreier.

„Hast du manchmal Superheld-Phantasien?“, neckte sie ihn.

„Was heißt da Phantasien: Bin ich denn keiner?“

„Meiner auf jeden Fall. Zumindest dann, wenn du mit der Häkelnadel kämpfst.“

Er kippte das Rührei auf einen Teller und setzte sich zu ihr an den Tisch. „Gib`s zu, niemand häkelt so sexy wie ich.“

„Richtig. Das werde ich dann am besten ganz laut erwähnen, wenn du im Dojo deine Anweisungen gibst, oder?“

Sie lachten beide fröhlich.

Wie einfach das alles war mit Greg! Valerie wäre am liebsten hinausgelaufen und hätte die ganze Welt umarmt, weil sie sich so schwebend leicht und flatterglücklich wie ein Schmetterling fühlte. Es war völlig anders als damals mit Mike. Viel intensiver. Tiefgehender. Kein fader Kompromiss, keine halbherzigen Gefühle, die auf kleiner Flamme dahinschmorten, sondern echtes Feuer.

„Bist du bereit?“, fragte Greg, als sie ihr Obst und ein Toastbrot mit Honig gefuttert hatte.

Überrascht sah sie ihn an. Wollte er sie einladen zu einem kleinen, morgendlichen Intermezzo, bevor er hinunter ging zu seinen Schülern? In ihrem Bauch und etwas tiefer begann es ordentlich zu kribbeln, als sie sich das vorstellte.

„Du hast heute Training“, setzte er nach und schaute sie an, als könnte er schon wieder lesen, was in ihrem Kopf gerade vorging.

Ja klar! Heute war Sonntag. Das hatte sie total vergessen. Schnell suchte sie in ihrer Tasche, die er gestern heraufgeholt hatte, irgendwelche bequemen Sachen heraus und ging mit ihm zusammen die Treppe hinunter. Er schloss die Cafétür auf und stellte wie üblich den Türschnapper ein, sodass die Meute hereinkommen konnte. Als Erste stürmte Jasmin in die Halle und direkt auf Valerie zu.

„Süße, du bist wirklich grausam!“, begrüßte Jasmin sie. „Hast dich überhaupt nicht gemeldet, dabei habe ich auf Kohlen gesessen und ständig auf mein Handy …“ Sie hielt mitten im Redefluss inne, neigte den Kopf zur Seite und musterte Valerie so genau, wie sie es zur Qualitätskontrolle ihrer Cupcakes tat.

„Du strahlst ja total!“, rief Jasmin aus. „Du liebe Zeit, es hat also wirklich geklappt? Du schaust nämlich aus, als hättest du eine Tausend-Watt-Birne verschluckt und dir jemand das allerbreiteste Lächeln angeknipst.“

Valerie grinste noch ein wenig breiter. Dass es so offensichtlich war, hätte sie zwar nicht gedacht, aber egal. Es war längst überfällig, ihrer Freundin alles zu erzählen. Falls sie mal irgendwann zu Wort kam, denn Jasmin sprudelte förmlich über.

„Ich hab`s doch gewusst, dass die Tarotkarten sich nicht irren, niemals. Du und Leandro, ihr seid füreinander geschaffen! Hach, das ist so toll, ich bin selbst ganz aufgeregt. Erzähl doch endlich, habt ihr euch nach der Show getroffen? Und hat er vielleicht sogar für dich gesungen?“

„Das hat er tatsächlich, aber weißt du, es ist dann …“ Weiter kam sie nicht, weil Jasmin völlig aus dem Häuschen war. Inzwischen waren auch die drei Cousinen eingetroffen, wieder stilecht in ihren Karateanzügen. Manuel kam ins Dojo, ebenfalls im weißen Gi, aber zum Glück ohne Ratte. Das störte Jasmin alles nicht, sie war offenbar völlig gefangen in ihren Glaskugel-Prophezeiungs-Phantasien.

„Du hast also den Mann deines Herzens gefunden, wie wunderbar! Hat er dich geküsst?“ Ihre Stimme wurde noch höher, als sie sowieso schon war. „Oh ja, das hat er ganz bestimmt, ich kann es fühlen. Du hast die Aura einer Frau, die frisch geküsst wurde. Er ist bestimmt himmlisch zärtlich, dein neuer Schatz, oder?“

Langsam gefiel Valerie das Ganze. „Oh ja, das ist er“, erwiderte sie und versuchte, halbwegs ernst zu bleiben. „Wir haben uns lange unterhalten, außerdem ist er wirklich ein Held.“

„Dein *Hero of Love*!“, schwärmte Jasmin. „Sag schon, habt ihr die Nacht miteinander verbracht?“ Sie klang recht atemlos bei dieser Frage.

Valerie nickte ganz langsam.

„Ich habe tatsächlich bei meinem Superhelden übernachtet", sagte sie. „Und er macht mich sehr glücklich."

Jasmins Augen strahlen. „Wie toll! Du und dein Schatz und seine Gitarre!"

„Nicht ganz", korrigierte Valerie. „Ich und mein Schatz und sein Gi. Den hat er gerade angezogen." Greg betrat die Halle.

„Hä?" Jasmin sah aus wie ein Mensch gewordenes Fragezeichen. „Du redest wirres Zeug. War wohl doch zu viel Sekt gestern Nacht? Ach Mönsch, jetzt kommt schon wieder unser Folterknecht daher. Der verbietet uns wieder das Reden, total lächerlich, findest du nicht?"

„Ooch, mit mir redet er durchaus." Valerie lächelte Greg an, hatte aber ernsthaftes Herzrasen dabei. Wie würde er reagieren? Sicher wollte er nicht, dass alle Schüler die Sache zwischen ihnen mitbekamen. Sie musste versuchen, sich zusammenzureißen und ihn nicht anzustrahlen. Funktionierte nur leider nicht gut, denn er kam direkt auf sie zu.

„Alles klar bei euch Damen?", fragte er in die Runde und die drei Cousinen nickten freudig.

Jasmin hingegen zog die Stirn in Falten. „Gib uns noch zwei Minuten, ich muss dringend wissen, wie Valeries erster Kuss mit dem Mann ihrer Träume war!"

Greg zwinkerte Valerie zu. „Ah, Frauengespräche, ich verstehe. Allerdings könnten wir die Unterhaltung deutlich abkürzen und mit dem Training beginnen, wenn wir das einfach vorführen. Stimmt`s, Valerie?"

„Sehr gerne." Sie machte einen kleinen Schritt auf ihn zu, konnte immer noch nicht glauben, dass er das wirklich durchzog.

Aber er tat es. Zog sie an sich, hielt sie fest, als wäre er zum Judo gewechselt, und drückte ihr einen innigen Kuss auf die Lippen.

Als Valerie trotz ihrer weichen Knie schaffte, sich umzudrehen, starrte Jasmin sie an, als hätte sie eine Geistererscheinung gehabt.

„Oh Gott, ich träume", kiekste sie und war ziemlich blass um die

Nase. Sie machte zwei Schritte nach hinten und lehnte sich an die Wand der Halle. „Der Tee gestern – da stand schon was drauf von halluzinogener Wirkung, aber ich dachte …“

„Wie wunderbar!“, übertönte Robertas Stimme sie. Friederike und Ottilie stimmten ebenfalls in den Jubel mit ein. „Wir haben uns das doch gleich gedacht, dass das was wird“, rief Ottilie.

„Ja, von Anfang an!“, ergänzte Friederike. „War ja nicht zu übersehen, es hat im ganzen Dojo geflirrt, wenn ihr beide euch angeschaut habt. Und ich habe einen Kuchen gewonnen!“

„Wie bitte?“, krächzte Jasmin und schaute von einer der alten Damen zur anderen.

Roberta nickte. „Wir haben gewettet, wie lange es dauert, bis Valerie und der *Sensei* endlich zusammenkommen. Die gegenseitige Anziehung war ja fast greifbar. Friederike hatte auf diese Woche gesetzt und damit einen Kuchen gewonnen.“

„Aber die passen doch gar nicht zusammen! Er ist ein Muskel-Macho, außerdem kann er weder singen noch häkeln.“ Jasmins Stimme überschlug sich fast.

„Ach Kindchen“, sagte Ottilie und legte den Arm um sie. „Sie müssen noch viel lernen über die Liebe. Die Männer, die Komplimente machen und sich wie ein Gentleman benehmen, sind meistens gar nicht die Richtigen.“

Jasmin sah immer noch aus, als wäre „Der Gehängte“ aus ihren Tarotkarten plötzlich lebendig geworden, und starrte das Cousinen-Trio ungläubig an.

Da die anderen Schüler inzwischen in die Halle gekommen waren, klatschte Greg in die Hände. „Schluss jetzt mit Getratsche, wir wollen trainieren!“

Gehorsam stellte sich Valerie auf ihren Platz in der Reihe.

„Ich erzähle dir danach alles“, flüsterte sie Jasmin zu, die allmählich wieder Farbe ins Gesicht bekam.

Sie konnte es ihr nicht verdenken, dass sie geschockt gewesen war. Das mit ihr und Greg war ja wirklich eine unglaubliche Sache. Sie konnte es selbst noch gar nicht fassen. Aber eines wusste sie sicher: Irgendwo an einem sehr hellen Ort saß in diesem Moment Philomena auf einer Wolke, grinste breit und ließ garantiert einen Sektkorken knallen, auch wenn das vielleicht gar nicht üblich wäre dort oben.

21. Schwarzgurte lügen nicht

Gregor

Die drei alten Damen hatten Wetten abgeschlossen? Gregor ließ sich seine Überraschung natürlich nicht anmerken, sondern startete die Stunde. Allerdings verbrachte er die *Mokuso*-Meditation damit, sich darüber Gedanken zu machen. War es denn wirklich so ersichtlich gewesen, dass er sich von Valerie angezogen fühlte? Für ihn selbst jedenfalls nicht. Er wusste ja nicht einmal, wieso er all seine Prinzipien plötzlich über den Haufen warf.

Bisher waren ihm unverbindliche Beziehungen die liebsten gewesen. Und dass eine der Frauen bei ihm übernachtete, hatte er nur sehr selten erlaubt. Doch mit Valerie war alles anders. Er erzählte ihr Dinge, über die er sein Leben lang Schweigen bewahrt hatte. Außer bei Philomena, aber das war etwas anderes. Und er hatte sich wohlgefühlt heute Nacht neben ihr im Bett. Statt zu schlafen, hatte er sie dabei beobachtet. Ihr Profil im matten Nachtlicht gemustert, mit seinen Fingerspitzen ihre Haare berührt, ohne sie aufzuwecken, und seine Hand beruhigend auf ihre Schulter gelegt, wenn ein schlimmer Traum sie unruhig werden ließ.

So kannte er sich gar nicht. Und doch war er sehr er selbst gewesen in diesen Momenten. Sogar mehr als bei den Abenden mit Britt, wo er stets den harten Kerl gegeben hatte. Der er ja auch war. Irgendwie. Aber eben nicht nur.

Und Valerie hatte offenbar diese andere Seite aus ihm hervorgeholt, genau wie Philomena.

War ihm das eigentlich recht? Machte man sich dadurch nicht sehr verletzlich?

Er schob den schwierigen Gedanken beiseite und konzentrierte sich lieber auf die Karate-Stunde. Wie immer waren die drei alten Damen voll bei der Sache und ließen ihre Fäuste durch die Luft sausen, dass es nur so zischte.

„Auf die Ellenbogen aufpassen“, rief Gregor ihnen zu und korrigierte auch die anderen Schüler.

Thore stand am äußersten Ende der Reihe und machte die Anfängerübungen nur mit halbem Elan mit. Gregor hatte ihn gebeten, heute zu kommen, damit er den Schülern zeigen konnte, wie man die Abwehrtechniken richtig durchführte. Er wusste aus Erfahrung, dass es mächtig motivierte, zwei Schwarzgurte beim *Bunkai* oder womöglich im Freikampf zu beobachten.

„Wir demonstrieren den Schülern *Age Uke*“, kündigte er Thore an und machte sich bereit, mit ihm die Unterarmabwehr vorzuführen.

Thore wirkte ein klein wenig unkonzentrierter als sonst, hatte aber immer noch genug Power in seinen Angriffsbewegungen, um die Schüler zu beindrucken. Weil sie schon dabei waren und sich sowieso gegenüber standen, begannen sie noch einen kleinen Freikampf, schließlich wollte man den Schülern ja mal vormachen, wie die Königsdisziplin aussah.

Kaum ging es los, jagte Thore schon einen mächtigen *Zuki* auf Gregor los, den er gerade noch abblocken konnte. Und schon ging es weiter. Fuck, er musste aufpassen! Wenn er sich nicht endlich fokussierte, würde Thore einen Treffer landen und er selbst sich zum Gespött des ganzen Kurses machen!

Gregor stand nicht zum ersten Mal auf einer Kampfmatte, aber heute fiel es ihm außerordentlich schwer, die übliche Höchstkonzentration abzurufen. Immer wieder glitt sein Blick zu Valerie, die am Rand der Halle stand und ihn aufmerksam beobachtete. Was sie wohl gerade dachte?

Verdammt! Er schnappte nach Luft. Thore hatte ihn mit einem Fußstoß an der Brust erwischt und ins Straucheln gebracht. Jetzt galt es! Endlich riss er sich zusammen, war mit den Augen ganz bei seinem Gegner statt bei seinem Burgfräulein und setzte noch ein paar gekonnte Treffer.

Wahrscheinlich hatten die Schüler gar nicht mitbekommen, dass er Thore nach Punkten besiegt hatte, aber das war ja egal, es ging nur um einen kleinen Eindruck.

Er verbeugte sich wie üblich vor Thore und wandte sich dann wieder an den Kurs. „Jetzt seid ihr wieder dran. Wir knöpfen uns natürlich eure Bauchmuskeln vor, ihr habt ja gesehen, dass die wichtig sind."

Aus der Damenecke gab es einiges Gemaule, was ihn innerlich zum Grinsen brachte, während die Männer sich mit Volldampf darauf stürzten, ihre Sixpacks zum Leben zu erwecken.

Nach dem Training zwinkerten ihm die Cousinen zu. „Einen schönen Sonntag wünschen wir dem jungen Glück noch", sagten sie und kicherten mädchenhaft.

„Sie sollten dringend zum Tanztee gehen", erwiderte er. „Da warten bestimmt schon fesche Herren auf so sportliche Damen, wie Sie es sind."

Das Kichern wurde lauter, er hatte offenbar ins Schwarze getroffen.

„Sagt mein Sohn auch immer", erzählte Ottilie. „Dass ich mir einen Galan suchen soll. Der will ja nur, dass ich abgelenkt bin und sich seine alte Mutter nicht mehr in seine Angelegenheiten mischt."

Das konnte Gregor verstehen, ihm war es auch recht, dass die Damen sich jetzt verabschiedeten. Sie wollten wohl mit Valerie und Jasmin noch etwas trinken im Café, das bald öffnete. Er blieb mit Thore in der Halle zurück, alle anderen Schüler hatten das Dojo schon verlassen. Dass Thore ihm gleich die Hölle heiß machen würde, war ihm klar. Das sah er seiner Miene an, die noch finsterer war als sonst. Und das sollte etwas heißen.

„Du und die Häkeltante also?", fragte Thore auch gleich. Sein Tonfall machte unmissverständlich klar, was er davon hielt.

Gregor konnte es ihm nicht verdenken. Thore vermutete sicher, dass diese Liaison das Ende der Ausbaupläne bedeutete. Doch das stimmte nicht. Auch wenn Gregor nicht weiter gegen Valerie intrigieren würde, konnte es ja trotzdem sein, dass das Café sich nicht für alle Ewigkeit hielt. Außerdem gab es Alternativen. Als der Notar ihnen diese Wettkampfsache klargemacht hatte, war Gregor in sich gegangen. Er war ein Gewinnertyp, keine Frage. Aber auch Realist. Und selbst bei den besten Kampfaussichten gehörte es dazu, sich einen Plan B zurechtzulegen für den Fall des Verlierens. Erst neulich hatte er in der Zeitung eine Anzeige gesehen für Räume gleich hier in der Nähe. Große Räume. Die Miete wäre nicht mal hoch. Er hatte sich das Ganze angeschaut, es wäre keine schlechte Alternative zum Studio hier. Aber er sprach niemals über ungelegte Eier, auch nicht mit Thore.

„Na ja", antwortete er, „sie hat ihre Qualitäten."

Das war nicht gelogen, auch wenn Thore jetzt etwas ganz anderes vermutete. Einem wie ihm konnte er schlecht erklären, dass er sich bei Valerie wohlfühlte. Dass er bei ihr so richtig loslassen und er selbst sein durfte, sogar Schwäche zeigen, und wie erstaunlich frei er sich dabei fühlte. Thore hätte ihn bei so einer Aussage wahrscheinlich sofort einliefern und auf seinen Geisteszustand untersuchen lassen.

„Verstehe." Thore grinste breit, wurde dann aber wieder ernst. „Mit Britt triffst du dich aber doch weiterhin? Kerle wie wir werden ja von einer Frau nicht satt."

„Klar doch, Kumpel. Wieso auch nicht?"

Er streckte einen Daumen nach oben. Schließlich musste er ihm nicht auf die Nase binden, dass er nur noch von seiner platonischen Hilfe bei ihrem Selbstverteidigungs-Projekt sprach. Unter den Jungs war es üblich, große Sprüche zu klopfen, auch wenn jeder wusste, dass das nur Angeberei war. Steffen prahlte oft genug von Aufrissen und selbst der schüchterne Manuel erzählte von One-Night-Stands, dabei war allen klar, dass die Geschichten zum größten Teil Phantasiegebilde waren. Gehörte halt einfach zu den Unterhaltungen dazu, genauso wie die Übertreibung bei der Anzahl der Biere und Schnäpse, die man irgendwo weggekippt hatte.

Weil Thore immer noch recht skeptisch dreinblickte, legte er ihm einen Arm um die Schulter. „Keine Angst, wir geben trotz allem nicht auf. Dass ich mit Valerie zusammen bin, ändert überhaupt nichts. Ich verspreche dir, das Studio wird fortbestehen und sogar erweitert werden!"

„Du weißt, dass Schwarzgurte nicht lügen?", versicherte sich Thore.

„Ich bin dein *Sensei*! Natürlich lüge ich dich nicht an."

Thore nickte zufrieden, als Gregor ihm zur Bestätigung auf den breiten Rücken klopfte.

Ein Geräusch auf dem Flur ließ ihn herumfahren, aber er sah niemanden. Waren sicher nur die alten Dielen gewesen, die knackten manchmal.

„Ich habe schon eine Lösung im Kopf für das Dojo", fügte Gregor an, „aber ich rede noch nicht darüber. Von diesem Mario lassen wir uns jedenfalls nicht unterkriegen."

„Verdammt richtig!" Thore schwang seine Sporttasche über die Schulter und verbeugte sich zum Abschied, bevor er die Halle verließ.

Nachdenklich blieb Gregor zurück. Was genau dachten Thore, Steffen, Manuel und all die anderen eigentlich über ihn?

Dass er ein harter Kerl war natürlich. Stimmte ja auch irgendwie. Er hatte sein Leben im Griff, arbeitete in einem körperlich anstrengenden Job und konnte so ziemlich jeden Gegner mit einem gezielten Schlag ausschalten. Außerdem trieb er es deren Meinung nach am liebsten mit einer toughen Kanonenträgerin wie Britt, hatte nebenbei vielleicht noch ein paar andere Betthasen und konnte mit Gefühlsduselei nichts anfangen.

Ein Stück weit hatten sie ja recht damit, aber andererseits war ganz viel davon Inszenierung. Schließlich gehörte es zum Männersport dazu, dass man sich stark und robust gab. Aber wer war das wirklich bis ins Innerste? Nicht mal bei Thore wusste er das so genau, denn Männer redeten natürlich nicht über ihr Innenleben.

Keiner von ihnen kannte den Gregor, der er bei Philomena gewesen war. Und den er verloren hatte. Bis Valerie diesen Teil von ihm jetzt aus der Versenkung geholt hatte.

Er ging die Treppe hinauf in seine Wohnung und tigerte auf und ab.

So viele Gedanken wirbelten durch seinen Kopf, dass er gar nicht wusste, wo er anfangen sollte mit dem Entwirren all dieser Fäden. Ihm fiel etwas ein, das ihn zur Ruhe bringen könnte.

Er ging zum Sideboard und holte das Häkelzeug hervor. Es war längst überfällig, dass er die festen Maschen übte. Also setzte er sich damit auf das Sofa. Genau dorthin, wo er mit Valerie gesessen hatte. Dann begann er mit dem Häkeln. Die festen Maschen funktionierten schon recht ordentlich, deshalb probierte er es mal mit den halben Stäbchen, die Valerie neulich kurz demonstriert hatte. Er war nun mal ein ehrgeiziger Typ und liebte Herausforderungen!

Es war nicht nur Valeries Verdienst, fiel ihm auf. Irgendwie war die Zeit reif gewesen. Sein Job als Zimmermann, der ihm immer Spaß gemacht hatte, ging ihm mehr und mehr auf die Knochen. Und auch beim Karatetraining konnte er sich vorstellen, nicht mehr jede Übung mitzumachen, sondern manche Dinge auch mal einen Schüler vorturnen zu lassen, so wie es andere *Senseis* taten. Dazu Britt, die schon seit einiger Zeit keine große Faszination mehr auf ihn ausübte. Weil ihm etwas gefehlt hatte, auch wenn er nie hätte sagen können, was genau.

Er legte die Häkelarbeit auf den Tisch und griff zum Telefon. Zumindest war er ihr schuldig, ihr die Sache mit Valerie direkt zu sagen.

„Ja?“, meldete sie sich knapp wie immer, als er sie anrief.

„Hi Britt“, begrüßte er sie ähnlich kurz. „Pass auf, wir sollten uns mal unterhalten, ich muss …“

Bevor er weiterreden konnte, fiel sie ihm ins Wort. „Hey, trifft sich gut, dass du anrufst. Hast du Zeit? Bin sowieso in deiner Nähe, ich komme vorbei, du musst mir helfen.“

„Okay.“ War vielleicht besser, es ihr direkt zu sagen und nicht übers Telefon.

„In zehn Minuten bin ich da.“ Sie legte auf.

Er ahnte, was sie von ihm wollte. Bestimmt ging es um dieses Selbstverteidigungstraining für Frauen, dass die Polizei anbieten wollte und für das Britt zuständig war. Das lag ihr im Magen, wie er wusste. War vielleicht gar nicht so schlecht, dass sie seine Hilfe brauchte, so konnte er mit ihr weiterhin in gutem Kontakt bleiben. Denn sie als Feindin zu haben, war nicht wirklich erstrebenswert.

Bis sie auftauchte, steckte er seinen Kopf noch in die Tageszeitung, die er aus dem Briefkasten geholt und mit nach oben gebracht hatte. Er hatte den politischen Teil noch gar nicht beendet, da klingelte es schon.

Gregor sprang auf und ließ Britt herein, die offenbar keine allzu gute Laune hatte.

„Ich sag`s dir, der Brandauer regt mich so auf!“, schimpfte sie über ihren Chef. „Was der für ein Theater macht wegen diesem Selbstverteidigungszeug! Weiß gar nicht, wie er da plötzlich draufkommt.“

„Aber das ist doch keine schlechte Sache“, antwortete er.

Sie funkelte ihn an. „Unfug. Frauen können sich doch genauso verteidigen wie Männer! Ich bin ja wohl das beste Beispiel.“

„Nicht jede hat Lust, sich durch ein Karatetraining zu quälen.“ Er dachte an Valerie und den Angriff von Mike. Hätte es ihr etwas genutzt, sich mit SV-Techniken auseinandergesetzt zu haben? Gegen einen betrunkenen Boxer hatte man selbst als Mann nicht immer gute Chancen.

„Blabla.“ Sie zog ihre Lederjacke aus. „Die machen alle nur auf Mäuschen. So was kotzt mich an. Schau dir nur unsere Stricklieseln an, die werden es wohl selbst in deinem Training nicht lernen.“

Okay, das war sein Stichwort. Er musste Farbe bekennen.

„Weil du das gerade ansprichst – ich habe mich mit Valerie irgendwie angefreundet.“ Verflucht, er klang wie ein Drittklässler!

„Angefreundet?“, wiederholte Britt und ihre schmalen Augenbrauen sprangen nach oben. „Willst du mir damit sagen, dass du mit ihr in die Kiste hüpfst? Mit dieser Blümchentante samt ihrem Schnulzenheini als Hintergrundbeschallung?“

Er nickte. „Ja, so sieht`s aus. Wobei der Sänger nicht mehr aktuell ist bei ihr. Aber es stimmt, wir verbringen Zeit miteinander. Ich hoffe, das ist okay für dich?“

Sie starrte ihn ein paar Sekunden lang an. Dann lachte sie kurz. Klang ein wenig aufgesetzt. „Mach dich nicht lächerlich, Greg. Ich bin doch keine Spießerin, die irgendwelche Ansprüche anmeldet! Wir hatten Spaß im Bett, jetzt knallst du eine andere, und ich habe auch genügend Auswahl. Völlig in Ordnung!“

Erleichtert atmete er aus. „Gut. Hatte ich mir schon gedacht. Du hast ja auch immer alles abgelehnt. Essen gehen und so.“

„Ja, ja“, fiel sie ihm ins Wort. „Aber ausgerechnet so eine?“ Sie wirkte verkrampft.

„Wieso nicht? Man muss nicht immer die gleichen Interessen haben als Paar.“

„Paar!“, schnaubte sie und hatte recht schmale Lippen. „Aber jetzt Schluss mit dem Rosa-Wolken-Gelaber, das geht mir auf den Sack. Können wir endlich über dieses SV-Zeug reden?“

„Klar. Wollen die eine richtige Kampagne starten?“, fragte er und war heilfroh, dass sie es so cool nahm. Dafür bewunderte er sie sogar, die meisten Frauen hätten ihm eine Riesenszene gemacht, aber Britt nahm das super auf. Hatte wahrscheinlich eh nebenbei noch einiges laufen mit Polizeikollegen, da gab es auch einige toughe Typen.

„So ist es. Brandauer will das groß aufziehen. Info-Veranstaltungen, Flyer, Videos mit Griffen, um sich zu wehren.“ Ihr Gesichtsausdruck machte klar, was sie davon hielt. Doch plötzlich huschte ein unübliches Lächeln über ihren Mund. „Mir fällt da eben etwas ein. Es soll auch um häusliche Gewalt gehen und er will Vorschläge für Schulungen und Online-Seminare von mir. Pass auf, wir spielen das, ich filme mit und zeige ihm das als Idee!“

Plötzlich war sie richtig aufgedreht. So kannte er sie sonst nur beim Sport, aber gut, es war ihr offenbar wichtig, bei ihrem Chef gut dazustehen.

„Hey, ich habe keine Lust, dass mich die halbe Stadt für einen Gewalttäter hält“, widersprach er.

„Quatsch, das wird natürlich professionell gefilmt. Die müssen nur vorher wissen, welche Szenen sie aufnehmen sollen. Komm, das versuchen wir."

Gregor war nicht begeistert, aber da sie die Nachricht von Valerie so gut aufgenommen hatte, wollte er ihr entgegenkommen. Also stellte er sich wie von ihr vorgeschlagen ins Wohnzimmer, während sie ihr Handy im Regal platzierte.

„Wir spielen ein Paar", erklärte sie. „Du willst Sex, ich habe keine Lust, also packst du mich von hinten. Und dann wehre ich mich natürlich. Keine Angst, deine hübsche Nase lasse ich ganz. Nicht, dass die Häkelliesel mit ihrer Nadel auf mich losgeht."

Sie gab ihm ein paar Anweisungen, wie sich die Szene abspielen sollte. Er hatte nie Ambitionen zum Schauspieler gehabt, aber es war ja für einen guten Zweck.

„Action!", rief Miss Tarantino und gab ihm ein Zeichen, dass das Video lief.

Wie besprochen setzte sie sich auf das Sofa und blätterte in der Zeitung. Gregor kam ins Zimmer und versuchte, sich so ungefähr an den Text zu erinnern, den sie ihm vorher eingetrichtert hatte.

„Baby, du siehst scharf aus", sagte er und war überrascht, dass es gar nicht besonders aufgesetzt klang.

„Ach, ich hatte einen langen Tag", erwiderte sie scriptgemäß, „brauche jetzt einen Kaffee."

Als Britt aufstand, schlang Gregor von hinten seine Arme um sie. „Hey, nicht so schnell, ich hab` eher Lust auf was anderes."

„Lass mich los", zischte Britt, doch wie abgesprochen befummelte er ihre Brüste.

„Stell dich doch nicht so an, du bist doch selbst ganz heiß auf mich", rief er.

Sagten das Männer tatsächlich? Er befürchtete es. Sicher gab es eine Menge Arschlöcher, die sich genau so benahmen. Vielleicht sogar dieser Mistkerl Mike? Da Gregor wusste, dass er im nächsten Moment von Britt eins übergebraten bekäme, schlüpfte er gern in diese Rolle. So musste es sein, Bastarde wie Mike sollten gehörig eins in die Eier bekommen!

„Hör auf mit diesem Macho-Sex!“, fauchte sie. „Immer willst du es so hart und schnell. Ich hasse das!“

Er konnte sich gar nicht erinnern, dass sie das vereinbart hatten, aber Improvisation gehörte nun mal dazu. Britt versuchte gespielt verzweifelt, seinem Griff zu entkommen, aber er ließ sie nicht los.

„Ich steh nun mal auf harte Nummern, Baby“, spielte er seine Rolle weiter, „das macht mich mehr an als alles andere. Und jetzt besorg ich es dir richtig grob!“

Sie schrie und zappelte eine ganze Zeit lang herum. Er fragte sich schon, wann sie endlich anfing, sich zu verteidigen, da änderten sich ihre Bewegungen endlich. Britt grub ihre Fingerknöchel so tief in seinen Handrücken, dass er sie losließ, dann fuhr sie herum und versetzte ihm einen – zum Glück sehr abgeschwächten – Tritt gegen sein Knie. Wie besprochen jaulte Gregor auf und ließ sich auf den Wohnzimmerteppich fallen.

„Super!“, lobte Britt und ging zum Handy, um den Film zu checken. „Sieht gut aus, das zeige ich meinem Boss. Schätze, er wird begeistert sein.“

„Du hast lange gewartet, bis du dich gewehrt hast.“ Gregor rieb sich den schmerzenden Handrücken.

„Klar, da erfolgt der Schnitt im Video, so stelle ich ihm das vor. Im ersten Teil eine Szene, in der die Frau wehrlos ist. Und dann wird demonstriert, wie sie sich verteidigt.“

Klang logisch. Trotzdem hatte Gregor ein seltsames Gefühl.

„Hey, voll nett von dir, dass du mir da hilfst“, sagte Britt, als hätte sie seine Bedenken gespürt. Aber Empathie war keine Stärke von ihr.

„Klar doch, Schwarzgurt-Ehre!“ Er lächelte sie an.

„Eben. Wir verstehen uns.“ Sie sah auf ihre Uhr. „Ich muss los, ab zum Dienst. Aber ich habe ja alles, was ich brauche.“

Sie schlüpfte in ihre Jacke und verschwand.

Als sie weg war, blieb ein komisches Gefühl in der Wohnung

zurück. Gregor konnte es nicht recht greifen. Britt hatte gelassener reagiert, als er erwartet hatte. Andererseits: Sie war Schwarzgurt. Und die waren nun mal ausgeglichen, vernünftig, respektvoll und absolut vertrauenswürdig. Nein, er brauchte sich ganz sicher keine Sorgen zu machen.

22. Die zarte Seele

Valerie

„Verehrte Damen“, begann Mister Madbatter, als er seinen Lemon Crust Muffin entgegennahm, „ich muss Ihnen leider mitteilen, dass Ihr Café sehr geschäftsschädigend für mich ist.“

Valerie erschrak im ersten Moment, sah aber dann sein lächelndes Gesicht. „Weil Sie lieber bei uns sitzen als in Ihrem Hutstudio?“, fragte sie.

„Genau so ist es. Ich schließe regelmäßig meinen Laden für dreißig Minuten. Ein derartiges Verhalten war mir bisher völlig fremd! Und das tue ich nur, weil ich Ihren Köstlichkeiten nicht widerstehen kann.“ Er deutete Jasmin gegenüber eine kleine Verbeugung an, woraufhin die zufrieden strahlte.

„Haben Sie nicht gesagt, dass das Häkelseminar Sie sogar zu neuen Kreationen inspiriert hat?“ Valerie stellte seine Tasse Tee vor ihn auf den Tisch.

„So ist es. Ich arbeite derzeit viel mit Wolle, das werden Sie demnächst in meinem Schaufenster bestaunen können.“

Leider konnte Valerie nicht länger mit dem Hutmacher ein Schwätzchen halten, weil das Café brechend voll war. Nicht mal mit Jasmin konnte sie viel reden. Allerdings stand die offenbar immer noch unter Schock, denn sie wirkte sehr nachdenklich.

Erst als der letzte Gast gegangen war, kam sie endlich auf Valerie zu. Die Details zum Leandrokonzert hatte sie ihr natürlich schon berichtet. Auch, dass Greg sie vor Mike gerettet hatte. Aber seltsamerweise war sie sich nicht sicher, ob Jasmin sich für sie freute oder nicht.

„Ich kann es immer noch nicht fassen“, sagte die Freundin da auch schon. „Du und der harte Greg? Ich dachte immer, du hasst Typen wie ihn, die einen auf echte Männer machen?“

„Dachte ich auch.“ Valerie seufzte. Es war wirklich schwer zu erklären. „Weißt du, Jasmin, ich kann es selbst noch gar nicht verstehen. Aber es fühlt sich so wunderbar an mit ihm!“

Jasmin polierte ein Glas. Und das war echt seltsam. Erstens, weil sie das sonst Valerie überließ, und zweitens, weil sie normalerweise der Optimismus in Reinform war.

„Dann fährst du also tatsächlich drauf ab, seine Muckis anzufassen oder dass er als dominanter Herr im Haus den Ton angibt? Also, das kann ich mir gar nicht vorstellen.“

„So ist das auch nicht!“ Valerie legte den Lappen, mit dem sie die Theke abgewischt hatte, zur Seite. „Er hat mir viel von sich offenbart. Ich weiß, wie abgedroschen das klingt mit harte Schale – weicher Kern, aber irgendwie ist es so. Greg hat auch eine ganz andere Seite als die, die er normalerweise herzeigt.“

Mehr wollte sie nicht verraten. Was in seiner Kindheit geschehen war, ging Jasmin nichts an, auch wenn sie die beste Freundin und genialste Cupcakebäckerin der ganzen Welt war. Es gab Dinge, die durfte man nicht weitererzählen.

„Na, wenn du meinst“, erwiderte Jasmin ungewohnt zurückhaltend.

„Willst du ihn mir schlechtreden?“, fragte Valerie gerade heraus.

Jasmin schüttelte den Kopf. Atmete tief durch. Hatte danach eine weichere Miene. „Entschuldige, ich wollte dich nicht verunsichern. Ich freue mich doch immer noch, dass du mir wegen Bernhard so entgegengekommen bist und überhaupt Verständnis hast! Ich habe nur einfach Angst um dich. Weil ich doch nicht will, dass du verletzt wirst, das ist alles.“

„Ach, Süße!“ Valerie musste sie einfach an sich drücken. Das war also der Grund! Jasmin traute Greg nicht so recht und wollte sie schützen. „Er wird mir niemals wehtun, glaub`s mir. Ich spüre das. Und du kannst ja heute Abend deine Tarotkarten dazu befragen.“

„Gute Idee! Bernhard hat heute Abend ein Geschäftsessen ab acht

Uhr. Kommst du bei mir vorbei?"

„Abgemacht. Ich möchte vorher noch mal zu Philomenas Wohnung. Dauert aber nicht lange. Danach schneie ich bei dir rein und du erzählst mir alles von Bernhards neuen Plänen."

Da war es wieder, Jasmins berühmtes Strahlen, das jede Neonlampe vor Neid erblassen ließ. Ein Stein fiel Valerie vom Herzen. Sie beide hatten viel zu reden und würden einen tollen Abend haben! Aber erst einmal machte sie sich auf den Weg in die Ulmengasse. Greg hatte heute Abend gleich zwei Kurse hintereinander, das gab ihr Zeit, ein wenig für sich zu sein.

Sie betrat die Wohnung, goss wie üblich die Pflanzen und ging dann zur Wohnzimmerwand. Dieses Mal nahm sie den ganzen Stapel alter Fotoalben heraus. Sie wollte so gerne noch weitere Bilder aus Gregs jungen Jahren sehen! Nachdem sie drei Alben mit Aufnahmen von diversen Reisen durchgeblättert und Philomena vor den Pyramiden, der Towerbridge und umgeben von fünf Lamas bewundert hatte, griff sie zum alleruntersten Album. Sie schlug es auf und sah sofort, dass das etwas anderes war als eine Fotosammlung. Es war eher ein Erinnerungsalbum mit vielen alten Briefen, Zeitungsausschnitten, Kalenderblättchen.

Als Erstes fiel eine Postkarte heraus, auf die jemand ein Goethegedicht geschrieben hatte. Dann kam eine Eintrittskarte fürs Kino aus dem Jahr 1973. Gefolgt von einer gedruckten Einladung zu einer Geburtstagsfeier irgendwelcher Leute, deren Namen Valerie noch nie gehört hatte.

Mit wem war Philomena wohl im Kino gewesen und warum hatte sie das Ticket aufbewahrt? Nur zu gerne hätte sich Valerie die Geschichten zu all diesen Erinnerungen erzählen lassen.

Vorsichtig blätterte sie weiter. Sie fand einen Brief in Kinderschrift. Als sie den Namen unter dem Gruß las, beugte sie sich gespannt darüber. Greg hatte seiner Tante einen Brief geschrieben? Sie selbst konnte sich nicht erinnern, jemals so etwas für einen ihrer Verwandten gemacht zu haben, dabei war sie eine Leseratte gewesen. Dass ausgerechnet ein Junge Briefe schrieb, war schon erstaunlich.

„*Liebe Tante Philomena*“, begann der Brief. Der Schrift nach war Greg vielleicht zehn oder zwölf Jahre alt gewesen. Hingen Jungs da nicht eher auf dem Fußballplatz herum statt so etwas Uncooles wie einen Brief zu schreiben? Eilig las sie weiter.

„*Die Mama hat gesagt, wenn ich nicht mit den anderen Kindern spielen will, muss ich im Zimmer bleiben. Und dass ich dir halt was schreiben soll und nochmal danke sagen für das Geburtstagsgeld. Echt nett von dir! Hoffentlich hast du eine schöne Zeit in diesem Sand Dschiminiano. Gibt bestimmt einen tollen Strand, oder? In Italien sind doch überall Strände, glaub ich, auch in der Tosskana. Den Pinguin hab ich auf meinen Schreibtisch gesetzt. Da erinnert er mich an das, was du erzählt hast. An die Sache, dass jeder irgendwas kann und so. Nur weiß ich immer noch nicht, was das bei mir sein soll. Ich glaub, ich hab keine besonderen Talente, eigentlich gar keine. Die anderen lachen mich eh immer aus, wenn ich irgendwas mache. Und weißt du, dann isses gar nicht so leicht, nicht gleich wieder traurig zu werden. Aber ich heule natürlich nicht. Nie mehr wieder. Ich will nicht, dass mich jemals wieder irgendwer auslacht! Seit Papa ausgezogen ist, mag die Mama das auch gar nicht. Ich soll mich zusammenreißen, sagt sie dann immer, und nicht so empfindlich sein, weil ich doch ein Junge bin. Ich krieg das bestimmt hin. Neulich hab ich ein Regal repariert, weil das schon ewig schief hing. Hat sogar Spaß gemacht, mit Werkzeug kenn ich mich nämlich schon ganz gut aus. Ich hab gedacht, sie freut sich vielleicht, wenn ich das hinkriege. Weil ich dann ja irgendwie der Mann im Haus bin. Aber sie hat es gar nicht bemerkt. Sie arbeitet halt auch viel, immer ist irgendwo Stress, vielleicht lacht sie deshalb nimmer und sieht sowas nicht. Sie hat es schon echt schwer. Jedenfalls wollte ich es nicht sagen mit dem Regal, bin ja kein kleines Kind mehr, das immer gelobt werden will für ein Wasserfarbenbild oder so. Und es ist ja auch egal. Na ja, sonst gibt es nicht viel zu erzählen. Ich hab mir heimlich ein Buch gekauft für Heimwerker, das verstecke ich immer im Bettkasten. Da lese ich jetzt noch ein bisschen, ist total spannend. Und wenn bei dir mal wieder was kaputt geht, kann ich es dann reparieren. So wie diese großen Männer in den Arbeitsanzügen, die werden bestimmt nie ausgelacht. Ich freu mich, wenn du wieder da bist, mit dir hab ich immer Spaß. Herzliche viele Grüße!*

Dein Gregor“

Valerie ließ den Brief sinken. So war also seine Kindheit gewesen.

Am liebsten wäre sie sofort aufgesprungen, in die Brentanostraße gehetzt und hätte ihn ganz lang umarmt. Aber dann wäre sie mitten ins Training geplatzt, was vielleicht keine so gute Idee war.

Vorsichtig faltete sie den Brief wieder und wollte ihn zurücklegen, da fiel ihr auf, dass noch ein kleines Kalenderblatt zwischen den gleichen Albumseiten lag. Es war ein gezeichnetes Bild einer Kirschblüte und darüber war ein Text gedruckt. „*Eine zarte Seele blüht nur auf, wenn die Sonne sie streichelt und der Regen sie küsst*", stand darauf.

Valerie strich mit dem Finger sanft über das Blättchen. Es war klar, dass Philomena es hinter Gregors Brief gelegt hatte. Und auch warum.

In ihr stieg plötzlich eine tiefe Traurigkeit auf. Über den Brief, den der kleine Junge seiner Großtante geschrieben hatte und in dem er Dinge offenbarte, die er sonst sicher niemandem erzählt hatte. Und darüber, dass Philomena jetzt nicht hier war und ihr von wunderbaren Ausflügen vorschwärmen konnte, bei denen sie ihn so richtig zum Lachen gebracht hatte.

„Ich würde es so gerne hören, Philomena", sagte Valerie leise. „Was ihr alles zusammen unternommen habt. Und ob er oft bei Ihnen war als Kind. Ich hätte so gerne, dass Sie mir alles über ihn erzählen!"

Dabei wusste sie inzwischen wahrscheinlich schon mehr als die meisten Menschen in Gregs Umfeld. Ja, ganz bestimmt sogar. Er würde seinen Karatekumpels sicher nichts aus seiner Jugend offenbaren, seinen Arbeitskollegen wohl auch nicht.

„Sie hatten ganz recht damit, dass wir zusammenpassen", sprach sie in die leere Wohnung hinein. „Es hat ganz schön lange gedauert, bis wir Sturschädel das kapiert haben. Aber jetzt ist alles gut. Ach, Philomena, wir besuchen Sie bald mal. Zu zweit. Da, wo Sie Ihre ewige Ruhe gefunden haben. Wobei ich ja sicher bin, Sie schauen uns von irgendwo zu und haben sich ins Fäustchen gelacht bei meinen Karateversuchen und noch mehr wahrscheinlich bei Gregs Häkelei."

Auch wenn das natürlich dumm war, horchte sie ins Zimmer hinein, ob es irgendein Zeichen gab. Ein raschelnder Vorhang, ein Luftzug, was auch immer. Doch nichts passierte.

Valerie legte die Alben zurück und stand auf. „Bis bald, alte Freundin“, flüsterte sie und verließ die Wohnung. Sie würde Greg erzählen, dass sie den Brief gefunden hatte, das war nur fair. Aber erst morgen, denn heute ging er sicher noch was trinken mit den Jungs und außerdem hatte sie etwas mit Jasmin ausgemacht. Vor lauter Gregor war sie gar nicht mehr auf dem Laufenden, was genau sich mit Bernhard ergeben hatte. Aber die Wissenslücke würde sie jetzt schließen.

Eine Stunde später fläzte sie auf Jasmins bequemer Couch, trank Holunderlimo und ließ sich von ihrer Freundin vorschwärmen, wie toll ihr alter-neuer Freund Bernhard war.

„Er hat sich wirklich total verändert“, behauptete die, „ist ein wahrer Gentleman und trägt mich auf Händen.“

Sollte sie das glauben? Valerie war hin- und hergerissen. Sie hatte Bernhard noch nie über den Weg getraut und was er damals mit Jasmin abgezogen hatte, war unter aller Kanone gewesen. Andererseits war Greg ja auch völlig anders, als man ihn einschätzen würde. Vielleicht konnten Menschen sich tatsächlich ändern?

„Das freut mich total für dich“, sagte sie. „Aber erzähl mal, wie geht es weiter? Es wäre ja eine Fernbeziehung. Wo wohnt er denn jetzt überhaupt?“

Jasmin senkte den Blick. „Irgendwo ganz im Norden. Ich weiß gar nicht so genau. Aber er will ja hierherziehen.“ Sie war plötzlich wahnsinnig intensiv damit beschäftigt, einen Fussel von ihrem Rock zu entfernen.

Das konnte nur eines bedeuten. „Zu dir?“, fragte Valerie.

„Na ja, wir denken tatsächlich darüber nach. Du kannst ja jetzt bei Greg wohnen, oder?“

Verdutzt starrte Valerie die Freundin an. Die ließ sich tatsächlich so schnell wieder von Bernhard um den Finger wickeln? Also, so ganz geheuer kam ihr das nicht vor, dass der gleich wieder bei ihr einziehen wollte.

Und sie selbst konnte natürlich nicht bereits nach dem ersten Kuss bei Greg dauerhaft das Futonbett besetzen und Unordnung in sein Männerreich bringen!

„Wir verdienen ja jetzt ganz ordentlich“, antwortete Valerie, „ich kann mir bestimmt bald wieder eine eigene kleine Bude leisten, kein Problem. Und du bist dann ja finanziell auch super gestellt, denn Bernhard wird sicher bei der Miete mitzahlen, oder?“

Sie konnte es einfach nicht lassen. Nett war das nicht und sie ärgerte sich über sich selbst. Jasmin war die beste Freundin und Geschäftspartnerin, die man sich nur vorstellen konnte, aber sie selbst moserte ständig an deren Freund herum. Das war echt nicht die feine Art.

„Ja klar wird er das. Wenn sein Start-up mal richtig anläuft.“

Aha. Das passte schon eher zu Bernhard. „Was genau ist das denn für eine Idee, an der er gerade arbeitet?“

Jasmins Augen leuchteten auf. „Eine geniale Sache! Er hat etwas erfunden, auf das die Welt gewartet hat. Etwas ganz Unglaubliches, total Bahnbrechendes. Wir verstehen beide nicht, wieso da noch niemand drauf gekommen ist, aber nun ist die Zeit reif und sein Baby wird weltweit in jedem Supermarkt reißenden Absatz finden!“

„Sag mal, hat er dich als seine Marketing-Leiterin engagiert?“ Valerie musste lachen. Sie mochte es, wenn Jasmin so begeistert war. Und jetzt war sie wirklich gespannt, was Bernhard da Tolles auf den Markt warf. „Also, was ist es? Was genau wird er denn millionenfach verkaufen?“

„Einen Dosenöffner für Katzen!“ Jasmin verkündete das wie der Engel die frohe Botschaft. Und strahlte auch ungefähr so. Nur die Flügel fehlten.

„Einen was?“ Völlig verblüfft starrte Valerie sie an.

„Ist das nicht grandios? Er trifft sich heute Abend mit Investoren. Das Ding ist der Hammer! Man kann dann unbeschwert in Urlaub fahren oder lange arbeiten gehen, weil die Katze sich ihr Essen selbst aufmacht.“

Valerie starrte immer noch. Das musste ein Witz sein. Sicher würde

Jasmin gleich laut loslachen, weil sie sie total veräppelt hatte. Nur passierte das nicht.

„Katzen können keine Dosenöffner bedienen!“

„Diesen schon, das ist ja der Clou! Die Katze schiebt die Dose hinein, das braucht man ihr nur ein paar Mal zu zeigen, dann beherrscht sie es. Anschließend setzt sie sich auf einen gepolsterten Fellsitz, der hinten aus dem Öffner herausragt. Durch ihr Gewicht wird der Mechanismus ausgelöst und die Dose geöffnet.“

Wahnsinn. „Und das funktioniert immer?“

„Na ja, er arbeitet am Prototyp. Ist halt eine diffizile Sache, weil Katzen ja unterschiedlich schwer sind. Hockt sich ein Garfield drauf, kippt das Ding leider um und schüttet den Inhalt auf dem Boden aus.“

„Und wie will man verhindern, dass die Katze gleich am ersten Urlaubstag sämtliche Dosen öffnet, weil sie ein begeisterter Technik-Freak ist, und dann alle Kater aus der Nachbarschaft zu einer Fressparty einlädt?“

Jasmins Strahlen ließ nach. „Ich hab` doch gesagt, es ist noch in der Entwicklung! An solchen Kinderkrankheiten muss man natürlich arbeiten. Der Name steht auch noch nicht ganz fest, vielleicht heißt seine Erfindung dann *Cat-Job.*“

Valerie schnappte nach Luft. „Ketchup? Er will einen Dosenöffner Ketchup nennen?“ Der Mann musste komplett den Verstand verloren haben.

„Nein, *Cat-Job*, mit Bindestrich. Aber es könnte auch der zweite Name werden, *Pussy-Freedom.* Oder denkst du, *Cat-it-yourself, so wird Ihre Liebste selbstständig* wäre besser?“

Werbevideos ploppten in Valeries Kopf auf. Leider keine besonders geschmackvollen, da ihr neben Cat-Jobs nur ganz andere Jobs einfielen, die nicht wirklich etwas mit Dosenöffnern zu tun hatten.

„Sag mir bitte, dass du ihm kein Geld dafür gibst!“, flehte sie.

„Erstens wäre das eine Investition, die sich super rentieren wird. Und zweitens ist es mein Geld und geht dich nichts an.“ Jasmin verschränkte die Arme entschlossen vor der Brust.

„Pass bitte auf dich auf." In Valeries Magen zog sich etwas zusammen. Sie brauchte weder Tarotkarten noch ein Pendel, um vorherzusagen, dass an diesem Bernhard was faul war.

„Sagt die Richtige", schoss Jasmin zurück. „Du hast dir den Obermacho ausgesucht und willst jetzt mir Vorhaltungen machen? Passt irgendwie nicht ganz. Ich frage mich ja, wer da auf sich aufpassen muss. Dein Greg ist nämlich nicht der ach so liebe Kerl, für den er sich jetzt bei dir ausgibt."

„Was meinst du damit?"

Bevor Jasmin antworten konnte, hörte man, wie die Wohnungstür aufgesperrt wurde. Einen Moment später kam Bernhard ins Wohnzimmer. Er sah immer noch aus wie damals, irgendwie wie ein Versicherungsvertreter. Die Haare im Seitenscheitel festgezurrt, einen grauen Anzug am dürren Körper, ein joviales Lächeln im glatt rasierten Gesicht.

„Hallo Schatz!", begrüßte ihn Jasmin und sprang auf für einen Kuss. „Wie ist es gelaufen?"

„Gut! Ja, total gut. Sie müssen natürlich noch überlegen. Solch wichtige Geschäftsmänner entscheiden ja nie sofort. Aber das wird alles richtig groß werden, verlass dich drauf. Ah, hallo Valerie."

„Hi", sagte sie nur, weil sich ihr alle Haare aufstellten. Dabei war sie gar keine Katze und eine Dose musste sie auch nicht öffnen. Aber sie kaufte ihm kein Wort ab. So sehr, wie er beteuerte, dass alles gut lief, musste da etwas nicht stimmen.

„Ich lass euch dann mal allein", sagte sie und erhob sich. „Wollte nur noch schnell eine Schachtel holen."

Ein Teil ihrer Sachen stand immer noch bei Jasmin herum. Sie fand schnell, was sie suchte, verabschiedete sich und ging zurück ins Café. Ob Greg schon fertig war mit dem Abendtraining? Spät genug war es. Unsicher schloss sie die Tür zum Café auf. Es war alles ruhig und in seiner Wohnung brannte kein Licht.

Wie war das jetzt eigentlich zwischen ihnen? Verbrachten sie die

Abende gemeinsam oder trafen sie sich nur ab und zu? Sie hatte keine Ahnung.

Der Brief fiel ihr ein. Sie setzte Teewasser auf und stellte den Karton auf den Tisch. Zog den Beutel heraus, in den sie Philomenas Sterbebild zusammen mit der zerbrochenen Ganesh-Statue getan hatte. Beides legte sie auf den Tisch, holte einen Kleber, während sie den Tee ziehen ließ, und machte sich ans Werk.

Sie sah Greg als kleinen Jungen vor sich, wie er sich an seinem Schreibtisch über das Briefpapier beugte. Er war also ein Außenseiter gewesen. Konnte man sich jetzt gar nicht mehr vorstellen. Und die Eltern hatten sich getrennt. Kein Wunder, dass Gregor da nicht besonders stark gewesen war, sondern oft traurig. Außerdem war es für Jungs besonders schwer, eine weiche Seite zu haben, hatte sie mal gelesen. Trotz aller Emanzipation wurden die Buben immer noch erzogen mit Sätzen wie „Ein Indianer kennt keinen Schmerz." Nur Philomena hatte das wohl anders aufgefasst. Als zarte Seele hatte sie Greg gesehen. Ja, das war er bestimmt. Auch wenn er diese sehr tief unter seinem harten Äußeren verbarg. Aber sie war da. Valerie hatte sie schon gespürt in seiner Umarmung und gesehen in seinem Lächeln.

Sie bestrich den Rand des kaputten Elefantenkopfes mit Kleber und drückte ihn vorsichtig auf den Körper, den sie bereits zusammengefügt hatte. Sah fast wieder aus wie neu.

Nachdenklich betrachtete sie die Keramikfigur. Vielleicht hatte Philomena recht und er brachte ja doch Glück? Womöglich konnte man auch sein eigenes Leben leimen, wenn man sich nur ein wenig anstrengt. Einfach die Teile aufheben, den richtigen Kleber finden und alles wieder zusammenfügen, dann wurde alles gut. Sie lächelte still in sich hinein. Philomena würde dieser Gedanke ganz sicher gefallen.

Das Klappern der Ladentür ließ sie herumfahren. Greg kam herein, allein. Als er sie sah, lächelte er, und zwar so richtig von innen heraus. Ihr wurde warm dabei.

„Was treibst du denn da?", fragte er mit einem Blick auf den

Elefantengott.

„Ich repariere mein Leben. Okay, vielleicht auch nur diese Glücksgottfigur, die mir deine Tante mal geschenkt hat. Aber vielleicht hängt das ja alles miteinander zusammen."

Greg lachte. „Hast du mit Jasmin zusammen irgendwelche Glaskugeln befragt und dazu ein paar Pilze geraucht?", neckte er sie.

„Ja, klar, wir tun nichts anderes. Und nebenbei haben wir über das Glück philosophiert. Ist nämlich ein Gerücht, dass Frauen immer nur über Diäten und Schuhe reden." Sie drehte die Klebertube zu.

„Also, nachdem du ja Spezialistin bist, hätte ich eine Frage: Wie fühlt sich das so an, das große Glück?" Er kam näher. So nah, dass sie den herben Duft seines Duschgels riechen und seine abendlichen Bartstoppeln sehen konnte.

„Ungefähr so", sagte sie, stand auf und küsste ihn. Ziemlich lange sogar, weil er sofort darauf einstieg und sie an sich zog.

„Verstehe", erwiderte er in einer Atempause. „Das hatte ich nämlich vermutet."

Wie wunderschön es war, ihn endlich wieder zu spüren! Sie schloss die Augen und lehnte sich an ihn, gab sich ganz seiner Nähe hin. Er war also doch kein Traumgespinst. Den ganzen Tag über war sie sich da nicht sicher gewesen. Hatte fast schon erwartet, dass er hereinkam und sagte: „Hey, Baby, tut mir leid, aber ich bin eben doch ein einsamer Wolf und heule lieber mit der Karatemeute, als mit dir zu kuscheln." Oder was Männer in solchen Situationen eben von sich gaben.

Aber er war hier und hielt sie fest. Und dieses Mal nicht, weil er ihr edler Ritter war und sie schlotternd an der Burgmauer kauerte, sondern aus freien Stücken. War schon toll irgendwie. Und immer noch völlig unfassbar.

„Hast du deinen Glücksgott fertig?", fragte er, nachdem er sie eine gefühlte Ewigkeit später losgelassen hatte.

Valerie begutachtete Ganesh von allen Seiten und nickte zufrieden. „Sieht so aus. Er hat ein paar Sprünge, aber ansonsten ist er heil und kann wieder seines Amtes walten."

„Passt. Dann können wir ja nach oben gehen." Er machte ein paar Schritte auf die Treppe zu, als sei es total selbstverständlich, dass sie den Abend und wohl auch die Nacht gemeinsam verbringen würden.

„Ich …. ich soll also mit raufkommen?", rutschte ihr heraus.

Greg drehte sich um und sah sie mit seinem Laserblick an. „Ich schaue einen Film an und du kannst mir Gesellschaft leisten, wenn du nichts Besseres vorhast. Aber ich warne dich: Es ist ein Action-Movie und kein Romantikkram aus Cornwall mit flauschigen Schafen und irgendeinem Bubi als feschem Tierarzt."

Da war er wieder, der alte Greg! Sie musste grinsen. „Ich mag nur flauschige Karatemeister."

„Wenn du mich nur ein einziges Mal vor den Schülern so titulierst, knicke ich jede Häkelnadel in deinem Laden. Und das wäre das Netteste, was ich tue!"

Sie waren oben angekommen.

„Schon klar, darf keiner wissen, dass du eine menschliche Seite hast." Valerie setzte sich aufs Sofa, während er ein Bier für sich und eine Flasche Wasser für sie aus dem Kühlschrank nahm.

Als er die Flaschen abstellte und nach einer DVD kramte, fiel ihr die Sache mit dem Dosenöffner ein. „Weißt du übrigens, dass Jasmins Freund eine revolutionäre Erfindung gemacht hat und dadurch Millionen verdienen wird? Er macht aus Katzen Selbstversorger."

Sie erzählte von Bernhards Idee. Und weil sie gerade im Reden war, auch noch von der ersten Beziehung der beiden, bei der er Jasmin total ausgenutzt hatte. „Er hat sie die Wohnung zahlen lassen, ihr Auto benutzt, ihren Kühlschrank leer gefressen und war eines Tages plötzlich verschwunden. Mit dem Inhalt ihres Geldbeutels. Angeblich hat er es ihr in Raten zurückbezahlt, aber ich weiß nicht recht, ob ich das glauben kann. Jasmin ist ziemlich naiv, wenn es um Männer geht."

„Kann man von dir natürlich nicht behaupten." Er grinste breit. „Dein Leandro ist genau der Held, von dem er in seinen Liedern schwärmt, und du triffst dich neuerdings mit einem Kerl, der dir deine Erbschaft streitig machen will. Du bist also total abgebrüht in Sachen Männern."

„Pah!" Sie boxte ihm spielerisch in den Bauch, traf dabei allerdings auf eine harte Fläche. Falls er nicht zufällig eine kugelsichere Weste trug, hatte er tatsächlich einen hammermäßigen Sixpack. „Du hast keine Ahnung! Ich hatte das doch alles geschickt eingefädelt, selbst Mike war bestellt. Nur, um dein Retter-Gen aufzuwecken und dich um den Finger zu wickeln, damit ich mein Café behalten kann."

„Funktioniert nicht, Baby." Er trank einen tiefen Zug aus der Bierflasche. „Bei der Zukunft des Dojos hört die Freundschaft auf. Da dürfen die Hormone nicht mehr mitreden. Man muss schließlich Prioritäten setzen." Sein schelmisches Lächeln war zum Dahinschmelzen.

Doch Valerie wusste, dass darin ein großes Korn Wahrheit steckte. Sie wollten beide um jeden Preis diesen Raum, in dem jetzt ihr Café war. Erst vorgestern war der Notar dagewesen, hatte einen Espresso getrunken und sich erkundigt, wie es lief mit der Gelbgurt-Vorbereitung und dem Häkelkurs. Es gab weder für sie noch für Greg eine Alternative.

Das lag ihr schon mittelmäßig schwer im Magen. Aber heute wollte sie nicht daran denken. Greg war hier, versorgte sie mit Tacos plus sauscharfer Soße und fläzte sich neben sie aufs Sofa, die Fernbedienung in der Hand.

„Ja, ja, wir werden uns erbittert bekämpfen, ich weiß", stellte sie klar. Freute sich aber ab sofort auf den Film und verbot sich solche Gedanken.

„Dieser Bernhard", kam Greg während des Vorspanns auf das andere Thema zurück, „glaubst du, der meint es ernst mit Jasmin?"

Sie zuckte mit den Schultern. „Schwer zu sagen. Ich halte überhaupt nichts von diesem Typen und seinem Start-up. Kann gut sein, dass der wieder nur billig bei Jasmin wohnen will und sie sogar noch ihr letztes Geld investieren lässt. Das meiste steckt ja im Café, aber ich habe ihr die gesamten Einnahmen der ersten Zeit gegeben, weil sie so viel gekauft hat für die Einrichtung und so weiter."

„Kannst du nicht mit ihr reden? Dass sie dem nichts geben soll?" Er wirkte ehrlich besorgt um Jasmin.

„Schon versucht. Wenn es um Bernhard geht, beißt man bei ihr auf Granit. Mal schauen, was er den Kätzchen noch alles andreht. Am Ende bauen sie vielleicht noch Dachstühle und du bist arbeitslos. Erzählst du mir ein bisschen was von deinem Job?"

„Später." Er schob sich zwei Tacos in den Mund. „Schau dir erst mal diese Knaller-Verfolgungsjagd an!"

Valerie versuchte, seine Faszination nachzuvollziehen, gelang ihr aber nicht. Was fanden Männer so toll daran, wenn schnelle Autos sich gegenseitig auf steilen Straßen jagten, der Gute davonkam und die Karre des Bösen immer am Ende in Flammen aufging? Sie wurde davon eher schläfrig und kuschelte sich näher an Greg. Viel spannender als der Film war es, von der Seite sein Profil zu mustern. Sich die kleine Narbe neben seinem Auge einzuprägen. Wie er wohl zu der gekommen war? Durch einen flinken Gegner bei einer *Kumite*-Meisterschaft oder durch einen widerspenstigen Dachbalken? Irgendwann würde sie ihn all das fragen. Seinen Körper kennenlernen, jeden Quadratzentimeter davon, die Geschichte zu jeder Narbe und die Form jedes winzigen Muttermals wissen. Sogar den Verlauf seines Sixpacks oder anderer Muskelstränge. Sie musste nämlich zugeben, dass es sich gar nicht so schlecht anfühlte, wenn sein Bizeps sich anspannte. Überhaupt war es verflixt erregend, so an ihm dranzukleben. Eigentlich hatte er ja nur den Arm um sie gelegt, aber da war die nackte Haut seiner Unterarme. Die Wärme seines Oberkörpers. Der Blick auf seinen Schritt.

In ihren unteren Gefilden pochte es gehörig los. Und wann immer sie seine Haut berührte, kribbelte es überall bei ihr. Wie er sich wohl anhörte beim Sex? Würde er stöhnen, sich winden, ihren Namen rufen?

Sie musste sich abkühlen, trank ihr Wasser leer, schenkte sich nach. Der Film zog an ihr vorbei, ohne dass sie irgendetwas wahrnahm. Nur Greg nahm sie wahr, den aber sehr deutlich. Um sich abzulenken von den Verlockungen seines Schwarzgurtkörpers, fragte sie ihn ein paar Sachen über seine Lieblingsfilme und Schauspieler, die er mochte. Oder welche Musik er gern hörte. Natürlich alten Rock, das hätte sie sich denken können.

Sie redeten über dies und das, Valerie freundete sich langsam mit den scharfen Tacos an, aber nur ein bisschen. Als der Film aus war, konnte sie das Gähnen nicht mehr unterdrücken. Obwohl sie aufgeregt war. Das war die zweite Nacht. Hieß das, er erwartete jetzt ein wildes Toben in den Kissen? War sie schon bereit dafür? Ein Teil von ihr auf jeden Fall, wenn man das Prickeln so interpretierte. Aber der Kopf auch?

Sein Körper machte sie an, keine Frage, ebenso seine Küsse. Doch sie kam ja eher aus der Blümchensex-Fraktion, während Greg, nun ja … mit Britt war es sicher heiß hergegangen.

„Du gehörst ins Bett", stellte er trocken fest, als sie sich erneut die Hand vor den Mund hielt.

Er machte Anstalten aufzustehen, doch Valerie legte ihre Hand auf seinen Arm, um ihn zurückzuhalten. „Warte", sagte sie. Wusste aber dann nicht, wie es weiterging.

„Es ist … na ja, ich bin nicht so erfahren wie du. Und du stehst vielleicht auf ganz andere Sachen. Ich sehe halt immer Britt vor mir. Die mag es bestimmt, wie soll ich sagen, eher richtig grob?"

Oh Gott, sie hörte sich an wie ein unberührter Teenager aus einem dieser dämlichen Amifilme. Fehlte nur noch, dass sie ihm zuhauchte: „Mein Darling, ich hebe mich auf für unsere Hochzeitsnacht, denn meine Unschuld ist das Wertvollste, was ich besitze!"

Dummerweise hatte sie ihre mit sechzehn auf der Klassenfahrt nach Berlin verloren. An Rüdiger aus der Parallelklasse, der in einer Wasserflasche billigen Korn geschmuggelt hatte. Sie konnte sich weder am nächsten Tag noch jetzt an irgendwelche Details erinnern, was gewiss ein Segen war.

Trotzdem – das mit Greg war etwas Großes. Sie wollte ihn nicht enttäuschen. Und ein klitzeklein wenig Angst hatte sie auch, dass er es gewohnt war auf die harte Tour. Konnte ja auch ganz nett sein, aber nur, wenn man sich gut kannte und außerdem …

„Britt ist längst Geschichte“, unterbrach er ihr gedankliches Kettenkarussell. „Ich habe sie schon letzte Woche aus der Wohnung geworfen, sie wurde frech. Und überhaupt. Natürlich ist sie noch im Karate, aber privat läuft da gar nichts mehr.“

Er wandte sich ihr weiter zu und legte eine Hand an ihre Wange. „Valerie, ich hatte tatsächlich schon ein paar Frauen in meinem Bett, das ist kein Geheimnis. Und es stimmt, dabei ging`s oft nur um Sex. Ziemlich direkt in vielen Fällen sogar. Aber, na ja, ich hab` schon seit Längerem gemerkt, dass mir das nichts mehr gibt. Und dann kamst du daher.“

Sein Lächeln war so warm, dass sie es am liebsten in ihren Händen festgehalten hätte. Für kalte Wintertage und Novembernächte und dunkle Stunden, in denen sie genau so ein herzerwärmendes Lächeln brauchen konnte.

„Bin ich denn wirklich so anders?“, fragte sie und lehnte sich gegen seine Hand.

„Du bist etwas ganz Besonderes.“ Er besiegelte den Satz mit einem Kuss. „Und natürlich ist es in Ordnung, wenn wir noch warten. Nur solltest du ein Nachthemd anziehen, ich bin halt auch nur ein Mann. Und du machst mich an, das geb` ich zu.“

Er sie auch, und wie! Doch heute war nicht der richtige Abend. Also stand sie auf, machte sich im Bad fertig und kuschelte sich danach in die Bettdecke. Und an Greg. Himmel, fühlte der sich gut an! Sie könnte natürlich ihr Shirt ein klein wenig hochschieben und sich ganz beiläufig an ihm reiben, um zu erspüren, was sich denn da regte bei ihm … Nein. Nicht heute. Alles war zu neu. Und sie genoss es auch ohne Sex unsagbar, ihm nahe zu sein.

Außerdem konnte sie dann Jasmin unter die Nase reiben, dass er nicht, wie die behauptete, ein berechnender Lügner war. „Ich fühle mich so wohl bei dir, das ist unfassbar“, flüsterte sie und schmiegte sich noch näher an ihn.

„Und ich mich bei dir. Du bist die erste Frau, die ich freiwillig hier übernachten lasse. Das überrascht mich selbst. Ich sollte vielleicht mal Thore fragen, ob das überhaupt noch normal ist."

Sie spürte sein Lachen, es floss von seinem Bauchraum herüber zu ihrem, brachte auch sie zum Schmunzeln. Und zum Schweben. Und zum Über-alle-Maßen-und-bis-in-den-Himmel-hinauf-Glücklichsein. Wo Philomena bestimmt schon wieder eine Sektflasche köpfte.

Valerie drehte sich ein wenig zur Seite, sah durch die offen stehende Schlafzimmertür hindurch ins Wohnzimmer. Auf dem Tisch stand der geleimte Glücksgott und winkte ihr zu. Gut, könnte auch nur ein Schatten sein, aber das war doch egal. Alles war so wundervoll, wie es nur sein konnte.

„Danke, Ganesh", formten ihre Lippen stumm. „Und danke, Philomena."

Ein feiner Lichtstrahl durchquerte das Zimmer, glitt über die Bettdecke hinweg und beleuchtete Gregs entspanntes Gesicht. Ein Realist würde natürlich behaupten, dass das nur der Scheinwerfer eines vorbeifahrenden Autos gewesen war. Aber Valerie wusste, dass jemand anderer ein Zeichen geschickt hatte. Das Leben war wundervoll. Und Greg erst recht.

23. Friedhofgespräche

Gregor

„Los jetzt, bewegt euch!“, jagte Gregor seine Schüler durch die Halle. Zum Glück musste er nicht mitlaufen, sondern konnte in der Mitte stehen. Die Großbaustelle, bei der er gerade schuftete, verlangte ihm einiges ab. Und seine verfluchte Hüfte protestierte immer schmerzhafter gegen die harte Arbeit. Da war das Training schon fast wieder Erholung.

Noch mehr Erholung war allerdings Valerie. Er durfte hier im Dojo gar nicht an sie denken, sonst bekam er wieder dieses schrecklich selige Grinsen ins Gesicht, was nun wirklich nicht zu einem Karatetrainer passte. Aber nach der Stunde sahen sie sich, sie wollten endlich zum Friedhof, um Philomena zu besuchen. Wobei er sich nicht vorstellen konnte, dass seine reiselustige Großtante ganz brav an ein und demselben Ort verweilte, das passte einfach nicht zu ihr. Um ein wenig in Erinnerungen zu schwelgen, war es trotzdem der richtige Platz. Und er freute sich darauf, das gemeinsam mit Valerie zu machen.

Die Truppe heute war gut in Schuss. Bei der nächsten Prüfung würden sie eine gute Figur abgeben.

„Die angehenden Braun- und Schwarzgurte laufen gemeinsam eine Kata, und zwar die *Heian Yondan.* Danach üben wir dann Freikampf.“

Britt nickte zackig. Neuerdings suchte sie sich für Partnerübungen immer Manuel aus, der ihr eigentlich überhaupt nicht gewachsen war. Passte nicht zu ihr. Aber vielleicht hatten die beiden sich irgendwie angefreundet. Er konnte sich zwar gar nicht vorstellen, was sie mit diesem weich wirkenden Kapuzenpulliträger wollte, aber Frauen waren ja gerne mal sprunghaft in ihrer Zuneigung. Zumindest hoffte er, dass Britt so war. Denn wenn sie sich einen neuen Betthasen suchte, wäre er sie endgültig los.

Die Stunde verging wie im Flug. Als er auf die Uhr schaute, war schon Zeit für die Abschlussübungen. Manuell und Britt verließen als Erste das Dojo, der Rest folgte. Nur Thore blieb zurück.

„Komm, wir gehen im Crocodile noch was trinken“, sagte der.

„Sorry, ich kann heute nicht. Hab noch was vor.“ Er konnte ihm natürlich nicht sagen, dass er sich zwischen Grabsteinen herumtreiben würde, anstatt zwischen Bierflaschen herumzuhängen.

„Ich wette, es geht um deine Häkelliesel.“ Thores Blick wurde noch finsterer als sonst. Und das sollte was heißen.

„Und wenn schon! Ich kann in meiner Freizeit machen, was ich will.“ Wäre ja noch schöner, wenn Thore ihm vorschreiben würde, mit wem oder was er Zeit verbrachte.

„Mann, siehst du das denn nicht? Valerie will dir deine Freiheit nehmen, alle Frauen sind so. Und deine Männlichkeit. Mensch, *Sensei*, du bist doch ein harter Kerl! Lass dich nicht zu einem Pantoffelhelden machen, der händchenhaltend auf dem Sofa hockt und Liebesschnulzen anschaut.“

Bei der Vorstellung musste Gregor lachen, obwohl er sah, wie ernst es Thore war.

„Hey, du kennst mich! So was würde ich nie tun. Und ich lasse mich auch nicht kastrieren, keine Sorge.“

„Keine Ahnung, ob ich dich noch kenne“, brummte Thore. „Du bist anders geworden. Du häkelst! Und bei den drei grauen Pantherinnen im Anfängerkurs schleimst du dich ein, als wolltest du ihr Schwiegersohn werden!“

„Jetzt mach mal halblang. Du weißt genau, warum ich diesen Häkelkram mache. Ganz bestimmt nicht freiwillig. Und es ist absolut kein Zeichen von Schwäche, wenn man alten Damen hilft, sich wehren zu können.“

Manchmal glaubte er wirklich, Valerie hatte recht damit, dass dieser

Männlichkeitswahn lächerlich war. Er war nun mal ein ganzer Kerl, hart im Nehmen und alles andere als ein Weichei. Daran änderte sich nichts, nur weil er dem Trio mal ein Lächeln schenkte. Warum war Thore da nur so engstirnig?

„Ich kapier es trotzdem nicht“, setzte der nach. „Reicht dir Britt denn nicht? Die ist doch viel heißer als die Häkeltante.“

Gregor zuckte verächtlich mit den Schultern. „Mit Britt ist es halt nur Sex.“

„Und du willst mehr?“ Thore sah ihn entsetzt an. So richtig entsetzt. So, als hätte er ihm gerade offenbart, dass er ab sofort Karate hinschmiss und eine Karriere als Synchronschwimmerin anstrebte. „Aber Greg, das ist doch genau das Tolle! Jeder Mann würde sich nach so einer Frau die Finger ablecken!“

„Sie küsst nicht“, rutschte Gregor heraus. Und sie strahlte nicht, wenn sie ihn sah. Oder überhaupt von innen heraus. Sie lachte nicht so glucksend wie Valerie, sie hatte nicht diese wunderschön warmen Bernsteinaugen und erst recht nicht diese zärtlichen Hände. Und sie gab ihm nicht das Gefühl, auch was wert zu sein, wenn er mal nicht den Schwarzgurt herauskehrte.

„Sie küsst nicht?“, wiederholte Thore mit der Stimme eines Nervenarztes, der kurz davor steht, einen Patienten einzuweisen.

„Ach, vergiss es. Ich habe heute keine Zeit und basta. Was ich in meinem Privatleben treibe, geht dich nichts an.“

Sie waren seit ewig und zwei Jahren befreundet, aber diese Dinge würde Thore niemals verstehen. Gregor verließ das Dojo und ging nach oben, während Thore zum Ausgang stiefelte. Er vertraute seinem bärtigen Freund total. Wusste, dass er ihn auch nachts um drei aus dem Bett werfen konnte, wenn er eine Autopanne hatte, oder ihm sein gesamtes Hab und Gut anvertrauen konnte. Bisher waren sie auch in Frauensachen einer Meinung gewesen. Nun eben nicht mehr. War aber egal, Männerfreundschaften beeinträchtigte so etwas nicht.

Er zog sich schnell um und traf Valerie, die beim Einkaufen

gewesen war, vor dem Eingang zum Café. Bei ihrem kunterbunten Anblick musste er schmunzeln. Aber er mochte inzwischen die Art, wie sie sich kleidete. Ja, er hatte sogar gar keine Ahnung mehr, wieso ihm das langweilige Schwarz von Britt eine Zeit lang gefallen hatte. Es war vielleicht irgendwie sexy, aber wenn man das ständig sah, wurde man doch depressiv. Valerie hingegen wirkte wie eine bunte Frühlingswiese und das machte ihm ganz automatisch gute Laune. Sie zu küssen, sogar noch mehr.

„Wie war dein Tag?“, fragte sie. „Hat dein Boss wieder den Sklaventreiber gegeben?“

Auch das war neu. Britt oder eine der anderen Bettgeschichten wäre nie auf die Idee gekommen, sich nach seiner Arbeit zu erkundigen.

„Wir haben eine neue Baustelle“, erzählte er. „Sogar mit Kran, da müssen wir nicht mehr alles, was der Schrägaufzug hochfährt, quer übers Dach schleppen.“

„Ihr seid aber schon gesichert, wenn ihr da oben herumlauft, oder?“ Ängstlich sah sie ihn an.

„Nein, das macht kein Mensch. Wir sind alle trittsicher, das passt schon. Man gewöhnt sich daran, über schmale Mauern oder Balken zu laufen. Höhenangst sollte man allerdings nicht mitbringen.“

„Du liebe Zeit, ich würde tausend Tode sterben!“

„Ach was, ist ein Beruf wie jeder andere auch. Wir brauchen nur ein bisschen mehr Kraft als ein Schreibtischhengst.“

Sie grinste und zwickte in seinen Bizeps. „Dafür kriegt ihr tolle Muckis.“

„Ach ja? Seit wann gefällt dir das denn? Ich dachte, Muskelmänner sind nichts für dich?“ Er mochte diese Leichtigkeit beim Unterhalten. Sich zu necken, über alles reden zu können, keine Maske tragen zu müssen. Fühlte sich verdammt gut an.

„Sind sie auch nicht. Aber bei dir mache ich eine Ausnahme. Ist mir selbst nicht ganz geheuer, aber ich schätze, ich kann dir einfach nicht widerstehen.“ Grinsend hakte sie sich bei ihm ein, als sie um die Ecke bogen.

„Geht allen Frauen so, ich bin nun mal unwiderstehlich." Dafür erhielt er einen kleinen Hieb gegen den Bauch, was ihn nicht im Geringsten störte. Im Gegenteil, er hätte sich gern noch an ganz anderen Körperteilen von ihr anfassen lassen. Eigentlich überall.

„Kann ich mal zuschauen, wenn du auf dem Dachstuhl herumflitzt?", fragte sie.

„Klar. Komm halt mal in der Sommerstraße vorbei, du kannst die Baustelle nicht übersehen. Ich bin der hinter dem fünften Dachbalken rechts."

Warum war er mit einem Mal so beschwingt? Seine Beine schienen kein Gewicht mehr zu haben oder die Erde keine Schwerkraft mehr, denn er hatte das Gefühl, mehr zu schweben als zu gehen.

„Hattet ihr nette Gäste im Café?", fragte er sie und ertappte sich dabei, dass ihn das wirklich interessierte. Er wollte wissen, wie ihr Tag gelaufen war, ob sie sich wohlgefühlt oder geärgert hatte. Das machte ihm ein wenig Angst. Aber hey, jemand mit dem dritten Dan ließ sich von nichts ängstigen, nicht mal von den eigenen Gefühlen.

Valerie erzählte munter vom skurrilen Hutmacher, der zum Stammgast geworden war, von der Inhaberin des Blumenladens, die so gern Erdbeertörtchen verdrückte, und von diversen Handarbeiten. „Die Leute lieben das Café, es ist wirklich ein Wunder. Mir war gar nicht klar, dass es so viele Handarbeits-Fans hier in der Stadt gibt."

Er wollte etwas antworten, da sah er das riesige Plakat auf der anderen Straßenseite.

„*Mega-Sommershow in Marios Martial Arts Studio*", prangte in breiten Lettern darauf. „*Ein Spektakel für Jung und Alt! Lass dich bei einem grünen Smoothie beeindrucken. Bei uns im Studio findet jeder etwas, das ihn fasziniert. Wir bieten Sicherheits-Training für Kinder und Postboten, Selbstverteidigungs-Salsa für Frauen, Senioren und Beamte, alle Arten von Martial Arts für jedes Alter, Power-Yoga mit Instant-Meditation, Tae Bo-Pilates und High-Intense-Hantel-Fitness-Zumba, auf Wunsch mit zusätzlicher Powerhouse-Aktivierung. Auch für Männer.*"

„Scheiße." Gregor blieb stehen und starrte das Plakat an. „Was zum

Teufel ist Powerhouse-Aktivierung?"

„Ich glaube, so was ähnliches wie Beckenbodentraining."

„Für Männer?"

Valerie grinste. „Stell dir vor, die besitzen auch einen Beckenboden!" Dann wurde sie wieder ernst. „Was dieser Mario da abzieht, ist schon heftig. Der schreckt nicht mal vor Kinderschminken und einer Hüpfburg zurück." Sie deutete auf einen Schriftzug auf dem Plakat.

„Und inszeniert sich immer als Weltmeister. So lächerlich! Der hat keinen einzigen Wettkampf gewonnen, außer bei seinem selbst gegründeten Verband mit einer Handvoll Mitglieder. Lass ihn nur ein einziges Mal gegen mich im *Kumite* antreten und er sitzt danach heulend auf der Yogamatte in seinem Studio." Er schnaubte.

Valerie schwieg. Sehr lange. Sogar noch, als sie schon wieder weitergingen in Richtung des Friedhofs. „Greg, ich zermartere mir darüber schon die ganze Zeit den Kopf. Also, wie wir das lösen können mit dem Raumproblem. Weißt du, ich kann total verstehen, dass du dein Karatestudio erweitern willst. Aber unser Café wirft noch nicht so viel Geld ab, dass wir uns die Miete in einem anderen Laden leisten können. Und ich habe ja sonst keinen Job. Wie können wir das nur machen?"

Seine Backenzähne bissen aufeinander. Es stimmte, sie hatte keinen Verdienst außer des Cafés, er schon. Nur würde er die Arbeit als Zimmerer nicht mehr sehr lange ausführen können, sonst waren seine Knochen so kaputt, dass er auch das Karate vergessen konnte. Und das ging gar nicht. Sagen wollte er das Valerie aber nicht, er brauchte kein Mitleid.

„Ich habe schon eine Lösung in Sicht", erwiderte er kryptisch. „Wahrscheinlich wird sich das Problem in nächster Zeit in Luft auflösen."

„Wie denn?" Sie blieb stehen, um ihn anzusehen.

„Sag ich nicht. Du wirst es als Erste erfahren."

Er sprach selbst mit ihr nicht gern über Dinge, die noch in der Luft hingen. Falls er sein Studio wirklich umzog in diese anderen Räume, die er besichtigt hatte, würde sie es natürlich erfahren. Aber erst dann. Da war er ein klitzeklein wenig abergläubisch. Außerdem war es ihm unangenehm zuzugeben, dass er schon seit einer Ewigkeit davon träumte, vollends selbstständig zu sein. Sie hatte das geschafft, er nicht. Deshalb behielt er das lieber für sich.

„Du bist aber geheimnisvoll", erwiderte sie und nahm ihren Schritt wieder auf. Ein paar Minuten später kamen sie am Friedhof an.

„Wir haben Glück, er ist noch offen." Gregor drückte das schmiedeeiserne Tor auf und ging hinein.

Der alte Waldfriedhof hatte eine ganz eigene Ruhe inne. Vögel zwitscherten in den zahlreichen Bäumen, eine Biene summte herum und über allem lag eine stille Zuversicht.

„Ich mag Friedhöfe", sagte Valerie leise. „Das war schon immer so. Obwohl es ja eigentlich ein trauriger Ort ist, komme ich immer zur Ruhe dort."

Das konnte er gut verstehen.

„Ja, du hast recht. Diese ganzen Alltagssorgen verblassen hier. Und man merkt für ein paar Momente, wie überflüssig die sind."

Sie nickte. „Ich wäre gern bei Philomenas Beerdigung dabei gewesen. Habe in der Zeitung gesucht, aber es war keine Traueranzeige drin."

„Mein Großonkel, also Philomenas Bruder, hat das alles organisiert. Sie konnte den nie leiden. Es war eine stinknormale Beerdigung, die ihr kein bisschen gefallen hätte. Schau, da sind wir."

Er deutete auf ein Grab, das noch keinen Stein besaß. In die Erde hatte jemand ein paar bunte Blumen gepflanzt, dahinter stand das übliche Holzkreuz mit ihrem Namen und einem Sterbebildchen. Gegenüber von Philomenas Ruhestätte stand eine Bank unter einer ausladenden Trauerweide, die ihre Äste fast bis zur Lehne der Bank herunterhängen ließ.

Valerie blieb vor dem Grab stehen. „Du hast recht, sie hätte sich bestimmt etwas Flippiges gewünscht als Trauerfeier."

Er ergriff ihre Hand und sie drückte sie dankbar. „Weißt du, was ich gemacht habe, als ich von der Beerdigung und dem Essen danach heimgekommen bin? Ich habe mir im Supermarkt eine Flasche von diesem süßen Sekt gekauft, den sie so gern getrunken hat. Dabei hasse ich so was eigentlich. Aber an diesem Abend habe ich in Gedanken mit Philomena angestoßen und ihr von der dämlichen Beerdigung und den dummen Sprüchen ihrer Verwandtschaft erzählt. Wir haben sogar ein bisschen gelacht über die Angeberei einiger Nichten und den Größenwahn ihres Bruders. Ich hab` die Flasche komplett ausgetrunken."

Geweint hatte er auch. Aber es gab Dinge, die musste man nicht erzählen.

Valerie sah ihn an, mit einem so weichen Blick, dass er aufpassen musste, nicht gefühlsduselig zu werden. „Das hast du gut gemacht, genau so hätte sie es gewollt", sagte sie leise. Und er hatte den Eindruck, sie wusste, dass er an dem Abend nicht nur gelacht hatte. Und sie fand ihn trotzdem noch anziehend. War schon echt seltsam mit ihr.

„Setzen wir uns auf die Bank?", fragte er. Der Abstand zum Grab tat gut. Da war Tante Philomena ihm zwar noch nah, aber der Schmerz nicht mehr ganz so greifbar.

„Greg?", sagte sie mit leiserer Stimme, „ich muss dir was beichten. Vor ein paar Tagen war ich in Philomenas Wohnung. Habe ein paar alte Fotoalben durchgesehen und dabei was gefunden. Einen Brief von dir."

Er runzelte die Stirn. „Ich habe ihr nie geschrieben. Wir haben telefoniert oder uns gesehen."

„Es war ein sehr alter Brief. Du hast ihn geschrieben, als du noch in der Schule warst. Das war offenbar, nachdem sie dir den Pinguin geschenkt hatte."

Ganz dunkel erinnerte er sich. Aber er wusste nicht mehr genau, was er damals zu Papier gebracht hatte. „Das ist ewig her."

„Ja, ist es. Ich wollte nur, dass du es weißt. Weil es irgendwie ein Eingriff in deine Privatsphäre ist. Ich weiß jetzt, dass dein Vater euch verlassen hat. Und dass du damals deiner Mutter manchmal zu sensibel warst. Total traurig so was.“

Gregor musste tief durchatmen. Jetzt fiel ihm wieder ein, was er geschrieben hatte.

„Na ja, ich hab`s überlebt. Im Vergleich zu vielen anderen Menschen war meine Kindheit ganz okay. Ich wurde nicht verprügelt, hatte immer was zum Essen und zum Anziehen. Da geht es in manchen Familien ganz anders zu.“

Das sagte er sich schon seit vielen Jahren und es half ihm. Noch mehr half es, das ganze Thema gar nicht erst aufkommen zu lassen. Lange Zeit hatte er das so gemacht. Und er wusste nicht, ob es ihm recht war, dass Valerie darin herumstocherte.

„Du durftest nicht sein, wie du eigentlich warst“, sagte sie ernst. „Und niemand hat gemerkt, wie sehr du dich angestrengt hast, alles richtig zu machen.“

„Doch, Tante Philomena.“ Er schaute auf ihr Grab. Eine der lila Petunien bewegte sich im Wind. Sah ein bisschen aus, als würde Philomena ihm von unten zuwinken.

„Bist du deshalb Zimmermann geworden? Weil das was für starke Männer ist, die niemand je auslachen würde?“

Er musste schlucken. „Quatsch“, erwiderte er, aber seine Stimme war rau. „Ich hatte einfach ein Geschick für alles Handwerkliche.“

Valerie nickte langsam. Dann legte sie ihre Hand auf seine. Mehr tat sie nicht, aber er konnte fühlen, wie nah sie ihm war. Und wie sehr sie alles in Ordnung fand, was er war.

„Was ist mit deiner Mutter?“, fragte sie leise. „Habt ihr noch viel Kontakt?“

Er deutete mit der freien Hand nach links über die Gräberreihen. „Sie liegt dort hinten. Schon seit zehn Jahren. Aber ich besuche lieber Philomena.“

Sie drehte den Kopf und sah ihn an. „Dann bist du jetzt ganz alleine?“, fragte sie ernst.

Irgendwie schon, aber das machte ihm nichts aus. Hatte es noch nie.

Er war gern allein. Zumindest bisher. Seit Philomenas Tod hatte sich das irgendwie geändert, da fühlte er sich manchmal einsam. Da war die Stille in seiner Wohnung hin und wieder bedrückend, da vermisste er einen Menschen, mit dem er die ganz alltäglichen Dinge teilen konnte. Und da war ihm in manchen Nächten kalt im Bett. Aber nicht, weil die Daunendecke nicht warm genug war, sondern von innen heraus.

„Schätze, du hast recht. Aber ich habe ja jetzt dich."

Sie lächelte. Und nahm seine Hand. „Sollen wir ein kleines Gebet sagen für Philomena?"

„Ich bin nicht gläubig", erwiderte er. Zumindest war er schon ewig nicht mehr in der Kirche gewesen. Andererseits gefiel ihm der Gedanke, dass Philomena nicht einfach weg war, sondern von irgendeinem wolkigen Ort aus zuschaute.

„Völlig egal. Wir bedanken uns einfach, dass sie uns zusammengeführt hat."

Valerie stand auf, trat direkt vors Grab. Ihm blieb nichts anderes übrig, als ihr zu folgen.

„Liebe Philomena, wo immer Sie jetzt sind", begann sie im feierlichen Ton und hielt weiter seine Hand, „Sie haben das richtig gut gemacht, dass Sie uns beide in diesen Wettstreit um Ihr Erbe verwickelt haben. Und Sie hatten recht, wir haben tatsächlich viele Gemeinsamkeiten. Lieben Dank, dass Sie sich um uns gekümmert haben! Wir wünschen uns, dass es Ihnen gut geht jetzt. Dass Sie die Engel zum Lachen bringen oder mit dem Regenbogengott tanzen oder was immer bei Ihnen los ist. Haben Sie eine gute Zeit und schauen hin und wieder zu uns herunter. Amen." Ihre Stimme war immer leiser geworden und jetzt am Ende versagte sie fast.

Gregor musste gegen einen dicken Kloß anschlucken. Auch wenn es wie ein Kindergebet geklungen hatte, es waren genau die richtigen Worte gewesen. Er hätte die niemals so gut formulieren können. Aber dafür konnte er etwas anderes ziemlich gut. Er wandte sich Valerie zu, die mit den Tränen kämpfte, und zog sie sanft an sich. Sie lehnte wie beim ersten Mal ihren Kopf an seine Halsbeuge und auch dieses Mal waren ihre Wangen nass. Aber es war gut. Es war mehr als gut. Sie war das Beste, was ihm je passiert war. Und wahrscheinlich war sie ein viel zu guter Mensch, als dass er sie verdient hätte. Aber sie standen an Philomenas Grab, also war alles goldrichtig. Anders hätte die schrullige Tante das nicht zugelassen.

Als er über Valeries Schulter blickte, fuhr ein Windstoß in die Blumen und sie nickten ihm allesamt zu. Da wusste er, dass er all seine Zweifel über Bord werfen konnte und sich voll auf Valerie einlassen. Bei ihr brauchte er nicht stark zu sein, sondern durfte es wagen, einfach nur Gregor zu sein, mit allen Schwächen und Fehlern und Narben. Das kippte ihn fast von den Füßen, aber er fiel nicht um. Denn er war nicht mehr allein. Da war Valerie, die ihn in der Umarmung genauso festhielt wie er sie, auch wenn sie das gar nicht bemerkte.

24. Bastard Bernhard

Valerie

„*I say, my baby, you are wonderful tonight*“, trällerte Valerie am nächsten Tag die Clapton-Ballade mit, die im Café als Hintergrundmusik lief. Heute regnete es leicht, deshalb waren jetzt um die Mittagszeit nicht viele Gäste da. Außerdem übertönte das Zischen der Kaffeemaschine ihren Gesang. Sie hatte festgestellt, dass es gar nicht schlimm war, wenn Leandro nicht mehr lief. Es gab so viele Songs, die man nebenbei hören konnte, um sich zu entspannen!

Clapton hatten sie gestern Abend bei Greg gehört, natürlich eher die schnellen Nummern. Sie musste schmunzeln. Es war immer noch verrückt, wie unterschiedlich sie beide in vielen Bereichen waren. Und in anderen dafür gar nicht. Allein, dass er mit ihr an Philomenas Grab gestanden hatte, war toll. Mit ihm zusammen tat es gar nicht mehr so weh. Und sie wusste, dass auch er bei seiner privaten Trauerfeier mit dem süßen Sprudelwasser geweint hatte, auch wenn er es nicht sagte.

Valerie schob die Muffins auf dem Tablett zurecht. Viele waren nicht mehr da, es wurde Zeit, dass Jasmin in einer Stunde anrückte und Nachschub brachte. Sie unterhielt sich ein wenig mit Simona vom Spielzeugladen nebenan, da brauste plötzlich ein Auto heran, rumpelte über die Bordsteinkante und kam mit quietschenden Reifen direkt vorm Eingang zu stehen. Erschrocken starrte Valerie aus dem Fenster. Das war Jasmins Karre! Aber wieso fuhr die wie ein Henker, sie hatte doch Cupcakes an Bord?

Die Frau, die ausstieg, war erst auf dem zweiten Blick als Jasmin zu erkennen. Ihr Mascara war verschmiert, das Lächeln verschwunden und sie wirkte völlig verstört.

Sofort sprang Valerie auf und lief hinaus. „Um Gottes willen, was ist denn mit dir passiert?“, rief sie.

„Er ist weg“, schluchzte Jasmin. „Einfach verschwunden. Und er hat sogar mein ganzes Geld mitgenommen. Ans Handy geht er natürlich nicht. Val, was mach ich denn jetzt nur? Ich dachte wirklich, er meint es ernst mit mir!“

Dieser verfluchte, beschissene Bernhardbastard!

„Du kommst erst mal mit rein.“ Valerie legte den Arm um die Freundin und dirigierte sie nach drinnen. Sie rief Roberta, die an ein Paar dicker Ringelsocken strickte, zu, dass sie kurz das Café übernehmen sollte. Dann schob sie Valerie in den Flur hinaus.

„Jetzt nochmal ganz langsam. Bernhard ist verschwunden?“

„Spurlos.“ Jasmin schnäuzte sich lautstark. „Meinst du, es ist ihm was passiert? Vielleicht wurde er entführt? Oh, das könnte ja echt sein, wie schrecklich!“

„Hast du nicht gesagt, er hat dein Geld mitgehen lassen?“

„Die Entführer könnten ihn dazu gezwungen haben! Vielleicht ist es wegen seiner Erfindung?“

Das war ungefähr so wahrscheinlich wie ein Schneesturm im römischen Sommer. Die würden niemals Lösegeld fordern für einen wie ihn, sondern ihn wahrscheinlich nach drei Stunden zurückbringen und noch Geld dazulegen.

„Okay, atme erst mal tief durch. Du bist also von der Arbeit heimgekommen und dann war er nicht mehr da?“

Sie nickte wild. „Genau so war es. Er war fort. All seine Klamotten auch. Sogar die Pfefferminz-Granatapfel-Mundspülung, die ich extra für ihn gekauft hatte, weil er die so mochte. Der Prototyp von *Cat-it-yourself* auch. Und das Bargeld aus meiner Schublade.“

„Moment mal, er hat alles mitgenommen? Sämtliche Sachen, die er bei dir ausgebreitet hatte?“

Wieder das eifrige Nicken.

„Jasmin, dann wurde er ganz sicher nicht entführt. Kein Entführer lässt sein Opfer noch das Mundwasser einpacken! Noch dazu eines mit Granatapfelaroma. Wie viel Geld ist weg?“

„In der Schublade waren ungefähr fünfhundert, die habe ich immer als Notgroschen daheim, das wusste er.“

Valerie hatte eine dunkle Ahnung, als sie sah, wie Jasmin an ihrem Pulli herumzupfte. „Aber du hast ihm noch mehr gegeben, oder?“

Jasmins Lippe zitterte. „Ja, hab` ich. Als Investition in sein Dosenöffner-Projekt. Es waren ein paar andere abgesprungen und er war doch so sicher, dass das was wird.“

„Wie viel?“, wiederholte Valerie.

„Siebentausend“, nuschelte Jasmin. „Ich habe alles zusammengekratzt, mein Konto überzogen und mir einen Gehaltsvorschuss geholt. Oh Gott, wie kann ich nur immer wieder so dumm sein!“ Die Tränen liefen ihr über die Wangen, deshalb nahm Valerie sie in die Arme. Innerlich jedoch brodelte es in ihr. Dieser Mistkerl Bernhard!

Aber auch auf ihre Freundin war sie wütend. Hatte sie Jasmin nicht mehrmals davor gewarnt, ihm Geld zu geben? Himmel, 7.500 Euro war eine Menge Schotter. Und wahrscheinlich für alle Zeit verschwunden.

„Hast du eine Ahnung, wo er sein könnte?“, hakte sie nach, als Jasmin sich etwas gefangen hatte.

„Nein, gar nicht. Er hat offenbar sogar eine neue Handynummer, denn da heißt es immer: *Kein Anschluss.* Und ich weiß ja nicht mal, wo er wohnt, er hat immer mit dem Handy angerufen.“

„Für siebentausend Euro kann er sich auch locker ein neues zulegen“, brummte Valerie.

„Finde ich nicht witzig.“ Jasmin zog ein neues Taschentuch heraus. „Du brauchst dich nicht darüber lustig zu machen.“

„Tue ich doch gar nicht.“ Okay, zusammenreißen musste sie sich schon. Dummerweise war Jasmin in den wenigen Momenten, in denen sie mies drauf war, ziemlich ungenießbar und wurde gerne mal unfair.

„Doch, ich sehe es dir an.“

„Oh, bitte, du kannst mir nicht übelnehmen, dass ich mich wundere, wie du auf den Kerl noch ein zweites Mal hereinfallen konntest." Mist, das hätte sie nicht sagen sollen, war ihr so rausgerutscht.

„Ach, da redet die Richtige!", zischte Jasmin. „Weil du ja eine so tolle Männerkenntnis hast. Ich wollte es dir eigentlich nicht sagen, aber jetzt ist es eh schon egal: Dein Greg führt dich hinters Licht, der ist sogar noch viel schlimmer als Bernhard."

Valerie starrte sie an. „Was meinst du damit?"

„Ich habe ihn und Thore neulich reden hören. Er denkt überhaupt nicht daran, dir das Café zu überlassen, sondern hat Pläne, wie er sich die Räume zurückholt. Er hat wortwörtlich gesagt: *`dass ich mit Valerie zusammen bin, ändert nichts an meinen Plänen, das Studio wird erweitert werden.`* Ich hab`s mir extra gemerkt."

„Das … das muss nichts heißen", stotterte Valerie, aber ihr Magen zog sich ganz gewaltig zusammen.

„Und er hat gesagt, dass er sich weiterhin mit Britt trifft. Weil – ich zitiere – *Kerle wie wir von einer Frau nicht satt werden.*"

Valeries Beine fühlten sich wie Cupcake-Topping an. Sie wusste, dass Jasmin keine Lügnerin war. Auch wenn sie momentan aufgebracht war – sie würde ihr keine Unwahrheiten erzählen.

„Vielleicht hast du was falsch verstanden. Du bist ja nicht direkt dabei gestanden, oder?"

Jasmin zuckte leicht mit den Schultern. „So habe ich es jedenfalls gehört. Mach damit, was du willst." Sie ließ den Kopf hängen und seufzte tief. „Ach, Valerie, es tut mir leid. Ich hätte es nicht erzählen dürfen. Es ist gerade einfach alles zu viel für mich."

„Schon gut, ich muss mich doch auch entschuldigen. Hätte dich nie dumm anreden dürfen. Tut mir echt leid."

Sie waren nun mal Freundinnen. Und auch wenn es mal krachte, vertrugen sie sich natürlich. Trotzdem gingen ihr diese Worte nicht aus dem Kopf. Spielte Greg tatsächlich mit ihr? Sie konnte sich das nicht vorstellen. So schlecht war ihre Menschenkenntnis ganz sicher nicht! Fragen sollte sie ihn vielleicht trotzdem zu diesen Themen und genau hinschauen, wie er reagierte. Erst jedoch ging es um Jasmin.

„Wir müssen irgendwas machen wegen deinem Bernhard", beschloss Valerie. „Nur was? Ich habe null Ideen, wie wir den drankriegen könnten. Hast du irgendwelche Kontaktpersonen?"

„Nein, niemanden."

„Weißt du was? Ich frage Greg. Vielleicht hat der eine Idee. Also, falls das für dich in Ordnung ist."

„Klar doch, ich bin für jeden Strohhalm dankbar."

Valerie schaute nach, ob im Café alles okay war. Sah so aus. Roberta hatte alles gut im Griff. Also machte sie sich mit dem Auto auf den Weg in die Sommerstraße.

Es nieselte ein klein wenig, aber das hielt sie nicht davon ab, auszusteigen, den Kopf in den Nacken zu legen und die Baustelle zu betrachten. Es war ein Mehrspänner aus zweistöckigen Reihenhäusern, die da gebaut wurden. Die Mauern standen bereits, nun wurde der Dachstuhl errichtet. In luftiger Höhe sah sie einige Männer herumlaufen, alle ohne Seile, aber immerhin Helme hatten sie auf.

Als sie sah, in welcher Geschwindigkeit die über die schmalen Mauern oder Querbalken balancierten, wurde ihr richtig schlecht. Die hatten ja keinerlei Schutz! Keinen Gurt, kein Netz wie bei Trapezkünstlern, keine dicken Matten wie Stuntmen. Würde einer abstürzen, krachte er direkt auf den Betonboden.

Himmel, wie konnte man so etwas nur zulassen! Gab es keine Gesetze, die Bauarbeiter schützten? Mit unsicheren Schritten ging sie näher auf das Haus zu. Neben ihr stand ein Kran, der gerade einen riesigen Dachbalken von einem LKW hochhob und nach oben zog, bis er knapp über dem halbfertigen Dachstuhl schwebte.

Es war eine dämliche Idee gewesen, hierher zu kommen. Was hatte sie sich nur dabei gedacht? Greg arbeitete doch nicht in einem Café oder im Amt für Hundesteuer, wo er ohne Weiteres mal ein paar Minuten vom Arbeitsplatz verschwinden konnte, wenn Besuch daherkam. Er konnte natürlich nicht einfach alles stehen und liegen lassen, um von dort oben herunterzusteigen und mit ihr ein Pläuschchen zu halten. Über Jasmins Problem und auch über diese anderen Dinge, die sie angedeutet hatte, konnten sie doch auch am Abend sprechen. War sicher besser, dann konnte sie das alles bis dahin noch in ihrem Kopf herumwälzen. Außerdem wusste sie gar nicht genau, welcher der Zimmermänner er war. Sie trugen alle Arbeitshosen mit vielen Taschen und T-Shirts.

Ein Pfiff hallte über die Baustelle. „Hey, Süße, willst du uns vom Arbeiten ablenken?“, dröhnte eine unbekannte Stimme zu ihr herunter.

Einer der Männer stand am Rand der Giebelmauer und grinste sie an.

„Ich suche Greg“, rief sie hinauf, kam sich aber schrecklich dämlich dabei vor.

„Valerie?“, hörte sie plötzlich seine Stimme.

Ihr Herz hämmerte sofort los, als sie ihn sah. Ganz oben, auf dem allerhöchsten Balken. Ja, die breiten Schultern und der geschmeidige Gang, das war er. Und er schien sich zu freuen, dass sie hergekommen war.

Ach, sie hatte sich viel zu viele Gedanken gemacht. Immerhin hatte er doch gesagt, sie sollte mal bei seiner Baustelle vorbeikommen. Hier war sie und es war ihm offenbar alles andere als peinlich. Ja, er machte sogar ein paar schnelle Schritte auf sie zu. Gleich würde er bestimmt irgendwas Lustiges rufen und dann über die Treppe herunter-…

Oh Gott, der Balken! Eine Windbö jagte über die Baustelle, rüttelte am Kran und plötzlich drehte sich der Riesenbalken. Er kam von hinten mit voller Wucht auf Greg zu. Nein, das durfte nicht …

„Greg, pass auf!“, schrie sie. Aber es war zu spät.

Der Balken schoss auf ihn zu, erwischte ihn an der Schulter und fegte ihn von den Füßen.

„Nein!“, schrie Valerie. Greg stürzte hinunter! Nein, das durfte nicht … Es ging alles so schnell, die Bilder verschwammen vor ihren

Augen. Sie konnte sich nicht bewegen, starrte nur nach oben zu dem leeren Balken, über den er gerade noch gegangen war.

„Bitte nicht!", keuchte sie.

Wo war er nur? Sie konnte ihn nicht mehr sehen. Seine Kollegen waren auch verschwunden. Verdammt, sie musste wissen, ob er noch lebte! War er ins Innere des Hauses gestürzt? Viele Meter tief? Oh Gott, da lag er irgendwo in seinem Blut, mit völlig verdrehten Knochen … Wo war er nur, verflucht, warum tat denn niemand etwas!

Sie rannte hinein, schob den Bauzaun zur Seite und stürmte in den Rohbau.

„Greg!", schrie sie immer wieder, „Sag doch was!"

Es durfte ihm nichts passiert sein. Nein, auf keinen Fall. So grausam konnte das Leben doch nicht sein, sie konnte ihn nicht verlieren, niemals. Sie wollte nicht mehr ohne ihn sein. Weil sie ihn liebte. Mehr als sonst irgendetwas auf der Welt, sogar mehr als sich selbst. Verdammt noch mal, sie liebte diesen Muskelkerl mit den blauen Augen, die sie immer ansahen, als wäre sie etwas ganz Besonderes!

Verrückt vor Sorge rannte sie die Betontreppe hinauf. Hörte Stimmen. Laute Stimmen. Alles schien in Aufruhr zu sein.

Weil er tot war?

„Nein, bitte nicht", ächzte sie. Noch ein Stockwerk. Sie kam dort an, wo der Betonboden war, auf den er gefallen war. Ihr Atem stockte. Gleich würde sie ihn liegen sehen ….

„Du hast echt den Arsch offen!", schrie jemand.

Vielleicht weil noch niemand den Notarzt gerufen hatte?

„Jetzt reg dich nicht auf, nur wegen der paar Bretter, die kaputt sind! Das ist doch lächerlich."

Sie musste halluzinieren. Das kam bestimmt vor in solchen Situationen. Sie war sich nämlich sicher, dass das die Stimme von Greg war. Und das war ja wohl völlig unmöglich.

„Valerie!", hörte sie die Stimme sagen, und als sie sich vorsichtig zur Seite drehte, kam ein Geist auf sie zu. Der sah genauso aus wie Greg, nur mit mehr Sägespänen auf dem Shirt, klobigen Schuhen und einer blutenden Wunde am Oberarm. Aber ziemlich putzmunter.

„Du bist abgestürzt!", krächzte sie, weil ihr Hals total ausgetrocknet war.

„Ach was, nur auf den Kehlboden, da bauen wir uns ja immer einen Steg zum Darüberlaufen. Schau, das ist da oben, auf halber Höhe, ich bin in ein paar Bretter gekracht, die darauf herumlagen, das ist alles."

Sie verstand kein Wort von dem, was er erklärte. „Aber dein Arm!"

Er schob den T-Shirt-Ärmel ein bisschen zurück, um die blutende Wunde zu mustern. „Nur ein Kratzer, so was kommt vor, wenn man arbeitet."

„Weil du nicht aufgepasst hast!", plärrte der andere Kerl dazwischen. „Lässt sich von einem Balken aus der Luft ummähen, so ein Idiot! So etwas Leichtsinniges will ich auf meiner Baustelle nicht mehr sehen!"

„Hab`s gehört, Boss." Greg verdrehte zu ihr gewandt die Augen, rief danach aber seinem Chef etwas zu: „Aber ich nehme mir jetzt zehn Minuten Pause, hab` ja mittags durchgearbeitet."

Der Boss fluchte grob, aber Greg schien das gar nicht zu hören. Er schob Valerie zur Treppe und dirigierte sie in den leeren ersten Stock des Rohbaus.

Sie zitterte heftig. „Ich dachte, du bist tot! Da war der Balken und du bist gefallen. Greg, ich bin fast wahnsinnig geworden!"

„So leicht wirft mich nichts um." Er lächelte warm.

Dieses Mal wartete sie nicht, bis er sie in seine Arme zog, sondern klammerte sich einfach an ihn. Weil sie sich überzeugen musste, dass er wirklich lebendig war. Dass alles an ihm dran war. Ganz tief atmete sie seinen Duft ein. Er roch heute anders. Nach Holz und Schweiß und harter Arbeit. Nach Mann.

„Ich hätte es nicht ertragen, wenn dir etwas passiert wäre." Die Vorstellung war immer noch so schlimm, dass sie kaum Luft bekam. „Ohne dich – das will ich gar nicht denken!"

Er strich ihr übers Haar. „Ich bin hier, bei dir. Mach dir keine Sorgen mehr."

Es tat so unfassbar gut, seine starken Arme um sich herum zu spüren. Bei ihm fühlte sie sich immer ganz sicher. Egal, ob mitten in einer Kneipe mit einem Trupp betrunkener Schlägern oder hier in der Baustelle, wo er fast vom Dach gestürzt war.

Nach einer Weile löste sie sich von ihm, um die Wunde an seinem Arm zu begutachten. „Das musst du verarzten lassen“, sagte sie.

„Quatsch, da hätte ich ja viel zu tun, wenn ich wegen so was jedes Mal zum Verbandskasten renne. Aber sag mal – wieso bist du hier? Ist zwar schön, dass du dir den Bau anschaust, aber ist im Café nichts los?“

Sie hatte schon gar nicht mehr daran gedacht, warum sie ursprünglich hergekommen war. Jetzt fiel es ihr wieder ein.

„Es geht um Jasmin. Stell dir vor, ihr wundervoller Bernhard hat die Fliege gemacht. Und sogar ihr ganzes Geld mitgenommen.“ Sie erzählte ihm, was vorgefallen war.

„Dieser verfluchte Hurensohn!“, stieß Greg aus.

„Ja, das ist er. Hast du vielleicht irgendeine Ahnung, wie wir ihn finden können? Über siebentausend Euro, puh … Mir tut Jasmin sowieso schon so leid wegen der Enttäuschung. Aber dass er sie jetzt mit Schulden sitzen lässt, ist echt zum Kotzen.“

Valerie seufzte. Sie kannte das, was Jasmin durchmachte, sehr gut, und wusste genau, wie dumm man sich da fühlte.

„Wie heißt er denn genau und wo wohnt er?“

„Irgendwo im Norden, so genau weiß Jasmin das gar nicht. Keine Ahnung, ob das stimmt, vielleicht lebt er ja in Wirklichkeit hier in der Gegend. Und er heißt Bernhard Meier. Toll, gell? Sein Geburtsdatum hat er nie rausgerückt, hat immer behauptet, er mag den Hype um so einen Tag nicht.“

Greg rieb sich übers Kinn. „Ganz schön schlau eingefädelt. Hat er sie mit dem Auto besucht?“

„Nein, er kam dieses Mal mit dem Zug an. Der hatte das alles von Anfang an so geplant, oder? Meine Güte, sind wir Frauen dämlich, dass wir auf so was reinfallen!“

„Stimmt. Nur gut, dass du mit mir den einzigen ehrlichen Kerl von ganz Deutschland erwischt hast." Er grinste sie an, holte dann plötzlich Luft. „Dieses Mal kam er mit dem Zug, hast du gesagt. Dann hatte er beim letzten Mal ein Auto?"

Valerie musste überlegen. „Glaub schon."

„Ruf Jasmin an und frag sie nach der Autonummer. Wir können ihn vielleicht über die Zulassungsstelle ausfindig machen."

Das war eine geniale Idee! Sofort zog Valerie ihr Handy heraus. „Jasmin? Ich bin bei Greg. Sag mal, hast du dir zufällig von damals das Kennzeichen von Bernhards Auto gemerkt?"

„Oh je", seufzte Jasmin, „ich glaube nicht. Aber warte mal – vielleicht habe ich mal ein Foto gemacht. Ich schau gleich mal nach und schick es dir!"

Tatsächlich vibrierte kurz darauf ihr Handy, weil eine Bilddatei ankam. Ein alter Golf parkte unter der rosa Blütenpracht in einer der Alleestraßen, deshalb hatte Jasmin es wohl geknipst. Valerie zeigte Greg das Foto, der griff umgehend zu seinem Handy.

„Hi Britt", sagte er ein paar Sekunden später, „kannst du für mich einen aktuellen Wohnort zu einem Kfz-Kennzeichen herausfinden? Der Mann heißt Bernhard Meier, Geburtsdatum habe ich nicht, es geht um Schulden. Ich wüsste gern, wo ich den finden kann und um die Kohle erleichtern, die ihm nicht zusteht."

Ausgerechnet Britt! In Valeries Magen begann ein spitzzahniges grünes Monster herumzunagen. Die beiden mussten ja gute Freunde sein, wenn sie so etwas für ihn tat. Andererseits war eine Polizistin die einzige Chance, die sie hatten, Bernhard zu finden.

„Ja, okay, melde dich dann eben, wenn du nicht mehr unterwegs bist." Er legte auf. „Sie ist im Einsatz, kümmert sich aber darum. Weißt du was, Valerie? Du gehst zurück ins Café und sagst Jasmin, dass ich mir diesen Kerl vorknöpfe, egal, wo der wohnt. Ich habe in fast jeder Stadt Kontakte übers Karate, wir stöbern den auf, er hat keine Chance!"

„Du bist toll!" Sie ging auf ihn zu und küsste ihn.

Wie hatte sie nur eine Sekunde an ihm zweifeln können! Er setzte sich sogar für ihre Freundin ein. Und er roch immer noch so gut. Jemand, der so süße Sägespäne in den Haaren und diverse Blessuren von einem Sturz am Körper hat, der log doch nicht herum. Nein, auf gar keinen Fall.

„Pass bitte auf dich auf“, bat sie ihn. „Ich sehe dich immer noch fallen!“

„Ich versprech dir, ich lass mich nicht noch mal von einem Balken umhauen. Schließlich will ich doch noch lernen, wie man Lochmuster häkelt.“

Greg lachte, drückte ihr einen schnellen, harten Kuss auf den Mund und sprang wieder nach oben, zwei Stufen auf einmal nehmend.

Sie schaute ihm hinterher und ihr Herz war so voller Dankbarkeit und Liebe, dass sie gar nicht gehen wollte, sondern ihm lieber bei jedem einzelnen Handgriff zuschauen. Aber wahrscheinlich würde sie dann sämtliche Nägel und Hammer verstecken, alle Sägen stumpfmachen und die Leitern verräumen, damit ihm nie mehr etwas passieren konnte. Und das wäre möglicherweise etwas kontraproduktiv für den Bau eines Dachstuhls.

Also fuhr sie lieber wieder zurück ins Café.

„Alles wird gut, Jasmin“, begrüßte sie die Freundin, die ihr Strahlen komplett verloren hatte und blass war. „Also zumindest, was das Geld anbelangt. Greg wird sich diesen Betrüger mal vorknöpfen. Er kann über das Autokennzeichen rausfinden, wo er wohnt, denkt er.“

„Das wäre wirklich gut.“ Sie atmete tief aus. „Wie kriegt er das hin?“

„Britt kann nachschauen.“

Jasmin sagte nichts, aber ihre Augenbrauen sprangen nach oben. Es war klar, was sie dachte. Aber Valerie war sich inzwischen vollkommen sicher.

„Da läuft nichts, glaub`s mir. Ich kann das spüren. Aber Greg hat mir gerade den Schreck meines Lebens versetzt, mir zittern immer noch die Knie!“

Sie berichtete neben dem Bewirten der Gäste von dem Sturz und freute sich, dass Jasmin dadurch abgelenkt wurde. Danach setzte sie sich zu zwei jungen Frauen mit Kinderwagen, die sich strickenderweise an einem Strampler versuchten. Sie half ihnen und schenkte beiden Babys noch eine lustige Garn-Maus, die sie mal gehäkelt hatte.

„Demnächst startet hier ein Kurs, in dem genau solche Tierchen gemacht werden, vielleicht hättet ihr ja Lust?", schlug sie vor. Die beiden nahmen sich gern einen Flyer mit und auch noch einen weiteren Cupcake.

Kurz vor Ladenschluss um sechs Uhr rief Valerie bei Greg an, weil sie immer noch nichts gehört hatte. Er ging nicht ran. Langsam wurde sie wirklich unruhig. War er unterwegs, um sich mit Bernhard anzulegen? Und wenn das schief ging? Irgendwie führte er ja schon ein ganz schön gefährliches Leben.

Sie wollte gerade abschließen, da kam er an. Sein T-Shirt-Ärmel war immer noch blutig, aber er hatte kein Einschussloch in der Brust. Schien also nichts passiert zu sein.

Er kam rein, sah Jasmin hinter der Theke stehen und ging sofort auf sie zu.

„Der Mistkerl wird sich nie mehr bei dir melden", sagte er. „Und er hat sich sehr gefreut, uns dein Geld übergeben zu dürfen. Sogar mit Zinsen. Hier bitteschön."

Sie riss die Augen auf, als er einen Umschlag herauszog und ihr achttausend Euro vorzählte. „Wie … wie hast du das gemacht? Du hast ihn doch nicht umgebracht?"

„Iwo!" Greg lachte. „Ich hatte Thore dabei mit hochgekrempelten Ärmeln und finsterem Blick, dazu meinen blutigen Arm und einen Zimmerer-Hammer. Hab ihn nur kurz am Kragen hochgehoben, damit er mir auch wirklich zuhört. Das hat schon gereicht. Der ist losgelaufen wie ein Wiesel, um das Geld zu holen. Er wohnt übrigens nur zwanzig Kilometer entfernt von hier, aber ich schätze, er zieht jetzt um."

„Ihr zwei seid klasse“, sagte Valerie lachend. Sie konnte sich das so gut vorstellen!

Jasmin sagte gar nichts, machte nur ein paar Schritte auf Greg zu und fiel ihm dann um den Hals. „So etwas Nettes hat noch nie jemand für mich getan“, schluchzte sie.

„Hey, Moment mal!“, protestierte Valerie. „Ich habe mal eine Spinne aus deinem Schlafzimmer entfernt und ich habe dir damals dein Englischreferat geschrieben. Von der peinlichen Sache mit dem gerissenen BH-Verschluss, den ich mit einem Bürotacker geflickt habe, ganz zu schweigen.“

Jasmin löste sich von Greg. „Okay, niemand außer Valerie“, korrigierte sie und hatte schon fast wieder ihr übliches Strahlen gefunden.

„Tja, mit einer todesmutigen Spinnenrettung kann ich nicht mithalten“, neckte Greg sie. „Ich muss los, bin spät dran.“

Entsetzt sah ihn Valerie an. „Du willst doch heute kein Training abhalten?“

„Wieso nicht?“

„Weil du zwei Meter tief abgestürzt und auf Brettern gelandet bist! Du hast eine Wunde am Arm und garantiert sonst auch noch ein paar Prellungen und Abschürfungen. Da kannst du doch nicht Sport machen!“ Bei allem Verständnis fürs Harte-Mann-Sein – das ging zu weit.

„Mir ist nichts passiert. Und von ein paar blauen Flecken lasse ich mich nicht einschränken. Du kannst mir ja später ein Pflaster draufkleben.“ Er zwinkerte ihr zu und verschwand in den Flur.

„Also, manchmal hat er echt nicht alle Tassen im Schrank“, regte Valerie sich auf. Er hatte bestimmt noch nicht mal genau geschaut, wo er sich überall verletzt hatte! „Weißt du“, erklärte sie ihrer Freundin, „er ist zwar nicht, wie ich befürchtet hatte, bis auf den Betonboden gefallen, aber es waren trotzdem ein paar Meter vom oberen Balken zu diesem Zwischenboden!“

Jasmin zählte zum vierten Mal das Geld und schien nur mit einem

Ohr zuzuhören.

„Ja, vielleicht übertreibt er es manchmal“, erwiderte sie schließlich. „Aber hey, er hat mir mein Geld zurückgebracht! Und diesen Scheißkerl Bernhard so richtig eingeschüchtert. Wenn ich so drüber nachdenke: Ich find`s eigentlich doch ganz gut, dass er so ein harter Kerl ist und nicht zum Weichei mutiert. Lass ihn ruhig so!“

Valerie drehte den Kopf zu Jasmin. Ihre Blicke trafen sich. Und wie auf Kommando prusteten beide laut los. „Unglaublich!“, lachte Valerie. „Wir fahren jetzt also beide drauf ab, dass ein Mann ein Schläger ist und mit blutigem Ärmel herumläuft?“

„Wer hätte das gedacht!“ Jasmin kicherte. „Und weißt du was? Wir beide haben diese starken Wikinger zum Häkeln gebracht, darauf sollten wir was trinken.“

Sie beugte sich zum Vorratsschrank und zog eine Flasche Nusslikör heraus. Valerie schenkte großzügig zwei Gläser voll. „Auf Männer mit harter Schale!“, rief sie fröhlich und prostete Jasmin zu.

Thore und Britt kamen gerade in diesem Moment zur Tür herein, schüttelten synchron die Köpfe und gingen weiter. Valerie musste noch mehr grinsen. Es war egal, was die sich dachten. Was die ganze Welt über sie dachte. Dort oben zog ein ganz wunderbarer Mann gerade seinen Gi an und würde sich nachher mit ihr treffen. Wenn sie es sich recht überlegte, könnte es gut sein, dass sie selbst kontrollierte, wo genau er sich an seinem Luxuskörper Prellungen zugezogen hatte. Bei dem Gedanken wurde ihr ganz schön warm, auch ohne das zweite Glas Nusslikör.

Diese Wärme hielt auch noch an, als sie drei Stunden später in Gregs Wohnzimmer sein Häkelzeug bewunderte, während er sich duschte.

„Du bist ganz schön weit gekommen“, lobte sie, als sie hörte, dass er die Brause abstellte. „Und die Stäbchen sitzen schon sehr gut.“

Er kam ins Zimmer. Hatte nur ein Handtuch um die Hüfte gewickelt. Wassertropfen liefen über seine Brust, glänzten einladend, räkelten sich sinnlich im Licht. Sein Haar hatte er frottiert, es stand rebellisch in alle Richtungen, seine Bartstoppeln waren zu geheimnisvollen Schatten geworden und jeder einzelne Muskel zeigte sich stolz von seiner besten Seite, als wollte er sagen: „*Schau, bin ich nicht der schönste Trapezius, den du jemals gesehen hast?*“

Valerie musste schlucken. Sie hatte weiß Gott schon einige Trapeziusse, Rhomboidinger und Unterarmstreckers gesehen. Der Anblick sollte sie kalt lassen. Tat er aber nicht, er verwirrte sie so, dass sie die Muskeln nicht mal mehr richtig benennen konnte. Sie klammerte sich an der Armlehne des Sofas fest, weil sie am liebsten aufspringen und jeden einzelnen dieser glitzernden Wassertropfen ablecken wollte.

Um sich abzulenken, schenkte sie sich schnell ein Glas Eistee ein. Trank es auf einen Satz aus. Himmel, warum sah Greg heute nur so verdammt unwiderstehlich aus? Er kam auf sie zu mit diesen selbstbewussten Bewegungen, die er auch in der Halle draufhatte. Und sah aus, als wäre es das Natürlichste der Welt, dass er mit nichts außer einem hellblauen Handtuch durch die Wohnung tigerte. War es wahrscheinlich auch. Nur, dass sie eben Schweißausbrüche bekam.

Sie legte das Häkelzeug auf den Tisch, dachte statt an die halben Stäbchen an einen ganz anderen Stab, was nicht zur Abkühlung beitrug.

„Alles noch dran an mir“, sagte er mit seinem jungenhaften Lächeln, und setzte sich neben sie auf die Couch.

Der Geruch seines Duschgels vernebelte ihr jetzt vollständig den Kopf. Sie konnte den Blick nicht von seinem Körper nehmen.

„Aber hier an der Seite hast du eine lange Schürfwunde“, sagte sie. „Und da am Schenkel auch. Da hast du dir sicher was geprellt. Auf den Arm solltest du auf jeden Fall eine Wundsalbe tun.“

„In Ordnung, Schwester Valerie.“ Er stand auf und kam kurz darauf mit einer Tube zurück, die er ihr in die Hand gab. „Ist sicher besser, du machst das. Sonst nehme ich am Ende noch zu wenig Creme oder so.“

Der Eistee musste sofort verdunstet sein, denn ihr Mund war schon wieder trocken. Sie schraubte die Kappe der Tube ab, drückte etwas von der Salbe auf ihren Finger und wandte sich Gregs Arm zu. Vorsichtig begann sie, die Salbe auf seiner Wunde zu verteilen. Ihn zu berühren, war vertraut und gleichzeitig aufregend wie ein Fallschirmsprung. Einer, bei dem man die Reißleine nicht fand.

Sie nahm jedes Detail seines Körpers wahr. Das Heben und Senken seines Brustkorbs, die schräge Narbe auf seiner Schulter, die feinen Haare an seinem Nacken. Nur mühsam konnte sie ihre Hand davon abhalten, dorthin zu wandern und sie anzufassen. Ob sie wohl wirklich so weich waren, wie sie aussahen? Und seine Augen, die immer wieder über ihr eigenes Gesicht streiften … Wie konnte eine Farbe gleichzeitig so intensiv leuchten und doch so viel Wärme in sich tragen?

„Ein Verband wäre nicht schlecht“, sagte sie mit belegter Stimme. Als sie auf den Tisch sah, bemerkte sie, dass Greg eine Mullbinde mitgebracht hatte. Oh Mann, sie war wirklich durcheinander. Von seiner Nähe. Seinem Duft. Seinem Mund, der zum Küssen nah war.

„Mach ich sonst nie“, hörte sie ihn sagen und wusste nicht, was genau er meinte. Sie anzuschauen? Ein Handtuch zu tragen? Mit einer Frau auf dem Sofa zu sitzen, anstatt sie längst auf den Fußboden geworfen zu haben, um mit ihr ganz wild … „Ich lasse eine Wunde sonst einfach offen. Aber es blutet noch ein bisschen, oder?“

„Ja. Ist schon besser, ich verbinde es.“

Greg hob den Arm ein wenig, damit sie darunter greifen konnte. Trotzdem kam es Valerie vor, als wäre er der tapfere Ritter, der verwundet von der Schlacht heimkam, und sie das Burgfräulein mit der Kräutertinktur. Herrje, dabei war es doch nur eine Mullbinde und eine sterile Kompresse! Greg brachte sie wirklich um den Verstand.

Statt endlich das einzig Vernünftige zu tun, nämlich nach unten zu fliehen und den Wasserkocher zu entkalken, blieb sie sitzen, verknotete die Enden des Verbands und bestrich auch noch die Schürfwunde an seiner Seite mit Salbe. Ihr Herz hatte das Tempo einer Nähmaschine drauf, ihrem Atem war der Rhythmus abhandengekommen und etwas weiter unten pochte alles, was nur pochen konnte. Sie sah, wie Gregs Blick flackerte. Wie auch sein Brustkorb sich nicht mehr so regelmäßig hob.

„Valerie …", keuchte er heiser, als sie ihre Finger über die Wunde auf seinem Schenkel gleiten ließ.

Und dann war sein Mund auf ihrem, küsste sie hungrig, forderte mehr. Mehr von allem, mehr von ihr, mehr Nähe, mehr Haut. Gregs Hände fuhren unter ihr Shirt, nicht zärtlich wie sonst, sondern leidenschaftlich. So, als hätte er sich viel zu lange mühsam zurückgehalten, aber jetzt brach es aus ihm heraus. Er zog sie an sich, hielt sie fest, sie stöhnte. Sein schneller Atem war an ihrem Hals, seine Hand unter dem Bund ihrer Hose, sie hielt es kaum mehr aus.

„Schlaf mit mir", raunte sie ihm zu. „Jetzt sofort. Ich will dich."

Ein Ruck – dann war das Handtuch verschwunden. Valeries Hand glitt nach unten. Als Greg aufstöhnte, wurde ihr klar, dass sie es mit etwas anderem als nur einem halben Stäbchen zu tun bekommen würde.

25. Ein Novum

Gregor

„Ist schon besser, ich verbinde es“, sagte Valerie und griff zur Mullbinde, die auf dem Tisch lag.

Gregor hob seinen Arm etwas an. Okay, es war sicher nicht schlecht, wenn sie die Wunde versorgte. Nur musste sie ihn dazu erneut anfassen. Und das war heute ein riesiges Problem, denn er hatte sich nur sehr schwer im Griff.

Valerie wollte warten mit dem Sex, das respektierte er. Nur wurde es immer unmöglicher, ihre Nähe zu spüren, ohne haltlos über sie herzufallen. Schwarzgurte hatten es natürlich drauf, sich zur Ruhe zu zwingen, den Puls und Atem zu regulieren. Aber verdammt noch mal, er war halt auch ein Mann! Und wenn sie ihn so liebevoll verarztete, pumpte das Testosteron durch seinen Körper.

Überhaupt – sie kümmerte sich um ihn. Sogar freiwillig. Das hatte noch nie eine getan. Die anderen hatten ihn bewundert, das schon, oder angemacht mit kurzen Röcken und tiefen Ausschnitten. Oder auch mal mit Dirty Talk. Valerie hingegen wickelte einen Verband um seinen Arm. Dummerweise erregte ihn das zehnmal mehr, als wenn sie ihre allerschmutzigsten Phantasien vor ihm ausbreiten würde.

Oh Gott, jetzt berührte sie die kleine Abschürfung an seiner Seite. Er war kurz davor, wohlig zu stöhnen. Und sie anzuflehen, ihn an noch ganz anderen Stellen mit Salbe zu bestreichen.

Verflucht, das war wirklich nicht leicht! Sein Atem ließ sich nicht mehr beherrschen, kam abgehackt und flach. Sein Herz hämmerte wie eine Abfolge schneller Zukis. Und dann sah sie ihn auch noch an mit diesem Blick, den nur sie alleine drauf hatte. Eine Mischung aus sanfter Besorgtheit, purer Verführung und Maiglöckchen.

Ihre Augen schimmerten verheißungsvoll, auch sie konnten sich nicht entscheiden, ob sie rein wie Bernstein oder verrucht wie teurer Whisky sein wollten.

Noch immer glitten ihre Finger über den Kratzer an seiner Seite, machten ihn wahnsinnig mit ihrer Langsamkeit. Wo würden sie ihn als Nächstes berühren? Da war diese Stelle über seinem Knie oder vielmehr am Schenkel. Nur eine Prellung, aber Valerie hatte sie bemerkt. Wenn sie da mit ihrer Hand … Nein, dann konnte er für gar nichts mehr garantieren!

Genau das tat sie. Sie kam mit ihren creme-glatten Fingern über seinen Oberschenkel gekrochen.

„Valerie …“, keuchte er und wand sich unter ihr.

Es war zu viel. Er konnte es nicht mehr aushalten. Nicht nur die Region unter dem Handtuch, sondern sein ganzer Körper war ein einziges Pulsieren und Pochen und Beben. Er musste sie spüren, nah, so nah, wie nur möglich!

Ihr Mund kam ihm entgegen, verband sich mit seinem zu einem Kuss, dem jede Zurückhaltung fremd war. Er zog Valerie an sich, schob ihr Shirt hoch, kroch mit seinen Händen hinein. Ihre Haut war heiß, weich, süchtigmachend, er bekam nicht genug davon.

Das Gewicht ihres Körpers auf ihm … Der unwiderstehliche Duft ihrer Halsbeuge … Das Kitzeln ihrer langen Haare an seiner Schläfe …

Er musste sie haben. Jetzt sofort. Mit ihr verschmelzen, so schnell es nur ging. Ihre Küsse wurden immer fordernder, sie presste sich an ihn, schien das gleiche Verlangen zu haben.

„Schlaf mit mir“, raunte sie nah an seinem Ohr. „Jetzt sofort. Ich will dich.“

Oh jaaa! Mit einem Ruck riss er das Handtuch weg, spürte einen Wimpernschlag später ihre Hand auf seiner Erektion, stöhnte laut auf.

Zu viel Stoff zwischen ihm und ihr, er musste sie spüren, ihre Haut, ihren ganzen Körper, wollte jeden Zentimeter küssen, sich in ihr versenken, ganz und gar. Ihre Hand, die sein am wildesten pochendes Körperteil erforschte, brachte ihn fast um den Verstand. Er zerrte an ihrem Shirt, zog es ihr über den Kopf, öffnete ihren BH. Oh Gott, wie liebte er es, ihre Brüste zu spüren!

Der Rest seines Verstandes setzte aus, als sie sich irgendwie der Hose entledigte. Er wusste nicht, wie das geschah, auch nicht, wo sie das Kondom herholte, er wollte sie nur durchgehend anfassen, küssen, ihren Geruch aufsaugen.

Dann war sie über ihm. Auf ihm. Und er mit einem gemeinsamen Aufstöhnen in ihr.

„Greg", keuchte sie und hielt sich an ihm fest, „ich hätte es keine Sekunde länger ausgehalten."

„Frag mal mich!" Er stieß in sie hinein, hörte ihren leisen Schrei, sah ihr entrücktes Gesicht vor sich. Sie war so kostbar. So unendlich wertvoll. So wunderschön. Und es war so viel mehr als nur Sex.

Auch wenn es ihn mehr Anstrengung kostete als die Prüfung zum dritten Dan – er verlangsamte seine Bewegungen. Streichelte ihren Rücken, die Wölbung ihrer Taille, obwohl er am liebsten einen harten, schnellen Rhythmus vorgegeben hätte, weil er schon jetzt kurz vor der Explosion stand. Doch er wollte, dass es für Valerie schön war. Dass es kein schnöder Quickie auf dem Sofa, sondern ein zärtlicher Akt war. So wie sie es wahrscheinlich mochte.

Oh, Wahnsinn, jetzt kreiste sie mit ihrem Becken! Schweißtropfen entstanden auf seiner Stirn, weil sie ihn damit so scharf machte. Das hielt doch kein Mann dieser Welt aus! Trotzdem bemühte er sich um ein Leandro-Tempo, hielt sich ihr zuliebe zurück, küsste und streichelte sie, damit er ihre Erregung schön langsam zum Köcheln brachte und sie sich nicht überfahren vorkam. Auch wenn das eher Folter als Lust war, denn er fühlte sich so hart und prall an wie noch nie.

„Sag mir, wie du es magst", keuchte er. „Ich will es so machen, wie du es willst."

Schon wieder ein Novum, das hatte er noch nie eine Frau gefragt. Ein Anflug von Panik mischte sich in die heiß lodernde Lust. Was, wenn er gar nicht drauf hatte, was sie sich wünschte? Wenn sie eine dieser Frauen waren, die das Liebesspiel am liebsten über eine Stunde hinauszogen und dabei drei Mal kommen wollten, während der Mann erst ganz am Ende … Das würde er niemals aushalten! Valerie war dann bestimmt enttäuscht, würde ihn für einen Egomanen halten, der nur an die eigene Befriedigung denkt, und weil es beim Sex ja wie im wahren Leben ist, würde sie ihn schließlich nicht mehr treffen woll- …

„Nimm mich endlich richtig!", hörte er sie stöhnen. „Ich halt` es nicht mehr länger aus."

Um ihre Worte zu unterstreichen, wippte sie auf ihm auf und ab, sodass er einen heiseren Lustschrei ausstieß. Er umfing ihre Hüften, presste sie im Takt an sich. Stieß in sie hinein, schneller und schneller, alles verschwamm, ihr immer lauteres Stöhnen, ihre wundervollen Brüste. Diese unglaubliche Hitze, in der er gefangen war. Ja, ja, jaaaa, gleich war es so weit!

Er zog sie an sich, als die Wellen ihn mit sich rissen, klammerte sich an sie, als ihn der Höhepunkt ansprang wie ein unbesiegbarer Gegner, alles war Pulsieren, Zittern, Stöhnen. Mitten in dieses Naturereignis hinein platzte ihr Zucken, ihr rauer Schrei, ihr lang gezogenes Stöhnen.

Dann die Umarmung. Das Innehalten. Valeries Atem kam genauso schnell wie seiner, sie küsste in sein Haar hinein, hielt ihn umschlungen mit ihren Armen. Und er sie. Seine Brust war schweißnass, der Bauch auch. Sein Puls galoppierte und im ganzen Körper war noch dieses Pochen, das sich nur allmählich beruhigte.

Er wollte sie nie mehr loslassen. Einfach für den Rest seines Lebens so dasitzen, eng umschlungen, noch auf die innigste Art miteinander verbunden. Wo seine Haut endete und ihre begann, konnte er nicht sagen und wollte es auch nicht. Alles war perfekt in diesem Moment.

„Du bist wunderbar", flüsterte er.

Sie lächelte, das konnte er fühlen. Und sie roch so gut. Nach

Mandarine und Flieder und nach Sex.

„Du noch viel mehr“, erwiderte sie leise.

Und als sie ihre Hand an seine Wange legte, ihm ernst in die Augen sah und von innen heraus strahlte, wie er noch nie einen Menschen hatte strahlen sehen, wusste er es: Er hatte sich zum ersten Mal im Leben richtig verliebt.

*

Gregor wachte auf, bevor der Wecker klingelte. Vielleicht weil ihn die Sonnenstrahlen an der Nase kitzelten. Vielleicht aber auch, weil er etwas völlig Unübliches tat: Er lag auf der Seite und hatte sein Bein und seinen Arm um eine Frau geschlungen. Seltsamerweise zuckte er jetzt nicht erschrocken zusammen und löste sich sofort von ihr, sondern genoss das Gefühl in vollen Zügen.

Mit Valerie war eben alles anders. Zum ersten Mal überhaupt hatte er nach dem Sex nicht den Wunsch verspürt, die Frau heimzuschicken, einen Thriller im Fernsehen anzuschauen und sein Bett für sich allein zu haben. Nein, es war sogar richtig schön gewesen, auch danach noch ihre Nähe zu spüren.

Ganz schön spooky.

Sie bewegte sich. Offenbar spürte sie, dass er wach war, obwohl er keinen Muskel gerührt hatte.

„Guten Morgen, du wilder Feger“, sagte er leise und küsste sie auf die Schulter.

Sie brummte wohlig und schmiegte sich an ihn. Was ziemlich anregend war, denn sie waren beide nackt und ihr wohl geformtes Hinterteil presste sich momentan recht aufreizend an eine gewisse Stelle.

Gregor warf einen Blick auf die Uhr auf dem Nachtkästchen.

„Bis der Wecker läutet, haben wir noch eine halbe Stunde Zeit“, stellte er fest.

Mit einem zufriedenen Schnurren nahm sie seine Hand und legte sie auf ihre Brust. „Die könnten wir nutzen, findest du nicht?“

Oh ja, das fanden er und sein bestes Stück auch, also schob er die Bettdecke zurück, um besser an Valeries wunderbaren Körper heranzukommen. Das war keine schlechte Art, den Tag zu begrüßen. Und er konnte sich gut vorstellen, das von nun an regelmäßig zu machen.

Er küsste ihre Schulter, machte am Hals weiter, da fiel ihm eine dünne Kette auf, die er gestern gar nicht bemerkt hatte. Nun ja, da wäre ihm wohl nicht mal aufgefallen, wenn sie eine komplette Sammlung von Häkelmustern als Tattoo auf ihrem Bauch trug. An der Kette hing ein tropfenförmiger Anhänger in hellem Blau, der in der Morgensonne funkelte.

„Das ist der Saphiranhänger von Philomena, stimmt`s? Finde ich schön, dass du den nicht verkauft hast.“ Er strich vorsichtig über den glatten Stein.

Valerie legte ihre Hand auf seine und sah ihn mit einem zärtlichen Blick an. „Er hat die gleiche Farbe wie deine Augen“, sagte sie leise. „Deshalb habe ich ihn behalten.“

Gregor musste schlucken. Sie trug den Anhänger, weil er sie an ihn erinnerte? Das war unfassbar. War er denn wirklich so ein besonderer Mensch? Einer, für den eine Frau so etwas tat?

„Jetzt bin ich sprachlos.“ Mehr fiel ihm nicht ein. Mit so einer Situation war er irgendwie überfordert. Und dennoch fühlte er sich Valerie in diesem Moment noch viel näher, als wenn sie körperlich verschmolzen waren.

„Macht nichts.“ Sie lächelte verführerisch. „Wir können uns auch non-verbal unterhalten.“ Daraufhin schob sie ihren Schenkel zwischen seine Beine und Gregor hatte keine Zeit mehr, sich weiterhin Gedanken über seine Augenfarbe zu machen. Er stöhnte und machte sich gleich daran, Valerie zu beweisen, dass er ihr auch ohne Worte sagen konnte, wie wundervoll er sie fand.

Eine halbe Stunde später kroch Gregor leicht gähnend, aber schwer befriedigt aus dem Bett. Zwar fehlten ihm ein paar Stunden Schlaf, aber das nahm er liebend gerne in Kauf.

„Ich spring unter die Dusche“, kündigte er an und konnte sich kaum von Valeries Anblick losreißen, die mit zerzausten Haaren und einem glücklichen Lächeln im zerwühlten Bett lag.

Als er durch den Flur tappte, hatte er das Gefühl, schwerelos zu sein. Sicherheitshalber stellte er sich auf die Waage, aber die zeigte die üblichen 97 Kilo an. Grinsend stieg er in die Duschkabine. Schon witzig, was die Liebe mit einem Mann anstellte. Vielleicht sollte ihm das Angst machen, aber es fühlte sich einfach viel zu gut an, als dass er ernsthaft ins Grübeln kam.

Als er zurück kam, roch es nach Kaffee. Valerie trug ein T-Shirt von ihm, dass ihr viel zu groß war, und stellte eine Pfanne auf den Herd.

„Bild dir ja nicht ein, dass ich dich ab jetzt ständig bekoche“, sagte sie und grinste. „Ich bin für Arbeitsteilung.“

„Haben wir doch. Ich dusche, befriedige dich und schaue unglaublich sexy aus, wenn ich nackt durch die Wohnung laufe. Du machst den Haushalt.“

Sie schlug ihm mit einem Geschirrtuch auf den nackten Hintern, er packte sie, hielt sie fest, obwohl sie zappelte, und küsste sie. Lachend zwickte sie ihn in den Bauch, als er sie losließ.

„Ich wette, Leandro würde niemals verlangen, dass ich ihm ein Rührei brate!“, sagte sie.

„Klar. Weil der zum Frühstück Toastbrot ohne Rand mit Nutella isst. Oder Grießbrei. Außerdem könnte der dich niemals so zum Stöhnen bringen.“

„Du eingebildeter Kerl!“, rief sie und drohte ihm mit dem Pfannenwender. „Noch nicht mal Reliefstäbchen häkeln können, aber sich für unwiderstehlich halten. Pah, sage ich da nur.“

Er liebte es, mit ihr herumzualbern. Die Luft war weicher, wenn sie hier war, der Kaffee roch aromatischer, die Vögel zwitscherten melodischer. Alles war so einfach, so schwebend leicht, das ganze Leben schien ein einziger Spielplatz zu sein.

„Tja, aber zum Einschüchtern von Mistkerlen wie diesem Bernhard bin ich dann doch wieder gut?“

„Das hat bestimmt Thore erledigt, nicht du. Aber weil ich so nett bin, brate ich dir trotzdem deine Eier.“ Sie klopfte drei Stück in die Pfanne und hängte nebenbei einen Teebeutel in ihre Tasse.

Sein Handy klingelte. Ganz automatisch ging er ran, weil er dachte, es sei sein Boss, der sich wieder irgendwelche Schikanen ausgedacht hatte. Aber es war Britt.

„Ich habe heute frei, mein *Sensei*“, hauchte sie ungewohnt sanft ins Telefon. „Du könntest in deiner Mittagspause bei mir vorbeikommen.“

Gregor machte ein paar Schritte in den Flur, weil er nicht wollte, dass Valerie etwas mitbekam. „Ich muss durcharbeiten“, erwiderte er knapp.

„Dann schau eben vorher bei mir vorbei. Wir haben nie besonders viel Zeit dafür gebraucht. Muss ja keiner erfahren. Aber ich weiß, dass du immer noch scharf bist auf mich.“

„Bin ich nicht!“, sagte er halblaut. „Ganz und gar nicht.“

„Ach komm schon, ich weiß doch, wie du auf harte, schnelle Nummern stehst. Ich bin den ganzen Tag in meiner Wohnung. Lass dir das doch nicht entgehen, es war doch immer heiß mit uns, oder etwa nicht?“

„Ja, das war es. Aber lass diese Angebote, Britt. Ich will das nicht mehr.“

„Du kennst mich, ich bin verschwiegen wie ein Grab. Deine Valerie wird es nie erfahren, ich bin einfach eine kleine Praline, die man neben dem Hauptgericht vernascht.“

„Ich nasche nicht, wie du weißt.“ Stimmte allerdings nicht ganz, seit unten das Café war, hatte er recht oft Appetit auf Limetten-Ricotta-Cupcakes oder Schokoknäuel.

„Okay, hab verstanden. Aber eine Bitte habe ich trotzdem noch: Du hilfst mir ein wenig mit meinem SV-Projekt? Das ist mir wirklich wichtig.“

„Klar. Ich lasse dich nicht hängen.“

„Gut. Dann darf ich mich melden, wenn ich nähere Infos habe, wie es weitergeht?“

„Logisch. Wir sehen uns ja weiterhin. Aber jetzt muss ich los.“ Er legte auf. Ging zurück zur Küchenzeile. Valerie saß am Tisch, die Teetasse vor sich.

„Britt hat noch Gefühle für dich, oder?“, fragte sie ernst.

„Quatsch. So etwas besitzt sie gar nicht.“

Sie rührte in ihrer Tasse, trank aber nicht. „Ich weiß nicht recht“, sagte sie und ihr Strahlen verblasste ein wenig.

„Mach dir da keine Sorgen, Britt ist schon lange Geschichte. Ich gehöre dir alleine.“ Er ging auf sie zu, küsste sie auf die Stirn, legte seine Hand an ihre Wange. „Vertrau mir, Valerie.“

Ihr Lächeln kam zurück. „Du hast recht, ich war dumm. Jetzt aber ab mit dir, musst du nicht arbeiten?“

„Ja, leider. Es wird wirklich Zeit.“

Er schlüpfte in seine Arbeitshose und zog das knallrote T-Shirt an, das er selten trug. Unter dem kurzen Ärmel lugte der Verband hervor. Er mochte den Gedanken, dass er auf diese Weise etwas von Valerie den ganzen Tag bei sich trug.

„Wir sehen uns abends!“, rief er ihr zu und verschwand.

Auf dem Weg nach unten klangen ihm immer wieder Britts verführerische Worte im Ohr. Und er sah Valeries betrübten Blick vor sich. So ging das nicht weiter. Er musste das klären! Und zwar ein für alle Mal.

Kaum saß er im Auto, zog er sein Handy heraus und rief seinen Boss an.

„Chef, ich komme eine Viertelstunde später, hab noch was zu erledigen. Keine Angst, das arbeite ich mittags rein. Vielleicht sind es auch nur zehn Minuten.“

Den üblichen Protest nahm er nicht ernst und legte auf. Er war einer der besten Zimmerer, die für die Firma arbeiteten, immer verlässlich und engagiert. Da konnte er sich ausnahmsweise schon mal so was rausnehmen.

Statt zur Baustelle fuhr er direkt zu Britt, stellte sein Auto im Parkverbot ab und klingelte. Sie machte sofort auf, ein selbstzufriedenes Grinsen im Gesicht.

„Wusste doch, dass du kommst“, sagte sie und bat ihn herein.

„Ich brauche nicht lange“, kündigte er an, „ich muss nur ein paar Dinge klarstellen.“

„Na, eine Minute auf die Couch wirst du dich ja wohl setzen können“, erwiderte sie. „Ich habe Wasser auf dem Herd, komme gleich.“

Das war ja etwas ganz Neues, dass Britt kochte! Während sie kurz nach nebenan verschwand, beugte Gregor sich über eine Karatezeitung, die auf dem Tischchen lag.

Kurze Zeit später stand sie schon wieder neben ihm, er hatte ihre Schritte gar nicht gehört. Er sprang auf. Was sie offenbar als Einladung verstand, denn sie versuchte, sich an ihn zu drücken.

Gregor machte sofort einen Satz nach hinten. „Lass das!“, zischte er. „Und zwar für alle Zeiten. Ich bin nur hier, weil ich dir das persönlich sagen wollte: Du bist im Dojo immer willkommen als Schülerin, aber das war es dann auch. Im Privaten lässt du mich in Frieden! Ich will keine Anrufe mehr, keine anzüglichen Bemerkungen, nichts davon. Ich stehe nicht mehr zur Verfügung! Ist das klar?“

Ihre Miene versteinerte. „Ist klar“, sagte sie tonlos. „Du willst also wirklich lieber zu dieser Blümchentante kriechen und dein Studio verraten? Bitte sehr. Wirst schon sehen, wo dich das hinführt.“

Er ersparte sich die Antwort, wandte sich grußlos ab und verließ ihre Wohnung. Als er im Auto saß, blockierte er ihre Nummer auf seinem Handy. Sie würde ihn nicht mehr anrufen können und das war gut so.

Wie von einer schweren Last befreit, stieg er aufs Gas, reihte sich in den Verkehr ein und fuhr zur Baustelle. Endlich war alles gut und nichts stand seinem Glück mehr im Wege!

26. Schlagzeilen

Valerie

„Du hast den Gästen von Tisch vier einen Kaffee und einen Cappu hingestellt“, sagte Jasmin am frühen Nachmittag. „Die wollten aber beide einen Roiboos-Tee Vanille.“

„Ach du liebe Zeit, da habe ich was vertauscht!“ Valerie machte einen Schritt auf den Teekocher zu, doch Jasmin stellte sich ihr in den Weg.

„Habe ich längst wieder hingebogen“, sagte sie. „Aber du solltest dir heute die Bestellungen wohl besser aufschreiben. Die Nacht mit Greg scheint dich ja völlig durcheinander gebracht zu haben.“

Valerie lächelte selig. Es war immer noch sooo toll, an ihn zu denken! Aber sie musste sich zusammenreißen. Erstens, weil das Café ihre volle Aufmerksamkeit brauchte, und zweitens, weil sie vor Jasmin nicht ihr Glück breittreten wollte. So etwas machte man nicht als gute Freundin. Nur war es verdammt schwer, nicht mit einem Dauergrinsen herumzulaufen, wenn man einen Mann wie Greg kannte.

Sie strich dem geklebten Ganesh, der neben der Registrierkasse thronte, dankbar über den Kopf. „Vielleicht bringt er dir auch noch Glück?“, sagte sie halblaut. „So eine Gottheit hat doch Kraft für zwei und du hast sowieso einen besseren Draht zu diesen Dingen.“

„Ach, im Moment hab` ich überhaupt keine Lust auf einen Kerl“, seufzte Jasmin. „Allerdings ist es in der Wohnung jetzt immer so ruhig. Sag mal, magst du vielleicht wieder bei mir einziehen? Du wirst doch nicht gleich mit Greg zusammen wohnen wollen, oder?“

Darüber hatte sie sich noch gar keine Gedanken gemacht. Klar, die Vorstellung, jeden Tag neben ihm einzuschlafen und aufzuwachen, gemeinsam zu frühstücken und abends auf dem Sofa zu kuscheln, war schön. Aber sie kannten sich noch nicht lange, außerdem blieb eine Beziehung doch viel spannender, wenn man sich nicht ständig sah, oder?

„Ich würde sehr gern wieder bei dir einziehen", sagte Valerie und bemerkte erst, als sie es ausgesprochen hatte, wie sehr sie sich darauf freute. Natürlich würde sie auch oft bei Greg rumhängen, aber eine Mädels-WG war eben etwas Tolles.

Eine Frau um die dreißig mit Hochsteckfrisur und dünnen Lippen kam zur Tür herein und sah sich nach allen Seiten um.

„Die sieht nicht aus, als würde sie was mit Zucker essen", flüsterte Jasmin. „Eher nach Rucolateller mit veganem Käse. Und warum schaut die sich alles an, als müsste sie ein Referat über unsere Einrichtung schreiben?"

„Keine Ahnung, aber wir werden es gleich erfahren", erwiderte Valerie, denn die Frau kam auf sie zugestöckelt.

„Mein Name ist Elvira Salatmeier, ich komme vom Tagblatt", stellte sie sich vor und zückte ein Notizbuch. „Wir berichten über Neueröffnungen von Lokalen und da wollte ich mir doch mal Ihr Café anschauen. Scheint ja mal etwas ganz anderes zu sein."

„Das ist es auf jeden Fall!" Valerie führte sie mit einem freundlichen Lächeln herum, zeigte ihr das Wollregal, den Zettel mit den Seminaren und natürlich die Kuchenauswahl.

Elvira schrieb alles fleißig mit. „Dann können die Gäste so lange sitzen, wie sie wollen? Das ist allerdings erstaunlich."

„Die meisten genießen neben dem Handarbeiten unsere Köstlichkeiten", stand ihr Jasmin bei. „Heute kann ich zum Beispiel eine locker-fruchtige Papayaschnitte empfehlen, darf ich Ihnen eine anbieten? Dazu vielleicht einen Latte Macchiatto?"

„Nur wenn Sie laktosefreie Milch haben, fettreduziert."

War klar. Valerie verkniff sich ein Grinsen.

„Ach nein", überlegte es sich Frau Salatmeier anders, „ich nehme einen grünen Tee. Japanisch, nicht chinesisch. Sie wissen Bescheid über die Wassertemperatur?"

„Selbstverständlich, wir sind ja keine Anfänger." Jasmin war wirklich toll. Sie behielt ihr zauberhaftes Lächeln bei, servierte der asketischen Elvira ihre Fruchtschnitte und brachte ihr den 60-Grad-warmen Sencha. Dafür erntete sie immerhin ein knappes Kopfnicken.

Als Jasmin wieder hinter dem Tresen auftauchte, zwickte Valerie sie vor Aufregung in den Arm. „Sie schreibt über uns! Das ist super, so finden uns auch Leute, die gar nicht in der Gegend wohnen! Und bestimmt schießt sie noch eine Menge Bilder." Auf Elviras Tisch lag nämlich ein großer Fotoapparat, den sie sicher bald einsetzen würde.

Tatsächlich dauerte es nicht lange, und Elvira knipste das Lokal von allen Seiten. Außerdem hatte sie noch ein paar Fragen, die ihr Valerie bereitwillig beantwortete. Dadurch war sie so abgelenkt, dass ihr gar nicht auffiel, welcher seltsame Gast das Café betrat.

„Britt?", rief sie überrascht, als sie sie an der Theke stehen sah. „Ich wusste gar nicht, dass du gern häkelst."

„Tu ich auch nicht. Aber ich hatte heute Lust auf einen Cupcake. Und – na ja – ich wollte, dass wir Frieden schließen."

„Oh!", sagte Valerie nur, weil ihr nichts Besseres einfiel. Was war nur heute los? Erst die Journalistin, die immer noch an ihrem Tee nippte, und jetzt eine freundliche Britt? Die schleppte sogar eine bauchige Handtasche mit, das war wirklich erstaunlich. Außerdem klang sie völlig anders als bisher.

„Ja, weißt du, ich hab` nachgedacht. Wäre doch blöd, wenn wir uns immer nur anzicken. Du bist mit Greg zusammen, das ist okay für mich. Lass uns einen Kaffee darauf trinken. Für mich schwarz und stark."

„Ist gut" Valerie ging zur Kaffeemaschine, hatte aber ein ganz komisches Gefühl im Bauch. Irgendwas stimmte hier nicht. Nur was? Sie ließ einen extrastarken Kaffee heraus und goss für sich selbst einen Kakao ein.

„Läuft wohl gut, der Laden?", fragte Britt, als sie ihr die Tasse brachte, und versuchte ein freundliches Grinsen. Sah allerdings eher aus wie das von Filmbösewichten. Ihre Augen blieben nämlich kalt.

Valerie lief es eisig den Rücken hinab. So ein Gefühl hatte sie nur bei wenigen Menschen, aber bei Britt war es so. Selbst die strenge Elvira hatte ihr nicht so einen Schauer beschert.

Sie war froh, dass die drei Cousinen eine Frage zu einem Häkelmuster hatten, und eilte zu ihnen an den Tisch.

„Wie schön, dass diese Polizistin jetzt doch noch freundlich geworden ist", sagte Ottilie, „damit hatte ich schon gar nicht mehr gerechnet."

„Ist für mich auch überraschend", gab Valerie zu und zeigte ihr dann, wie sie in Doublefache-Technik gleichzeitig die Vorder- und Rückseite ihres Häkelstücks in verschiedenen Farben bearbeiten konnte. Das war etwas für Fortgeschrittene und sie musste sich gehörig konzentrieren. Deshalb hörte sie Jasmins Rufen erst, als Ottilie sie anstupste.

„Kommst du mal?" Jasmin stand vor dem Tresen, war reichlich blass und wirkte eingeschüchtert von einem ernst dreinschauenden Mann im Anzug.

„Also, heute geht`s ja rund bei uns." Kopfschüttelnd legte Valerie die Häkelarbeit ab und ging auf Jasmin zu.

„Der Herr ist von der Lebensmittelkontrolle", sagte Jasmin mit bebender Stimme, „und will hier eine Prüfung machen."

Okay, jetzt ging auch ihr die Düse. Natürlich hatten sie nichts zu verbergen, aber man wusste ja nie, worauf solche Typen achteten.

„Guten Tag", begrüßte sie ihn. „Wie läuft das jetzt genau ab?"

Der Anzugträger rückte seine Brille zurecht und zog einen Vordruck aus der Aktentasche. „Sie zeigen mir die einzelnen Bereiche des Cafés und ich kontrolliere, ob alle Vorschriften eingehalten wurden. Hygiene, Vorratshaltung, Verfalldatum der Lebensmittel, Lagerung, Einhaltung der Kühlkette. Solche Dinge eben. Wollen wir hier beginnen? Dann prüfe ich als Erstes die Temperatur und Sauberkeit Ihres Kühlschranks, wenn es Ihnen recht ist."

„Natürlich", sagte Valerie und betete, dass niemand aus Versehen an den Regler gekommen war und die Kiste kalt genug war. Sauber genug sollte der Kühlschrank sein, sie hatte ihn erst heute Vormittag ausgewischt.

Der Kontrolleur murmelte ein paar Daten vor sich hin und trug etwas in seinen Vordruck ein. Anschließend widmete er sich dem Wasserkocher und der Kaffeemaschine.

„Dürfen wir weiterhin unsere Gäste bedienen?“, fragte Jasmin. „Einige warten nämlich schon auf ihren Kuchen.“

„Nur zu.“ Der Mann nickte. „Dann kann ich gleich zuschauen, wie Sie das machen.“

Valerie sah, dass die Hände ihrer Freundin leicht zitterten, als sie einen Muffin mit der Gebäckzange hochhob und auf einen sauberen Teller stellte. Also, daran gab es gewiss nichts auszusetzen!

Ihr Blick fiel auf Britt, die immer noch an dem Tisch direkt vor dem Tresen saß. Schon seltsam, dass die so lange hier herumhockte. Und jetzt beugte sie sich auch hinunter zu diesem Monster von Handtasche, das sie neben den Stuhl gestellt hatte. Egal, es gab Wichtigeres zu tun, als sich über die unerwartete Freundlichkeitsattacke der Polizistin Gedanken zu machen. Elvira Salatmeier war auch noch da, hatte die Schnitte aber ratzfatz aufgefuttert. Wäre toll, wenn sie eine begeisterte Restaurantkritik schreiben würde! Aber erst einmal galt es, alle Fragen des Herrn Kontrolleurs zu beantworten.

„Ihre Vorräte an Kaffeepulver, Zucker und so weiter lagern Sie wo?“, wollte er wissen.

„Hier unten in dem Sideboard.“ Valerie schob die Tür auf und zeigte ihm die Sachen. Aus dem Augenwinkel sah sie eine Bewegung auf dem Fußboden. Was war das?

Dummerweise hatte der Kontrolleur auch etwas bemerkt. Er fuhr wie von der Tarantel gestochen herum. „Eine Ratte!“, rief er laut. „Ich habe es genau gesehen!“

Nein. Nein, nein, nein, das musste eine Täuschung sein. „Nicht möglich, wir haben hier kein Problem mit Ungeziefer“, erwiderte

Valerie schnell, aber ihr Herz hämmerte wie verrückt.

„Sie ist da rübergelaufen, zu den halb fertigen Muffins!" Er zeigte auf den Teller mit noch nicht dekorierten Walnussbomben, den Jasmin im Regal geparkt hatte. „Da! Da ist sie!"

Erneut flitzte die Ratte durchs Café, blieb aber nicht hinter der Theke, sondern rannte quer durch die Stuhlreihen.

„Hilfe, eine Ratte!", kreischte Elvira und flüchtete sich auf ihren Stuhl, den Kugelschreiber hielt sie wie eine Waffe in ihrer Hand.

Blitzschnell sauste die Ratte auf die Ausgangstür zu, die praktischerweise gerade offenstand. Dort stürmte sie in Richtung eines Mannes mit Kapuzenpulli, dann war sie nicht mehr zu sehen.

Valerie starrte ihr hinterher, völlig versteinert vor Entsetzen.

„Lassen Sie sofort Ihre Speisen und Getränke stehen!", rief der Kontrolleur mit lauter Stimme quer durchs Café. „Nichts mehr anfassen, nichts essen oder trinken. Bitte verlassen Sie dieses Lokal, es wird umgehend geschlossen wegen einer Rattenplage!"

Es gab einen Riesentumult, die Gäste sprangen auf, redeten alle wirr durcheinander. Gut zu erkennen war allerdings die spitze Stimme von Elvira, denn die flötete: „Na, das ist ja mal eine Schlagzeile!" Danach raffte sie ihre Sachen zusammen und verschwand mit den anderen Gästen.

Würde sie daraus einen Artikel machen? Das wäre ja der Untergang des Cafés! Valerie keuchte.

Die drei Cousinen blieben an ihrem Ecktisch zurück und steckten aufgeregt die Köpfe zusammen.

Jasmin lehnte am Wollregal und sah aus, als würde sie jeden Moment umkippen. Den Kontrolleur schien das aber nicht zu stören. „Sie rufen sofort den Kammerjäger", befahl er. „Und ich klebe dieses Schild an die Tür, dass bis auf Weiteres geschlossen ist und die Nachbarn sich bei uns auf dem Amt melden sollen, wenn sie Ratten sehen. Sie hören morgen von mir!"

„Es gibt hier keine Rattenplage!", wiederholte Valerie mit bebender Stimme. „Wir hatten noch nie …" Sie stockte. Doch, sie hatten schon einmal eine Ratte hier gehabt!

Sie fuhr herum, sah Britt an, die in aller Seelenruhe ihren Kaffee austrank.

„Sie war es!“, rief sie dem Kontrolleur zu und deutete auf die Polizistin. „Sie hat die Ratte in ihrer Handtasche hereingeschmuggelt, das weiß ich ganz genau!“

„Machen Sie sich nicht lächerlich.“ Er schüttelte nur den Kopf.

Britt stand auf und kam auf ihn zu, wobei sie einen Ausweis hervorzog. „Ich bin Polizistin und wollte hier eigentlich nur in Ruhe etwas essen.“

„Schon gut, mir ist klar, dass Sie nichts mit der Sache zu tun haben“, antwortete er und ließ sogar ein kleines Lächeln aufblitzen. „Schon dreist, was sich Ladenbesitzer in solchen Fällen alles ausdenken!“.

Er stapfte zur Ladentür, klebte einen großen, gelben Zettel daran und gab Valerie ein Zeichen, dass sie absperren sollte. Aber sie konnte sich nicht von der Stelle bewegen, ihre Füße waren wie festbetoniert. Das … das konnte doch alles gar nicht sein! Alle Gäste weg, ein Artikel über Ratten in der Zeitung, das Café geschlossen – nein, das war nicht möglich! Das wäre das Ende, das absolute Ende!

Ihr Brustkorb war eng, der Atem stockte.

Was sollte sie jetzt tun? Ihr Café – ihr Traum – alles zerstört innerhalb ein paar Sekunden? Sie bekam fast keine Luft mehr.

Das durfte nicht wahr sein, irgendetwas musste man doch tun können! Nur was?

In ihrem Kopf fand sich kein einziger vernünftiger Gedanke mehr, alles purzelte durcheinander. Ihre Hände zitterten und schwindlig war ihr auch.

Endlich kam ihr die rettende Idee. Greg! Er wusste sicher, was zu tun war!

Sie holte ihr Handy hervor, scrollte nach seiner Nummer, da nahm ihr eine Hand das Handy weg. Britt stand vor ihr und funkelte sie an. „Willst du deinen edlen Ritter zu Hilfe rufen? Das wäre schön dumm. Was glaubst du denn, wessen Idee das Ganze hier war?“

„Was?“ Valerie verstand keine Silbe von dem, was die sagte.

Ungerührt fuhr Britt fort. „Greg hat ja schon damals bei der Aktion zu eurer Eröffnung bewiesen, dass er ein guter Anführer ist. Natürlich lässt er sich diese Räume hier nicht nehmen, das ist doch klar. Hättest du auch nur einen Funken Menschenkenntnis, würdest du wissen, dass er von dir nichts will außer den Laden zurück.“

„Ich glaube dir kein Wort!“ Das war blanker Unsinn, was die da von sich gab!

„Was denkst du, wo dein feiner Greg heute Vormittag war?“ Dieses fiese Lächeln! Valerie hätte es ihr am liebsten aus dem Gesicht geschlagen.

„In der Arbeit war er, das weiß ich ganz genau.“ Die gute Britt hatte wohl nicht damit gerechnet, dass Greg heute nicht allein geschlafen hatte. Tja, leider falsch gedacht!

Britt grinste allerdings immer noch. „Nein, da täuschst du dich. Greg war bei mir, wir hatten viel Spaß.“

Sie zog ihr Handy aus der Jeans, hielt Valerie ein Foto vor die Nase. Das war tatsächlich Greg, der saß auf einer fremden Couch, in einem fremden Wohnzimmer, trug aber das rote Shirt von heute Morgen. Und aus dem Ärmel schaute der Verband, den sie ihm gestern angelegt hatte.

„Das … das kann nicht sein“, stammelte Valerie. Es musste eine Erklärung dafür geben, irgendeine! Es konnte einfach nicht sein!

„Kapier`s doch endlich! Er hat das mit dir nur eingefädelt, weil er dich einlullen wollte, um ans Café zu kommen. In Wirklichkeit steht er auf mich. Und auf unseren harten Sex.“

„Das tut er überhaupt nicht! Er hat mit dir längst Schluss gemacht.“ Sie war völlig verwirrt. Jasmins Worte krochen in ihren Kopf. Dass er sich noch mit Britt treffen würde, hatte sie gesagt, und es gar nicht ernst meine mit Valerie. Dass sein Karatestudio weiterbestehen würde.

Nein. Das stimmte nicht. Ganz sicher nicht. Er war ihr treu, das spürte sie doch! Und er hatte den Sex genossen, keine Frage.

„Von wegen Schluss gemacht!“ Britt lachte schrill. „Da kann ich dir etwas ganz anderes zeigen.“ Erneut tippte sie auf dem Handy herum und hielt ihr Sekunden später ein Video unter die Nase.

Das war Britt, keine Frage. Sie saß in Gregs Wohnzimmer und blätterte in einer Zeitung. Dann kam er herein, sah sie und sagte: `Baby, du siehst scharf aus`. Sie schien keine Lust auf dieses Thema zu haben, erzählte was von einem langen Tag und stand auf. Er schlang von hinten seine Arme um sie und erklärte, dass er Lust auf sie hätte. Sie wollte nicht, rief sogar ganz eindeutig, dass er sie loslassen solle. Doch stattdessen griff er ihr an die Brüste.

`Stell dich doch nicht so an, du bist doch selbst ganz heiß auf mich´, hörte Valerie ihn sagen und starrte fassungslos auf das Handy, um zu sehen, dass er Britt immer noch fest umklammert hielt.

„Das sind unsere Spielchen“, erklärte die, was in dem Film passierte, „ich tue manchmal so, als würde ich nicht wollen. Aber natürlich fahre ich voll drauf ab. Und er auch, schau nur.“

Obwohl Valerie am liebsten weggerannt wäre, konnte sie ihren Blick nicht vom Handy nehmen. Greg war kurz davor, Britt die Klamotten vom Leib zu reißen. `Ich steh nun mal auf harte Nummern, Baby. Das macht mich mehr an als alles andere. Und jetzt besorg ich es dir richtig grob!`

„Es reicht!“, schrie Valerie und zitterte am ganzen Körper. Sie konnte nichts mehr sehen davon, keine Sekunde!

Jasmin war dazugekommen und legte den Arm um ihre Schultern. „Das ist doch bestimmt nichts aus den letzten zwei Wochen! Du hast einfach irgendein altes Video genommen, um Valerie eins reinzuwürgen.“

Britt verdrehte nur die Augen. „Dann braucht ihr beide eine Brille.“ Sie ging zurück an den Anfang des Videos und deutete auf die Zeitung. Stoppte den Film und vergrößerte das Bild. Die Zeitung trug ein aktuelles Datum. Und daneben lag sein rotes Häkelzeug. Sogar schon mit einigen Reihen fester Maschen.

„Ich … das kann nicht …. aber er ist doch mit mir zusammen!“, stotterte Valerie und musste sich am Sideboard anlehnen, weil ihre Knie nachgaben.

„Mein Gott, bist du begriffsstutzig!“, fuhr Britt sie an. „Auch das war doch nur ein Trick, um dich gefügig zu machen. Genau wie der Häkelkurs, den er mitgemacht hat. Du glaubst doch nicht im Ernst, ein Schwarzgurt, dritter Dan, würde freiwillig handarbeiten? Harte Kerle häkeln nicht, das kann man sich doch denken.“

Britt steckte das Handy ein, nahm die Tasche und verschwand.

Völlig versteinert blieb Valerie zurück. Jasmin sagte irgendwas, die drei Cousinen kamen zu ihr, aber sie hörte gar nicht zu. Alles in ihr war Schmerz. Seine Stimme, seine Hände, die sich um Britt legten – die Bilder brannten sich tief in ihre Seele. Sie war nur ein Spielball für ihn gewesen! Ein dummes Ding, der man etwas vorgaukelte, aber über die man hintenherum lachte. Und dabei liebte sie ihn doch so sehr!

„Machen Sie sich keinen Kopf, Kindchen“, drang Ottilies Stimme irgendwann zu ihr durch. „Wir suchen einen anderen Raum, das wird alles wieder. Und ich rede mit meinem Sohn, der kann nämlich …“

„Nein“, unterbrach Valerie sie. „Es ist vorbei. In der Zeitung wird stehen, dass hier Ratten sind. Kein Gast wird mehr kommen, falls wir jemals wieder öffnen sollten. Und außerdem würde ich die Gelbgurt-Prüfung sowieso nicht schaffen. Greg soll die Räume haben, ich will dieses Haus nie mehr betreten.“

Ihre Augen waren verschleiert von Tränen. Sie tastete nach der Kasse, nahm das Geld heraus und gab es Jasmin in die Hand. Als sie sich umdrehte, stieß sie mit dem Ellbogen die Ganesh-Statue um. Der Glücksgott fiel auf den Boden und zerbarst direkt vor ihren Füßen in unzählige Stücke, genau wie ihre Träume vom großen Glück.

Valerie starrte die Scherben an. Sie waren so klein, da konnte man nichts mehr kleben. Manchmal ging das Leben eben endgültig zu Bruch.

27. Die frohe Botschaft

Gregor

Endlich Feierabend! Gregor war heilfroh, den harten Tag überstanden zu haben, und freute sich auf eine Dusche. Falls im Café zufällig wenig los wäre, könnte er Valerie fragen, ob sie ihm dabei Gesellschaft leistete. Er musste lächeln bei der Vorstellung. Bestimmt würde sie erst überrascht schauen, wenn er ihr mitten zwischen den Häkelfreundinnen den Vorschlag machte. Aber er kannte sie inzwischen, sie mochte das ganz sicher. Nach dem Karatetraining war auf jeden Fall Zeit dafür, da würde er sie dann genüsslich einseifen, sich an ihrem glitschigen, wundervollen Körper reiben und sie womöglich unter dem warmen Wasserstrahl zum Stöhnen bringen. Bei dem Gedanken an ihre Stimme wurde ihm jetzt schon heiß …

Er fand einen Parkplatz und ging auf das Haus zu. Gleich würde er Valerie sehen und das ließ doch tatsächlich sein Herz schneller klopfen. Früher hätte er sich dafür selbst geschimpft, aber seit er sie kannte, war alles anders. Da aß er gerne Cupcakes, manchmal sogar noch in seiner sägespänigen Zimmermannkluft, hörte die ein oder andere Rockballade und liebte es, wenn sie sich auf dem Sofa an ihn schmiegte. Und selbst der anstrengendste Arbeitstag war sofort vergessen, wenn er ihr Strahlen sah.

Voller Freude machte er die letzten Schritte aufs Café zu und stockte. Alles war leer. Das Licht aus, kein einziger Gast zu sehen. Dafür klebte ein großer, gelber Zettel an der Eingangstür.

„Geschlossen wegen Ratten?“, las er laut, weil er es überhaupt nicht glauben konnte. Was zum Teufel war denn da los?

Sofort zog er sein Handy heraus, um zu sehen, ob Valerie ihm geschrieben hatte. Aber da war nichts. Kein Anruf, keine SMS, keine

Sprachnachricht. Gar nichts.

Sein Nacken zog sich schmerzhaft zusammen und seine Hüfte zwickte. Seit er mit Valerie viel Zeit verbrachte und sie ihn öfters zu Übungen ermahnte, hatte er kaum mehr Probleme damit gehabt, aber jetzt ging es plötzlich wieder los.

Er wählte ihre Nummer. Wartete.

„Der Teilnehmer ist nicht erreichbar", hieß es.

Das Ziehen in seiner Hüfte verstärkte sich.

Aber sicher gab es eine ganz einfache Erklärung. Irgendwas war passiert und Valerie hatte dabei ihr Handy verloren. Und es sperren lassen oder so. Vielleicht wartete sie oben in seiner Wohnung schon sehnsüchtig auf seine beruhigende Umarmung. Schnell schloss er auf und durchquerte das Café.

Irgendwas sah anders aus. So ungemütlich. Die Kasse stand offen und war leer. Es gab keinerlei persönliche Gegenstände mehr, keine Taschentücherbox, kein angelesenes Buch, keinen bunten Schal, der an der Garderobe hing. Rein gar nichts.

Langsam bekam er ein seltsam hohles Gefühl im Bauch. Er ging eilig nach oben, sperrte die Tür auf. „Valerie?", rief er in seine Wohnung hinein. Keine Antwort.

Verdammt, wo war sie?

Gregor verschob das Duschen, sogar das Umziehen, er musste wissen, was passiert war! Die Nummer von Jasmin hatte er nicht, aber ihre Adresse, weil er neulich zusammen mit Valerie einen Karton mit ihren Sachen abgeholt hatte. Er rannte die Treppe nach unten, stieg in sein Auto und fuhr los. Verflucht, warum war genau jetzt so viel Verkehr?

Endlich kam er an, parkte im absoluten Halteverbot und stürmte auf die Haustür zu, wo er klingelte. Keine Reaktion. Erneut drückte er auf den Klingelknopf. Als nichts passierte, ging er ein paar Schritte zurück und schaute nach oben. Täuschte er sich oder bewegte sich da ein Vorhang? Er konnte es nicht sagen. Das Fenster war gekippt, könnte auch der Wind gewesen sein. Trotzdem legte er den Kopf in den Nacken und rief ihren Namen. „Valerie? Was ist los? Jasmin – bist du da?"

Im Erdgeschoss öffnete sich ein Fenster. „Hören Sie auf, hier herumzuschreien", fuhr ihn eine Frau mit Lockenwicklern an und schlug daraufhin ihr Fenster wieder zu.

Sein Handy klingelte. Das war sie! Er riss es aus der Hosentasche, drückte eine Taste – und hörte Thores Stimme.

„Hey, wir warten hier schon alle auf dich! Machen wir heute überhaupt Training oder gehen wir stattdessen feiern? Ich schätze, du spendierst uns allen ein Bier. Und eine Currywurst dazu!" Er lachte.

Gregor glaubte im ersten Moment, Thore hätte sich verwählt. Oder bereits selbst ein paar Bierchen intus, aber das konnte nicht sein, der achtete pedantisch auf seine Ernährung.

„Feiern?", wiederholte er fragend.

„Na klar! Hängst du noch in der Arbeit rum und hast die frohe Botschaft noch gar nicht gehört?

Frohe Botschaft? Etwas in Gregor hoffte immer noch, dass es sich dabei um ein Missverständnis handelte. „Wovon redest du?", fragte er deshalb.

„Das Strickliesel-Café hat geschlossen! So, wie es aussieht, für immer. Schon klar, du hast etwas übrig für Valerie, aber ihr könnt ja auch ohne Café ein bisschen rummachen. Wir können endlich das Karatestudio ausbauen!"

„Bin gleich bei euch." Gregors Stimme war heiser.

Als er im Dojo ankam, herrschte Feierstimmung. Steffen kam gleich auf ihn zu und klopfte ihm auf die Schulter. „Yes! Wir bekommen unsere Kraftgeräte!", freute er sich. Thore grinste ebenfalls übers ganze Gesicht. Manuel und Britt schleppten einen Bierkasten in den Flur.

„Jetzt können wir wieder unseren Tresen benutzen!", sagte Manuel. „Nach dem Training stoßen wir darauf an."

Stumm stand Gregor mitten im Getümmel und schaute nur von einem zum anderen. Irgendwann reichte es ihm.

„Kann mir endlich mal einer erklären, was genau passiert ist?“, rief er laut. „Ich wohne schließlich in dem Haus und mir ist von einer Rattenplage nichts bekannt.“

Er fixierte Manuel mit seinem Blick. Hatte der am Ende etwas damit zu tun? Um das herauszufinden, machte er einen Schritt auf ihn zu. „Sag mir ehrlich: Hast du deine Ratte irgendwie ins Lokal geschmuggelt?“

„*Sensei*, ich habe keinen Schritt in diese Fliederbude gesetzt, das schwöre ich dir“, erwiderte er und hielt seinem Blick stand.

Gregor wusste nicht, was er davon halten sollte. Er spürte, dass Manuel ihn nicht anlog. Aber auch, dass irgendwas faul war.

Verdammt, er musste seinen Kopf freibekommen!

„Schluss jetzt mit dem Unsinn, wir trainieren!“, bestimmte er. Eilig warf er sich in seinen zweiten Gi, den er hier unten hängen hatte, und eröffnete die Stunde. Nach dem Begrüßungsritual ließ er die Schüler ein paar Runden laufen und machte auch selbst mit. Aber das reichte ihm nicht, er konnte immer noch nicht denken.

„Hocksprünge!“, kündigte er an, „und nach jedem runter in den Liegestütz. Mit Tempo.“

Die Mannschaft keuchte und auch ihm selbst lief der Schweiß von der Stirn, aber er machte weiter und weiter.

Warum hatte er Idiot nicht einfach in der Nachbarschaft herumgefragt? Die Besitzer der angrenzenden Läden hatten doch sicher etwas mitbekommen. Aber die hatten inzwischen alle geschlossen.

„Stellt euch auf, Partnerübungen.“ Er bellte Anweisungen in die Halle. Winkte sich Thore heran. Setzte ihm sofort mit einem Angriff zu, den der nur schwer abwehren konnte.

Thore musste einige Schläge einstecken und schnaufte ordentlich, als Gregor nach einer halben Stunde das *Bunkai* beendete. „Oh Mann, was ist denn mit dir heute los? Du machst ja fast Hackfleisch aus mir.“

„Ich mach nur Karate“, gab Gregor zurück. „Aber eben mal ohne

Samthandschuhe."

Thore schaute noch finsterer drein als sonst, das war Gregor aber egal. Inzwischen waren fast zwei Stunden vergangen und es war draußen dunkel geworden.

„Mach du den Rest", sagte er zu Thore, der ihn überrascht ansah. „Ich muss weg."

Er zog sich erst gar nicht um, sondern setzte sich in seinem Karateanzug und noch ganz verschwitzt ins Auto. Eine Viertelstunde später fuhr er in die Straße, in der Jasmin wohnte. Er parkte vor dem Haus, schaltete den Motor ab, schaute nach oben.

Es brannte Licht.

Seine Hüfte schmerzte höllisch nach dem harten Training, als er ausstieg. Und sein Magen hatte sich zu einem Kloß verknotet. Irgendetwas stimmte nicht, das fühlte er deutlich. Sein Hals war zugeschnürt, als er auf die Haustür zuging.

Gerade wollte er auf den Klingelknopf drücken, da kam jemand zur Tür heraus. Gregor nutzte die Chance und ging hinein, stürmte trotz heftiger Schmerzen in den dritten Stock hinauf und stand schwer atmend vor der Tür.

Drinnen hörte er Frauenstimmen. Ob die von Valerie dabei war, konnte er nicht erkennen. Er musste mit ihr sprechen!

Tief durchatmen. Dann hob er die Hand und klingelte. Die Stimmen verstummten.

Schließlich öffnete sich die Tür einen Spalt.

„Sie will nicht mit dir reden", hörte er Jasmin sagen. „Lass sie in Ruhe!"

„Warte!" Er schob seinen Schuh in den Türspalt. „Ich muss doch wissen, was passiert ist!"

„Ganz einfach, sie will dich nie wieder sehen! Und jetzt hau ab, sonst kriegst du es mit mir zu tun." Sie drückte die Tür vehement gegen seinen Fuß, aber er nahm ihn nicht weg.

Verdammt, was war denn nur los? Irgendwas lief hier gewaltig aus dem Ruder und er hatte nicht die leiseste Ahnung, was genau.

„Jasmin, sag mir doch einfach, was passiert ist! Ich lese was von Ratten, Valeries Handy ist nicht erreichbar, du willst mich nicht reinlassen – verflucht, ich weiß überhaupt nicht, was da gerade abgeht!"

„Das fragst du noch?" Das war Valeries Stimme. Und sie klang so belegt und tränenschwer, dass sich alles in ihm zusammenzog.

Dann sah er sie. Sie schob Jasmin zur Seite und stand im Flur, eingewickelt in eine Strickjacke, die Haare strähnig, die Augen rot.

„Valerie!", rief er und machte instinktiv einen Schritt auf sie zu, um sie an sich zu ziehen, in seinen Armen festzuhalten und ihr zuzuflüstern, dass alles gut werden würde. Dass er ihr helfen würde bei allen Problemen, die sie bedrückten, und sie sich doch in jeder Sekunde auf ihn verlassen könnte.

Doch sie wich vor ihm zurück.

„Tu doch nicht, als wüsstest du von nichts!", fauchte sie. „Das ist total lächerlich. Und nimm den Schuh aus Jasmins Tür! Oder willst du als Nächstes herumhämmern und die Wohnung kurz und klein schlagen?"

Gregor starrte sie ungläubig an. Ihre Augen – wo war all die Wärme und Zärtlichkeit hin? Sie sah so schrecklich verletzlich aus. Verwundet. Tief enttäuscht. Instinktiv zog er seinen Fuß zurück.

„Was habe ich getan?", stieß er aus. „Bitte sag es mir, es muss ein Missverständnis sein!"

Das Funkeln in ihrem Blick war voller Hass. „Reicht es dir nicht, dass du jetzt die Räume hast? Macht es dir Spaß, mich noch weiter zu verarschen? Ja, du bist schon ein toller Hecht. Hast mich eingelullt mit deinen Sprüchen. Dass du sogar Philomena missbraucht hast, um mir den guten Kerl vorzuspielen, ist einfach nur zum Kotzen. Verschwinde hier. Geh zu deiner Britt, bei ihr kannst du wieder zügellos deine Männlichkeit ausspielen. Ist eh besser so, wir hätten niemals zusammengepasst. Du bist genau wie Mike."

„Was – was redest du da?", stotterte er, doch sie schlug ihm die Tür vor der Nase zu.

Er hob die Hand, um dagegen zu trommeln. Wollte schreien, dass das alles nicht stimmte, dass sie sich täuschte. Aber wenn er hier Radau machte, wäre er wirklich wie Mike.

Dass er sie doch liebte, wollte er auch schreien. Oder ihr sagen. Oder ihr zeigen, indem er sie so zärtlich küsste, wie er noch nie eine Frau geküsst hatte.

Aber das ließ sie nicht zu.

Also starrte er noch eine Minute auf die geschlossene Tür. Lauschte in die Stille. Hörte er da ein Schluchzen? Verdammt, er würde am liebsten das ganze Treppenhaus kurz und klein schlagen! Warum ließ sie es sich nicht erklären? Nicht trösten, nicht in seinen Armen wieder die Geborgenheit schenken, die er ihr doch so gerne gab?

Er wartete. Nichts passierte. Sein stoßweiser Atem war das einzige Geräusch.

Irgendwann drehte er sich um und humpelte die Treppe hinunter. Jeder Schritt tat höllisch weh, doch das war nichts gegen die Schmerzen, die in seiner Brust tobten.

Er würde Valerie verlieren.

Außer es geschah noch ein Wunder.

28. Mieser Sommertag

Valerie

„Wo willst du hin?“, fragte Jasmin am nächsten Morgen, als Valerie in ihre Schuhe schlüpfte.

„Ich gehe ein bisschen spazieren.“ Ihre Augen brannten, weil sie die ganze Nacht geweint hatte, ihre Beine waren wackelig und sie hatte nichts gegessen. Aber sie musste raus. An einen Ort, an dem sie zur Ruhe kam.

Jasmin stand im Türrahmen und sah besorgt aus. „Lass mich mitkommen. Du hast kaum was erzählt, seit gestern fast gar nichts geredet. Ich habe Angst um dich.“

„Ich springe nicht von der Brücke, mach dir keine Sorgen.“ Auch wenn es eine gewisse Versuchung war, auf diese Weise dem Schmerz einfach ein Ende zu setzen – sie könnte das niemals. Dafür hatte sie viel zu viel Respekt vor dem Leben. „Außerdem musst du in die Arbeit. Wir sehen uns heute Abend“, fügte Valerie an und öffnete die Wohnungstür.

Im Treppenhaus roch es nach Zwiebeln. Sie schnupperte und ertappte sich bei dem Gedanken, ob irgendwo noch ein Hauch von Gregs Aftershave zurückgeblieben war. Entsetzt hielt sie inne. Oh nein, an ihn würde sie nie mehr denken!

Schnell lief sie die Stufen hinunter. Sah sich auf der Straße erst mal nach allen Seiten um. Nicht, dass dieser Wahnsinnige ihr irgendwo auflauerte. Aber es war niemand zu sehen.

Sie entspannte sich etwas, als sie den Gehweg entlang ging. Trotzdem tat ihr alles weh. Innen und außen. Wie zum Hohn schickte die Sonne ihre besten Sommerstrahlen über die Stadt und selbst der Himmel hatte jede störende Wolke verscheucht, um sich im schönsten Blau zu zeigen. Ein Blau wie das von Gregs Augen.

Ganz automatisch fasste Valerie an den Saphiranhänger um ihren Hals. Verflucht, warum trug sie den noch? Und warum dachte sie beim Blick in den Himmel an Greg?

Das musste aufhören. Er war es nicht wert. Sie fasste an den Verschluss, brachte es aber nicht fertig, die Kette abzunehmen. Es ging nicht. Irgendetwas in ihr sträubte sich.

Sie ging weiter. Die Straße hinunter, die nächste ebenfalls, immer weiter, obwohl ihre Knie manchmal zitterten und sie immer wieder gegen diese blöden, aufsteigenden Tränen ankämpfen musste.

Die Straßen wurden ruhiger, es kam eine schattige Allee. Und dann das schmiedeeiserne Tor. Als sie zum letzten Mal hierher gekommen war, war er dabei gewe-…

Nein, nicht daran denken. Valerie ging den Kiesweg entlang. Versuchte ein Lächeln, als ein Eichhörnchen von einem Ast zum anderen sprang. Es gelang nicht richtig. Schließlich kam sie am Grab an.

„Hallo Philomena“, sagte sie und ging in die Hocke, um ein paar verblühte Blütenblätter abzuzupfen. „Wissen Sie, Sie hatten vielleicht doch nicht den richtigen Riecher, was Greg und mich anging.“

Es tat weh, seinen Namen auszusprechen. Es tat weh, an ihn zu denken. Es tat sogar weh, zu atmen. Und sie wusste nicht, wann das je aufhören würde.

„Wir haben es ja versucht miteinander“, sprach sie weiter, „aber wir sind einfach zu unterschiedlich. Ich wollte jemanden, bei dem ich mich fallen lassen kann. Aber das ist er nicht. Ihm ist am Ende dann doch sein Studio und auch seine Freiheit wichtiger. Und diese dämliche Männlichkeit.“

Sie musste schlucken. Auch das tat weh.

„War ja auch dumm von mir zu denken, er würde nur meinetwegen zum Weichei mutieren. Völlig naiv so was! Er ist halt ein harter Kerl und das will er ausleben. Sicher nicht mit mir. Ist bestimmt besser so. Aber Philomena – der Glücksgott, den Sie mir geschenkt haben, ist jetzt endgültig zerbrochen. Das tut mir wirklich leid. Überhaupt ist einiges kaputtgegangen."

Valerie seufzte tief. Natürlich wusste Philomena das alles längst. Und würde ihr nicht böse sein wegen der Ganeshfigur. Sie sollte aufhören, ihr hier irgendwelche überflüssigen Sachen zu erzählen.

Mit langsamen Bewegungen stand Valerie auf, machte ein paar Schritte zur Bank und setzte sich darauf. Hier war sie neulich erst zusammen mit Greg gewesen. Die Erinnerung an diesen Tag war so stark, dass sie sie nicht verdrängen konnte. War es denn wirklich möglich, dass er sie so getäuscht hatte? Wie er sie angesehen hatte, über seine Großtante geredet – das war alles so echt gewesen.

Und doch war alles nur Lug und Trug, das wusste sie inzwischen. Die Tatsachen waren nicht von der Hand zu weisen.

Durch das Blätterdach über ihr tasteten sich Sonnenstrahlen nach unten, eine Biene flog auf den Lavendelstrauch am Nachbargrab zu und irgendwo rief ein Kuckuck. Die Welt drehte sich weiter, als wäre nichts passiert. Vielleicht wäre ihr ein Regentag lieber gewesen. Ja, ganz bestimmt sogar. Einer von denen mit dunklen Wolken, wo es nie richtig hell wurde und man sich nass und kalt und klamm und fürchterlich trostlos fühlte.

„Ach, hier treibst du dich herum. Wusste ich es doch." Jasmin kam heran und setzte sich einfach neben Valerie auf die Bank. „Hast du Philomena das mit Greg erzählt? Sie soll ihm einen Blitz schicken! Oder zumindest einen Nierenstein."

„Einen Nierenstein?", wiederholte Valerie fragend.

Jasmin nickte. „Ja genau. Die sind nämlich schmerzhafter als Kinderkriegen, hab` ich wo gelesen. Das hätte er verdient."

Schweigend schaute Valerie eine Zeit lang auf das Grab. „Es gibt keine andere Erklärung, oder?", sagte sie schließlich. „Dieses Video von Britt – das war eindeutig er. Es war seine Wohnung, es war eine aktuelle Zeitung, es lag sogar sein rotes Häkelzeug rum."

„Keine Ahnung, ob man so was fälschen kann", gab Jasmin zu. „Da bräuchte man wohl schon einen Profi."

„Und das Bild von gestern mit dem verbundenen Arm – den hatte er ja sonst nicht. Auch das rote T-Shirt habe ich vorher noch nicht gesehen. Da war er bei ihr, wie hätte man das sonst ineinander basteln können? Auf der Baustelle sitzt er ja nicht herum."

„Da hat er dich auf jeden Fall angelogen, schätze ich, und ist zu Britt gefahren."

Valerie spielte mit den Fransen an ihrer Weste. „Es passt auch zu dem, was du gehört hast. Dass er zu Thore gesagt hat, er trifft sie immer noch. Und dass es mit dem Studio weitergehen wird."

Das hatte er sogar ihr gegenüber erwähnt, sie erinnerte sich gut. Er würde sich was einfallen lassen, hatte er ihr anvertraut, aber keine Einzelheiten genannt. Kein Wunder. Den Plan mit der Ratte, die seine scharfe Britt ins Café schmuggelt, wollte er ihr natürlich nicht auf die Nase binden.

„Er ist ein Mistkerl mit Männlichkeitskomplex", seufzte sie, „egal, wie man es dreht und wendet. Und ich hab`s nicht gemerkt."

Dabei war der Sex so wundervoll gewesen. Überhaupt in seiner Nähe zu sein. Seine Arme um sich herum zu spüren, sein Geruch, sein Lächeln, all diese Geborgenheit, das Vertraute … nur vorgespielt. Verdammt, er musste wirklich ein hervorragender Schauspieler sein!

Jasmin hielt ihr ein Taschentuch hin und sie trocknete sich die Tränen ab. „Zumindest kann ich mich jetzt irgendwo in der Gastronomie bewerben", sagte Valerie mit belegter Stimme, „Erfahrung habe ich ja jetzt, wenn auch nur kurze."

„Aber wir könnten doch weitermachen. Natürlich nicht dort. Irgendwo anders was mieten und das Ganze neu aufziehen."

„Nein!", erwiderte Valerie sofort. „Das Thema ist für mich abgeschlossen, ein für alle mal. Das Café Woll-Lust ist gestorben."

Und vieles andere auch. Ihre Träume zum Beispiel. Und die leise Hoffnung, dass es doch einen Mann geben könnte, der mit ihr zusammen sein wollte. Das war sowieso Unsinn und sie musste sich damit abfinden. Blieb sie eben allein. War besser so. Dann hatte man wenigstens nicht mit dem Gefühl zu kämpfen, dass einem das Herz mit stumpfen Nägeln aus der Brust gekratzt wurde.

„Ottilie war bei mir im Café Prinzenhof, sie hat schon mehrfach ihre Hilfe angeboten. Die alte Dame hat wohl gesehen, dass Britt die Ratte aus der Tasche gelassen hat.“ Jasmin sah sie mit einem Hauch von Hoffnung im Blick an.

„Ist ja nett von ihr, aber das Wort einer Polizistin würde immer mehr zählen. Kein Mensch glaubt drei lieben, alten Häkeldamen. Britt würde alles abstreiten und es gibt ja keine Beweise.“

Nein, es blieb dabei. Das Café war Geschichte. „Ich will dieses Haus auch nie mehr betreten. Auch die Straße nicht. Vielleicht sollte ich wegziehen. In eine andere Stadt. Aber es ist so schön, bei dir zu wohnen. Und ich hab` ja niemanden außer dir.“

„Ach, Valerie.“ Jasmin legte einen Arm um sie und zog sie an sich. Dieses verdammte Schluchzen brach schon wieder durch, dabei wollte sie das doch gar nicht. Und erst recht nicht die Erinnerung, wie viel besser es sich angefühlt hatte, in Gregs Umarmung zu liegen.

Sie löste sich von Jasmin. Schnäuzte sich. Straffte die Schultern und die Mundwinkel. „Geh du zurück zu deiner Arbeit. Ich fange mich schon wieder. Außerdem kann ich mich hier ja mit Philomena unterhalten.“

„Soll ich nicht lieber noch hierbleiben?“

Valerie schüttelte den Kopf. Also stand Jasmin auf, strich ihr kurz über die Wange und verabschiedete sich.

Ihre Schritte im Kies verklangen. Valerie war wieder allein. Allein mit ihren Gedanken und Fragen und Erinnerungen. Mit diesem Scheißgefühl, dass sich mit Greg einfach alles besser angefühlt hatte als mit irgendeinem anderen Menschen auf dieser Welt.

Doch es war vorbei. Er war vorbei. Und das Thema Liebe auch. Für manche Menschen war es eben besser, für immer allein zu bleiben und sich mit unendlichen Häkelarbeiten am Leben zu erhalten. Sie war eine von ihnen, daran gab es keinen Zweifel.

29. Planlos oder auch nicht

Gregor

Er hätte es sich denken können. Britt hatte ihre Finger im Spiel.

Gregor fing das eiskalte Wasser aus dem Hahn in seinen Händen auf und spritzte es sich ins Gesicht. Es half nichts. Er hatte nachts kein Auge zugetan, sich nur hin- und hergewälzt und über tausend Dinge nachgedacht.

Seinem ersten Impuls zu widerstehen, noch nachts zu Britt zu fahren und ihr per *Mawashi Geri* die Nase umzugestalten, war reichlich schwer gewesen. Um halb drei war er sogar aus dem Bett gehüpft, hatte sich angezogen und den Autoschlüssel in die Hand genommen, um zu ihr zu fahren. Aber er hatte sich in den Griff bekommen, mit viel Mühe.

Solche Dinge mussten gut überlegt sein, Kurzschlussreaktionen brachten dabei nichts.

Als Erstes rief er in der Arbeit an, um sich einen Tag frei zu nehmen.

„Spinnst du?“, war die Reaktion seines Chefs, „Du weißt doch genau, wie eng unser Zeitplan ist. Das geht nicht.“

„Ich habe mehr als hundertdreißig Überstunden. Schätze schon, dass das geht. Oder soll ich mal bei der Berufsaufsicht nachfragen, was die von mancher Beugung der Vorschriften halten, wie wir sie betreiben?“

„Verdammter Erpresser“, brummte der Boss. „Dann bleib eben daheim, du fauler Hund.“ Er legte auf.

Gregor verdrehte die Augen. Er sollte sich wirklich mal nach einem anderen Arbeitgeber umschauen. Oder sich überlegen, wie er zumindest die Zeiten dort reduzieren konnte und mehr

Karateunterricht gab, doch das hatte keine Priorität. Wichtig war nur, herauszufinden, was gestern gelaufen war. Keinen Tag länger konnte er ertragen, dass Valerie ihn für jemanden hielt, der sie ausgenutzt hatte. Dieser Schmerz in ihren Augen – er würde alles dafür tun, den wieder in ihr Strahlen zu verwandeln, wieder ein Lächeln auf ihrem Gesicht zu sehen, sie wieder berühren zu dürfen.

Ein wenig wunderte es ihn ja schon, dass sie Britt irgendwelche Lügengeschichten abgekauft hatte. Valerie müsste doch eigentlich wissen, dass die sich nur etwas ausdachte. Vertraute sie Britt mehr als ihm? Das war kaum vorstellbar.

Egal, er würde es bald wissen. Endlich war es Tag und er konnte tätig werden. Diese letzte Nacht – er wollte gar nicht daran zurückdenken. An all die Bilder, die immer wieder hochgestiegen waren. Ständig hatte er Valeries Gesicht vor sich gesehen, ihr wunderbares Lachen gehört. Sich hin und her geworfen, weil er nicht glauben konnte, dass sie ihn für einen Mike hielt. Und alle paar Sekunden hatte er diesen Ausdruck von gestern Abend gesehen, diese Enttäuschung, ja sogar Abscheu. Wie konnte sie ihn hassen, wenn er sie doch so sehr liebte!

Er musste einen Weg finden, ihr das wieder zu beweisen.

Und der führte erst einmal zu Britt.

Er wählte ihre Nummer, lauschte dem Tuten. Als er schon dachte, sie würde nicht abheben und sich darauf einstellte, dann eben vor ihrem Haus zu campen, bis sie irgendwann vom Dienst heimkam, meldete sie sich.

„Wo bist du?“, fragte er ohne große Begrüßungsfloskeln.

„Am Schreibtisch, aber wir haben jetzt dann ein paar Einsätze und ich weiß nicht, wann …“

„Ich komme vorbei“, unterbrach er sie und legte auf. Zur Not würde er zwei Tage warten, bis sie von ihren Einsätzen zurückkam, das war egal. Er brauchte Klarheit.

Sie war tatsächlich ausgeflogen, als er in der Dienststelle ankam. Doch es dauerte nicht allzu lange, bis sie zusammen mit ihrem

Kollegen hereinmarschiert kam. Sie sah Gregor, ließ ein zufriedenes Lächeln aufblitzen und verkündete, dass sie sich eine Pause nehme. Dann führte sie ihn in eine kleine Teeküche.

„Wie hast du es gemacht?“, zischte er, kaum dass die Tür hinter ihnen ins Schloss gefallen war.

Überrascht sah Britt ihn an. „Wovon redest du?“

„Tu nicht so. Du hast Valerie erzählt, dass du dich noch mit mir triffst.“

„Ach so“, sie winkte ab. „Das meinst du! Wir haben uns einfach nur unterhalten. Kann ich doch nichts dafür, wenn sie sich sonst was zusammenreimt. Scheint ja wohl kein allzu großes Vertrauen zu sein zwischen euch.“

Sie log ihn an. Das spürte er in jeder Körperzelle. Ja, sie kam nicht klar damit, dass er jetzt mit Valerie zusammen war. Völlig irre war das! Einerseits hatte sie nicht mal mit ihm essen gehen wollen, sondern nur ins Bett, wenn er sich aber in eine andere verliebte, passte ihr das nicht. Und er kannte Britt, sie kämpfte mit allen Mitteln. Allerdings war er nicht eines ihrer Opfer, sondern ihr *Sensei.* Und wenn sie ein *Kumite* wollte, sollte sie eines bekommen. Er war bereit für jede Art von Kampf.

„Was war mit der Ratte?“, fragte er sie. Dass sie neuerdings mit Manuel zusammenhing, der nun wirklich kein Mann nach ihrem Geschmack war, passierte sicher nicht ohne Grund. Und so langsam überkam ihn das Gefühl, dass das alles miteinander verknüpft war.

Britt zuckte mit den Schultern. „Keine Ahnung, es ist doch bekannt, dass die sich gerne bei Vorräten von Mehl oder Nüssen herumtreiben. Und in einem Café hat man die nun mal.“

Von wegen! Dort wurde ja nicht gebacken, sondern nur die fertigen Kuchen verkauft. Sie hatte da garantiert nachgeholfen. Viel wichtiger war aber, was sie Valerie erzählt hatte. Die hätte ihr doch niemals geglaubt, wenn sie einfach nur behauptet hätte, noch immer mit ihm zusammen zu sein. Nein, so naiv war Valerie nicht. Britt hatte garantiert schwerere Geschütze aufgefahren. Sie musste ihr irgendwelche „Beweise“ gezeigt haben. Nur welche? Es gab nichts, was darauf hindeutete, dass er noch Interesse an Britt hatte, keine Umarmung beim lauschigen Italiener, die Manuel aus einem Versteck heimlich knipsen könnte, keine gemeinsame Dusche nach dem Training, kein …

Er hielt inne. Moment mal. Was hatte er da gerade in Gedanken durchgesponnen? Manuel als Privatdetektiv mit Teleobjektiv war zu weit hergeholt, aber es gab da etwas anderes … Sie hatte doch wohl nicht …?

„Gib mir dein Handy!“, verlangte er mit entschlossener Stimme.

„Ich denke gar nicht daran!“ Britt verschränkte die Hände vor ihrer Brust und funkelte ihn an.

Er spürte es. So deutlich wie sonst das Stechen in seiner Hüfte. Dieses verdammte, verfluchte Miststück!

„Ich will es sehen, sofort!“, zischte er und konnte sich nur mühsam zurückhalten.

„Vergiss es.“

Das war zu viel. Gregor schoss auf sie zu, schneller, als sie blinzeln konnte, fasste an ihre Gesäßtasche, in die sie immer ihr Handy steckte. Britt rammte ihm einen Ellbogen in die Seite, aber er spürte den Schmerz nicht. Er packte ihr Handgelenk, drehte es so herum, dass sie keuchend in die Knie ging. Zwar schlug sie mit der freien Hand nach ihm, aber er wehrte sie mit Leichtigkeit ab. Sie musste schon eher aufstehen, wenn sie einen dritten Dan besiegen wollte.

Sie fluchte und beschimpfte ihn wüst, trat sogar nach seinem Schienbein, während er sie weiterhin unten hielt.

Das Handy verlangte nach einer PIN oder dem Fingerabdruck. Na, das bekam er hin. Mit einer weiteren Drehung beförderte er Britt bäuchlings auf den Boden, packte ihre rechte Hand, bog sie wie beim Polizeigriff nach hinten und drückte ihren Zeigefinger auf die Taste.

„Du Bastard!“, schrie sie, „das wirst du mir büßen!“

Er hörte gar nicht hin. Das Handy war freigeschaltet. Er rief die Galerie auf und sofort fiel ihm ein Foto auf. Das war er, in Britts

Wohnung, als er ihr gesagt hatte, dass er sie nicht mehr sehen will.

„Du hast mich heimlich fotografiert? Ohne meine Einwilligung? Und das als Polizistin?“

Sie wurde ruhiger, atmete nur noch heftig und zerrte an seinem Arm, doch er gab sie nicht frei.

Da war das Video. Er ließ es laufen. Keuchte, als er sah, was das Filmen zeigte und wo es stoppte. Genau vor ihrer Gegenwehr. Dadurch sah es aus, als hätte er wirklich harten Sex von ihr gewollt!

„Das ist völlig krank“, sagte er. „Total irre. Du brauchst einen Psychiater. Und zwar dringend.“

„Und du einen Rechtsanwalt!“, fauchte sie. „Einer Polizistin das Handy zu stehlen, ist eine Straftat!“

„Wer sagt denn was von stehlen.“ Er rief als Letztes noch den Whatsapp-Chat mit Manuel auf und fand auch da, was er suchte.

Gregor ließ sie so urplötzlich los, dass sie gar nicht dazu kam, ihm einen ordentlichen Zuki zu verpassen. Er stand auf, warf das Handy auf die Spüle und ging zur Tür.

„Du bist einfach nur erbärmlich“, sagte er und ging in den Flur.

Er hörte, wie sie sich aufrappelte, die Tür aufstieß, doch einige Kollegen kamen gerade den Flur entlang, also konnte sie jetzt nicht von hinten ein Klappmesser in seinen Rücken jagen. Zugetraut hätte er ihr so etwas tatsächlich.

Gregor verließ das Polizeigebäude.

Kein Wunder, dass Valerie ihn für den größten Schweinehund unter der Sonne hielt. Britt hatte ihr das Video und das Foto als Beweis gezeigt! Er musste all seine Willenskraft aufbringen, um nicht zurückzustürmen und ihr den dürren Polizistinnenhals umzudrehen.

Mit dem Handy zu Valerie zu laufen und ihr die ganze Sache zu erklären, würde nichts bringen. Erstens konnte er Britt das Ding tatsächlich nicht einfach so wegnehmen und zweitens würde Valerie ihm erst gar nicht zuhören.

Er brauchte einen anderen Plan. Nur welchen?

Sich den Kopf zermarternd fuhr er zurück in seine Wohnung.

Tigerte im Wohnzimmer auf und ab. Fand keine Lösung. Warum war sein Hirn nur so verdammt vernagelt? Er musste mit jemandem reden.

Weil ihm nichts Besseres einfiel, rief er Thore an. Der brachte Dinge zumindest klar auf den Punkt. Vielleicht half ihm das, das ganze Chaos in seinem Kopf zu formulieren.

Als Thore sich meldete, legte Gregor sofort los. „Es gab nie eine Rattenplage, das waren Britt und Manuel", begann er. „Sie haben das Viech von Manuel ins Café geschmuggelt."

„Keine schlechte Idee, das musst du zugeben", hörte er Thore sagen. „Jetzt gehört uns das ganze Erdgeschoss wieder und du kannst expandieren. Du hast doch sowieso gesagt, dass du die Räume gerne hättest."

„Nein!", rief er. „Das gilt nicht. Man muss seine Siege ehrlich verdienen, nicht betrügen. Bei einem fairen Wettbewerb hätte ich die Räume angenommen, aber so nicht. Außerdem hat sich Britt etwas geleistet, das glaubst du nicht."

In kurzen Worten erzählte er seinem Sportsfreund, was passiert war.

„Was für eine Schlange", sagte Thore. „Dabei dachte ich immer, sie wäre cool. Aber sie teilt wohl nicht gern. Was machst du jetzt wegen Valerie?"

Darauf hätte er gern von ihm eine Antwort gehabt.

„Wenn ich das nur wüsste!", seufzte Gregor und fuhr mit der Hand auf dem Sideboard entlang. Der Pinguin stand im Weg und grinst ihn breit an. Das fehlte noch, dass ihn jetzt sogar Keramikfiguren auslachten. Er nahm ihn, zog eine Schublade auf und wollte ihn gerade hineinlegen, da durchfuhr ihn ein Gedanke. Was hatte Tante Philomena gesagt? „Jeder hat seine Stärken, auch wenn die ungewöhnlich und nicht gleich erkennbar sind." Als Kind hatte er immer gedacht, dass er der einzige Junge auf der ganzen Welt war, der kein einziges Talent besaß. Aber inzwischen sah das anders aus. Er hatte durchaus einiges zu bieten.

„Thore, was ist meine größte Stärke?“, fragte er.

„Na ja, du bist ein richtig harter Knochen. Aber damit kann man bei deiner Strickliesel wohl keinen Blumentopf oder besser geflochtenen Wollkorb gewinnen.“

Da hatte er recht und auch wieder nicht.

„Das stimmt“, sagte er mehr zu sich selbst. „Und genau das werde ich einsetzen. Pass auf, mein Kumpel, wir werden in Aktion treten. Du bist doch überzeugt davon, ein echter Mann zu sein? Und lässt dich durch nichts und niemand davon abbringen? Weil du so stark bist, dass man dich selbst in ein rosa Ballettröckchen stecken könnte und deine Männlichkeit würde immer noch wie ein Heiligenschein aus Testosteronduft um dich herumschweben?“

„Solche Röckchen gibt es in meiner Größe nicht. Aber der Rest stimmt. Ist doch klar, dass ich kein Weichei bin. Schau mich nur an, mein Bizeps hat ein eigenes Gravitationsfeld.“

Gregor sah förmlich vor sich, wie Thore den Ärmel seines T-Shirts hochschob und seine eigenen Muckis bewunderte.

Umso besser.

„Gut. Dann mach dich auf etwas gefasst. Aber vorher muss ich noch etwas klären.“

Zum zweiten Mal heute stürmte er nach unten und stieg in sein Auto. Dieses Mal fuhr er allerdings in die andere Richtung. Zehn Minuten später betrat er neben einer Frau am Gehstock und mit grauer Dauerwelle das Café Prinzenhof.

„Sie wünschen?“, fragte die streng dreinblickende Chefin über einen Berg aus stinklangweiligen Himbeersahnetörtchen.

„Ich muss mit Jasmin reden.“

„Das geht nicht, die ist hinten in der Backstube.“

Fuck, jetzt musste er auch noch eine Charme-Offensive starten. Er packte sein strahlendstes Lächeln aus, spannte in bester Thore-Manier die Brustmuskeln an und sah ihr tief in die Augen.

„Nur fünf Minuten, es ist etwas Privates. Und eine Frau mit so schönen Augen wie Sie hat doch sicher ein gutes Herz und lässt mich kurz mit ihr reden."

„Das geht wirklich nicht, sie ist sicher gerade mitten beim Backen", sagte die Inhaberin, klang aber gar nicht mehr so überzeugt und hatte plötzlich rosa Wangen.

Die andere Kundin klopfte mit dem Gehstock gegen die Vitrinenscheibe. „,Kann ich jetzt endlich mein Stück von der Malakoff haben?", verlangte sie.

Gregor beugte sich ein Stück über den Tresen. „Geben Sie sich einen Ruck", sagte er. „Sie sind doch bestimmt eine Chefin, vor der jeder Angestellte Respekt hat, weil sie gut für ihre Mitarbeiter sorgt."

„Also gut. Gehen Sie rein", gab sie schließlich nach und holte die gewünschte Torte heraus.

Er eilte zur Schwingtür und betrat die Backstube. An einem seitlichen Tisch stand Jasmin, trug eine bunte Schürze und schrieb mit Zuckerguss „Alles Gute zur Taufe" auf eine schweinchenrosa Torte.

Als sie ihn sah, ließ sie fast ihr süßes Werkzeug fallen.

„Gregor! Wie in drei Teufels Namen kommst du denn hier rein? Und was willst du?"

„Hör mir zu. Ich muss Valerie beweisen, dass das alles ein Missverständnis ist."

Ihre Miene verfinsterte sich. „Da bin ich ja mal gespannt, wie du das alles erklären willst."

„Gar nicht", erwiderte er. „Ich bin ein Mann der Tat. Und jetzt pass auf, ich erzähle es dir. Denn ich brauche deine Hilfe."

Ihre Augen weiteten sich auf fast schon ungesunde Größe, während er ihr von seinem Plan berichtete. Als er fertig war, bewegte sie vor lauter Unglauben den Kopf hin und her.

„Du bist vollkommen verrückt", sagte sie, hatte aber ein verräterisches, abenteuerlustiges Funkeln in den Augen.

Und da wusste Gregor, dass er tatsächlich noch eine Chance hatte.

30. Muckis, Muffins, Marketing

Valerie

Dieser ekelhaft schöne Sommer nervte. Seufzend schaute Valerie aus dem Fenster von Jasmins Wohnung. Schon wieder so ein dämlicher Bilderbuchtag. Unten schlenderten Pärchen vorbei, Hand in Hand, jeder eine Eiswaffel in den Fingern und selbstverständlich musste der eine die Sorten des anderen probieren, sich dabei anstrahlen und dann mit wippenden Schritten weitergehen.

Ekelhaft sowas.

Sie zog den Vorhang vor, um das Spektakel nicht mehr mitansehen zu müssen. War bestimmt alles nur vorgespielt, um der Umwelt zu beweisen, wie verliebt sie waren, obwohl in Wirklichkeit die Fetzen flogen. Oder die Frau sich eben total unterordnete, brav daheim kochte, während der Mann mit den Kumpels nach dem Fußball saufen ging.

Oh Mann, sie war auf dem besten Weg, zur verbitterten, alten Jungfer zu werden! Kopfschüttelnd über sich selbst ging sie in die Küche, in der es ziemlich wüst aussah.

„Kannst du bitte sauber machen und vielleicht auch noch die Fenster putzen? Ich melde mich später noch, ich brauch dich als Chauffeuse. Bussi, Jasmin“, las sie den Zettel zum wiederholten Mal, der auf der Arbeitsplatte lag.

Jasmin war die letzten Tage fast nicht daheim gewesen. Sie hatte sich von einer Freundin breit schlagen lassen, für irgendein Firmenfest eine riesige Menge an Cupcakes und Muffins zu backen, und war ständig im Einsatz. Dass Valerie die Putzarbeiten in der Wohnung übernahm, anstatt Miete zu zahlen, war eine tolle Lösung. Da sich auf ihre Bewerbungen noch niemand gemeldet hatte, war Zeit keine

Mangelware, und sie tat das gern für Jasmin. Immerhin durfte sie morgen Abend zum Probearbeiten in einer Pizzeria antreten. Viel bezahlten die zwar nicht, aber es war besser, als herumzuhocken.

Sie schaltete das Radio ein und griff zu den Küchentüchern. Als der letzte Song zu Ende war, sprach der Moderator. „Gleich berichten wir von einer wirklich coolen Idee, die alle Kuchenliebhaber der Stadt begeistern wird. Bleiben Sie dran."

Das klang spannend. Valerie ging zum Radiogerät und drehte etwas lauter. Sie wollte sich das anhören und Jasmin darüber berichten, die war immer auf der Suche nach neuen Trends.

„Aber vorher noch ein Song für die Rockfans unter uns", fuhr der Sprecher fort. Als Nächstes erklangen die unverkennbaren ersten Takte von *Sunshine of your love.* Claptons Gitarre stach direkt in Valeries Herz hinein, denn die alte *Cream*-Nummer hatte sie beim Frühstück mit Greg gehört.

„Ist ein bisschen erdiger als eure Limetten-Quark-Creme, gell?", hatte er gesagt. Sie sah ihn vor sich. Die blitzenden Augen, das strahlende Lächeln mitten im Stoppelbartgesicht, die zerzausten Haare, für deren Zustand sie selbst verantwortlich war.

Sein herrlich dunkles Lachen, als sie ihn offenbar verständnislos anschaute, weil sie den Witz nicht kapierte. Der Geruch nach Kaffee. Die kühlen Holzdielen unter ihren Füßen. Alles war noch präsent, als würde sie mitten in seiner Küche stehen.

„Die Band heißt *Cream*", hatte er erklärt und die Musik lauter gedreht. „Sag nicht, du kennst die nicht? Wenn du schon – neben mir natürlich – einen Mann mit Gitarre anschmachten willst, dann doch bitte nicht den Schmachtlappen Leandro, sondern Mister Eric Clapton."

„Pah", hatte sie gemacht. „Du hast gestern zwei Stücke verdrückt von der Waldfrucht-Mascarpone-Rolle. Dank unserer Kuchen wird dein Sixpack bald Geschichte sein, genau wie so eine Uralt-Band."

„Beides ist absolut unverwüstlich und legendär", hatte er sie geneckt und damit natürlich provoziert, dass sie die Hand unter sein Shirt schob und tastete, ob der Sixpack wirklich noch vorhanden war. Dabei waren ihr die Muskeln völlig egal, sie wollte nur seine Haut berühren, seine Nähe spüren, ihn riechen.

„Verdammter Mistkerl“, musste sie sich erinnern, dazu gegen die Tränen kämpfen und natürlich das Radio ausschalten.

War sowieso besser. Da dudelten den ganzen Tag nur Liebeslieder, das machte die Hörer doch depressiv! Konnten die nicht einfach mal was Unverfängliches spielen? Schließlich gab es doch eine Menge Alleinlebender, die durfte man nicht einfach so ausgrenzen, das war total unfair, wenn man mal darüber nachdachte. Ja, es sollte einen triggerfreien Sender geben, auf dem nur Songs liefen, die nichts mit Liebesfreude oder Liebesleid zu tun hatten. So was wie … Sie grübelte eine Weile, während sie Putzmittel auf einen Lappen gab. Es fiel ihr nichts ein. Alle Songs, die sie kannte, schienen sich um Verliebtsein oder Verlassenwerden oder Sex zu drehen.

„Doch! *Highway to hell!*“, kam ihr schließlich in den Sinn. Aber das war nicht unbedingt etwas, das sie sich auflegen würde. *The sound of silence* vielleicht? Da konnte sie zumindest mitreden. Sie wusste nämlich sehr gut, wie sie sich anhörte, die Stille. Wenn das Ticken der Wanduhr das einzige Geräusch war und man nicht mal mehr wusste, ob das eigene Herz noch schlug. Vielleicht hatte es keine Lust mehr auf den ständigen Schmerz und wollte keinen dämlichen Rhythmus mehr vorgeben, zu dem eh niemand singen oder spielen oder tanzen würde.

Sie beugte sich über die Spüle und scheuerte wie verrückt. Ablenken. Das war gut. An irgendetwas denken, das nicht mit Greg zu tun hatte. Putzen war gut, ja, das war so unmännlich, dass sie es nicht mit ihm in Verbindung brachte. Sicher hatte er eine Putzfrau. Ein Schwarzgurt-*Sensei* nahm doch keine Klobürste in die Hand!

Das Schrillen des Telefons riss sie aus ihren Gummihandschuh-Gedanken. Sie ging ran, es war Jasmin. Und die klang so aufgeregt, als hätte die Queen of England gerade eine Ladung Fruit Scones für sich und den gesamten Buckingham Palast bei ihr bestellt.

„Schalt den Fernseher an“, rief sie, „jetzt, sofort, der

Regionalsender!“

Du liebe Zeit, was war da denn los?

„Okay“, erwiderte sie lang gezogen, „haben sie was über den Prinzenhof gedreht und deine Sachertorte gelobt?“ Sie ging ins Wohnzimmer und drückte auf die Fernbedienung.

„Hast du ihn an?“, fragte Jasmin statt einer Antwort.

„Läuft.“ Es war irgendeine Sendung mit News aus der Stadt. Nichts Aufregendes normalerweise.

„Dann setz dich hin“, befahl Jasmin. „Schau zu und überlege, was das zu bedeuten hat für dich.“

„Hast du was getrunken?“ Valerie wurde aus der Freundin nicht schlau. Die verhielt sich wirklich komisch die letzten Tage. Ob sie Drogen nahm? Ja, das wäre eine Erklärung, denn sie war total verändert, redete kaum und …

„Klappe halten! Schau hin! Und dreh den Ton laut!“

Also echt, sie ließ sich von einer Freundin nicht Befehle geben wie auf einem Kasernenhof! Jasmin hatte tatsächlich nicht mehr alle Tassen im Schrank. Der musste sie jetzt mal richtig die Meinung …

„… berichten wir jetzt live aus einem Café in der Brentano-Straße, das wirklich außergewöhnlich ist“, hörte sie die aufgebrezelte Moderatorin sagen. „Da hat ein ortsansässiger Karateclub eine tolle Aktion gestartet. *Muckis und Muffins* nennt sich das Ganze. Wie es aussieht und warum die weibliche Kundschaft doppelt begeistert ist, zeigt uns jetzt unsere Lokalreporterin Elvira Salatmeier.“

Wie bitte?

Valeries Beine gaben nach und sie plumpste aufs Sofa. Das … das konnte doch nicht wahr sein!

Über den Bildschirm flimmerten Aufnahmen aus dem Café Woll-Lust. Es war so rammelvoll, dass die Gäste sich darin drängten und sogar eine lange Schlange an der Theke wartete. Der Kopf von Elvira, die offenbar nicht nur für die Stadtzeitung schrieb, sondern nebenbei als Heimatreporterin arbeitete, kam ins Bild.

„Wir sind hier im zauberhaften Café Woll-Lust, das gerade seine

Wiedereröffnung feiert. Aber wie! Bisher fühlten sich vor allem Handarbeitsfreundinnen hier wohl, denn man kann Wolle kaufen, stricken und die tollen Törtchen genießen. Heute aber bekommt das Café eine große Portion Männlichkeit verliehen, denn der Karatetrainer Gregor Nordstedt hat seine muskelbepackten Schüler abgestellt, um die Gäste in vielerlei Hinsicht zu erfreuen. Erzählen Sie uns etwas über die Aktion, Herr Nordstedt!"

Die Kamera schwenkte zum Tresen. Dort stand Gregor. Im Karate-Gi, der über der Brust ungewöhnlich weit offen stand. Um die Hüfte hatte er sich nicht nur seinen schwarzen Gurt gebunden. Sondern auch eine fliederfarbene Schürze.

Valerie vergaß zu atmen.

Was zum Henker passierte da?

„Wir sind harte Karatekas, viele Schwarzgurte", sprach er ins Mikrofon, das sie ihm unter die Nase hielt. „Und unser Sport wird oft mit Männlichkeit in Verbindung gebracht. Nun ja, ich habe mir in letzter Zeit ein paar Gedanken darüber gemacht. Und ich finde, wahrer Mut ist es, auch zu seiner süßeren Seite zu stehen. Sich hinter harten Schlägen verstecken, das kann jeder. Aber nur wahre Männer haben die Stärke, sich zu einem Heidelbeer-Kokos-Cupcake zu bekennen. Und hier gibt es die besten. Wer sich daran gelabt hat, kann nach hinten in unser Studio kommen und sich beim Probetraining davon überzeugen, dass wir alles andere als sahnezarte Weicheier sind."

„Was?", keuchte Valerie. Sie musste träumen. Ja, ganz sicher war das eine Halluzination! Sie starrte gebannt weiter auf den Bildschirm.

„Ein geniales Konzept, finde ich", erwiderte Elvira. „Nun haben Sie und Ihre Kollegen sich ja in ganz schön sexy Outfits geworfen. Gehört ein wenig Körpereinsatz dazu, um erfolgreich zu sein?"

Die Kamera zoomte seine Brustmuskeln heran, die deutlich zu sehen waren. Dann schwenkte sie durch den Raum. An einem der hinteren Tische saß Thore. Der trug ein eng anliegendes, ärmelloses Top, das seinen Gewichtheber-Body bestens betonte. Und er häkelte. Oder tat zumindest so.

„Klar doch." Greg lächelte in die Kamera, die zu ihm zurückzoomte. „Warum sollen wir nicht zu unseren Körpern stehen? Wir sind Sportler, da gehört das dazu. Aber wir wollen zeigen, dass Karate auch etwas für Frauen, Senioren, Kinder ist. Genauso wie ein Café etwas für harte Kerle ist."

„Also geht es darum, Vorurteile abzubauen?", hakte Elvira nach. „Aufzubrechen, dass Frauen eher bei Tee und Gebäck sitzen und stricken, während Männer nebenan schweißtreibend trainieren, und jeder auf den anderen herabsieht?"

„Genau so ist es. Wir haben einige Seniorinnen bei uns im Studio, die mit Leidenschaft Karate üben. Die leben wunderbar vor, wie man *Mae Geri*-Fußangriffe mit Erdbeerschnitten verbinden kann. Also ist es doch nur gerecht, wenn wir Kämpfer uns auch mal in ihr Reich wagen."

Jetzt standen da auch noch Roberta und Ottilie, beide im Karateanzug, und führten mitten im Cafe ein paar *Zukis* vor!

Hinter ihnen saß Friederike an einem Tisch, ebenfalls im Gi, und erklärte den neuen Gästen das Prinzip der Luftmasche.

„Das heißt also, ein wahrer Mann verliert seine Ausstrahlung nicht, wenn er ein rosa Schürzchen umhat?", versuchte Elvira eine kleine Provokation.

„Das ist fliederfarben, nicht rosa", korrigierte Greg. „Und entscheiden Sie selbst – finden Sie mich unmännlich?"

Er straffte die Schultern, nahm diese verdammt sexy Karate-Anfangsstellung ein, und spannte seine Muskeln an. Dazu knipste er seinen Laserblick an und fixierte damit erst Elvira, dann die Kamera. Anschließend nahm er sich einen Cranberry-Walnuss-Muffin und biss herzhaft hinein.

„Nun, ich muss zugeben, das ist … äh … ziemlich sexy. Sogar mit der Schürze." Elvira war ein wenig rot geworden.

Er schenkte ihr sein Strahlelächeln. „Sehen Sie? Und jetzt kommen Sie mit nach hinten ins Dojo, dann zeige ich Ihnen ein paar Karate-Übungen. Eine wichtige Sache noch:" Seine Miene wurde schlagartig ernst. Sein Blick veränderte sich, in den Augen lag ein ganz eigenartiges Flehen, das sie bei ihm noch nie gesehen hatte. Er wirkte mit einem Mal gar nicht mehr wie der beinharte Karatetrainer, sondern wie ein verletzlicher Junge.

„Wir warten noch auf eine ganz besondere Person", fuhr er fort und selbst seine Stimme war weich. „Auf Valerie Grünberg, sie ist die Frau hinter dem Café Woll-Lust. Sie wurde aufgehalten, aber wir alle hoffen, dass sie bald hier auftaucht. Denn sie ist die Seele des Cafés. Und wir brauchen sie hier. Ich vor allem."

Das Bild verschwamm.

Vielleicht, weil die Kamera wegzoomte, der Bericht zu Ende war, oder der Fernseher eine Fehlfunktion hatte. Vielleicht auch, weil Valeries Augen plötzlich tränennass waren.

Er hatte das alles für *sie* getan?

„Val?", krächzte eine Stimme aus dem Telefon, das neben ihr auf dem Sofa lag. „Bist du noch dran? Vähääääl?"

Wie in Trance nahm sie es in die Hand. „Ich, äh, ja", stammelte sie hinein.

„Worauf wartest du noch? Beweg endlich deinen Hintern hierher!" Jasmin legte auf.

Eine Sekunde lang starrte Valerie aufs Telefon. Dann auf den Bildschirm, bei dem inzwischen wieder die Studiomoderatorin zu sehen war und lächelnd einen Abschlusssatz von sich gab: „Nichts wie hin in die Brentanostraße, würde ich sagen. Da gibt es Gaumenschmaus und Augenschmaus, was will man mehr."

Verrückt.

Greg war völlig verrückt. Und so wundervoll!

Tausend Fragen wirbelten ihr durch den Kopf, während sie durch die Wohnung sauste, in ein kunterbuntes Sommerkleid schlüpfte und Sandalen anzog. Wie hatte er das alles hinbekommen? Was war mit der Rattengefahr? Und Britt – war sie gar kein Thema mehr für ihn?

Sie musste ihn sehen. Sofort. Schneller als sofort.

Valerie stürmte nach unten, sprang in ihr Auto und sauste zum Café.

Mitten in der Straße parkte der Übertragungswagen des lokalen Fernsehsenders, ein Stück weiter hinten stiegen gerade zwei Leute, die ebenfalls mit Kameras bewaffnet waren, aus einem Auto, das die Aufschrift einer überregionalen Zeitung trug.

Wahnsinn.

Sie ging zum Café. Blieb an der Tür stehen, hielt einen Moment inne, mitten im ganzen Trubel. Was würde passieren, wenn sie jetzt die Tür aufdrückte?

So weit kam es gar nicht, denn ein paar Gäste kamen heraus. Dadurch rückte sie selbst offenbar ins Sichtfeld von Jasmin, denn die kam kreischend auf sie zugelaufen.

„Stell dir vor, es kommt noch ein anderes Fernsehteam vorbei! Und die Zeitung schickt auch jemanden, ist das nicht super? Ach, ich bin so froh, dass du da bist. Und ich schätze, hier will jemand mit dir reden."

Sie packte Valerie am Ellbogen und zog sie nach innen. Als ihr Blick zum Tresen glitt, traf sie auf den von Greg. Er hielt sie fest. Sah sie einfach nur an, bewegte sich nicht, war wie erstarrt.

Und dann war da dieses vorsichtige, kleine Lächeln, bitterzart wie das Amaretto-Mousse-Topping, das Valerie manchmal auf die Orangenmuffins setzte.

Sie machte einen ersten Schritt auf ihn zu, wusste nicht, ob sie weitergehen sollte. Was sie sagen sollte. Und wie reagieren.

Das war ihm offenbar alles egal, denn er kam um die Theke herum auf sie zugelaufen, mitsamt der Fliederschürze und dem Gi-Dekolleté. Das Nächste, was sie spürte, waren seine Arme, die sie festhielten. Die sie an seine Brust zogen, die heute anders roch. Nach Mann und nach Greg und nach Mut und nach Vanille.

„Es war alles nur eine Intrige, Valerie", raunte er ihr zu mit dieser rauen Unter-die-Haut-Stimme, die sie komplett irre machte. „Britt hat das alles eingefädelt, ich erkläre es dir später. Ich war dir immer treu und ich wollte dir nie das Café wegnehmen! Ich hatte mir schon andere Räume angeschaut für mein Studio, Herrgott, ich will doch mit dir zusammen sein!“

Sie sah ihn an. Sah seine Junihimmelaugen und die Strubbelhaare und den Brösel Schokolade in seinem Mundwinkel.

Und dann küsste sie ihn. Schloss die Augen und küsste ihn einfach, mitten im Café mit fünf Kameras im Rücken und hundert neugierigen Blicken und zweihunderttausend Kalorien in der Theke.

Alles versank. Da waren nur noch er und sie. Seine Lippen, seine Wärme, das Stück nackte Haut seiner Brust. Nichts anderes wollte sie, nur ewig in diesem Kuss verharren, nie mehr aus dieser Umarmung auftauchen, bei der ihr Herz aufatmete, ihr Magen flatterte und ihr Schoß leise anklopfte.

Irgendwann tauchte sie wieder auf. Sah Jasmin grinsen, sah das Cousinen-Trio sich Tränchen aus den Augen wischen, sah Gäste und Reporter und Kaffeetassen und ein Plakat mit der Aufschrift „*Muckis und Muffins*“.

Ihr fiel nicht ein, was sie sagen konnte. Wie sie ihm klarmachen konnte, wie sehr sie ihn vermisst hatte. Dass sie fast zugrunde gegangen war an der Sehnsucht nach ihm.

„Flieder steht dir ziemlich gut“, sagte sie stattdessen. Aber so, wie er strahlte und ihr zärtlich über die Wange strich, waren das vielleicht sogar die besten Worte.

„Du bist die einzige Frau, die mich zu so was bringt“, erwiderte er. Dann wurde er ernst. „Weißt du, ich musste dir doch irgendwie beweisen, dass Britt dich reingelegt hat, dass nichts davon wahr war. Aber Worte sind nicht so mein Ding. Na ja, da dachte ich, ich zeige es dir eben auf diesem Weg. Dass ich dich liebe.“

Schon wieder waren ihre Augen feucht. Aber dieses Mal war es gut. Alles war gut. Greg liebte sie.

Und würde es hoffentlich auch noch tun, wenn sie weiterhin diese Halluzinationen hatte, denn neben der Kasse stand der Glücksgott Ganesh und lächelte äußerst zufrieden zu ihr herüber.

31. Ganesh lächelt

Valerie

Als der letzte Gast das Lokal verlassen hatte, ließ sich Jasmin stöhnend auf einen Stuhl fallen. „Meine Güte, was für ein Tag!“

Thore und die anderen Karatejungs hatten schon die Fliege gemacht. Nur Greg war natürlich noch da, und lehnte unglaublich sexy am Tresen. Die Fliederschürze hatte er allerdings abgelegt.

Valerie konnte immer noch nicht fassen, wie er das alles geschafft hatte.

„Erklär es mir noch einmal in Ruhe“, bat sie. „Wie bist du überhaupt auf die Idee gekommen?“

Er schob sich einen Pistazien-Kringel in den Mund, bevor er antwortete.

„Bin ja nicht mehr an dich rangekommen, um alles richtigzustellen“, sagte er. „Aber ich musste dich doch davon überzeugen, dass nicht stimmte, was du über mich dachtest! Also hab` ich nach einer Möglichkeit gesucht, um dir zu beweisen, dass ich dir natürlich das Café lasse. Und auch, dass mir meine Männlichkeit doch nicht das Allerwichtigste ist und ich auf keinen Fall ein Mike bin.“

„Das ist dir gelungen, schätze ich“, rief Jasmin dazwischen. „In Valeries Horoskop steht für heute nämlich, dass sie eine große Überraschung erlebt.“

Valerie lachte. „Die größte meines Lebens! Und auch die schönste.“

Sie wäre am liebsten aufgestanden und hätte sich auf Gregs Schoß gesetzt, ihn mit Cupcakes gefüttert und nie wieder aus diesem Haus gelassen. Aber erst musste sie die Geschichte hören.

„Da wurde mir klar, dass es nur einen Weg gibt: Ich musste das Café retten. Also bin ich zu Jasmin gegangen, die erst gar nicht mit mir reden wollte. Und die hat dann Ottilie aktiviert."

„Ottilie?", wiederholte Valerie erstaunt. Was hatte denn die alte Dame mit der ganzen Sache zu schaffen?

„Genau." Greg nickte. „Sie hat doch öfters mal von ihrem Sohn erzählt, erinnerst du dich?"

„Stimmt. Aber ich verstehe immer noch nicht."

„Ihr Sohn ist der Polizeidirektor der Stadt, das wusste ich auch nicht. Rüdiger Brandauer. Der ist nicht nur der Chef von Britt, sondern hat auch gute Kontakte zur Lebensmittelkontrolle. Und als Ottilie ihm die Sache mit der Ratte in Britts Handtasche erzählt hat, ist er sofort tätig geworden."

„Pah!", machte Valerie. „Und zu mir hat sie gesagt, es würde sowieso kein Mensch glauben, dass sie dieses Vieh hier reingeschmuggelt hat."

„Seiner eigenen Mutter hat er das sehr wohl geglaubt. Und die Schließung aufheben lassen. Na ja, Jasmin und ich haben dann mit Volldampf daran gearbeitet, diese Aktion zu planen. Thores Bruder ist Grafiker, der hat das Plakat und die Flyer gemacht, Steffen hatte Kontakte zur Presse, die Jungs haben alle mitgeholfen."

Fassungslos bewegte sie den Kopf hin und her. Dass jemand so etwas für sie tat, war immer noch völlig unbegreiflich.

Aber es gab da diese Frage, die sie stellen musste. Auch wenn ihr himmelangst war dabei. „Dieses Video mit Britt – das sah so echt aus!", formulierte sie ganz vorsichtig.

Er kam näher und setzte sich neben sie, hielt ihre Hand fest. „Das war es auch", sagte er, „aber es war gespielt. Der Chef von Britt, also dieser Brandauer, hat sich von seiner Mutter vorschwärmen lassen, wie toll es war, dass sie ein paar Selbstverteidigungsgriffe lernte. Die Idee hat ihm gefallen. Sogar so gut, dass er das im großen Stil der Bevölkerung näher bringen wollte. Mit kostenlosen Kursangeboten durch die Polizei, was natürlich eine tolle Sympathieaktion ist. Und erst mal mit Videos."

Jetzt fiel bei Valerie der Groschen.

„Ihr habt das gedreht als Beispiel eines häuslichen Angriffs?", vermutete sie.

„Genau so war es. Dieses Miststück hatte das alles super eingefädelt. Ich wusste von dem Plan ihres Chefs und hab` keinen Verdacht geschöpft. Sie hat mich nämlich gebeten, eine Art Prototyp zu drehen, bei dem der Mann die Frau angreift und die sich dann gekonnt verteidigt. Im Originalvideo liege ich am Ende auf dem Boden."

„Und das hat sie einfach abgeschnitten!" Oh, dieser Britt würde sie ein Kuchenmesser in die Rippen rammen, wenn sie sie wieder traf, und zwar das allerlängste, das sie in der Schublade fand.

„Exakt. Selbst den Text hat sie mir so in den Mund gelegt, dass es klang, als wollte ich noch etwas von ihr. Dabei hab` ich ihr eine Viertelstunde vorher gesagt, dass ich nur noch mit dir zusammen sein will!" Er drückte Valeries Hand.

„Aber das Foto am Tag nach deinem Sturz? Du hast gesagt, du fährst in die Arbeit, bist aber doch zu ihr?" Es war schon gar nicht mehr schlimm, ihn zu fragen.

„Ja, ich bin tatsächlich zu Britt gefahren. Weil ich ihr endgültig klarmachen wollte, dass sie mich in Ruhe lassen soll. Hab´ ihr gesagt, dass wir uns nie mehr außerhalb des Trainings sehen und sie mich gefälligst nicht mehr anrufen soll. Ich war vielleicht zehn Minuten bei ihr, mehr sicher nicht. Aber sie hat mich unter einem Vorwand warten lassen und dabei heimlich das Foto gemacht."

„Eines muss ich aber schon auch noch fragen", mischte Jasmin sich ein. „Ich hab gehört, wie du und Thore geredet habt. Dass es auf jeden Fall weitergeht mit dem Studio. Und dass du gern zwei Eisen im Feuer hast oder so ähnlich."

Greg nickte im Zeitlupentempo. „Es geht auch weiter, ich habe mir Räume in der Nachbarschaft angeschaut, die ich mieten werde. Da sind dann auch Duschen und viel mehr Platz. Und die Sache mit Thore – das stimmt schon. Er kam in Macho-Manier daher, `*Hey,*

*Sensei, du wirst doch wohl auch weiterhin die Miezen tanzen lassen`*, so in der Art. Und irgendwie bin ich drauf eingestiegen, habe gesagt *`klar doch`*, wie es harte Kerle eben so machen. Vielleicht einfach deshalb, weil ich wusste, er wird`s eh nicht verstehen, dass ich niemanden brauche außer dir."

Sein Blick war so tief und warm, dass jeder letzte Zweifelkrümel sich auflöste. Zurück blieb nur grenzenloses Glück.

„Ich brauch jetzt einen Schnaps." Jasmin stand auf. „Und ihr auch."

Sie ging zur Theke, um irgendwas einzuschenken, dabei fiel Valeries Blick auf den Elefantengott. „Wie kommt eigentlich Ganesh hierher? Der war doch total kaputt. Also wirklich kaputt, den konnte man nicht mehr kleben."

Greg grinste. „Mir fiel ein, dass Tante Philomena mir vor ein paar Jahren auch einen mitgebracht hatte, den hab` ich aber in einer Kiste mit anderem Dekozeug in den Keller geräumt. Als deiner dann kaputt war, habe ich ihn rausgekramt. Und irgendwie hat er wohl Glück gebracht."

„Sag ich doch!", rief Jasmin. „Ihr glaubt mir immer nicht, aber es ist was dran an diesen Sachen."

Sie stießen mit Vanillelikör auf die Rettung des Cafés an.

„Mädchenschnaps", brummte Greg, trank aber sein Glas tapfer aus.

Als die Dunkelheit hereinbrach und der Tag sich langsam überlegte, ins Bettchen zu kriechen, verabschiedete sich Jasmin.

Valerie folgte Greg nach oben, sie setzten sich aufs Sofa und sie lehnte sich an ihn. Es tat unendlich gut.

Den Glücksgott hatte er von unten mitgenommen und auf den Couchtisch gestellt. Wo tatsächlich immer noch das rote Häkelzeug lag.

„Du musst künftig sogar weniger Angst um mich haben", sagte er mit weicher Stimme. „Brandauer braucht nämlich einen Externen, der diese Selbstverteidigungskurse plant. Gemeinsam mit der Aktion von heute sollte das reichen, um dauerhaft genügend Schüler für mein Studio zu haben."

„Du kündigst?“ Das war ja wunderbar! „Du läufst nicht mehr auf Dachbalken rum und fällst herunter?“

„Das habe ich auch sonst nicht regelmäßig getan, aber es stimmt. Und noch was – Britt wurde strafversetzt. Innendienst in einer anderen Stadt, das hasst sie wie die Pest. Sie wird uns nie mehr unter die Augen kommen. Weißt du, ich könnte mich selbst ohrfeigen dafür, dass sie dir das alles angetan hat.“

„Ach, Greg.“ Sie schmiegte sich an ihn. „Jetzt ist doch alles gut.“

„Mehr als gut“, brummte er wohlig und spielte mit ihren Haaren. Sein Blick fiel auf den Saphiranhänger. „Du trägst ihn immer noch?“

Valerie nickte. „Die ganze Zeit über. Ich hab` ein paar Mal versucht, ihn abzulegen. Weil ich nicht jedes Mal an dich denken wollte, wenn ich ihn angefasst habe. Aber es ging nicht. Das wäre, als wollte ich dem Himmel sein Blau wegnehmen oder der Sonne ihre Strahlen. Du gehörst einfach zu mir. Zu meiner Welt. Und ich will nie wieder ohne dich leben.“

Er küsste sie auf die Stirn. „Das wirst du nicht. Ich verspreche es dir. Sogar bei Philomenas Grabstein, wenn du willst.“

„Tja, ich glaube nach wie vor, dass sie gar nicht da unten liegt, sondern uns von irgendwo zusieht. Und ich wette, sie hat sich halbtot gelacht, als du im rosa Schürzchen Muffins und Karamellkakao verkauft hast.“

„Das war nicht rosa, das war fliederfarben“, sagte er, lachte sein herrliches Lachen, in das sie umgehend hineinkriechen musste. Weil das nicht ging, kroch sie ersatzweise in Greg hinein, indem sie ihre Arme um ihn schlang, ihn zu sich drehte und küsste, bis sie beide keine Luft mehr bekamen.

Als sie irgendwann über seine Schulter schaute, sah sie Ganesh. Der saß ganz entspannt da, beobachtete das Ganze und grinste seltsamerweise viel breiter als noch vorher. Im nächsten Moment kam es ihr so vor, als hätte er ihr zugezwinkert. Valerie zwinkerte zurück. War natürlich alles nur Einbildung, aber es könnte ja sein, dass es doch ein Glücksgott war und dann schadete es nie, sich gut mit ihm zu stellen. Auch wenn er gerade aussah, als würde er jeden Moment einen Sektkorken gegen die Decke knallen lassen und dazu perlend lachen, genau wie die liebe, alte, weise Philomena es getan hatte.

„Wir pflanzen morgen die schönsten Blumen, die wir in der ganzen Stadt finden, auf ihr Grab“, flüsterte Valerie.

„Und verstecken darin ein Schokoladen-Macaron“, sagte Greg, „darüber freut sie sich sicher auch.“

Valerie sah ihn an. Sah all die Wärme und Liebe und Verletzlichkeit, die er in sich trug. Und wusste, dass sie nun tatsächlich ihr großes Glück gefunden hatte.

32. Epilog

Gregor

Als die Prüflinge für den Gelben Gurt sich in Reih und Glied im Dojo aufstellten, fuhr Karsten, der im Bezirk die Gürtelprüfungen abnahm, zu Gregor herum.

„Die gehören zu deinem Studio?“, fragte er überrascht und rieb sich mit der Hand über die Glatze. Sah ein kleines bisschen verzweifelt aus.

Gregor nickte grinsend. „Alle fünf, jawohl.“

Karsten hob die Augenbrauen, sah abwechselnd ihn an und die Prüfungsanmeldungen, die vor ihm lagen. „Ich dachte, du hast ein Studio für harte Kerle? Echter Männersport ohne Schnickschnack und so. Das stand doch in deinem Flyer.“

„Klar. Aber so engstirnig sind wir Männer doch nicht, richtig? Meinem Selbstbewusstsein tut es jedenfalls keinen Abbruch, wenn ich auch Frauen unseren Sport näherbringe.“

„Nun ja“, erwiderte Karsten und warf erneut einen skeptischen Blick auf die Prüflinge, die am anderen Ende der Halle warteten. „Ich nehme oft bei Frauen die Prüfungen ab, das weißt du. Aber die meisten sind, wie soll ich sagen, nicht so arg blümchenhaft.“

Gregors Grinsen wurde breiter.

Er musste zugeben, dass Valerie, Jasmin und das Cousinen-Trio ein ungewöhnliches Bild abgaben. Sie trugen zwar alle brav den weißen Gi mit weißem Gürtel, waren barfuß und ohne Schmuck, aber irgendwie hatten sie es trotzdem geschafft, sich kunterbunt aufzuhübschen. Valerie hatte sich ihre Mähne zu zwei Zöpfen geflochten und mit breiten Haargummis in diversen Farben fixiert. Jasmin trug knallgrünen Lidschatten, roten Lippenstift und eine exotische Blume im Haar, handtellergroß. Die drei alten Damen waren offenbar bei einer durchgeknallten Friseurin gewesen, denn ihr Silberhaar wurde von jeweils einer bunten Strähne in lila, rosa und türkis durchzogen, dazu passend hatten sie sich die Nägel lackiert. Diese farbenfrohe Aufmachung sollte wohl Glück bringen, wenn er ihre Gespräche im Flur richtig verstanden hatte.

„Wir beginnen mit der Grundschule!“, kündigte der Prüfer an und Gregor verzog sich nach hinten. „Ich möchte *Uchi-Ude-Uke* sehen und anschließend *Gedan-Barai.*“

Gespannt beobachtete Gregor, wie Valerie sich schlug. Den Unterarm-Block bekam sie gut hin, selbst der Kiai-Schrei am Ende saß. Er mochte es, in ihr konzentriertes Gesicht zu sehen. Und weil er sie inzwischen gut kannte, fiel ihm natürlich auf, dass sie schrecklich aufgeregt war. Dabei konnte ihr gar nichts passieren, die Gelbgurt-Prüfung war gut zu schaffen, wenn man sich ordentlich vorbereitet hatte. Und dafür hatte er gesorgt.

Jasmin führte die *Gedan-Barai*-Abwehr ein bisschen halbherzig aus und bei Ottilie sah es ebenfalls eher aus, als würde sie sich einen lästigen Käfer abwischen, und nicht nach einer Karate-Übung. Aber der Prüfer drückte angesichts des Alters der Damen und des entschuldigenden Strahlelächelns von Jasmin sicher ein Auge zu.

„Als Nächstes bitte *Yoko-Geri-Kekomi*“, forderte Karsten.

Gregor kaute auf seiner Lippe. Hoffentlich hatten die Mädels sich die Begriffe gemerkt und wussten, was jetzt dran war!

„Das sind die Fußtritte zur Seite“, las er von Valeries Lippen ab, als sie ihren Nachbarinnen einen kleinen Hinweis gab.

Dann ging es auch schon los. Valerie stellte sich breitbeinig hin, schön tief, so wie er es ihr beigebracht hatte. Dann überkreuzte ihr linker Fuß den rechten in Laufrichtung, sie hob das rechte Knie, drehte die Hüfte und vollführte einen knackigen Fußkick zur Seite. Ein bisschen gewackelt hatte sie, aber das war nicht schlimm. Vor allem war es leise, als sie das Bein wieder auf den Boden aufsetzte.

Er erinnerte sich an die ersten Trainingseinheiten *Yoko-Geri* und musste schmunzeln. Nach dem Kick waren die Damen immer mit dem Fuß auf den Boden geplatscht oder schon im Einbeinstand bei der Hüftdrehung fast umgefallen. Jasmin hatte mal mit den Armen gerudert, war dann in Valerie gekracht und die durch den Dominoeffekt auf Roberta zugetaumelt. Alles nur, weil er die Übung im Zeitlupentempo gefordert hatte. Auch wenn er natürlich nach außen hin der harte Trainer geblieben war – es machte ihm Spaß, mit den Frauen zu arbeiten. Das war eine tolle Abwechslung zu den anderen Trainingsstunden, die viel ernster und sportlicher waren.

Sein Leben war bunter geworden, seit er Valerie kannte, in vielerlei Hinsicht. Er aß andere Dinge, hörte andere Songs, zumindest manchmal, und nahm vor allem die vielen wunderbaren Kleinigkeiten des Lebens ganz anders wahr. An der Mohnblume am Wegrand war er bisher achtlos vorbeigegangen, doch Valerie blieb stehen, um ihre Farbe zu bewundern. Mit ihr hörte er, wenn ein Kuckuck am Friedhof rief. Und er roch den Duft von Holunder, obwohl er nicht mal genau wusste, wie der Baum und seine Blüten aussahen.

„Jetzt möchte ich einzeln die Kata sehen. *Heian Shodan*!“, kündigte der Prüfer an.

Gregor wusste, was in Valeries Kopf vorging. Alle Alarmlichter blinkten und sie sagte sich garantiert: „Liebe Philomena, bitte mach, dass ich nicht aus Versehen in die falsche Richtung laufe!“

Er war selbst total aufgeregt, als er ihr zusah. Sie nahm die Grundstellung ein, rief den Namen der Kata und begann.

Aus tausend Schülern hätte er sofort ihre Bewegungen herausgefiltert. Sie hatte eine ganz eigene Art, die Abläufe zu verbinden. Ihr fehlte die letzte Exaktheit und an der Schnelligkeit könnte sie auch noch arbeiten, aber irgendwie sahen ihre Armbewegungen immer so wunderbar harmonisch aus, als würde sie häkeln. Bei aller Zackigkeit war da auch diese Ruhe, dieses Runde, dieses Frauliche in allem, was sie tat. Und er liebte das.

Warum ihm jemals die Härte von Britt gefallen hatte, konnte er sich überhaupt nicht mehr erklären. Das war wie aus einem anderen Zeitalter.

Ein Mann kam ins Dojo, als Valerie gerade die letzten Schritte machte. Er trug einen Anzug, eine Brille und netterweise keine Schuhe. Als er Gregor sah, kam er auf ihn zu.

„Wird sie bestehen?“, fragte er ihn und lächelte.

Gregor nickte dem Notar zu. „Auf jeden Fall. Sind Sie hier wegen des Testaments?“

„Hauptsächlich aus Neugier. Soweit ich weiß, haben Sie beide sich ja geeinigt, also steht der Grundbucheintragung nichts mehr im Weg. Für beide Namen.“

„Gut. Wobei das Café natürlich in den Räumen bleibt. Ich habe ja inzwischen neue Räume gemietet. Wissen Sie, seit dieser Muckis-und-Muffins-Aktion boomt meine Karateschule! Total irre, dass darüber so viel berichtet wurde. Muss direkt in ein Sommerloch gefallen sein.“

Der Notar schüttelte den Kopf. „Von wegen Sommerloch! Das war eine Sache, die den Menschen gefällt. Etwas Ritterliches. Harte Männer, die einer Frau und ihrem Geschäft helfen, dazu dieser Kuss, den eine Kamera festgehalten hat – so etwas bringt Sympathiepunkte ohne Ende. Kein Wunder, dass Sie sich nicht mehr retten können vor Anmeldungen. Ich schätze, es sind auch viele Frauen dabei?“

„Jeden Alters sogar“, erwiderte Gregor. Dafür hatten die drei Cousinen gesorgt, die den diversen Zeitungsreportern bereitwillig Interviews gegeben und in den höchsten Tönen von ihrem *Sensei* geschwärmt hatten. „Mein Leben hat sich verändert, seit ich Karate mache, ich traue mir viel mehr zu und bin überhaupt nicht mehr ängstlich“, wurde Friederike zitiert. Seither bot Gregor speziell für rüstige Seniorinnen Kurse an, die immer ausgebucht waren.

„Wie regeln Sie das mit Ihrem Beruf?“, fragte der Notar.

„Gar nicht.“ Gregor grinste. „Ich habe gekündigt und konzentriere mich voll auf den Ausbau meiner Schule. Falls es wider Erwarten nicht mehr so gut läuft, kann ich jederzeit wieder stundenweise arbeiten, gute Zimmerleute sind immer gefragt.“

Inzwischen mühte sich Jasmin mit der Kata ab, verlief sich

zwischendurch, betörte aber den Prüfer mit einem so strahlenden Lächeln, dass der gewiss alle Augen zudrückte. Die drei Cousinen liefen die *Heian Shodan* als Trio, es erinnerte ihn ein bisschen an Synchronschwimmen, nur ohne Wasser. Aber sie schlugen sich tapfer und würden sicher auch den Rest der Prüfung überstehen.

Gregor unterhielt sich noch ein bisschen mit dem Notar, dann war die Prüfung für die Gelbgurte auch schon vorbei und die Orangegurt-Anwärter stellten sich auf.

Valerie kam auf ihn zugehopst, mit roten Wangen und strahlenden Augen.

„Nun sag schon, wie war ich?“, fragte sie atemlos, „Werde ich bestehen? Was meinst du denn?“

Er versuchte ein finsteres Gesicht. „Könnte sehr knapp werden“, sagte er, aber sie durchschaute ihn.

„Du gemeiner Kerl!“, lachte sie und boxte ihn in den Bauch. Tat nicht weh, sondern schreckte nur die Schmetterlingsfamilie auf, die immer noch hin und wieder dort herumflatterte.

Er beugte sich zu ihr hinunter. „Du wirst die bestrickendste Gelbgurt-Trägerin sein, die die Welt je gesehen hat“, flüsterte er ihr ins Ohr.

Valerie wandte sich dem Notar zu. „Sie müssen ihn sofort enterben! Er hat nach all den Wochen immer noch nicht den Unterschied zwischen Häkeln und Stricken kapiert!“

„Mag sein“, konterte Gregor, „aber du gehst immer noch fälschlicherweise davon aus, dass du dir den Gelben Gürtel selbst häkeln darfst. Wahrscheinlich mit Muschelmuster und Mäusezähnchen und Tannenbaumstäbchen, am besten noch in Kontrastfarbe umbortet.“

Der Notar sah ihn überrascht an. „Sie kennen sich inzwischen ja wirklich gut aus!“, lobte er. Dabei hatte Gregor nur irgendwelche Muster aufgezählt, die er mal aufgeschnappt hatte.

„Er hat große Fortschritte gemacht“, sagte Valerie und schob den Arm um seine Taille. „Ich würde sogar sagen, er ist der einzige

Schwarzgurt, dritter Dan, der perfekte Lochmuster häkeln kann."

Der Stolz in ihren Augen gefiel ihm. Wenngleich es natürlich saupeinlich war, auf diese Weise gelobt zu werden. Es gab schließlich coolere Auszeichnungen für einen Schwarzgurtträger. Zum Beispiel, dass man den definiertesten Sixpack des Clubs hatte oder die schärfste Chili-Soße aushielt oder die meisten Liegestütze schaffte. An der Sache mit dem Sixpack musste er ziemlich hart arbeiten, denn Jasmins Kuchenverführungen waren so verlockend, dass er viel zu oft einen Cupcake verdrückte. Als Ausgleich gab`s dann mehrere Sets Sit-ups, damit aus dem Waschbrettbauch kein Waschbärenbauch wurde. Wobei das Valerie wahrscheinlich egal wäre, aber er als Mann hatte natürlich seine Prinzipien.

„Jetzt haben Sie mich neugierig gemacht", sagte der Notar. „Ich würde wirklich gern sehen, was aus dem Häkeljäckchen geworden ist, das Philomena in ihrem Testamentszusatz gefordert hat. Existiert es denn?"

Valerie grinste breit. „Oh ja, das tut es! Ich hole es schnell."

Bevor Gregor protestieren konnte, lief sie aus dem Dojo und nach oben in seine Wohnung, die sie jetzt gemeinsam nutzten.

„Ich bin sehr gespannt, welche Farbe Sie gewählt haben." Der Notar schien zu überlegen. „Rosa sicher nicht, vielleicht einen frischen Grünton?"

Pah! Was gab es da zu überlegen? Die Farbe war doch wohl vollkommen klar!

Valerie kam zurück, sein Häkelwerk in der Hand, und präsentierte es dem Notar.

„Schwarz?", stieß der aus. „Sie haben ein zartes Sommerjäckchen im filigranen Muster ausgerechnet in Schwarz gehäkelt?"

„Warum denn nicht?", brummte Greg. „Im Karate ist Schwarz die beste Farbe überhaupt!"

Der Mann im Anzug schüttelte schmunzelnd den Kopf. Anschließend griff er in seine Tasche und zog ein Kuvert heraus.

„Philomena hat mir noch einen letzten Brief überlassen. Und ich denke, es ist an der Zeit, ihn vorzulesen."

Valerie griff nach Gregors Hand. Er sah ihr in die Augen, dabei klopfte sein Herz wie immer ein wenig schneller. Ihre Finger in seinen zu spüren war ein wunderbares Gefühl und er wollte sie dann am liebsten für immer festhalten.

„Legen Sie los", bat Valerie.

„*Liebe Valerie, lieber Gregor*", las der Notar vor. „*Ihr habt euch also letztendlich doch gefunden. Wie schön! Ich könnte jetzt anführen, dass ich das ja sowieso von Anfang an gewusst habe, aber dann wäre ich eine besserwisserische, alte Frau und wer will so einen Titel schon haben? Nein, da bleibe ich lieber die verrückte Reisetante, die skurrile Sammlerin oder – und das gefällt mir am besten – die gerissene Kupplerin. Ach, wie schön wäre es, eure Gesichter jetzt zu sehen! Gregors Jäckchen zu bewundern (ich vermute, du hast zu Grau oder Schwarz gegriffen, stimmt`s?) oder Valeries Grazie bei Karateübungen zu bestaunen. Aber wisst ihr was? Jemand wie ich verschwindet ja nicht einfach. Ich schaue euch ganz sicher von irgendwo zu. Vielleicht von einer Wolke oder aus den Blättern einer Birke oder durch eine meiner Figuren, wer weiß das schon. Ab und zu werde ich mich bemühen, euch zuzuwinken. Ich weiß nicht, ob das funktioniert, aber falls doch, dann winkt einfach mal zurück. Und denkt hin und wieder an die alte, durchgeknallte Philomena, die euch immer eine gute Freundin war. Und wenn es irgendwie geht, auch weiterhin sein wird. Jetzt gebt euch endlich einen Kuss, ich lasse dazu einen Sektkorken knallen. Oder was immer man auf dieser Seite eben so knallen lässt. Ich hab euch sehr lieb, ihr beiden.*"

Gregor musste schlucken. Verdammt, es wäre so schön gewesen, seine alte Tante noch länger in seinem Leben zu haben.

Ganz sanft drückte Valerie seine Hand. Dann wandte sie sich ihm zu, ein trauriges Lächeln im Gesicht und mit feuchten Augen. Er beugte sich zu ihr hinab, zog sie an sich und küsste sie zärtlich. Vergaß plötzlich den Notar und die Prüfung und alles, weil ihre Lippen so nach Sommertag und Honig und Zuversicht schmeckten.

Und dann hörte er es. Von überall und nirgends. Ein leises Plopp. Und dann ein entferntes, champagnerperlendes Lachen, kaum hörbar, vielleicht auch nur ein Vogelzwitschern oder ein paar Kinder auf dem Gehweg.

Aber vielleicht auch Philomena, die ihnen auf diese Weise ihren Segen gab.

„Sie wird immer bei uns sein“, flüsterte Valerie. „Und ich werde auch immer bei dir sein.“

Er sah sie an, lange, und wusste, dass das die Wahrheit war.

ENDE

*** Würdest Du gern wissen, wie der echte Greg aussieht und woher ich ihn kenne? Oder magst Du Jasmins wunderbaren Cupcakes nachbacken? Das und viel Skurriles mehr gibt‘s in meinem Newsletter, du findest ihn auf www.karinkoenicke.com ***

weitere Romane

Von Karin Koenicke sind weitere Liebeskomödien erschienen, z.B.:

Never ever, Mr.President!

Love Lessons – Nachhilfe fürs Herz

Undercover Rock

Millionaire`s Rock – Sein geheimes Leben

Sweet Surprise – Der Mann aus dem Koffer

Pretty Womanizer – Ein Gigolo zum Anbeißen

Sein Verstand ist genial, aber mit dem Herzen hapert es gewaltig!

Professor Garrett Featherstone besitzt einen brillanten Kopf, den Körper eines Athleten und eine ordentliche Portion Arroganz. Kein Wunder, dass ihm die Studentinnen in Oxford zu Füßen liegen.

Gefühlsmensch Marina jedoch, die mit ihm zu Sozialstunden verdonnert wurde, lässt sich nicht beeindrucken von seinem Superhirn. Sie wirft ihm an den Kopf, eben diesen zu verherrlichen und in Sachen Bauchgefühl ein Erstklässler zu sein. Eine Frechheit! Garrett wird Marina beweisen, dass er durchaus mit Sinnlichkeit punkten kann! Doch diese Aufgabe erweist sich für den Kontrollfreak kniffliger als der Nobelpreis …

Leseprobe:

Eindrucksvoll knarzend öffnete sich die Doppeltür. Anschließend hielt Marina den Atem an. Die Halle hier in Oxford war schlichtweg überwältigend! Riesige Kronleuchter hingen von einer intarsienverzierten Decke, auch die Wände waren mit edlem Holz getäfelt, dazu mit Ölgemälden geschmückt. Die antiken Tische waren zu langen Reihen aufgestellt und selbst die Stühle, auf denen sich die Studenten nun niederließen, sahen aus, als gehörten sie in ein Museum. Natürlich bestanden die Fenster nicht aus einfachem Glas, sondern aus bunten Mosaikscheiben. Marina legte den Kopf in den Nacken, weil sie die Motive eingehend betrachten wollte, da kniff Wilhelmine sie unsanft in den Arm.

„Da muss er dabei sein! Bei den Professoren,“ stammelte Willie, als Marina sich zu ihr umdrehte, und starrte nach vorne. Marina folgte ihrem Blick. Etwas erhöht saßen vier Männer, ein fünfter ging gerade dorthin.

Willies Augen bekamen einen eigenartigen Glanz. Ungefähr so, wie bei einem Kind, das den hell erleuchteten Christbaum sieht. „Oh Mann, der sieht in echt mindestens genauso gut aus. Klasse Anzug, garantiert maßgeschneidert. Und erst der Inhalt!“ Sie tastete nach einem Stuhl und ließ sich verzückt niedersinken, Marina tat es ihr gleich, allerdings etwas weniger betört als ihre Freundin.

Tatsächlich gesellte sich ein weiterer Mann zu den anderen. Groß war er, und Willie hatte recht, seine breiten Schultern und schmalen Hüften wurden von dem anthrazitfarbenen Anzug noch betont. Als er sich umdrehte, um sich hinzusetzen, stockte Marina dann doch der Atem. Das war unverkennbar Professor Garrett Featherstone, sie erkannte die markanten Züge und die graublauen Augen hinter der randlosen Brille sofort. Aber mehr noch, seine Ausstrahlung legte sich über den gesamten Saal, als hätte er heimlich einen Zauberspruch gemurmelt. Alle Gespräche erstarben, weil er seinen ernsten Blick über die Köpfe der Studenten gleiten ließ.

Marina ertappte sich dabei, sich ungewohnt aufrecht hinzusetzen.

Um ein Haar hätte sie noch brav die Hände auf den Tisch gelegt. Ihr war klar, dass er zu der seltenen Gattung Lehrer gehörte, die niemals um Ruhe bitten mussten. Sein Charisma ließ es schlichtweg nicht zu, dass jemand nicht aufpasste, Kaugummi kaute oder eine Hausarbeit vergaß. Ihr Nacken kribbelte mehr und mehr, je länger sie ihn ansah. Und eine Sache stand jetzt schon fest: Bei ihm als Dozenten würde sie genau das lernen, was sie in Deutschland vermisst hatte! Das spürte sie mit jeder Faser ihres angespannten Körpers.

Der Bärtige ergriff das Wort. „Mein Name ist Reginald Osbert Strathan, ich bin der Dekan Ihres Colleges. Ich begrüße Sie bei uns und werde Ihnen erst einmal einiges über unser Haus erzählen, bevor wir zur Einteilung Ihrer Kurse und Dozenten kommen."

„Ach nee, immer diese langweiligen Geschichtsreferate", maulte Willie und Marina musste ihr ausnahmsweise Recht geben. Sie hatte die historischen Details über das College längst nachgelesen und wollte auch am liebsten erfahren, ob ihre Bewerbung für den Kurs bei Professor Featherstone erfolgreich gewesen war. Der ließ weiterhin seinen aufmerksamen Blick über die Studenten wandern. Als Marina aufsah, fixierte er sie. Wahrscheinlich nur für den Bruchteil einer Sekunde, doch sie hatte das Gefühl, seine gletschergrauen Augen würden in ihr Innerstes schauen. Keine Ahnung, was genau er tat, aber ihr Puls raste und ihre Hände wurden feucht. Vom Vortrag des Dekans bekam sie nichts mehr mit, obwohl Featherstone keinen Blickkontakt mehr mit ihr aufnahm. Oh Mann, der Kerl war wirklich etwas Besonderes! Wenn sein Unterricht auch so intensiv war wie seine Ausstrahlung, sollte sie jetzt zu sämtlichen niederbayrischen Heiligen beten, dass sie in seinen Kurs kam.

Nach einer halben Stunde war es endlich soweit.

„Wir verkünden nun die Zuteilung", schloss Dekan Strathan seine Rede. „Bitte finden Sie sich im Anschluss im entsprechenden Raum ein. Vorab aber noch eine Ankündigung: Alle Studenten, die im Kurs von Professor Featherstone sind, dürfen sich auf eine besondere Herausforderung freuen. Sie werden nämlich an seinem aktuellen Forschungsprojekt mitarbeiten. Garrett, möchten Sie kurz davon erzählen und dann Ihre neuen Studenten aufrufen?"

„Selbstverständlich."

Featherstone stand auf und ließ seinen Blick erneut über die Zuhörer gleiten. Es war mucksmäuschenstill im Saal. Marina musste sich daran erinnern, das Atmen nicht zu vergessen, so aufgeregt war sie. Natürlich nur wegen der Kurseinteilung, versuchte sie sich selbst einzureden.

„In meinem Projekt werden wir uns mit suchtkranken Jugendlichen beschäftigen", hallten seine ersten Worte selbstbewusst durch den Saal. „Ziel ist, einen objektiven Analysebogen für Ärzte und Therapeuten zu entwickeln. Sind Sie in meinem Kurs, werden Sie also einen deutlich höheren Einsatz bringen müssen als bei anderen Dozenten. Ich habe Aussichten auf den renommierten Wellspring-Preis. Wenn Sie also nicht gewillt sind, mit maximaler Energie zu arbeiten, sollten Sie sich zu diesem Zeitpunkt für einen anderen Kurs anmelden."

„Wow", hauchte Willie und auch Marina musste zugeben, dass sie begeistert war. Nicht nur von der dunklen Stimme des Professors, die ihr unter die Haut kroch und sich direkt unterm Zwerchfell einnistete, sondern vor allem vom Inhalt. Er stellte in Aussicht, mit echten Menschen statt mit Theoriebüchern zu arbeiten. Sie musste in diesen Kurs!

„Hier also die Namen der Studenten, die mir dann bitte in meinen Raum folgen: Edward Holovan, Neema Patil …."

Sie hielt die Anspannung kaum mehr aus. Nach welchem Prinzip waren die Namen sortiert? Alphabetisch offenbar nicht. Womöglich nach Notendurchschnitt – die Inderin mit Designerbrille, die gerade aufstand, sah jedenfalls sehr schlau aus. Wahrscheinlich hatte man als Orgelquälerin sowieso keine Chance beim Wunderprofessor und sie sollte …

„… Marina Thalhammer", riss er sie aus ihren Gedanken und hängte auch noch ein völlig akzentfreies „Wilhelmine von Schwarzenburg-Nöningen" an.

„Wir sind drin!“ Willie sprang auf. „Das wird bombastisch hier in Oxford!“

„Garantiert!“, war Marina sich sicher und fühlte sich wie im Märchen. Nicht nur, dass sie in dieser traumhaften Umgebung studieren durfte, sie hatte auch noch einen Prof abgekriegt, der mit extrem viel Praxisbezug arbeitete. Das Leben konnte wirklich magisch sein!

Mit dynamischen Schritten ging Featherstone voran, die Gruppe von zwölf Studenten folgte. Einen Gang entlang, die Treppe hinauf in den zweiten Stock, um die Ecke und schließlich öffnete er eine Tür. Marina trat gemeinsam mit den anderen ein und sah sich erstaunt um. Mit einem Hörsaal hatte der Raum ungefähr so viel zu tun wie ein Yogastudio mit einer Dreifachturnhalle. Die einzige Gemeinsamkeit war eine Tafel, aber statt übereinander angeordneter Reihen mit Klappstühlen gab es hier ein paar kleine Tischchen, vor denen Holzstühle mit Samtsitzfläche einladend auf die Studentenhintern warteten. Selbst das Lehrerpult stand im Abseits, Zentrum war ein wuchtiger Stuhl, auf dem sich der Professor niederließ. Die Wände ringsherum waren vollgestellt mit schweren Bücherregalen, und beide Fenster wurden von edlen Brokatvorhängen flankiert.

„Nur zu, nehmen Sie Platz“, forderte er sie auf. „Wie Sie sehen, wird hier im kleinen Rahmen unterrichtet, so erzielen wir seit vielen Generationen die besten Ergebnisse.“

Marinas Aufregung nahm noch mehr zu, während er sprach. Aber nicht, weil sie wie bisher fürchtete, nicht nach Oxford zu passen, sondern weil Garrett Featherstone alles hatte, was sie sich von einem Dozenten erträumte. Er war aufgeschlossen, schlug neue Wege ein und vor allem würde es garantiert keinen trockenen Theorieunterricht bei ihm geben! Ganz abgesehen davon war er eine Augenweide, als er jetzt aus seinem Jackett schlüpfte und es mit einer geschmeidigen Bewegung über eine Stuhllehne warf. Der Mann hatte den Körper eines Athleten, das sah man durch das figurnah geschnittene Hemd deutlich. Bei diesen Brustmuskeln vermutete sie, dass er jeden

Morgen auf der Themse herumruderte. Sie sah ihn förmlich vor sich, in kurzen Hosen trotz dichten Morgennebels, der seine vollen Haare benetzen und noch dunkler färben würde, während seine hellen Augen mit der aufgehenden Sonne um die Wette leuchteten und er sich mit diesen herrlichen Unterarmen den Schweiß von der Denkerstirn …

„Er gefällt dir, ich sehe es deutlich", raunte Willie ihr zu und hatte ein fettes Grinsen im Gesicht.

Widerwillig musste Marina nicken. „Stimmt. Aber hauptsächlich, weil er unfassbar gute Psychologinnen aus uns machen wird!"

Sie konnte es kaum erwarten, dass er mit dem Unterricht loslegte. Sicher würde er von Anfang an richtigstellen, dass man ein Gefühl für Patienten entwickeln musste, dass nur Idioten sich an grauer Theorie festhielten und die moderne Wissenschaft viel mehr auf feine Antennen setzte.

„Lassen Sie uns keine Zeit vergeuden", tönte seine volle Stimme auch schon durch den Raum. Irrsinn, welche Präsenz dieser Mann hatte! Marina musste sich wirklich anstrengen, ihn nicht verzückt anzustrahlen wie ein Groupie ihren auf der Bühne herumwirbelnden Popstar.

„Als Erstes eine Frage an Sie, meine Herrschaften. Welches ist die wichtigste Eigenschaft eines Psychologen?"

Marina hob den Kopf und suchte Featherstones Blick. Das war ihre Chance, gleich am Anfang bei ihm zu punkten!

„Sie wissen die Antwort, Miss Thalhammer beziehungsweise …" Er stockte, sah auf seine Liste, und korrigierte in ein weiches „Marina, wenn ich hier richtig lese."

Sie musste schlucken. Klar, es war in England üblich, dass die Professoren ihre Studenten mit Vornamen ansprachen, trotzdem kribbelte es ameiseneifrig in ihrem Nacken, als er ihren Namen so wundervoll melodisch aussprach.

„Ja, ich denke schon", sagte sie und hielt seinem interessierten Blick stand, was gar nicht so einfach war. „Ein guter Psychologe besitzt zwei wichtige Eigenschaften: Er hat den Wunsch, Menschen zu helfen. Vor allem aber verfügt er über viel Empathie, denn feine Antennen und ein gutes Gespür für die Patienten sind Voraussetzung, um sich in sie hineinfühlen zu können und die richtige Behandlung zu finden."

Stolz auf ihren flüssigen Vortrag sah sie ihn an. Doch das zufriedene Lächeln rutschte ihr aus dem Gesicht, als sie sah, wie eine Ader an seiner Schläfe unheilverheißend anschwoll. Nach der erhofften Begeisterung sah das irgendwie nicht aus.

„Was für ein Unfug! So ein Blödsinn wird meines Wissens selbst in Deutschland nicht gelehrt, wie kommen Sie bitte zu dieser völligen Fehleinschätzung?" Featherstone sprang von seinem Thron auf, so sehr echauffierte er sich. „Bauchgefühl! Wenn ich dieses Wort schon höre, kommt mir das Frühstück hoch. Das ist die Ausrede aller faulen und völlig unbegabten Studenten. Das Einzige, was einen hervorragenden Psychologen ausmacht, ist Wissen! Lückenfreie, sorgsam angeeignete und tief verinnerlichte Theorie! Alles andere dulde ich nicht in meinem Kurs."

Er marschierte zum Wandregal und nahm fünf Bücher heraus. Würdigte Marina keines Blickes mehr, sondern sprach die anderen Studenten an. „Das hier wird Ihre Lektüre für die nächsten beiden Wochen sein, Sie arbeiten diese wichtigen Werke durch, exzerpieren für sich selbst die grundlegenden Inhalte und wir besprechen in jeder Stunde einige Kapitel. Schreiben Sie sich die Titel auf, bei *Blackwell`s* in der Broad Street sind die Bände alle vorrätig."

Vollkommen erstarrt umklammerte Marina ihren Kugelschreiber. Was war gerade passiert? Hatte ihr Fleisch-gewordener Professorentraum tatsächlich gesagt, dass er nur trockenes Wissen gelten ließ?

Als sie mit viel Mühe und wackligen Buchstaben die Titel aufschrieb und feststellte, dass vier der fünf Lehrbücher als Autor seinen Namen trugen, war ihr Hals wie zugeschnürt. Irgendein unsichtbarer Collegegeist hatte ihr offenbar die Kordeln des Brokatvorhangs um die Kehle gewickelt. Und es dämmerte ihr allmählich, dass ein

Studium in Oxford möglicherweise eine noch größere Schnapsidee gewesen war als vor fünfzehneinhalb Jahren ihr ehrgeiziges Vorhaben, Onkel Quirins Zuchtstier zum Springpferd zuzureiten.

Printed in Poland
by Amazon Fulfillment
Poland Sp. z o.o., Wrocław

70261678R00207